魅丽文化 花火工作室

甜心意意

Sweet Heart

酱子贝

Jiang Zi Bei

作品

江苏凤凰文艺出版社
JIANGSU PHOENIX LITERATURE AND ART PUBLISHING LTD

图书在版编目（CIP）数据

甜心意意 / 酱子贝著. — 南京 ： 江苏凤凰文艺出版社，2018.11
ISBN 978-7-5594-2542-3

Ⅰ. ①甜… Ⅱ. ①酱… Ⅲ. ①长篇小说－中国－当代 Ⅳ. ①I247.5

中国版本图书馆CIP数据核字(2018)第161168号

书　　名	甜心意意
作　　者	酱子贝
出版统筹	汪修荣　邹立勋
选题策划	朵　爷　夏　沅
责任编辑	胡小河　姚　丽
文字编辑	滕思思
责任监制	刘　巍　江伟明
出版发行	江苏凤凰文艺出版社
出版社地址	南京市中央路165号，邮编：210009
出版社网址	http://www.jswenyi.com
印　　刷	湖南关山美印有限公司
开　　本	880×1230毫米 1/32
字　　数	328千字
印　　张	10
版　　次	2018年11月第1版，2018年11月第1次印刷
标准书号	ISBN 978-7-5594-2542-3
定　　价	38.00元

（江苏凤凰文艺版图书凡印刷、装订错误可随时向承印厂调换）

目录
CONTENTS

目录
CONTENTS

第一章
遇见命中注定

宿艺懒洋洋地躺在大沙发上，一双大长腿往桌上一架，兴致缺缺地看着微博评论。她两小时前发的一条微博现在评论已经六千多条了，不少评论都在恶言相向。

助理安璇从她的身后经过，把刚榨好的西瓜汁往她的跟前一放："艺姐，你怎么又在看评论呀？"

宿艺眼都不抬："粉丝的评论怎么能不看呢？"

安璇看她一脸悠闲样，有些佩服："我怕你看了心情不好……"

宿艺："他们是骂角色，又不是骂我。"

微博评论里骂的并非宿艺本人，而是最近正在热播的后宫争斗剧里的俞妃，她饰演的恶毒女配。

安璇一听就来气："是啊，明明只是电视剧里的一个角色，他们怎么能追到你微博来骂呢？不懂什么叫演戏吗！"

宿艺看了一眼这个任期还未到三个月的新助理，淡淡地道："别太较真，把这些评论当夸奖看就好。"

安璇："夸奖？"

宿艺："是啊，他们这么讨厌我，不是正说明我演得好吗。"

安璇："……"嗯？好像是这个理。

宿艺一笑，没再说话，拿起西瓜汁抿了一口。

宿艺这人，在娱乐圈是比较特殊的存在。说她不红吧，她的知名度和认知度可都比那些一线小花旦高；说她红吧，好像又不是那么一回事，毕竟她从未饰演过女一号。

那时她还是一个毫无经验的小新人，照理说，是没法参与这么大制作的一部电视剧的，但是，剧组的导演李敏力排众议定下了她。当时，李敏一看见她，就冲上来拍了拍她的肩膀，告诉她这个角色非她莫属。

宿艺一脸蒙，问："为什么？"

李敏朝她温柔一笑："你这张脸，看着就让人觉得又坏又毒。"

宿艺："……"

宿艺长得不丑，甚至可以说非常好看——睫毛长而密，眼形椭圆，眼角微微上翘，隐隐有些桃花眼的感觉，鼻子小巧又高挺，嘴唇不厚，却很饱满……完美的五官搭在一起，想丑也难。

她的这个长相，就是传说中"带有攻击性的漂亮"。

而且，她的优势不只在脸，还有她姣好的身材。宿艺净身高足足有一米七六，也就比如今国内那位最火的超模矮那么两三厘米。

她的身材比例很完美，腿长、腰细、脖子长，最重要的一点是她的胸还大。

平胸超模人设？不存在的。

不过，她自己不是很满意，如果胸小点，她的路子还能再宽些，现在的设计师都喜欢平胸的模特，有个衣架子的样儿。想到这，她低头看着自己胸前的"波涛汹涌"，叹气道："你知道你影响了妈妈的事业吗？"

安璇一惊，结巴道："艺姐……你……你怀孕了？"

宿艺："没，我在对我的胸说话。"

安璇："……"

安璇轻咳了一声，把平板电脑打开，调出行程表："艺姐，明晚有一个慈善晚会。"

宿艺已经放下手机，此时正在摆弄她的指甲："知道了，明天下午安排一个美甲师来，我想换个款式。"

第二天，安璇和经纪人吴雪两人带着化妆师和礼服匆匆赶到宿艺家。宿艺还是躺在沙发上，脸上敷着一片面膜，美甲师戴着口罩坐在她的旁边认真地修着指甲。

吴雪把她脸上的面膜一掀："坐起来化妆！"

宿艺半眯着眼，艰难地坐起身："你怎么过来了。"

"拿剧本过来给你看。"宿艺刚出道的时候，吴雪就带着她了，一带就是五年多，两人的关系早就超越了工作伙伴，俨然成了闺密。

吴雪往她的身边一坐，丢了两本剧本给她："看看，想演哪本？"

宿艺随意扫了一眼，两部都是大导演执导啊……

“不能两部一起接吗？”

“不能。拍摄时间撞在一起了。”

宿艺笑眯眯的：“没关系，我不怕辛苦。”

吴雪冷笑：“你不怕辛苦，别人大导演可不答应让你串戏。而且，这两部电视剧，不光是拍摄时间撞在一起了……宣传期，甚至上映时间都差不多一致，跟哥俩似的……”

宿艺：“……那我先看看剧本吧，决定了告诉你。”

“成，早点决定，试镜时间就在下个礼拜。”宿艺的指甲做好了，上面是一朵朵绚丽的玫瑰，与它的主人一样娇艳。

吴雪把她从沙发上拉起，催促着周围的工作人员给她上妆换衣服：“今晚的慈善晚会比较厉害，不止很多圈内人会来，听说……那些有大背景的人也会来。你悠着点，别出什么乱子。”

宿艺乐了：“小雪雪，你这是什么意思，一个慈善晚会，我能出什么乱子？”

吴雪：“呵呵，上回你去参加的晚宴不是还上了头条吗，著名女星宿艺走红毯走光，春光大泄？”

宿艺纠正她：“我没走光，那王八蛋记者乱写的，还给我露出一个角的安全裤打了马赛克，哇……你说他这招阴不阴险？”

吴雪：“你不怼那记者，他能乱写吗！”

宿艺嗤笑道：“他居然问我脸是不是整的，胸是不是隆的。说实在的，他说我整容可以，但是，他不能攻击我的胸。这是我自己想长这么大的吗？那得亏是在镜头前，要在私底下，我一定得跟他好好说道说道。”

吴雪：“……”

化妆师一脸“我已经习惯了”的表情，脸色不变地帮宿艺化着妆。

过了一会儿，吴雪问：“小曦，咱今天用什么唇色？”

宿艺一想：“大红色吧，俞妃最近的戏份都是这个唇色，搭个景儿。”

吴雪从盒子里拿出公司赞助的礼服：“先换衣服再化，不然一会沾衣服上了你可赔不起，公司说这次的慈善晚会是大场面，专门借了这一条，贵着呢。”

吴雪手中的礼服是一条镂空袖款式的长裙，颜色红艳，裙摆带一些褶皱设计。

换上礼裙，吴雪啧啧道："你果然比较适合大红色。"

宿艺生得白，白皮肤上盖着大红色的轻纱，怎么看怎么诱人。因为上次的走光事件，公司这回给的礼服布料倒是多了不少，袖子虽然是镂空，但也是长袖设计。但偏偏就是布料太多，把宿艺牢牢包着，她那勾人的身段被勒得曲线分明，胸前那一大看点此时更显眼了。

宿艺也发现了，她凉凉道："公司怕质疑我隆胸的人还不够多？"

现在礼服也是没办法换了，吴雪只能安慰她："没事，我知道你那是土生土长的就行，别人嚼舌根咱不放在心上，啊。"

宿艺："……"

到了晚会现场，宿艺下了车，在红毯处站着给记者们拍照。红毯是最能看清楚一个明星红不红的地方，记者的镜头对着谁，说明谁的名气就高。一排长长的地毯上站着不少明星，大家都摆着姿势，想让记者多拍几张。

宿艺不太在意这些，说到底不过是一个慈善晚宴而已，能有多少话题？她站着数了十秒，就准备离开。

"宿艺！等等，再拍几张……"

"宿艺看这边！"

"宿艺……"

旁边的记者又叫了几声，宿艺没法，只能再回过头笑着面对镜头。

"宿艺你这个坏女人！——"一个尖锐的声音突然在记者群中响起，嗓门嘹亮，几乎整个红毯上的人都能听得清楚。这一叫，不仅仅是宿艺本人，连周边的记者和明星都诧异地看向声源处。

声音再度响起："你居然陷害甄宓！她可是跟你一同入宫的好姐妹啊！"

宿艺还未反应过来，一个鸡蛋在空中滑过一道弧线，径直朝她飞了过来。

不是吧？要被砸鸡蛋了？？

这是宿艺的第一反应。

这群脑残到底是打哪来的？看个电视剧而已啊要不要这么认真啊？？？

这是宿艺的第二反应。

就算被砸鸡蛋，也不能溅进眼睛，怪恶心的……

这是宿艺的第三反应。

在众人的尖叫声中，她认命地闭上了眼——

一秒、两秒、三秒……

宿艺闭眼闭了大半天，却没有迎来想象中那黏稠的触感。她眯着眼，发现周围光线变暗了许多。

一个身材高大的背影挡在她面前，眼前的人很高，宿艺仔细算了算，她今天穿了六厘米的高跟，那她现在得有一米八多，但眼前的男人还是比她高一些，背影壮实，看起来不胖，那套西装里面估计都是肌肉……

宿艺脑中闪过一条条不合时宜的想法。

直到男人转过身来。

浓眉，眼神锐利，鼻子高挺，薄唇，皮肤是古铜色。

他眉头微蹙，手里还残留着一点蛋清。男人把她的视线遮了个严实，她无意识做了两次吞咽动作，然后小心翼翼地侧过身，看到那个丢鸡蛋的人已经被保安连拖带拽拉走了。

她在心里给那位脑残道了声谢。

然后抬起头，挂上她在镜子前练习过好多次的笑容，嘴角微勾，眼眸一弯，柔声道："谢谢。"

男人淡淡地点了下头，未作停留，迈开脚步就想走。

宿艺忙无视后面记者的叫喊，踩着高跟鞋跟上他。

"我叫宿艺。"

"你动作怎么这么快，连鸡蛋都能拦下来？"

"你叫什么？"

宿艺声音不大，但她保证音量绝对是在男人能听得到的范围内的，可是对方脸上毫无波动，一个字都没给她。

她也不气，直接伸过手，拉住男人的衣袖。她当然是拉不动这么大个子的，但男人的脚步还是停下来了。

宿艺听见男人几不可闻地叹了口气。

他声音低沉："褚鹰。"

说完后，他轻松地把衣袖从宿艺的小手中解救出来，大步离开了。

宿艺没再追，此刻她那张小脸上挂满了笑容，刚刚追着褚鹰走，她的脚后跟都快被鞋磨破皮了。

她放慢动作，心满意足地朝自己的座位走去。

如今时代在进步，人们的观念改变了，连捐钱都换了一种高端的法子。

以前捐钱的时候，钞票支票大把大把地砸，现在不了，现在换成把自己的东西拿出来拍卖，卖的钱全当捐的。

慈善晚会不同于颁奖晚会，座位也有讲究，坐在前头的不是那些荧幕熟脸大咖，而是那些个有钱并愿意花钱的大老板。

宿艺的座位被安排在中后排，不算太后头，她款款落座，对旁边几位眼熟的明星笑着点头算是打过招呼。

——然后一把拿起了放在面前的拍卖单。

刚刚她的脚实在太疼了，估计磨掉了一层皮，实在没那力气再问男人，是哪个 chǔ，哪个 yīng 啊？

宿艺攥着拍卖单，上面有拍主姓名，她看了大半天，别说找 chǔ/yīng 了，连个姓 chǔ 的都没找到。

失算了！他居然没有拍卖东西！

“艺姐，你这身衣服真好看。”

宿艺侧头，坐在她旁边的是徐倩岚，跟她一样，也是长年女配，两人在试镜地撞上过好几回，宿艺对她的印象是……没有印象。

两人没什么交情，这是她们说的第一句话。

宿艺一笑，语气淡淡：“谢谢。”

徐倩岚：“艺姐今天是来拍的还是来捐的？”

宿艺：“捐。”

“巧了，我也是，一个家传的小坠子，我可舍不得了。”

宿艺哦了声。

恕她直言，在场明星百分之五十都是拿自己“家传”的小饰物来拍卖。至于到底是不是传的，那就不清楚了。

似乎终于感觉到了宿艺的冷漠，徐倩岚也不再“热脸贴冷屁股”，侧过身跟旁边其他几位姐姐说话去了，宿艺终于落了个清净。

晚会开始，主持人在上头废话了大半天，才慢悠悠地进入正题。

成功拍卖了几样东西后，会场气氛也热闹起来，主持人开始介绍下一个物件。

“徐倩岚女士本次慈善拍卖的物件，是这枚白玉吊坠。坠子……雕刻精细，款式大方……据说是徐倩岚女士家传下来的宝物，起拍价五万元。”

难为主办方了，还得为这么一枚坠子想大半天的形容词。

宿艺闲闲地抱着腰，看着大屏幕上的坠子，做了评价。这坠子，以她以往摆地摊的经验来看，三十块钱不能再多了。

直到坠子被叫价到二十万时，宿艺冷静地把碗拿起，好接住自己的下巴。最后坠子三十五万被拍走，徐倩岚站起身，笑吟吟地朝四周挥手。

坐下后她突然朝宿艺举了举茶杯：“艺姐，听说《暗涌》的剧组也给你发了试镜邀请？”

宿艺不咸不淡地嗯了声。

“我也是，一起加油喔！要不我们合张影吧？”说完，她举起手机，在宿艺还未回神前就摆好 pose，按下了快门。

拍完后她开心道：“艺姐，你这张真好看。”

宿艺瞥了一眼，这张照片，勉强只能算她没有闭眼，她甚至连表情都是一脸的发蒙。

她心中冷笑，面上依旧风轻云淡。

“可我觉着这张你拍得不怎么好。”

徐倩岚听了，忙停下发微博的手：“真的吗？哪里？”

宿艺挑挑眉：“显得脸有些大。”

徐倩岚又看了两眼，听宿艺这么一说，她自个儿也觉得有那么一点，又不好意思在宿艺面前开 P 图软件：“……那咱们再拍一张！”

“行。”宿艺从容地整理了下额前的碎发，然后头往右轻弯，朝镜头甜甜一笑。

徐倩岚拍完，看了两眼照片，干笑道：“……这张还行。”

然后默默地关上了微博。

拍卖终于结束了，宿艺看了一晚上，都没有自己想拍回家的东西，瓷器嘛，嫌放家里占位置，“祖传”的东西她也没什么兴趣。

她施施然起身，准备去登记处自捐。她几乎是一眼认出了褚鹰的背影。

他站在登记处，正在签名。

天助她也！

宿艺坐了大半天，脚疼已经缓了不少，她想都不想就快步走到男人身后，然后探出头偷看男人正在登记的表格。

褚鹰。

可以。

这男人，名字都这么带劲儿。

她偷窥完后满足地抬头，刚好对上褚鹰的眼。

她眼睛笑成月牙儿，唇红齿白："嘿，又见面了。"

褚鹰放下笔，让开身："嗯。"

应完回头又准备走。

宿艺再次伸出手——这回直接拉到了男人的手臂。

她笑笑："红毯的事谢谢你。"

褚鹰的目光放在她的手上："你已经谢过了。"

"一句谢谢不能表达我的感激之情。"宿艺依然笑。

"举手之劳。"

"我请你吃顿饭。"

褚鹰终于对上她的眼："不用了。"

宿艺坚持："不行，你帮了我这么大一个忙，我一定得请你吃顿饭！"

褚鹰有些无语："我只是拦下一个鸡蛋。"

"如果那个鸡蛋砸到我，我满身蛋清的照片第二天就会登上新闻，我的粉丝们看到我这么丑的模样说不定一气之下就脱粉了，粉丝少了，导演和投资商就会觉得我没名气了，我以后接到的戏就会越来越少，赚的钱也会越来越少，"宿艺一本正经地胡扯，有多惨说多惨，再说下去没准都要去街头行乞了，"……所以，我一定得请你吃顿饭。"

她直勾勾地看着褚鹰，今天化妆师给她涂的粉色眼影，把她一对媚眼衬得更显柔情蜜意。

褚鹰："我没有时间。"

可惜眼前的男人像块木头，拒绝都拒绝得硬邦邦的。宿艺见他不松口，怕他甩手就走，手上的劲又大了点。

"……那你把电话号码给我，我们挑你有空的时间！"

褚鹰在部队多年，见惯了大老爷们，头一次遇见这么缠人的，半晌，他蹙眉，报出一串电话号码。

宿艺没松开他，解锁自己的手机，按着褚鹰说的号码打了过去。

"你好，你所拨打的号码是空号……"

褚鹰："……"

褚先生百年难得撒一次谎，没到一分钟就被无情戳破。

宿艺勾唇："褚鹰，有没有人跟你说过，你太不会撒谎了。"

四周看过来的眼神变多了，褚鹰叹了口气，又报了串号码。

这回宿艺松手倒是很痛快，她满意地把号码输进手机："再联系。"

褚鹰挑眉，看了她一眼，头也不回地走了。

"这位女士，晚宴还没开完那会，您就已经上热搜了。"吴雪皮笑不肉不笑地翻看着微博。

宿艺闭眼任由安璇帮她卸妆："那别人砸我鸡蛋，是我能控制的事吗？"

吴雪气呼呼地删着宿艺微博下面的评论："你说哪来这么多脑残，全被你碰上了？"

"我怎么知道。"宿艺想到什么，"嗳，你看看，徐倩岚有没有发微博？"

吴雪搜了下："没啊，怎么了？"

宿艺嗤笑一声："没事。"

吴雪和安璇回去后，宿艺蜷缩着身子坐在沙发上。

她打开微信的通讯录翻了翻，一眼就看到了那个名字。

联系人：褚鹰（褚鹰）微信头像是一只……鸡。

不是卡通动漫的鸡，就是一只正在奔跑的、活生生的大公鸡。

她点了添加后，把头发盘起来，就进浴室洗澡去了。

出来之后她点亮屏幕，一条信息都没。

不知为何，宿艺就觉得对方一定看到了验证消息，只是没有通过。她脑中甚至连褚鹰对着手机那冷淡的一瞥都描画出来了。

她趴在床上，攥着手机，又发了一条添加申请。附加信息……她想了想，加上一个可怜兮兮的哭泣表情。

过了几分钟，"叮"的一声，褚鹰的好友出现在了她的微信里。

【宿艺娘娘：\(ˆoˆ)/~ 褚鹰！】

【褚鹰：。】

【宿艺娘娘：在干吗？】

【褚鹰：忙】

宿艺没回他，顺手点开了褚鹰的朋友圈。

他的朋友圈几乎干干净净，不知道是被他设置屏蔽了，还是真的不怎么发，里面只有一条动态，两张图片，上面是一只哈士奇，傻傻地对着镜头吐舌头，一只大手抚在它脸侧，手掌大又结实，看了就让人觉得有安全感。

宿艺用手撑着脑袋，把这张照片存在了自己手机里，并拿来当作和褚鹰的聊天背景。一系列动作做完后，她才心满意足地关掉和褚鹰的对话框。

热气腾腾的夏日，只有几台大风扇在墙顶上的大排档依旧热闹。

场子外架起了一张木桌，两个男人坐着，其中一个豪迈的声音连坐在内场的人都能听得清楚。

刘玺揽过褚鹰的肩膀，大笑道："你穿上那身西装——简直了，帅到没天理！"

褚鹰笑骂："滚你的。"

刘玺给他满上酒杯："这都多久没见了，我要早知道你退伍了，一定提前回来找你喝酒。"

褚鹰轻哼一声，没说话。

他们俩是发小，后来褚鹰入了伍，刘玺从了商，虽然交流变少了，但两人关系依旧亲近。

"叮——"

轻快的手机提示声响起。

刘玺纳闷道："鹰子，你手机怎么一直在响，响一晚上了都。"

褚鹰掏出来看了一眼，果然，又是宿艺发过来的无关痛痒的信息，他还没来得及把手机放回去，刘玺就先叫起来了。

"宿艺娘娘？"刘玺一愣，"那个女明星？"

褚鹰不说话，兀自喝了口酒。

"是不是啊？"刘玺见他一脸冷漠，笑容更大了，"哎，是的话，你把她电话给我呗，我看上她好久了。"

他边说边打开自己的手机，在相册里找出一张图，正是宿艺微博头像上的照片，上面的女人穿着一身修身的小西装，红唇微张，眼线上挑，又帅气又性感："哎哟，拍卖会那会我本来打算去找她聊聊的，结果被我爸绊住了。"

褚鹰侧头，视线扫过刘玺手机上的照片，短短一瞬，就收回了视线。

他仰头又喝了口酒，然后站起来，拍了拍刘玺的脑袋，跟逗狗似的。

"你已经过了泡妞还需要爸爸帮忙的年纪了。"

直到褚鹰走出一段距离后，傻坐着的刘玺才回过神来，怒道："不给就不给！为什么要人身攻击？！”

《暗涌》试镜室外。

看完一遍剧本，宿艺又拿出手机，果然，没有任何信息提示，但她脸上没有失望的神情，反而勾着嘴角又给褚鹰发了一条信息。

发完后，她打开微博扫了一下热门，发现她被砸鸡蛋的那组新闻已经没了。

那组新闻热度非常高，当然不仅因为她被砸鸡蛋的事，更多人关注的是褚鹰，褚鹰挡鸡蛋的那一幕被媒体捕捉到，做成了新闻组图。

英雄救美的桥段任何时候都不会过时，何况这次的英雄还这么帅，下面的评论几乎都是打听男人个人信息的。

她点开搜索栏，打上“宿艺被砸鸡蛋”。

0条相关信息。

她一愣，又打上“拦鸡蛋”。

0条相关信息。

她侧头，对着吴雪惊叹道：“你最近公关能力满分啊，小雪雪。”

吴雪莫名道：“什么公关能力，你又惹什么祸了？”

“……不是，我是说砸鸡蛋那事。”

吴雪哦了声：“我也发现了，但那不是我公关的。”

宿艺挑眉：“那是谁？”

“还能是谁，照片里的男人呗。不过他够牛的，一条不剩，真想打听打听他找的哪家公关公司。”吴雪说完，看向她，“不过你闲着没事搜自己被砸鸡蛋的新闻干什么？”

宿艺一笑：“哦，我上次看到好几条评论，都说我跟他站在一起很配。”

“……”吴雪沉默片刻道，“别人赶着跟你撇清关系，你倒好，还想着看那几条破评论。”

她突然伸手摸了摸宿艺的额头：“你是不是被那男人下降头了？？”

“没。”宿艺拂开她的手，正经道，“他给我下毒了。”

宿艺又点开了褚鹰的朋友圈，打开那张狗的照片看了几眼后才关上。

吴雪看在眼里，叹了口气，终于忍不住劝道：“清醒点，你连人家年龄性格都不知道，怎么可能会喜欢上他？你对他只是迷恋——并且只是迷恋那张脸。”

宿艺没回答。

吴雪："真的，你没谈过恋爱，你不清楚，喜欢一个人不是你这样的……"

"就是我这样的。"宿艺的语气笃定。

被堵了两回，吴雪哑然，无奈道："那就算是吧，可是你对他了解又有多少？别的我就不多说了，你有没有想过，他可能已经有女朋友或者老婆，甚至已经当了爹？我不是反对你谈恋爱，但我觉得你们才见过一面，对彼此都不了解……"

"他如果有女朋友或者老婆了，我当然不会打扰他，"宿艺打断她，嘴角微翘，"但是如果没有，我就一定要把他追到手。"

话音刚落，工作人员就走过来通知她准备进去试镜，宿艺点头应下，站起身，把剧本放到吴雪膝上，跟着工作人员进了试镜室。

宿艺走进试镜室的时候，徐倩岚刚好出来。

两人打上照面，徐倩岚笑道："艺姐，又见面了，试镜加油。"

宿艺淡淡道："谢谢。"

宿艺进去后，徐倩岚笑脸尽收，她从助理手中接过墨镜，语气不快："摆什么架子。"

小助理早就摸透了徐倩岚的脾气，忙附和道："就是，都没演过一番，还真以为自己是大咖了。"

徐倩岚冷哼一声，这次《暗涌》的导演和班底都很豪华，投资方也非常豪气，绝对是她近半年来最好的资源了，她一定要拿下这个角色。

今天的试镜只有两个评审。

一个是编剧，据说这部电影的剧本是他用了三年时间才撰写出来的，所以他本人对这部电影也是极其重视。

另一位就是电影的导演，李敏，去年拿下了导演界最高奖项，成为近十年夺下最佳导演奖里的唯一女导演，此外，她还是宿艺的伯乐，宿艺第一部电视剧起点很高，大热 IP 的女二，就是李敏力排众议定下的。

李敏见到她，笑着微不可见地点了点头。

宿艺嘴角轻扬以示回应，她试的是《暗涌》中的女二一角，本来应该按部就班演的第三镜，编剧临时让她演献舞敬酒那一段。

面对突如其来的要求，宿艺没有慌张，脸上甚至浮上了笑意。从容不迫地表演完后，她抬眼一瞥，清楚地看到男人在手边的本子上画了个圈圈。

宿艺边扎头发边走出试镜室，吴雪见她出来，起身迎上去，没问她发挥如何，而是丢了句："今晚吃什么？"

宿艺摇头："你和安璇去吃吧，我等一会李导。"

吴雪："成。"

两人走后，宿艺找了个角落坐下，戴上口罩，玩起了"消消乐"。

玩了不知多久，总之记录已经破了两回，李敏的声音才响起："怎么还坐在这儿？"

宿艺抬头，戴着口罩看不出嘴角弧度，但眼睛已经弯成了月牙儿："请你吃饭呀。"

"你这是贿赂吗？"李敏今年已经四十三，常年奔波在各地拍戏，岁月在她脸上留下的痕迹格外苛刻，加上她又是节省的主，穿着上面也是普普通通，放在大街上谁会想到这女人是金库奖最佳导演奖的得主？

"是，李导是我遇见过最好贿赂的人了，一顿饭就能搞定，"宿艺笑眯眯地挽起她的手臂，"吃什么？"

李敏严肃道："这事……没有一顿川菜办不下来。"

两人去了一家在本地非常闻名的川菜馆，这家川菜馆是小本生意，胜在好吃。

刚坐下来，李敏就直接问："对这角色有什么想法，想好怎么演没？"

宿艺乐了，打趣道："真给我开后门啊？"

"我想开都没法开，别看刚刚我坐里头呢，这部剧现在的角色啊，全是那编剧决定，我一句话都插不上。"

宿艺吃下一口麻婆豆腐："投资方也愿意？"

"怎么不愿意，这剧本你知道多少家公司在抢吗，据我所知，就有这个数。"李敏比了个七，"还都是大公司。"

"剧本的确挺好的……"所以她看剧本的时候，想都没想就定下了《暗涌》。

"这部电影你要是拿下了，明年的最佳女配，没人抢得过你。"

宿艺笑了，露出一口整齐的白牙："我哪有这么大想法。"

李敏不赞同："做人没点目标怎么行？"

李敏刚摆出一副说教的架势，几盘重头菜就上来了，宿艺忙夹了一块肉放进她碗里："快吃快吃，凉了就不好吃了。"

因为在片场时常赶点拍戏，两人吃饭都快，边吃边聊，没半小时面前的菜盘就少了大半。

宿艺擦了擦嘴："去逛逛？"

李敏答应得爽快："行。"

宿艺起身："等我会，我去上个厕所。"

宿艺回到包厢的时候，里面已经没有人了，服务员正在收拾盘子，告知她李敏提前结账离开了。她打开手机一看，果然有一条信息，李敏说是家里忽然有事得回去一趟。

宿艺边走，边给李敏发了条短信："谢谢老板招待，下回付款望勿抢。"

川菜馆的包厢在一条小走廊里，已经九点了，大厅依旧热热闹闹，这家川菜馆不仅管晚饭，到了夜里还有烧烤服务，所以现在外头差不多等于一家烧烤店。

宿艺正准备走出去，却听见大厅传来的电视声。

"想做本宫的人，得先把自个儿的后路断干净了，本宫才用得放心，你明白本宫的意思吗？"

……正是宿艺出演，最近正在热播的宫斗剧。

坐在靠包厢处的一个女生说："这宿艺好坏啊，每次都演这么恶心人的角色，活该被丢鸡蛋吧？"

宿艺闻言，把脸上的口罩又往上拉了几分，想了下，还是决定戴上帽子。

手刚伸进背包，她就听见旁边包厢里的叫嚷声。

"喝，喝一口吧，鹰队……"

"开车。"一个低沉又带些磁性的声音飘进宿艺的耳朵。

她瞪大眼，觉得自己的耳朵都快竖成兔子了。

包厢的窗户是玻璃窗，宿艺一侧头就看见了褚鹰。

他穿着简单的休闲服，跟身边一个个喝得红了脸的男人们形成了对比。

褚鹰刚退伍回来，之前在A市的老队友就张罗着要组一场饭局，缅怀一下曾经一起奋斗的日子。

说是老队员，这次来了的，却全都已经退伍了。桌上的都是真男人，大老粗的性子，喝起酒来一点都不含糊，没一会就喝高了不少人。

旁边的男人还在劝酒："鹰、鹰队，你说你和我们出来还开什么车啊？

这不……难得喝回酒都喝不痛快！”

另一个男人道：“鹰队现在可是大老板了……你以为都、都跟咱一样儿，嗝！鹰队这么厉害，能和我们一样吗……我们退伍了，都……都只能混个保安当当……”男人明显喝多了，说起话来前言不搭后语，说着说着竟然还哽咽了。

这句话一出，桌上霎时安静了不少。褚鹰瞥了一眼酒杯，心里琢磨着一会只能让刘玺来接他回去了。

他正准备伸手接过，一只白皙的手臂先他一步，抢过男人手上的酒。

“褚鹰得开车送我回去，我替他喝吧。”声音又甜又柔软。

众人抬头，先入目的是一双大长腿，来人裤子短得连口袋内侧都露出来了。往上，一件简单的白短T。

再往上，口罩被来人摘下了一边，松松地搭在脸侧，精致的小脸上挂着得体的笑容。

一桌人都傻愣愣地看着她，宿艺歪着脖子，晃了晃手中的酒杯：“可以吗？”

递酒的男人最先反应过来，先是用一副“我懂”的眼神扫视了一遍褚鹰，再笑说：“可以可以，当然可以！”

褚鹰眉头微蹙，想从宿艺手中拿过酒杯，但宿艺早有防范，先一步把酒杯举高。

褚鹰：“你怎么在这？”

“不是跟你说了，我今天和朋友来吃川菜吗？”宿艺一笑，她确实说了，微信上碎碎念的时候顺手发的，但显然，男人并没有看她的信息。

“不用你喝。”褚鹰压低音量，准备起身把酒杯夺过来。

话还未说完，宿艺就快速把酒杯递到嘴边，一口就干了。

喝完，她侧头，笑眯眯道：“晚了，我已经喝了。”

她的唇上沾了点酒，两片唇瓣在包房的灯光下显得波光粼粼，眼底还带着得逞的精光。

简直就像个女无赖。

事实证明他也没看错，这宿艺，还真就是个女无赖。女无赖此时盘着腿，手里抓着酒瓶，笑嘻嘻地听那些退伍兵说着含有夸大成分的故事。

“那孙子倒霉，抢劫碰上了我，我上去啪啪两下就给他掀翻了！”

“哇，”宿艺非常捧场，“来，敬你一杯，人民英雄！”

“不敢当不敢当……”

酒杯碰撞的声音。

褚鹰就坐在她身边，冷眼看着马上跟桌上人混熟的宿艺。

这女人笑起来毫不扭捏，一口牙又白又亮，眼睛是月牙状，比那天咧给他看的标准笑容顺眼多了。

听到入神时，她会把湿漉漉的酒瓶架在自己大腿上，几滴冰水从她白皙的皮肤上滑过，褚鹰收回目光，把架在木椅后背的大衣扯下来，随手丢到了她的腿上。

宿艺一愣，转头对上他的眼神。褚鹰挪开眼，把她手中的酒杯抢过来，然后起身：“这么晚了，我先走了。”

桌上一片挽留声，褚鹰恍若未闻，他腿长，没几步就走出了门口。

有人问：“哎，你不跟鹰队回去啊？”

“跟！”宿艺拿起酒杯，一口饮尽，动作别提多熟练，然后站起身，把外套往自己腰间一绑，“那我们走了，你们慢慢吃。”

宿艺走出去后，才有人乐呵呵道：“嘿，鹰队找的这姑娘够辣的。”

宿艺出来时，褚鹰刚好付完账，他转身准备离开，又被身后赶到的人抓住了手臂，熟悉的力道。

“你走这么急，我，我跟不上。”宿艺喝了不少，说完，还忍不住小声地打了个酒嗝。

褚鹰扯回手：“帮你叫了车，在这等会。”

说完，他头也不回地往前走。

“褚鹰！”

这回宿艺没跟上去，她站在原地，朝他吼了声。

褚鹰脚步不停。

“褚！鹰！”

看着男人越走越远，宿艺叹了口气。

这男人好难追啊。她抓起绑在腰间的外套袖子，正准备追上去。

“宿艺？那是宿艺吗？”

餐厅里不知是谁说了句，把大家的视线都引了过来。

“哎，还真是她！”

“穿得好少，这腿好长……”

议论声不绝，还有人拿出手机，明目张胆地开着音效朝她拍。宿艺啧了声，她刚被人丢下来，心情不爽得很，索性也不躲了。

她转过身，刚准备朝偷拍者的镜头笑笑，忽然觉得腰间一轻，低头看了眼，绑在腰间的外套不翼而飞，她还没来得及说什么，脸就被盖了个严实。

一只有力的大手隔着外套揽住她的腰，把她往外带。

“转身，低头。”

男人的语气隐隐带着些不耐烦。

第二章
新版辛德瑞拉

黑色 SUV 里，宿艺抱着灰色外套，脸上笑盈盈的。

褚鹰发动车，面无表情道："家住哪？"

宿艺乖乖报出地址。这段时间酒驾查得很严，街边都是警察。

宿艺修长的手臂曲起撑在窗户上，扶着自己的脑袋，道："你说一会我们要是被拦下了，打开窗，警察叔叔闻到一车的酒味，会不会二话不说把你给带走了？"

男人沉默不语。

"我看到你朋友圈里有一只狗，是你养的吗？"

依旧无应答。

"那狗真可爱，我一直也想养一只，但是工作太忙了。你看什么时候有空，把狗牵出来我遛遛？"

褚鹰还是没搭理她，宿艺噘起嘴，突然抽回靠在窗边的手，脑袋撞到车窗上，发出一声闷响。

这下撞得不轻，她嗞了声，揉了揉自己的脑袋。刚好红灯，车停下来，褚鹰没想到还有人会这样撞到头的，蹙眉道："你是傻子吗？"

"你不能这么对我说话，"宿艺佯装严肃，"我帮你挡了这么多酒。"

褚鹰觉得好笑："不需要你挡。"

"……可我就是想帮你挡！"宿艺的语气颇有些不讲理。

褚鹰这才想起来，席间那酒后劲大，这会是沉淀了半天，终于上头了。

他闭上嘴，不准备跟醉鬼论长短。

宿艺家不远，没多久就到了。

褚鹰："下车。"

身边的人没说话，他皱眉望去，这才发现副驾驶座上的女人已经偏头睡了过去。

真麻烦。

他伸出手，在她肩上拍了拍，叫她："宿艺。"

唤了几声，宿艺都没反应。

褚鹰是第一次遇到这种状况，见宿艺一时半会是清醒不过来了，他抿唇，把车子掉了头，才开出没多远，一阵欢乐的铃声响起。

是宿艺攥在手中的手机。

褚鹰挑眉，停靠在路边，掰开她的手，手机屏幕上显示的是"老巫婆"。

他犹豫片刻，滑动了接听键。对面劈头盖脸就是一大串话："那个徐倩岚真的是够拼的，你们下午刚面试完，她转眼就让人联系上了褚氏集团的高管，她就不怕哪天那些高管太太组成一个足球队，一人一脚把她踩死吗！"

褚鹰："……"

吴雪继续道："不过你放宽心，这次《暗涌》的选角好像是编剧做主。"

褚鹰："她睡着了。"

"睡这么早，不像她的作风……啊？"吴雪一下就愣住了，老半天才出声道，"你是谁？！"

褚鹰懒得多说，问："她喝醉了，她家的房门号是多少？"

吴雪爆了句粗口："你想做什么？！我告诉你别乱来啊！"

明明没喝酒，褚鹰却觉着自己有点头疼。

他道："算了。"

"算了什么算了？她在你旁边？"吴雪急了，"你这个禽兽，该不会想把她带你家去吧！你到底是谁！我告诉你……"

"我把她送警局，"褚鹰道，"你去警局领她吧。"

他说完就准备发动车。

"咦，"副驾上的人突然抬起头，茫然地四处张望了一下，然后盯着褚鹰的脸，过了几秒，道，"这不是，到，到家了吗，还要去哪儿呀？"

她看到那个粉色手机壳，又咦了声："你怎么拿着我的手机？"

褚鹰言简意赅："你家门号是多少。"

"你，要去我家？"宿艺眼睛瞬间亮了，答得飞快，"十二楼，1210，房门密码是113111……"

她越说越小声，然后又睡了过去。

“……”电话那头的吴雪听得清清楚楚，她抓起车钥匙就准备冲去宿艺家，“我警告你，可别乱来啊！”

啪嗒，电话挂了。

吴雪心想，完了完了，这臭丫头，之前喝醉的时候就是个老大爷，怎么这会跟个小白兔似的啥都往外吐？！

而此时，老大爷正趴在男人的肩上，嘴里流着哈喇子。

“褚鹰，褚鹰，右拐。”她像个指挥官，颇有股指哪打哪的气势，手不断乱晃。

宿艺怎么说也有一米七多的身高，这样晃着，要不是褚鹰身体素质好，这会肯定两人都得摔。

打开门，褚鹰没多看，径直走进卧室，把宿艺丢在了床上。

他从宿艺身下扯出自己的外套，顺手给她盖了个被子，转身就要走。

“嗳，别走。”宿艺突然出声叫住他。

褚鹰眉头微皱，停下了脚步。

只见她眯起眼，道：“再、再喝点？”

吴雪匆匆赶到宿艺家，手抖得密码都输错了好几遍。

她边按着密码，嘴里边喊：“宿艺！宿艺！你还活着没！”

无人应答。

门终于传来“嘀”的解锁声，吴雪走进屋，从包里掏出了专门带来以防万一的小刀。

客厅没人，房子里安安静静的。

“……宿艺？”吴雪叫了一声。

“嗯。”

小小的嘤咛声从卧室传来，吴雪想都没想就冲了进去。房间整整齐齐，半分没乱，她要找的人正安安稳稳地躺在床上，盖着被子，只露出半张小脸蛋。

宿艺的手机就放在床头，上面有十几条未接提示。满屋子的酒气，一闻就知道宿艺喝了不少。吴雪四处看了看，确定家里没有其他人。

还没等她发问，就听见“砰”的一声，外面半掩着的大门被推开，然后响起一连串的脚步声，听起来人数还不少。吴雪下意识转头，看到一个穿着警察制服的男人站在房门口。

男人见到吴雪也是一愣：“小雪，人呢？”

男人叫刘明昊，是吴雪的男朋友，刚准备下班回家时突然接到了吴雪的电话，说是宿艺出事了，让他赶紧带人过来一趟。

“……不知道，”吴雪轻拍了两下宿艺的脸蛋，“宿艺，你醒醒。”

宿艺顺着吴雪的手靠到了她腰上，迷迷糊糊睁眼，问：“你怎么来了？”

那些跟着刘明昊一块来的民警也跟到了卧室来，一看都惊了，床上躺着的人，非常眼熟……像一个女明星。

吴雪见她意识是清醒的，松了口气，然后对门口的人道：“她好像没事了，不好意思啊，我刚刚太着急了，麻烦大家跑一趟，改天我跟明昊一块请大家吃个饭。”

把刘明昊等人送走后，吴雪到床边把宿艺从被窝里拖了出来。

宿艺靠在她身上，问：“褚鹰呢？”

方才太急，吴雪这会才把事情捋顺了，这不正是宿艺以前念叨过的名字吗，她没好气道：“不知道，你自己能站起来不？”

宿艺闻言，扶着墙站直，还呆里呆气地应了句：“好像可以。”

吴雪翻了个白眼，跑到浴室给她放热水。

二十分钟后，宿艺躺进浴缸里，任由吴雪帮她扎头发。

吴雪想想还是不放心，又问了句：“你没被那个什么鹰的怎么样吧？”

“没有。”语气非常惋惜。

“那就好，”吴雪帮她扎好头发，然后全塞进了浴帽里，“你可减减肥吧，我刚刚扶都扶不住你。”

宿艺嘟囔：“我这是标准体重，是你承重力不行。”

吴雪正准备起身，宿艺又道：“小雪雪，帮我拿下手机。”

“不行，”吴雪一口拒绝，“赶紧洗完出来，喝醉后不能泡澡，要不是你明天还有通告，我非让你臭烘烘睡到天亮。”

宿艺喔了一声，她在热水的滋润下清醒了不少，这才想起来问：“你把刘明昊叫来做什么？”

“你还好意思问，”吴雪把刚刚的事说了一遍，“你在想什么？我跟你说多少次了，我不在的时候别喝酒，你是公众人物，知道在外面喝醉有多危险吗！”

宿艺头有些晕，乖乖闭嘴挨训。

吴雪帮她弄好头发，靠到墙边，确认道："褚鹰是之前慈善晚会遇到的那个？"

宿艺好心情地笑笑，眼底一闪一闪的。难得见宿艺这种表情，吴雪好奇心也上来了："你这一见钟情得也太玄幻了吧，他给你灌迷魂药了？我怎么觉得他还没梁博帅。"

梁博是当今最火的流量男星，每发一条微博都能去热搜上逛几圈。

吴雪之所以会提他，是因为梁博之前明里暗里向宿艺示过好。

"别。"宿艺啧了声，"梁博跟他可没得比。"

伺候宿艺洗完澡，吴雪就走了。

被这么一折腾，宿艺反而睡不着了，她抓起手机，直接给褚鹰弹了条微信语音。

响了几声才被接起。

"嗯？"

男人像是被吵醒的，声音低低沉沉，还有些哑。

"你睡着了？"宿艺明知故问。

褚鹰的确刚睡着，他新换了电话号码，只有几个熟人知道，看到微信语音一时手快，当作电话接了，直到听到宿艺的声音才清醒过来，默了几秒就想挂。

"别挂！"宿艺像是猜到了，赶紧叫了声，然后随便找了个话题，"你是不是把我大衣拿走了？"

褚鹰："你没有穿大衣。"

"有。"宿艺语气肯定，"我明明把它绑在腰上了。"

褚鹰的声音有些无奈："那是我的大衣。"

宿艺捂嘴憋笑，嘴上继续装醉："你大衣怎么会绑到我腰上？"

啪嗒。电话挂了。

宿艺这才笑出声来。

这男人明明脸臭又死板，可她怎么觉得逗他这么好玩儿呢。

第二天，宿艺是被安璇叫醒的。

安璇把吴雪叮嘱带来的早餐放在桌上："艺姐，您赶紧洗漱吃早餐吧，化妆师马上就要来了。”

宿艺躺在床上，闭着眼问：“今天……是要去干什么来着？”

“Pasion 分店的剪彩，”安璇说，“得坐半小时车呢。”

宿艺没有赖床的恶习，一个鲤鱼打挺就起来了，她拉下眼罩，利落地下了床。

吃完早餐，化妆师就到了，宿艺的化妆师是位三十岁的轻熟女人，她看着宿艺眼底浓重的乌青，语气夸张：“你最近不是没戏拍吗？怎么这黑眼圈又出来了？”

“什么叫没戏拍，我只是休息一段时间。”宿艺往后一躺，任她在脸上涂涂抹抹。

剪彩不需要穿得太隆重，宿艺穿了条连衣裙，搭上 Pasion 前段时间刚推出的热款高跟鞋就出了门。

化妆师和安璇跟在她身后，安璇正拿着小本本给宿艺念着几天后的行程，“叮”一声，电梯门打开。

里面站着昨晚她们刚提及的男星梁博和他的助理。

宿艺住的这个小区算是个明星区，小区里光她碰上的明星就不下十个，其中就包括梁博。

梁博见到她，眼底一亮，挂上迷人的笑容：“早，小艺。”

宿艺不咸不淡地嗯了声，算是打招呼了。

梁博问：“这是要去哪？”

宿艺答得简洁：“赶通告。”

“我也是。”梁博说，“对了，今晚我要在家里开派对，你要过来吗？”

梁博家在公寓顶层，一层楼都是他的，有泳池有健身房还有台球室，总之吃喝玩乐一应俱全。

至于宿艺怎么会知道——因为梁博已经不下三次邀请她去他家了，有一回还给她发了几段家里的视频，表示她如果来了一定不会失望。

宿艺：“不去。”

梁博闭了嘴，在几人面前被拒绝，他脸色有些难看。

其实之前宿艺对他的态度还是不错的，拒绝时也会说几句“不好意思”，“有点事”和“没空”，今天却连借口都不说，一口就拒了。

许是觉得没面子，电梯一到，梁博就快步走了出去。

到商场时，吴雪已经在那等着她了。

“先去拍几张游览照，一会发微博用。”吴雪迎上来，伸手帮她拨了拨头发。

宿艺环视商场一圈，问：“这商场什么时候开的？”

“前几天，褚氏旗下的，”说到这，吴雪忍不住感慨，“你说这褚氏是不是打算征服天下？房地产、影视圈、木材建筑……什么都掺和，偏偏还哪都混得开，他们下一步是不是要进军饮食业了？”

“不知道，”宿艺扬起嘴角，随口道，“姓褚就是牛。”

吴雪：“……毛病。”

剪彩进行得很顺利，活动结束后就没有别的工作了。前段时间刚拍完一部戏，这两个星期差不多等于是宿艺的假期，只有几个像剪彩性质的不费力气的小通告，所以宿艺也不急着回家，非拉着吴雪逛商场。

从一家衣服店出来，宿艺想了想，问：“刚刚在 Pasion 拍的照片，你发微博了吗？”

吴雪：“没有，照片还在修。”

宿艺掏出手机：“发几张原图给我。”

“干吗？”吴雪嘴上问着，已经给宿艺发了过去。

宿艺发了一条微信朋友圈。

她不怎么发朋友圈，微信好友里都是圈里人，都玩微博，一张照片看两次，是谁都会烦，但现在不一样。

现在她微信上多了一个可能连微博都没有的老古板。

宿艺在腹诽的时候，褚鹰正坐在办公室里，手机放在一边，屏幕亮着，上面在下载微博 APP。

他问：“这项投资是谁定下来的？”

助理毕恭毕敬地站在办公桌前，闻言探出身看了看，是一部电视剧投资：“应该是奇副总。”

褚鹰继续问：“角色定了？”

“还没有，”助理说，“不过明天就会出名单。”

“叮。”

桌面的手机响了一下。

褚鹰敛目，抬手点开提示信息。

宿艺发来了一条语音。

他犹豫片刻，还是点开了。

“昨天我喝得有点多，谢谢你送我回家，”背景杂音很大，还能听到宿艺脚上的高跟鞋敲击地面声，“作为感谢，我请你吃个饭吧，我现在在褚欣广场，你看你方不方便……喂！你干什么呢？！哎！”

语音戛然而止。

褚鹰皱起眉头，犹豫片刻，给对方打去一个微信电话。

语音半天无人接听，助理的手机倒是先响了。

只听了两句，助理就用掌心捂着话筒，道：“褚总，褚欣广场那边出了点小事儿。”

小事自然是不需要报备给老板的，让下面处理就是，但褚鹰刚刚听语音时直接点的外放，助理听了个全。

褚鹰没说话，径直抓起手机离开了办公室。

一到广场，马上就有负责人迎了上来，笑道：“哎呀！褚总，怎么劳烦您亲自过来了呀！”

褚鹰：“出什么事了？”

“小事，小事，”负责人摆摆手，“已经在处理了，您不用担心。”

褚鹰冷冷扫了他一眼。

“是，是这样，”负责人捏了把汗，“有位女顾客要来退掉前天在商场里购买的衣服，但那件衣服已经有了清洗的痕迹，而且质量上也没其他的问题，我们的售货员就拒绝了她的要求，可是那位女顾客态度很强硬，说着说着，就动了手。”

褚鹰：“还有呢。”

负责人本来还想瞒，没想到新老板这么厉害，一听就知道还有后文，他只得继续全盘托出：“然后……又出来一位女顾客，看不下去，替售货员还了手。”

褚鹰挑眉：“也动手了？”

“是，”负责人说，“而且那位女顾客还是个女明星，这，所以，就有些棘手。”

“人在哪，”褚鹰走了几步，又问，“受伤没？”

“受伤了，那个女明星挺彪悍的，直接把那位女顾客打哭了。”

“……”褚鹰停下脚步，没忍住嘴角的笑意，“那个女明星，受伤没？”

负责人赶紧摇头：“这没有，她要是受伤了，事情可就不得了了。”

褚鹰刚走到办公室外，就听见里面的声响。

一个女人哽咽着：“你别走！你有本事别走！我一定要告你！”

“我不走，你都没跟人小姑娘道歉，我走什么？”熟悉的声音，还带着几分嘲讽，张扬得很，就是声音有些闷重。

又是一个女声插进来：“你少说点！”

褚鹰站到门口，总算看清了里面的情况。

左边沙发坐着一个女人，微胖，妆花了，头发也乱了，不过看上去没受什么重伤，正拿纸巾擦着眼泪。右边沙发坐了三个人，一个穿着简单，干净利落；另一个是商场的售货员，身上穿着员工制服，脸上还有一个明显的手掌印。

剩下那个，自然就是宿艺了。和左边的人截然相反，宿艺头发柔顺地披在胸前，一条贴身小裙子，脸上戴了个与打扮不符的灰色口罩，一双媚眼露在外头，眼妆精致勾人，一点都看不出是刚打完架的人。

褚鹰眼往下。

嗯，就是鞋子少了一只。

负责人走在前头，双手握拳，笑道：“那个，之前你们让我找来的上级……已经到了。”

他脸上笑眯眯，心底却在想，如果再给他一次机会，他就算被这两个女人骂死他都不会通知上级。

左边的女人先开口了，她眼泪一下就涌了出来：“在哪里？！我告诉你，你今天不让这个售货员和这个女人跟我道歉，我连你们商场一起告！”

宿艺看都不看来人一眼，她冷嗤道：“去啊，你去告，看看最后算谁错……嘡！”

吴雪在背后狠狠捏了她一把。

吴雪站起身：“既然你的上级来了，那我们就走了，如果最终决定要报案的话，你们可以直接联系我，这是我的名片。”

负责人双手接过：“好，好。”

女顾客一下就急了：“干吗？打了人想走？！”

“我不走，”宿艺跷起二郎腿，一只好看的脚丫垂在小腿侧，“解决了我再走。”

吴雪皱眉，凑过来低声道：“干什么，还想上次热搜？标题给你来个‘宿艺打架斗殴进局子’？”

宿艺音量不减，态度强硬：“不行，这女的叫人呢，一会她欺负这个售货员怎么办？”

“去调监控录像。”

低沉的声音从门外响起。

办公室里的人皆是一愣，下意识地往门口看去——除了宿艺。

这声音！不是吧？不会吧？……没这么巧吧？

她不自然地抬起左手，假装整理头发，趁机偷偷瞥了门口一眼。

说来也是神奇，光看到男人的额头，她就确认了。

真是褚鹰。

咦，他今天好像穿了西装？

于是宿艺又一次假装撩头发，再多看了一眼，真帅。

吴雪也认出来了，她回头看了眼，见到自家艺人羞得头都不敢抬。

“好，”负责人刚准备招呼保安去调，又折回来问，“褚总，调哪一部分的监控？”

“前边的，”褚鹰说，“找出先动手的那个人。”

女顾客拍了拍沙发的扶手：“你什么意思啊？”

褚鹰不理她，目光一转，挪到了宿艺身上。

吴雪马上挂上职业微笑：“褚总是吗？我们换个地方说？”

褚鹰收回视线：“嗯。”

宿艺不情不愿地挪到了隔壁办公室。

“是这样的，”吴雪道，“我和我艺人今天来贵商场新开的Pasion店铺剪彩，临走前看到有顾客在为难售货员，还动了手，我们没忍住，就掺和进去了。”

褚鹰坐姿端正，背脊很直，明明比站着的几人矮，气势却生生高了一截。宿艺自进来后就坐在角落，一声没吭。

他看着沙发上头埋低，不吭声的女人：“动手了？”

敏锐地察觉到对方是在问自己，宿艺小幅度地点点头，随即又马上摇头。

褚鹰觉得好笑："嗯？"

"动了。"宿艺故意捏着嗓子，"但是就几下。"

"口罩摘了吧，"褚鹰道，"还是酒喝多了，酒精过敏了？"

得。宿艺酝酿了几秒感情，把眼睛憋红，才扯下口罩。

她转过头，声音一软："……嘿。"

完全没有刚刚抓着高跟鞋跟人对打的气势。吴雪觉得她手下这位艺人这辈子就是注定要吃演员这口饭的，这演技，不服不行。

褚鹰问："那位女顾客认出你没？"

吴雪抢答道："没有。"

宿艺冲上去帮忙的时候，女顾客的头发已经糊了自己一脸，当时场面混乱，加上事后吴雪马上给宿艺戴了口罩，她可以肯定，对方一定没认出来。

想想也是，如果那个女顾客认出来了，这会就不是撒泼，而是发微博了。

褚鹰淡淡地嗯了声："回去吧。"

宿艺："啊？"

"怎么。"褚鹰道，"还想留着？"

宿艺这个"想"字都在嘴边了，被吴雪生生堵了回去："谢谢褚总，那我就先带她回去了，如果有什么状况或是需要，您尽管打我电话。"

被拖着出了商城，宿艺才反应过来："这就走了？"

吴雪快气晕了："那要不你再回去跟那女人打一架？"

宿艺："这不能怪我，是她太过分了。"

当时要不是宿艺上去，那售货员头发估计都得被扯下大半。

"我们可以去找保安，"吴雪说，"你上去有用吗？以暴制暴？"

宿艺不说话了。

吴雪刚责备完就有点后悔，其实宿艺性子是比较张扬，但她平日的张扬是冷静、沉着的，换作别的事，她绝不可能自个儿冲上去。

这次的事，估计戳到宿艺心窝子去了。

吴雪转了个话题："对了，褚鹰到底是什么来头？"

"不知道。"宿艺有一下没一下地玩着手机壳。

其实在办公室时，宿艺就冷静下来了。可是一看到褚鹰，她的心就跟连上了电线似的，吱溜吱溜，不得安宁。

她表情一阵欣喜一阵愁，最后转过头，问吴雪："小雪雪，我的妆有没有花？”

吴雪瞄了一眼：“有点。”

宿艺更愁了。

手机传来一声叮咚。褚鹰发来一张图片，上面是一只落单的红色高跟鞋。

宿艺看着自己右脚的拖鞋，只觉得眼前一黑。又一条信息弹出来。

褚鹰：“下次见面时给你。”

宿艺看着这条信息，安静了近一分钟。

一边的吴雪偏过头来：“这几天你就在家休息吧，如果要出去记得叫安璇陪你。”

安璇在驾驶座上点头：“嗯，我随叫随到的！”

没得到回应。

吴雪：“发什么呆？”

宿艺回过神来，嘴角不可控制地上翘：“没有。”

“你嘴角都快咧到耳根了，”吴雪道，“收敛点。”

刚说完，吴雪的电话就响了。她看了眼来电显示，马上接起问：“小陈，怎么样，有消息了吗？”

“什么？！”

“那编剧怎么回事，他不是定下的宿艺吗！”

吴雪又说了几句，然后气愤地把电话挂了。

宿艺：“怎么了？”

吴雪爆了句粗口：“《暗涌》那个角色定下来了。”

宿艺给褚鹰发了个可爱的表情，凉凉道：“徐倩岚？”

吴雪：“嗯，怎么回事儿啊，之前我打听了一下，那角色应该是你的啊。”

“算了，”宿艺倒不是很在意，“没事，另一个剧本角色找到人了吗？”

“好像还没，我待会打电话去问下，”吴雪双臂环抱，看起来比宿艺还气，“不行，安璇，你在前面路口放我下车，我得去公司看看是什么情况。”

吴雪气势汹汹地下了车。

安璇重新发动车子，刚开了一小段路，后面的人就说话了。

“安璇，今天就到这，你回家吧。”宿艺把手机放回包包里，“我自己开车回去。”

安璇一愣：“没事没事，我送您吧。”

宿艺的手已经放到了车门把手上："停车。"

安璇下了车，站在路边看着那辆黑色捷豹再次启动，眼见就要离去，结果还没开出几米，车就停了下来。车门打开，宿艺拨弄了一下额前碎发，下车走到后备厢，利落地换上了平底鞋。

宿艺腿长，换个鞋都引来了不少目光，还有几个人认出她来，掏出手机就是一阵猛拍。

安璇还没走到公交车站，就接到吴雪的电话。

吴雪："……我就走了十分钟，怎么微博上就有宿艺街头换鞋的照片了？"

安璇："……"

宿艺不常开车，倒不是她懒，而是吴雪不让她开，说是明星开车麻烦多，一不小心蹭到剐到就是个小新闻。

她把空调关上，开了车窗，随手从旁边的置物盒里拿出墨镜，指尖跟着音响里的节拍轻敲着方向盘。

红灯，她停稳车子，手支着下巴，眼睛盯着前面的红绿灯。

身边传来几声喇叭。宿艺头微微往后仰，看清旁边车道，停的是一辆骚里骚气的大红色跑车。

跑车驾驶座上的男人朝她挑了挑他那对蜡笔小新般的粗眉毛。宿艺没搭理他，转头点开手机，想看看褚鹰有没有回复。

屏幕空空荡荡。

绿灯，她关上车窗，踩下油门离去。

没想到那辆跑车跟在她车屁股后面，还顺利地过了物业那关，一路开进了公寓的停车场，她停好车时才发现那辆跑车，就停在她斜对面的车位上。

男人叫吕杨，有点胖，他从车上下来，往车门旁一靠，笑眯眯地看着她。宿艺摘下墨镜，从包里找出防狼电击棒，下车后还记着从后车厢拿出那只高跟鞋，用食指拎着，从容地向电梯入口走去。

吕杨嘿嘿笑了两声："一块上去？"

宿艺偏头一笑："好啊。"

上了电梯，她静静地站着，也不按电梯键。

吕杨催她："宿艺，按下电梯呀。"

果然，这个人认识她，宿艺皮笑肉不笑，抬起手，露出手里的电击棒。

吕杨眼都直了："哎哎哎，你这是干什么！"

“口袋全部翻出来。”宿艺语气凶狠。

这宿艺，难道是个女强盗吗？！

吕杨哭唧唧地把自己口袋里的手机和钱包全拿了出来：“你，你到底要干吗？”

“还有呢？”宿艺问。

“没，没了，”吕杨抖着手，“你全拿去，我，我不会告诉媒体的。”

什么鬼，这年头抢劫都不兴带凶器了？宿艺正准备说什么，电梯外传来一道疑惑的声音：“宿艺？”

站在电梯外的是梁博，身边没跟着人。

“梁博，你来得正好，”吕杨见到梁博，顿时就不尿了，他扯开嗓门，“这女人在抢劫我！”

宿艺皱眉：“你们认识？”

“废话，”吕杨往梁博身边挪，“我跟你一样，来参加他家的Party的！”

宿艺顿时明白过来了，她把电击棒往包里一丢：“不好意思，误会了。”

吕杨：“……”

她看着电梯外的两人，道：“你们不上去吗，那我先走了。”

“上。”梁博赶紧伸手拦住门。

电梯刚开始上升，宿艺的包里就响起了微信提示声。

褚鹰：“解决了。”

旁边女人脸上漾起笑，梁博看得心痒痒，还是忍不住道：“真不上来玩会？我们准备了很多好酒。”

“不了，”电梯门打开，宿艺腿长，一步就迈了出去，头也不回，好心情道，“Byebye.”

进门后，宿艺马上回了一条信息。

宿艺娘娘：“怎么解决的，你们没罚那个售货员吧？她没有动手。”

褚鹰：“没罚。”

有了这句话，这件事在她心里就算翻篇了。

宿艺娘娘：“明天有空吗，一起吃顿饭？”

发完后，她想了想，又补上一句，“那只鞋子我很喜欢，它流落在外，我不放心。”

褚鹰：“明天没空。”

宿艺娘娘："那后天？大后天？"

褚鹰："一会可以。"

他回得简短，但宿艺一下就看明白了。

一天见两回……这么刺激的吗！

宿艺想都不想："你来接我？我想坐你的车。"

褚鹰的车是辆中档黑色路虎，不贵，算不上是豪车。

但宿艺觉得，这男人就得开这种车，高，大，有气势。

撩人得很。

褚鹰："地址。"

刘玺找到办公室来时，褚鹰正在做俯卧撑。

刘玺："……你这是在干啥。"

褚鹰不应他，数够一百个后才起身，动作利落："有事？"

"没事不能找你啦？"刘玺坐到沙发上，说，"今晚梁博开派对，让我邀请您老人家一块去。"

褚鹰神色不变："梁博是谁。"

"一个男明星，最近挺火的，这你都不知道。"刘玺说，"听说妞挺多的，去看看？"

褚鹰："不去。"

"哎，这么干脆？"刘玺今天是铁了心要拉褚鹰一块去，"我车都没开来，一块吧，刚好我坐你车。"

褚鹰嗤笑道："皮痒了？让我给你当司机？"

"不不不，"刘玺秒怂，"我来开，我送您，我送您。"

"没空。"褚鹰说完，抓起外套就往外走。

刘玺："我可是问过你秘书了，你晚上没工作行程。"

他说这话时，褚鹰刚好走到门口的秘书处，秘书见他们出来，赶紧起身打招呼。

褚鹰停下脚步，扫了女秘书一眼。

"以后再把我的行程往外说，就自己收拾东西走人。"

女秘书脸上的红晕霎时间全部消退："……是，对不起。"

刘玺跟褚鹰关系好，一点脸皮都不要，硬是强行上了褚鹰的车："你要去哪啊，真有事？"

褚鹰："吃饭。"

刘玺问："一身臭汗去吃饭？"

褚鹰把刘玺赶下了车，然后掉头，回家洗了个澡。没退伍前，做完一百个俯卧撑就能洗澡，可是想都不敢想的事儿。

洗完澡，宿艺刚好发了个定位过来。

宿艺娘娘："等你 [乖巧蹲坐 . jpg]"

褚鹰擦着头发，居高临下地看着那只蹲坐着的兔子表情，微不可见地勾了勾嘴角。

他随便套身衣服就出了门。按着导航驶进停车场，他把车停靠在一边，给宿艺发了条消息。

褚鹰："到了。"

宿艺娘娘："等我，现在下去。"

没坐一会，就有人敲了敲车窗。

褚鹰转过头，看到了刘玺的大脸。

"你怎么知道地址的，不是说不来吗？"刘玺问。

刘玺身边还站着个女人，穿着十分暴露，一件白色背心，胸前撑得鼓鼓的。

女人正是徐倩岚，她柔声问："这位是……"

"我哥们，褚氏大老板，"刘玺摆手，"赶紧叫褚总。"

徐倩岚笑容更深："褚总好。"

刘玺见褚鹰车就停在道上，以为他是找不到停车位，朝右边指了指："那边有个停车位。"

刚说完，副驾驶座的车门突然被人拉开，三人齐齐侧头望去。

宿艺穿着一身简单的白衣短裤，素颜，一双白色运动鞋，像极了青春洋溢的大学生。

她兀自扣好安全带，然后才转头，笑道："没等久吧？"

她一转过脸，专门打扮出来的校园清新感就消了大半。宿艺的特别之处就是在这，她上妆惊艳绝伦，素颜仍旧妩媚动人，嘴唇一勾眼眸一弯，就是风情。

"没有，"褚鹰踩下油门，"刚到。"

刘玺就这么愣愣地看着路虎的车屁股，半天才喃喃了句："……还真是这个宿艺！"

徐倩岚费了不少力气才把自己的厌恶从脸上收回，她扯扯嘴角，语气夸张：“原来你还认识褚总，真厉害。”

“这有什么厉害的？”徐倩岚的马屁显然没拍对，刘玺皱眉看了她一眼。

徐倩岚闭了嘴。

开出停车场，褚鹰才问：“去哪？”

“你想吃什么？”宿艺拿着手机，翻着 APP 上的餐厅。

“都行，”褚鹰说，“鞋子在你脚边。”

宿艺低头看了眼，红色的鞋子倚在车身上，被黑色的垫子衬得韵味十足。

“有没有忌口的？”

她边说边看着褚鹰的手臂，心扑通扑通的。褚鹰的手臂肌肉线条很棒，不是那种太夸张的程度，白色短袖堪堪包住他的手臂，浑身充满着力量感。

褚鹰睨了她一眼：“没有。”

宿艺其实早就有了主意，她探过身子，在车上的导航仪中输入地址，导航马上开始自动寻路。她靠得近，身上的沐浴露香完全把褚鹰的肥皂味盖住。

香味钻进鼻腔，褚鹰不禁想，女人都是活得这么精致的吗？

宿艺挑的是一家麻辣烫。

铁门往上一拉就可以开门做生意的那种店面，几个大风扇在墙上呼呼地吹着，墙皮也脱落了不少，唯一可取之处，就是看起来还算干净。

褚鹰有些意外，他原以为宿艺会挑法式餐厅之类的，至少也应该是家带中央空调的。

“这家麻辣烫是我偶然发现的，别看它店面小，但味道超级棒，”宿艺走在前面，说完回过头朝他笑笑，“你不会介意吧？”

“不会。”以前出任务时，方便面对他来说都是美味。

宿艺斜挎着一个小挎包，挎包有多小——放一个眼镜盒就满了，手机都要拿在手上才行。

褚鹰看着面前戴了副黑框眼镜的女人，不太明白背这个包的用意在哪里。

宿艺拿出两个小篮子，把一个递给褚鹰：“走，先去挑食材。”

店里的规矩是先结账再下锅，结账时，宿艺的那份麻辣烫才十块钱。

“商场那件事，最后怎么处理了？”宿艺掰开筷子递给他。

褚鹰：“让她退了衣服。”

“噢，”宿艺想了想，道，“其实我这人胆子挺小的，中午的事……只是一时冲动，我现在可后悔了。”

褚鹰忍笑，点了两下头。

宿艺看到他嘴角的弧度，突然停下手：“你是在笑吗？”

“怎么，”褚鹰抬头，一边嘴角的弧度更明显，“不能笑吗？”

“不是，”宿艺说，“只是第一次见你笑。”

褚鹰收回目光：“我们也没见几回。”

宿艺咽下嘴里的白菜：“你在褚氏上班？你也姓褚……难道是老板的亲戚？”

褚鹰点头：“算是吧。”

对话不冷不淡地进行着，宿艺心底都有些看不起自己了。

你怎么这么尿？！直接问他有没有女朋友啊！错过这次机会，下次岂不是还得想办法再丢只鞋！又不是辛德瑞拉！

褚鹰看着她的碗：“你吃这些，能饱？”

“不能，”宿艺说得老实，“我吃饱一顿，得去健身房待三天。”

褚鹰顺着她的话，多看了眼她的身材，然后下结论：“不胖。”

宿艺张嘴还打算说什么，搁在腿间的手机响了。

来电显示是老巫婆，宿艺赶紧起身：“我出去接个电话。”

在她走出去的路上，褚鹰还能隐隐约约听到几句话。

“我在家呢。”

“梁博在开 Party，所以吵点。”

“没吃，在控制，你放心……真没吃。”

褚鹰：“……”

宿艺挂了电话，舒了口气，下个礼拜有个杂志拍摄，里面有采访环节，是网络全程直播的，所以这几天吴雪在饮食方面管得很严。

刚走回店面，就听见两个女生的窃窃私语。她们坐在最里边的座位上，其中一个道：“真的帅，不信你假装看菜单，走到前面去看看。”

另一个女生马上站起来，去前面晃悠了一圈，眼睛直直地黏在褚鹰身上。

宿艺这才挪动脚步，施施然地坐到了褚鹰对面。这男人吸引力太大，她得先下手为强。

宿艺：“褚鹰，你……”

“贱人！”一道阴狠的声音由左上方传来，“天天装出那副楚楚可怜的姿态来博取皇上的怜惜，当本宫死了吗？！”

这句台词被说得咬牙切齿，褚鹰下意识侧头看了看。架子上的小电视机里，那个妆容浓重，表情狠毒的女人，正是坐在他对面啃着白菜的宿艺。

直到宿艺的镜头结束后，褚鹰才回头。

他说：“演得不错。”

“天啊，吃个饭都能看到宿艺，烦死了，”他们身边坐着的是一对情侣，女孩把筷子一放，“现在我看到她就烦。”

男孩道：“怎么了，她不是长得挺好看的吗？”

“好看什么呀好看？”女孩眼一瞪，“好看你跟她谈恋爱去啊！”

宿艺：“……”不了，我拒绝。

男孩赶紧安抚她：“别气了，别气了，反正播到最后她一定是炮灰，会死的。”

“死了我也不痛快，”女孩说，“不吃了！”

这对情侣就这么吵吵嚷嚷地离开了。宿艺回过头，刚好捕捉到褚鹰那似笑非笑的表情。

褚鹰：“你刚刚要说什么？”

“……”宿艺狠狠咽下嘴里的菜，“没事，我忘记了。”

一顿麻辣烫吃完，回公寓的路上，宿艺都在发愁。吃完这顿，以后想约他估计更难了。

她就这么靠在车窗上，肆无忌惮地盯了褚鹰半天。

褚鹰：“怎么了。”

“你之前怎么能那么准地接到那个鸡蛋啊。”宿艺想到什么问什么。

“没接到，”褚鹰说，“打到我手腕上，自己碎的。”

宿艺没忍住，笑出了声，音量不大，挠人。褚鹰听得顺耳，没说话，眼底也有些笑意。

马上就到公寓了，宿艺边偷看身边的人，边想下次还能用什么理由约他出来。

车子驶进地下停车场，什么东西轻轻撞到了她的白球鞋上，把她给敲回了神。

宿艺眸子瞬间就亮了。

褚鹰刚把车停好，身边的人就匆匆解开安全带：“那我回去了。”

“嗯，”褚鹰道，“再……”

“砰！”

副驾驶的车门被紧紧拍上的声音。

宿艺走得很急，两手抓着她包包的背带，头也不回地进了电梯。

约的时候那么殷勤，走的时候倒一点没犹豫。

褚鹰眸子微沉，敛眼，余光突然扫到副驾驶座的下方。

黑色垫子上，露出一角的红色鞋跟非常显眼。

他先是挑了挑眉，然后才扬起嘴角，徐徐驱车离开。

第三章
一见你就笑

宿艺刚到家，就收到了吴雪发来的另一个剧本。

吴雪：“算了，没用你，是他们的损失，咱多的是戏演。” 剧本是电脑文档版本，宿艺看了前面几幕，有些兴致缺缺。

宿艺：“我看看后面的再决定吧。” 挂了电话，她把头发绑起来，转身进了浴室。出门前洗过一次澡，但吃完麻辣烫回来，又沾了一身味道，她草草冲了下身子，裹上浴巾，把电脑搬到床上，开始仔细看剧本。

没看多久，手机设置的闹铃响了。宿艺当下就没了看剧本的心思，笑盈盈地抓起手机。

宿艺娘娘：“我的鞋子忘了拿回来了 [真让人摸不着头脑 . jpg]”

等了几分钟，对方都没有回复。等信息等得焦躁，剧本内容又实在乏善可陈，她看不下去了，索性关掉文档，随便开了部电影来看。

外面门铃响起。

宿艺的住址有不少媒体知道，但之前媒体蹲守了半年都没拍到什么东西，就没再蹲守她了，她家人也不在这边，这个时间点，除了吴雪，没人会来她家。

她起身，从猫眼处往外看了看。

梁博手里拿着两杯红酒，脸颊微红，见里面没有动静，又面色不耐烦地按了几下门铃。

宿艺啧了声，转身回了卧室，丝毫没有要开门的念头。

也不知是酒劲上头还是怎么的，今天的梁博格外有耐心，在外头足足五分钟都没走。门铃没人应答，他直接敲起门来，哐哐哐的，吵人。

宿艺下床，给自己披了一件大外套，遮得严严实实。

然后她拉上防盗锁链，打开门，语气不善：“有事？”

“我就知道你在，”梁博笑了，“上去喝一杯吧，你都认识的。”

梁博好面子，换作平时，一定不会自降身份上门找宿艺。刚刚在玩大冒险，他输了，被刘玺怂恿下来邀请宿艺，他喝了点酒，经不住激，就拿着酒下来了。

“不喝。”宿艺说完就准备关门。

“哎……呦，”梁博想都不想就伸手挡，他要是现在上去了，得多丢人？“不行，你怎么说也得上去露个脸。”

宿艺：“今天我们在电梯见过是吧？”

梁博点头：“是啊。”

“那样的电击棒，我家里还有三根。”

褚鹰看到宿艺发来的微信时已经是第二天，昨天有个战友回来探亲，他专程去机场接了人，还撸了个串，回家倒头就睡了。

他按下语音键：“看到了。”

打字什么的他不习惯，所以之前回宿艺的信息都比较简短。

对面很快也回了一条语音。

“嗯，那挑个时间，我去找你拿，可以吗。”

宿艺明显没睡醒，声音糯糯的。

褚鹰鬼使神差地点开语音又听了一遍，才动动手指，回了个“嗯”。

刚到公司，助理就拿了一份资料进来：“Boss，这是《暗涌》定下的演员名单。”

褚鹰刚刚接手公司事务，对这些不是太了解，助理很贴心地在每个名单后面都附了一份简单的介绍。好剧本难求，这项投资是褚老爷子定下来的，投资金额对褚氏来说算九牛一毛，但跟其他剧组一对比，就显得豪气冲天了，资金足，所以请来的主演个个都是大牌，就连配角都是一些老戏骨。

翻到女二号时，褚鹰的动作停顿下来。

徐倩岚，昨天刘玺身边的人，他在宿艺手机里那位老巫婆口中也听到过这个名字。

“这个，”他把文件丢到桌上，用指尖点了点徐倩岚的资料，“是通过面试定下来的？”

助理一下就听懂了：“不是，是奇副总向那边提的要求。”

褚鹰：“这部剧的投资方是谁？”

助理被问蒙了，半天才道："是我们公司。"

"不是我们，是我，"褚鹰语气淡淡，把资料往前一甩，"要提要求，也轮不到他。"

"……"助理小心翼翼道，"您的意思是？"

"这部剧里，不需要关系户。"

助理这下明白了，拿起文件："我这就去办。"

难得的休假，宿艺直接一觉睡到了中午。乏意消散后，她猛地睁开眼睛，拿起旁边的手机，点开和褚鹰的聊天框。

早上的聊天记录映入眼帘。

还好，不是做梦。她闭眼弯唇，把那句两秒的语音点开，反复听了好几遍。

密码声响起，吴雪步履匆匆，在卧室找到人后，忍不住问道："你怎么还没起床？"

"休假，"她声音慵懒，"让我多睡会儿，你怎么过来了，有事？"

"有，大喜事。"吴雪冷嗤一声，转身坐到沙发上，像个刚打完胜仗的将军。

宿艺慢悠悠起身，睡衣的吊带垂到一边，风光无限："说来听听。"

吴雪："《暗涌》的剧组刚才联系我，问我你的档期还空吗。"

"什么意思，"宿艺声明道，"我可不演其他角色。"

"不，"吴雪笑道，"萩姬那个角色是你的了。"

宿艺第一反应就是："徐倩岚爆丑闻了？"

"很遗憾，还没有。"吴雪也不卖关子，"之前是褚氏那边把她顶上去的，谁知道今儿个褚氏变卦了，直接把她撤了。"

宿艺有些意外："不是说编剧做主吗，说上就上，说撤就撤？"

"那也得顾及赞助商啊，资金不要了？"吴雪淡定地给自己倒了杯水，"徐倩岚团队之前还疯狂发通告，暗示媒体他们拿下了《暗涌》的主角，呵，这下我倒要看看他们怎么收场。"

"……"宿艺想了想，只能憋出这么一句，"褚氏的高管居然还会翻脸不认人。"

一个靠枕劈头砸来。

吴雪："跟你说多少次了，说话小心点，赶紧起床洗漱，下午要去公司跟片方的人开会！"

宿艺的经纪公司规模不大，签的艺人也不多，好在公司对每位艺人的发展方向定位都很准确，带出不少混出头的艺人，在行业里算是小有名声。

像宿艺，演完那部处女作后，公司给的定位就是“恶女”。

她到公司时，公司负责人已经在和片方谈签约事宜了。

“不好意思，堵车。”

解释完迟到的原因，宿艺往椅子上一坐，再也没插过嘴。她的手藏在桌子底下，给褚鹰发了条信息。

宿艺娘娘：“在忙？”

这次对方回得倒快。褚鹰：“没。”

宿艺娘娘：“我在开会呢，好无聊 [打哈欠 .gif]”

褚鹰：“那别玩手机了。”

这老古板！

宿艺娘娘：“已经开完啦 :)”

在等回复时，会议室的门再次被打开。

“褚总。”片方代表看到来人，慌忙起身，“您怎么亲自过来了。”

宿艺背对着大门，没见着人，她跟其他人一块站了起来，眼神还偷瞟着屏幕，想看褚鹰有没有回复。

来人答得简洁：“顺路。”

宿艺回过头，刚好对上男人的眼神。

褚鹰穿着一身西装，也在看着她，眼底满是揶揄。这几天他为了熟悉公司事务，参加过不少大大小小的会议，就连公司基层的日常周会他都去过，今天也是过来了解这类会议的。

没想到还逮了只撒谎精。

宿艺没来得及想男人怎么会出现在这里，她急忙转身，想把上一条消息撤回来，系统却提示信息已经超过两分钟，无法撤回。会议室的人赶紧把主位让出来，褚鹰从容不迫地坐到位子上，颔首道：“继续。”

会议全程，吴雪朝宿艺发射的目光分别可以命名为“好样的”、“咱家艺艺眼光真棒”和“徐倩岚算个屁”，赞美之情溢于言表。

可惜她完全高兴不起来。

“这是我们的拍摄时间，”片方代表把面前的文件往吴雪那推了推，“是这样，因为我们剧本小修了一下，戏份有点变化，所以入组的时间也提前了。”

吴雪接过来，匆匆扫了一眼，笑道："我们这边没问题。"

片方代表也笑："既然都没问题，就签约吧。"

合同被推到宿艺面前。宿艺手上摩挲着笔杆，笑盈盈道："我可以问一下，戏份变化在哪吗？"

虽然被抓包了很糗，但工作不能耽误，会议中该听的她还是都仔细听了。

"新戏份是编剧决定的，说是还有要改的地方，所以我这边也还没拿到完整版。"片方代表笑了笑，"似乎就属你的角色改动最大。"

宿艺听完后，心底有些迫不及待。

编剧能力她是认可的，这时忽然给角色加戏，绝对是锦上添花，她想都不想，唰唰在合同右下方签上自己的名字。最后大家又谈了一下以后宣传方面的问题，这事就算定下来了。

会议结束后，片方负责人赶紧起身道："褚总，我送您回去吧，顺便跟您报告签约方面的事。"

"嗯。"一直沉默的男人终于开口，他站起身，抬手拉了拉西装里头的衬衣衣袖，显然是不太习惯穿西装。

宿艺用手撑着脑袋，目光灼灼地盯着他，男人整理完袖子后抬头，对上了她的眼神。宿艺一脸"让我们当作无事发生过"的表情，朝他眨了眨眼睛。褚鹰挑眉，他眉毛浓厚锋利，看得宿艺忍不住咽了咽口水。

男……男色诱人。

褚鹰很快收回视线，嘴边噙着一抹不明显的笑意，转身大步离开会议室。

"快收拾东西，"没人发现这两人的眉来眼去，吴雪看着手机屏幕，催道，"要去拍个封面。"

宿艺疑惑道："今天不是没工作？"

"临时的，本来请的是国内那位第一超模，结果被'开天窗了'。"吴雪说，"那家杂志和公司有点交情，上面联系我，说让你去救救场。"

在进入演艺圈之前，宿艺算是半个平面模特，有相关经验，再加上身材好、脸蛋俏，有点名气后，各个杂志都对她青睐有加。

宿艺心不在焉地应下，手上给褚鹰发了个哭唧唧的表情。

今天安璇请了假，吴雪亲自开车。

"这速度都没到四十迈吧？到那边都可以吃晚饭了，"宿艺攥着手机，道，"要不我来开。"

吴雪想都不想：“不了，我怕你给我开出一部《秋名山车神》，来，给我说说那褚鹰是怎么回事。”

宿艺问：“什么怎么回事？”

“你早就知道他是褚氏高管？”

“没有。”宿艺点亮屏幕，褚鹰还是没有回复，“我也是刚知道。”

吴雪瞟了她一眼，佯装好奇道：“你之前说的那个翻脸不认人的褚氏高管，会不会就是他？”

宿艺：“不可能。”之前在公寓停车场和徐倩岚碰见过，他们俩怎么看都不像是认识。

直到下车都没收到回复，到了摄影棚，上妆前，宿艺想了想，轻敲键盘。

宿艺娘娘：“尊敬的投资方，我一定会好好拍戏，努力给您赚钱的［今天也把我的小心心放在这里.jpg]”

这次杂志的主题是礼服。宿艺换上无袖小礼裙，好看的锁骨线条一览无余。

服装师给她拿了一双鞋来。

一双红色镶钻高跟鞋，鞋跟又高又细，上脚非常好看。

摄影师跟她打完招呼后，马上就提上家伙开始工作了。

“手放到桌上，好，看镜头，”摄影师脚踩在木椅上，扭曲着自己的身子在找角度，“就这样，别动！”

宿艺费了很大力气，才没被摄影师的姿势逗笑。

“下巴往上抬一点，嘴唇开一点……好。”

“踩到这上面来。”摄影师指着工作人员搬上来的底座，底座类似芭比娃娃脚底的八音盒。

一声清脆的手机提示声响起，宿艺循声望去，声音来源正是吴雪手中，她的手机。她忍着看信息的冲动，想都不想就踩上底座。

没想到伴随着“嗞”的一声，宿艺感觉自己踩了个空，身子不受控制地向右边歪去——底座不牢固，承载不住宿艺的重量，被高跟鞋跟戳破了。

脚以扭曲的姿势一崴，钻心的痛由脚腕子传到头顶，痛得宿艺头皮发麻。

工作人员急忙跑过来扶住她，吴雪跑得最快，一上来就先固定好她的脚踝：“坐好，别动。”

“没事吧？”棚里的负责人匆匆从棚外跑进来，问。

吴雪：“你们的道具是怎么回事？！”

“不好意思，不好意思，”道具组的人赶紧道歉，“好像是胶带松了，没固定好。”

“我们家宿艺特地来给你们救场，你们倒好，连拍前检查都不做。”吴雪冷笑一声，“要是耽误了她接下来的行程，你们就等着赔偿吧。”

吴雪发了一通火，才把宿艺扶上车，杂志那边派了个工作人员来帮忙开车。

崴脚是真的痛，尤其是宿艺这种高个子，连带着腰部都有些隐隐发疼。

但她脸上没有多余的表情，在棚里也没说什么话，这会上车后，她才开了口：“小雪。”

吴雪：“怎么了，很疼吗？”

“不是，”她指了指吴雪的包，“我的手机。”

终于拿到心心念念的手机，她迫不及待地点开屏幕——移动的话费提示。

“小雪雪，”宿艺转过脑袋，苦着脸道，“我感觉我的脚更疼了。”

这一下崴得不算重，韧带拉伤，按摩热敷几天就能好。

傍晚，吴雪看着按摩师给她做完按摩和热敷后才离开，走前还千叮咛万嘱咐，让她千万别乱走动。

宿艺无所事事地点开之前没看完的综艺，把腿往桌上一架，瘫坐的姿势像极了土豪家中的老太太。

桌上的手机屏幕亮起来。

宿艺视线不离电视，她艰难地弯下腰，把手机抓过来，趁广告的空当，不甚在意地瞟了一眼。

褚鹰：“之前在忙。”

宿艺眼睛瞬间亮了！她手指敲得飞快，发出那句最土却保障一定能收到回复的问候语。

宿艺娘娘：“吃饭了吗？”

对面秒回了一条语音，居然足足有十秒。

“我是他朋友，褚鹰他上厕所去了，我们正在外头吃晚饭呢，你要不要过来？啊对了，我们在停车场见过的，你还记得吗？”是一个陌生的声音。

宿艺仔细想了想，没记起这人的模样。

宿艺娘娘：“当然记得，地址是？”

对面马上发来一个定位——某家海鲜大排档。

褚鹰回到座位上，点开手机 HOME 键看了眼。

“鹰子，你怎么又看手机？”坐在对面的平头男笑得爽朗，正是他从部队回来探亲的战友。

褚鹰摇头：“没事。”

“现在手机里的花样多，谁吃饭都喜欢玩，”刘玺乐呵呵道，“你们在部队到底怎么过下来的啊？听说打个电话都要提前报备，麻烦得很。”

平头男道：“还行，没那么夸张，训练这么累，睡觉的时间都不够，哪还顾得上别的。”

“话说我哥们以前是不是你们队里最牛的？”刘玺伸手，竖起大拇指问。

“不是，”平头男嘿嘿笑了几声，“不过再待久点就是了。”

褚鹰正准备让刘玺滚蛋，手机先响了，是宿艺弹过来的微信语音。

“褚鹰，我找不到那家店，”她背景音很大，和褚鹰身边的嘈杂声融合在了一起，“你能出来接下我吗？”

褚鹰出去的时候，宿艺就站在旁边那家沙县小吃门口，她穿着长裙，高挑的身形被衬得极好看。见到他，她手挥得像个雨刮器，脸上满是笑容，转身向他走来。

一瘸一拐的，好笑又可怜。

他抿唇，紧走几步走到她面前，往下一看，她的右脚踝被白纱布牢牢裹住，长裙遮了一半，不仔细看看不出来。

发现他的视线，宿艺解释道：“今天工作的时候，崴了一下。”

褚鹰：“走得动吗？”

宿艺顺杆而上，摇头，可怜兮兮道：“动了就疼。”

褚鹰伸出一只手臂。宿艺终于摸到了他的手。

比想象中的触感还要好，硬，稳，光扶着就让人有安全感。

走了两步，褚鹰放慢脚步：“里面人很多，低头。”

宿艺乖乖低头，把头往褚鹰肩上靠，褚鹰身上没有什么味道，只有西装干洗留下的清香。

座位上的人就这么目瞪口呆地看着两人勾肩搭背地走了进来。

宿艺对见褚鹰朋友这事也算是小有经验了，她笑眯眯地坐下来：“你们好，我是褚鹰的朋友。”

小平头哟了一声："听说过，听说过，是不是酒量很好的那位？"

"其实我酒量挺差的，"宿艺说得谦虚，见这个小平头比较眼生，问，"那天你也在？"

"没有，我听他们说的，"小平头嘿嘿道，"他们说腿很长，很漂亮，我一看就知道是你了。"

宿艺笑得更甜了。

褚鹰这才问："你怎么知道我在这。"

宿艺看了刘玺一眼，对方给她使了个眼色。

她轻咳一声："缘，妙不可言。"

褚鹰："……"

话音刚落，服务员端了几只大龙虾上来。宿艺看着这几只比她脸还大的龙虾，馋得不行。

桌上的手机屏幕亮起来，褚鹰下意识扫了一眼，看完才发现这不是他的手机。

老巫婆："睡觉的时候别压到腿，少吃点，明天我……"

后面的就看不到了。

宿艺咽咽口水，拿起筷子，夹起……一块胡萝卜。

正要放进嘴里，手上突然传来灼热的触感，一股力道把她的手按了回去。

宿艺一愣："怎么了？"

褚鹰看着胡萝卜周围的虾肉："别吃。"

"嘿，你怎么还不让别人吃饭，"对面的刘玺一脸莫名其妙："宿艺别客气，尽管吃。对了，我们交换下联系方式呗？"

宿艺放下筷子："好。"也不知道是在应谁。

一顿饭下来，宿艺就喝了几口水，听小平头和刘玺聊一些无关痛痒的事，褚鹰偶尔也说几句，然后时不时瞥她一眼。

"昨天你怎么不上来一起玩？"刘玺眼神放到了宿艺身上。

宿艺："什么？"

"昨天，梁博的 party 啊，"刘玺说，"他不是下去邀请你了？他喝得有点多，没跟你瞎说什么吧。"

"没有，"宿艺道，"我和他不熟。"

刘玺："这样啊，我看他半天没上来，还以为你们光顾着聊天去了。"

宿艺看了看身边的褚鹰，对方面色如常，表情毫无波动。

她笑笑，没再说话。

一顿饭结束，褚鹰结了账，起身道：“下次回来再联系。”

“好，”小平头道，“下回也不知道是什么时候了，不过回来一定联系你。”

两个大男人互拍了拍肩膀，算是告别。

刘玺站起来才发现宿艺脚上的伤：“你这脚是怎么了？”

宿艺：“崴到了，小伤。”

“脚崴了不好好休息，还跑来跟我们吃饭啊？那不行，我送你回去吧。”刘玺说着就要来扶她。

宿艺还没来得及往后躲，褚鹰先一步把刘玺的手拍掉：“你怎么还不走。”

刘玺非常无辜：“这不正要走吗，人家姑娘家脚都伤成这样了，我送她一程。”

褚鹰不看他，转身问：“过来之前，吃了吗？”

宿艺老实巴交地摇头。

就算是受了伤，她也没敢乱吃，前几天好不容易减下来的几斤，可不能前功尽弃。

褚鹰继续道：“对面有家粥店，要吃吗？”

宿艺想都不想：“吃。”

大夏天的，粥店里没什么人。

店主认出了宿艺，也没声张，要了个签名后就没打扰他们了，还给他们安排了个角落的位置。

褚鹰扫了眼她的脚踝：“有没有破皮？”

“一点点。”高跟鞋的边缘把她的脚蹭脱了几道皮。

“嗯，”褚鹰起身，“你先吃。”

褚鹰大步离开，宿艺看着他的背影和面前热乎乎的粥，有些傻眼。

这，这就走了？

吴雪的电话催命似的响起来，宿艺吓了一跳，看了看周围，确定没有太吵后才小心接起来。

“怎么了？”

吴雪：“梁博大半夜去敲你家门干什么？”

宿艺想了半天，才记起是怎么回事：“你怎么知道？”

吴雪：“新闻都出来了，你说呢？”

“他喝醉了，跑来我家撒酒疯。”宿艺搅着面前的粥，心不在焉地应。

“神经病，”吴雪骂了声，“然后呢，没怎么你吧？”

“没有，他能怎么我？我还把他电了，媒体没拍到吧？”

宿艺刚说完，就看到一个高大的身影从门外进来，西装外套已经被男人脱了，他现在穿着白衬衫，手里还抓着一个小瓶子。

吴雪声音都大了几分：“啥？你把他电了？！”

“嗯，”她的语气稍带上明显的愉悦，“放心，没太严重，我用的电量最低那档。”

“你在高兴什么……算了，反正是他先找上门的，他应该也不敢多说什么，下次还有这种事记得先跟我说，”吴雪语气无奈，“明天……”

宿艺赶紧打断：“小雪雪，我这有点事，先挂了。”

那头的吴雪看着被挂掉的电话一脸发蒙，她受伤待在家里，能有什么事？

褚鹰坐到她对面，把小瓶子放到桌上，宿艺这才看清里面的东西，黑红黑红的，还有沉淀物。

“药酒，”褚鹰言简意赅，“消肿的。”

宿艺没反应过来，傻兮兮地问了句：“哪来的？”

褚鹰：“车上。”

宿艺笑了：“谢谢。”

粥的味道不怎么样，她却吃得津津有味，大半碗全进了肚子里。

褚鹰问：“你经纪人知道你出门吗。”

宿艺老实道：“不知道，你得帮我保密。”

褚鹰觉得好笑，他自然不会告密，也没什么闲心去管这些，嘴上却逗她：“我为什么要帮你保密？”

“因为我是出来找你的，”宿艺语气严肃，“认真算来，你可是从犯。”

褚鹰不说话，径直拿出手机。

宿艺眨巴着眼，问：“你做什么？”

褚鹰挑眉：“自首。”

“别别别，”宿艺伸出双手，紧紧包住褚鹰的手，“让小雪知道了，我下个月连肉渣都没得吃了。”

褚鹰有一瞬间的失神。

她的手又白又软，就连指甲盖都是好看的淡粉色。

“开玩笑的，”他很快回神，把手抽了出来，催促道，“喝粥。”

“已经饱了，”宿艺笑盈盈道，“送佛送到西，不如你顺便把我送回家吧。”

褚鹰的副驾驶位，宿艺已经坐熟了，她挑了个舒服又不失礼貌的姿势，舒舒服服地半躺着。

她还没来得及开口说什么，身边的手机就响了，看到来电显示后，她接电话的动作僵住了。

然后她按下锁屏键，把手机放回包里，直到电话第三次响起，她才接起来。

“有事？”

褚鹰没忍住睨了她一眼，自认识以来，他还是第一次听见宿艺这么冷漠的语气。

宿艺安静地听了半晌。

“知道了，我明天给你汇过去。”

车里没有开音乐，加上电话里的人声音不小，褚鹰隐隐约约听到了一些。

话听不清楚，但听声音，应该是个中年女人。

对面又一口气说了一大串话，并且声音越来越大，这回宿艺没再出声，而是直接啪嗒挂了电话。

末了，还把电话号码拉进了黑名单。

褚鹰没说什么，到了公寓停车场，他先一步下车，帮宿艺开了车门，顺便伸了只手臂过去，让对方抓着方便下车。

宿艺心情明显低落不少，她撑着男人的手下车，谁知车的踏板上不知道在哪沾上的泥土，宿艺踩上去后脚一滑，眼见着身子就要往下倒。

一天摔两次，真是衰到家了你。

宿艺心里这么说着，快速把受伤的右腿缩起来，免得二次受伤。

腰上突然被一只大手紧紧搂住，手的主人往后一拉，宿艺就这么腾在了半空。她愣了一下，下意识地转过头，对上褚鹰的眼睛。

“你怎么冒冒失失的。”男人眉头微蹙。

“……我……”宿艺后背紧紧贴在他身上，感受着男人的体温和身形，耳朵已经红透了，“……不怪我，这上面有泥。”

褚鹰把她放下来，手松了一点，仍旧半扶着她：“是你刚刚上车时蹭上去的。”

他关上车门，把宿艺扶到了电梯里，然后才退出去。

他站在电梯外，道："记得擦药酒。"

宿艺喔了声："知道了。"

电梯门缓缓阖上。

褚鹰看了眼自己的手，方才的触感似乎还留在上面，隐隐发烫。

他转身正准备离开，身后又传来电梯门打开的声音。

"褚鹰，"宿艺的声音清脆悦耳，语速极快，"你有女朋友吗？"

褚鹰一怔，回过头，道："没有。"

里面的人明显松了口气。

她脸蛋红彤彤的，笑容妩媚，语气张狂："那我要开始追你了。"

褚鹰只沉默了不到三秒，紧接着嘴角勾起。

"好。"

直到路虎在停车场消失，宿艺都还傻站着。

"那个，你要上去吗？"一个妇女走进电梯，莫名其妙地看着一直按着开门键的人。

宿艺回过神来，按了好几下才按亮自己的楼层号："不好意思。"

说完这句话，她低下头，整张脸都被头发遮住，看不清表情，然后抬手，紧紧捂住自己的嘴，以防自己叫出声来。

……怎么办，她简直要被这股涌上来的未知情绪憋炸了。

回到家，她赶紧去洗了个冷水澡，好让自己冷静一下。把右腿架在浴缸外，她想了想，直接给吴雪拨了个视频电话。

对面接得很快，吴雪正在敷面膜，看到屏幕里女人的半个香肩，惊了半瞬："……你这是在做什么？"

"泡澡。快给我说说，你之前是怎么追到刘明昊的？"宿艺把头靠在浴缸边缘，本来就有些弧度的眼梢更加往上了，像极了古时妖媚惑人的狐狸精。

不过现在的她似乎除了不害人，其他也跟狐狸精差不多，只不过对方不是柔弱书生，而是力大如牛的一枚武夫。

"你是不是想吃拳头，脚都这样了，还泡浴缸？！"吴雪先是骂了一顿，才道，"谁跟你说我追的他？是他追的我好吗。"

于是宿艺换了一种问法："那他怎么追到你的？"

"干吗？以前怎么不知道你这么八卦。"吴雪想了想，"也没怎么追，有一回我被人抢了包，他帮我抢回来了。然后吃了几顿饭，都有点好感，他告白，我就同意了。”

宿艺啧啧道：“你怎么这么好追。”

吴雪冷笑一声：“你说这话的时候先想想自己吧。”

宿艺道歉：“对不起。”

“对了，刚好，我有事要跟你说，”吴雪摸出一个小本子，“因为你的封面被上调了一期，所以直播提前了。”

“知道了。”

直播就定在周日，地点在某摄影棚，直播之前的拍摄进行得还算顺利，这几天她的脚已经好了大半，虽然走路还是有些不自然，但摆Pose之类的没什么问题。

这本杂志在某直播APP上有专门的直播房间，每期的封面人物都会有一段直播采访。

采访前，她边补妆，边反复打开手机的微信界面。她早上发给褚鹰的几条信息到现在还没有收到回复。那晚过后，两人的聊天非常……平静。

平静到什么地步——她每次发的信息，褚鹰一般都得过大半天才回复。想到这，宿艺忍不住长舒一口气。

吴雪就站在她身后：“你现在怎么天天握着个手机。”

“嗳，”宿艺不答，反问道，“刘明昊一般多久回你信息啊？”

“我每天都忙昏头，哪有空给他发信息，”吴雪说，“他下班了自己会来找我。”

宿艺更丧了。

工作人员走过来：“艺姐，可以开始了，您好了吗？”

“好了。”她起身前，随手用眼线液在眼底点出一颗痣，然后跟在工作人员身后出了化妆间。

吴雪坐在台下，完全就是一副学校领导来班级后面听课的架势，今天其实是她和刘明昊交往七周年纪念日，但刘明昊说要值班，加上她也不放心宿艺，就跟着过来了。

主持人拿到台本，终于开始提问了。

“宿艺您好，非常感谢您能来参与我们的杂志封面拍摄。”

宿艺笑道：“是我的荣幸。”

主持人显然是想走谈心风，提问就像是在聊天："最近有剧在播吗？"

宿艺答得官方十足："有的……"

机场。

男人一身干净白色休闲装，黑色墨镜遮了大半张脸，高大的身姿引路人频频注目。

当然，还有一部分原因是，他身后跟着几个西装革履的男人，整体看上去异常拉风。墨镜下的眼底布满血丝，褚鹰按按太阳穴："这是最后一场？"

"是的，"助理上前道，"明早九点的会议。"

"嗯，"褚鹰大步走出机场，"订明天下午回去的机票。"

助理赶紧应下，他们已经陀螺似的转了好几天，他坐飞机都快坐傻了，更别说褚鹰这位主事人，还要开各种会议，这几天怕是报告都听晕了吧。

没办法，褚氏各地的产业太多，他老板刚退伍就直接走马上任，自然是得忙一阵的，熬过这段时间就好了。

褚鹰边走边按下手机开机键，马上蹦出不少信息。

他从里面挑出宿艺的名字。

宿艺娘娘："昨天睡着了，最近很忙吗？"

宿艺娘娘："在吃早餐。"

宿艺娘娘："出门工作了，今天天气真好。"

还有一条是刚刚才发来的。

宿艺娘娘："准备拍《瑰岚》杂志的采访，还是直播，困死了，我得忍住不打哈欠，明天有空吗？我又想吃那家麻辣烫了。"

褚鹰动动手指，回了一条信息。前几天，宿艺在电梯里向他……算是半告白吧。她脸蛋红红的，他记得耳朵也是红的，偏偏还要摆出一副气势十足的样子，仿佛他说个不字，她就能潇洒地耸耸肩道别走人。

他轻咳一声，问副驾驶的人："采访直播在哪里可以看？"

副驾驶的助理赶紧回头道："用手机或者平板就可以看，您想看什么直播？我马上帮您调出来。"

褚鹰念出那本杂志的名字。助理马上就找到了直播源，把平板电脑往后递去。

屏幕里，女人妆容精致，眼底还点上了一颗痣，添了不少美感，头上顶着个兔耳朵，笑的时候眼眸弯成一个好看的弧度，感染力十足。

他进去看的时候，主持人刚好在问：“小艺，听说你最近在感情方面有些动静，可以跟粉丝们说说吗？”

“网上所有关于我恋情的传闻都是子虚乌有的，我目前是单身。”

主持人问：“那有喜欢的人吗？”

宿艺应得干脆：“有的。”

主持人眼睛一亮：“可以透露给大家吗？”

“不太方便，”宿艺笑了笑，说，“因为他不是圈内人。”

她刚下了台，就被吴雪训了：“问你，你就老老实实答没有不就行了吗？现在好了，大家都在猜你在袒护梁博，故意强调是圈外人……”

“那群众的想象力还挺丰富的。”宿艺说完，打开手机，看到了微信的回复。

褚鹰：“刚下飞机。”

褚鹰：“[语音]”

宿艺把手机递到耳边，屏息听着。

“腿伤好了吗？”

男人的声音低低沉沉，有些微不可闻的嘶哑，听得出来里面的疲惫。

宿艺忙回：“好了。”

褚鹰：“我明天下午回去。”

没想到对方会主动这么说，宿艺的心怦怦跳，试探着问：“那，一起吃顿饭？还是你要休息？我听你声音，好像蛮累的。”

褚鹰算了下时间，一般韧带拉伤这会应该好了。

他按下语音键：“明天我去接你。”

发出去后，他揉了揉两眼间的穴位，点开微信里一个叫“阿米跌打馆”的联系人。

褚鹰：“明天下午我带个人过去。”

宿艺没想到在第二天，她的采访视频就无缘无故成了“示爱梁博”的证据。

“梁博那边因为被拍到来你家的照片，没法撇清，将错就错打算把你和他的恋爱绯闻继续下去。”吴雪在电话里道。

宿艺莫名其妙：“他一个流量男星，来贴我做什么？他的公关部门是不是傻了。”

“没那么简单，他的竞争对手也出了大价钱，打算让他流失一堆女友粉。”

宿艺：“……所以我就成了争斗中的炮灰？”

“差不多，谁让你非要在采访里搞事的？”吴雪道，“行了，我这还有事，你最近出门小心点，肯定又有狗仔去蹲你了。”

宿艺拉开窗帘，果然，对面房子的窗户又架起了摄像机。但这并不影响她的心情，自昨天拍摄完后，她就开心得不得了。

旁边的手机扬声器里，吴雪还在劝着：“你得小心点，别让那些狗仔拍到，不要成天穿着吊带就在家里乱晃。”

宿艺：“那不然我在家穿个大棉袄？”

“少贫，”吴雪说，“我现在就盼天盼地盼你进组，省得天天给我找事做。”

得，好好的心情成功被吴雪搅没了五分之一。

约定的时间是四点，为了不让狗仔拍到褚鹰，她得先下去溜达一圈，把他们甩掉。

她戴上墨镜和口罩就要出门，谁想一开门，就看到刚从电梯里出来的梁博。

梁博此时也后悔得要死，喝醉干什么不好，非来宿艺这碰钉子，偏偏被媒体拍到，同行还趁机黑他，逼得他不得不硬着头皮演一场深情戏。

跟宿艺打上照面，他有些尴尬。

“那个，我定了个餐厅，一起吃顿饭？”他说，“顺便聊聊最近的事。”

宿艺一听这说辞，就知道某个角落里一定藏着录音器。她嗤笑一声，刚准备说什么，兜里的手机先响了，是微信电话。

“我在楼下了。”

宿艺一愣：“这么快？”

“嗯，”褚鹰声音平稳，“你慢慢收拾，不急。”

梁博被晾在一边有些尴尬，又出声道：“小艺……”

宿艺理都不理他，对着电话道：“我马上下去，很快，等我十五……十分钟。”

梁博往前一步：“小艺，你先让我进去。”

宿艺捂着话筒问：“还想尝尝被电的滋味？”

梁博：“……”原来他是真被电了！起初他还以为是在做梦！

怎么会有这么粗鲁的女人！梁博被粉丝捧多了，现在频频在宿艺这受挫，一时间也拉不下脸，脸青一阵白一阵，没多久就自己离开了。

宿艺正准备继续讲电话，说了两句没得到回应，才发现对方不知何时已经挂断了。她把口罩拉紧，大摇大摆地走出家门，心里不断盘算着一会该怎么甩狗仔。

可不能让褚鹰等久了。

正想着，电梯已经下去又上来了。面前的电梯门缓缓打开，宿艺正准备进去，结果一抬头就愣住了。电梯里的男人一身定制黑西装，头发全部梳到脑后，显然刚从工作里抽身。

宿艺饱了眼福后，才眨巴着眼问："你怎么上来了？"

褚鹰面色不变："刚刚有人在？"

"嗯，不过被我赶走了，"宿艺站在电梯外，紧张兮兮地左右看了看，然后小幅度地朝他挥挥手，"你先去停车场等我，我把狗仔甩掉就去找你……"

话还没说完，电梯里的男人大手一捞，把宿艺拉进了电梯。防止伤到她的脚，中途还在手臂上使了力，她简直有种被揽腰抱起的错觉。

电梯门阖上，男人按下一楼按钮，然后道："纱布拆了吗？"

宿艺半天没应，脸颊微微发热。这、这四舍五入，就是亲亲抱抱举高高啊！

见她没反应，褚鹰又问了一遍。

宿艺这才回过神来，摘下口罩："嗯，拆掉了。"

说完，她像想起什么，在自己的小包里掏啊掏，掏出了一个黑色口罩。

"是新的，我还没用过。"她边说边给褚鹰戴上。

褚鹰抓住她的手腕："做什么？"

宿艺："最近有狗仔在蹲我，你可别给他们拍到了。"

褚鹰挑眉："拍到又怎么样？"

"你会被狗仔黑……"话还没说完，宿艺自个儿就闭了嘴。

她怎么忘了，这男人能耐得很，之前的慈善晚会，他用一晚上就能把所有信息撤得干干净净。

褚鹰没说话。

他摘下口罩，非常自然地将耳罩两边挂到了宿艺的耳朵上，遮住她大半张脸，只露出一双波光流转的眸子。

电梯门打开，他不由分说地揽着宿艺的腰，把她拎起来。

“不会让你摔。”褚鹰目视前方，“怕的话就抓住我衣袖。”

宿艺先是吓了一跳，紧接着喔了声，毫不客气地勾住了男人的脖子。

她的手肘是冰的，男人的脖颈是热的。褚鹰手放在宿艺的裤袢上，虽然隔着一层布料，宿艺还是觉得烫得慌。

腰烫，手肘也烫，就连口罩底下的唇都是烫的。

虽然只有短短一瞬，但这的确是褚鹰戴过的口罩。

这下她可不敢四舍五入了。

褚鹰上车后，扫了她一眼，提醒道：“安全带。”

宿艺乖乖地系上：“我们现在就去吃饭？”

现在才三点半，饭店大部分还没开门。

褚鹰：“晚点再去。”

“好。”宿艺往后垫一躺，也不问他要带自己去哪。

她觉得褚鹰现在就算把她拉去卖了，她都会笑眯眯地帮他把钱存进银行。

褚鹰当然没有卖她，车子左拐右绕，进了一条小街。

小街旁开了各式各样的店，吃的、玩的、用的应有尽有，加上是周末，街上熙熙攘攘，大部分都是朝气蓬勃的年轻人。宿艺从来没来过这条街，新奇得很，脸都快贴到窗户上了。

看了一路，她终于忍不住问：“我们是来逛街的吗？”

褚鹰：“不是。”

宿艺又从窗边缩了回来，快速打开自己的手机，给自己定了个位，然后截屏保存。

人多，加上车子的车身很大，他们几乎是龟速地在前进，她估计褚鹰的脚就没离开过刹车。

车子转了个弯，停进了某小区的停车场。这种小区停车场的停车位都是私人的，宿艺提醒道：“这里好像是私人停车位。”

话音刚落，就看到有个男人站在停车位旁，笑眯眯地朝他们挥手。

看出她的疑惑，褚鹰解释道：“跌打师傅。”

跌打馆店面不大，里面就两张床和一张长木凳。

跌打师傅站在药酒架前，问：“是怎么崴到的呀？”

宿艺：“穿高跟鞋的时候崴到的。”

其实她的脚已经好了个七七八八。只是在褚鹰问的时候，她忍不住卖了下惨。没想到他会记在心上，还带她来跌打馆。

褚鹰就坐在她身边："你看着帮她按按，伤了挺久的，普通的韧带拉伤应该早就好了。"

宿艺乖乖闭嘴不吭声。

"行，现在这些年轻姑娘，就是太注重形象啦，"跌打师傅一副看多了的表情，想都不想就挑出架子上某瓶药酒，"爱美可以，没必要穿那么高的嘛，我都不知道接待过多少个这样崴伤的小姑娘喽。"

跌打师傅搬来一个小圆凳，在上面拍了两下："来，姑娘，把你脚丫子放上来。"

宿艺依言照办。

看到宿艺的脚，褚鹰算是确认了。

这个女人，全身都很白。她的脚白皙小巧，能看到皮肤下的血管。

褚鹰只看了一眼，就挪开了目光。

跌打师傅把药酒抹在她脚上："姑娘，你这高跟鞋穿得挺频繁啊，再这样下去，脚可是会变形的。"

宿艺把下巴抵在膝盖上，含混不清道："真的吗？可是我工作需要，没办法呀，会很丑吗？"

"当然丑啦，"跌打师傅按摩动作娴熟，"整个脚都会扭曲的。"

宿艺一惊："这么恐怖？有没有什么防止或者避免的办法？"

"有是有，这样，我教你个手法，你以后脱了高跟鞋，就照我说的做一遍。"

宿艺赶紧点头："好。"

褚鹰听着，忍不住发笑。

"奇怪，"按到一半，跌打师傅纳闷道，"我都按了这么久，你怎么一声也不吭的，平时那些崴了脚的姑娘到我这来，都得哭天喊地好一会。难道是我力道小了？"

宿艺赶紧扯开喉咙叫了几嗓子。按摩结束后，跌打师傅把他们送到了门口："下次小心点，别再崴着了。"

"好，谢谢您。"宿艺笑着应下，心里忙不迭地叫苦。

她的腿本来是没怎么疼了，刚被师傅这么一按，又开始疼了……

跌打师傅进去后，褚鹰才出声："怎么又撒谎。"

"嗯？"宿艺瞪大眼睛，像只受惊的母狐狸。

褚鹰："脚不是早就好了？"

宿艺脱口而出："你怎么知道？"

她说完就后悔了，把自己的唇抿得紧紧的。

褚鹰出过这么多次任务，小伤小痛的多了去了，之前还不太确定，刚刚按摩过程中就全看出来了。

见他不说话，宿艺只能老实道："本来是没怎么疼的，刚刚让师傅这么一按，现在是真的疼了。"

褚鹰忍笑道："哦？"

"真的，"宿艺委屈极了，一只手扶着他的肩，抬起腿道，"不信你看，师傅力道很大，都红了。"

褚鹰点头："痛的话就别逛了，回去吧。"说完，他转身就要走。

没走几步就被后面的人拉住。

宿艺眨巴着眼："其实……也不是太痛。"

第四章

西装最衬兔耳

宿艺在车上的时候就存了这里的地址。

大多人都喜欢逛大商场，品牌多，东西好，但她不是，她反而更喜欢这些小街小巷。而褚鹰是直接与“逛街”这两字绝缘的人。有那时间，他情愿多跑几圈，敛眼却看到宿艺眼底那点点光亮。

逛就逛吧。宿艺左右转着脑袋，走出跌打馆，直接进了对面的杂货铺。

然后她带回来两支可爱多。

她把两支一起举到褚鹰面前：“你喜欢吃巧克力的，还是草莓的？”

褚鹰眉头皱成一个不太明显的“川”字，脸上的拒绝显而易见。他刚想开口，就见面前的人眼睛紧紧盯着右边的巧克力味，一副生怕被他选走的模样。

右手一空。

男人拿过那支巧克力味可爱多：“走吧。”

宿艺：“……”

冰淇淋已经是幼时的记忆，再吃时，味道已经改良了很多，褚鹰咬了一口，嘴里冰冰凉凉的。

想起宿艺吃麻辣烫时挑的那一篮子蔬菜，褚鹰道：“冰淇淋热量很高。”

宿艺下意识地噘起嘴：“我知道。”

她把冰淇淋的包装剥开，也不吃，拿着手机拍了一张照片。

有意无意地拍进了身边人的皮鞋，拍完照，宿艺拿小勺子舀了满满一勺冰淇淋，然后把剩余的丢进了路边的垃圾桶里。

她把口罩拉到下巴，小心翼翼地，一口一口地舔着勺子里的冰淇淋。

褚鹰看得想笑，看着她这副吃相，连带嘴里的冰淇淋都美味了不少。

宿艺问："刚刚那位跌打师傅是你朋友吗？"

褚鹰："嗯。"

"也是你的战友？"

"不是。"褚鹰说，"偶然间认识的。"

宿艺眼眸一转："出任务的时候认识的？"

她还真猜对了。

这位跌打师傅原先的店面，可算是他们那小镇的第一大店，学徒多，手艺好，很多城里人不顾舟车劳顿去那边找他按摩。结果小镇遭遇了一场泥石流，不仅把店弄没了，还把人困在里面了。

好在没困多久就被救援人员救出来了，褚鹰就是当时那支救援队的队长。

褚鹰没答，宿艺也没再问，吃完冰淇淋后她就马上把口罩拉起来了。

他们俩个子高，加上褚鹰穿着一身格格不入的西装，在人群中极为显眼。

路过一家装修粉嫩的饰品店。宿艺先走了进去，褚鹰顿了半晌，也跟了进去。

店面很小，过道里停一个人就占了大半位置，得侧着身子才能通过，两人距离太近，店内空气也不通畅，褚鹰能清楚闻到宿艺身上的清香，什么味道他说不上来，但是很好闻。

宿艺拿起一个发箍，对着镜子戴上，然后转过身问："好看吗？"

发箍是兔耳设计，褚鹰反应过来时，已经在脑中把昨天直播里的她回想了一遍。

他点头："好看。"

宿艺笑着又戴上另一个款式的熊耳朵，问："哪个好看一点？"

褚鹰安静了一会儿："不知道，"他拿起被放回去的兔耳朵，放到刚刚服务员塞到他手中的小篮子里，"都买。"

结账时，褚鹰举动自然地结了账。宿艺当下就把兔子发箍戴上了。

收到两个十二块钱的发箍，比她拿到第一个代言时还要开心。

刚走出店铺没多久，褚鹰的手机响起。

"接个电话。"

宿艺点头："好。"

褚鹰拿着手机去了较为安静的地方，宿艺在原地等他，也掏出手机，果然，上面已经有吴雪打来的几个未接电话了，还有许多条微信。

吴雪：“你不在家？”

吴雪：“OK，你很棒棒，梁博的事还没处理，又冒出一个神秘男子。”

吴雪：“回我电话。”

正想着要回什么，就发现有几个人停在了自己身前。

她抬头一看，是三个男人。

还是三个杀马特，紧身裤，一排耳钉，格子外套，没一个人头发是黑色的，还都比宿艺矮，一点堵人的气势都没有。

“小兔子，”中间的黄头男笑嘻嘻地叫她，“一个人？”

这年头，还有人敢大白天的当街耍流氓？

宿艺面色不变：“不是。”

“哦，是不是都无所谓。”黄头男朝身边的绿头小弟勾了勾手指，绿头小弟得到指示，马上低头，在自己包里使劲掏着什么。

褚鹰回来的时候，见到的就是宿艺被几个男人围住的模样。

他敛下眉头，快步上前，才走近他们，黄头男的声音就传了过来。

“真的吗姐，那样真的可以进大店？”

因为戴着口罩，女人的声音闷闷的：“爱信不信。”说完，她转身就想走，被后面赶过的人虚拦住了。

“别别别，姐，我们听您的，您再给我们说说。”

宿艺哼笑一声，转身继续道：“去了美发学院出来，一开始当然是当不上理发师的，先给别人洗头，拿小费，过了半年一年，资历够了，就会让你跟在理发师身边当学徒……”

她说得流畅自然。几个男人乖乖听着，时不时来几句“原来是这样”“姐你真厉害”。

“叫谁姐呢？”宿艺挥挥手，“说完了，你们走吧。对了，把这个宣传单也拿走。”

拿回理发店宣传单，几个男人千恩万谢地转身走了。

褚鹰目睹完全程后，才抬腿慢悠悠地走过去。

见到他，宿艺又是一脸笑，已经完全没了刚刚那副女大佬的姿态。

她只字未提刚刚的事，褚鹰走了几步，问她：“你是多大开始接触拍戏的？”

“二十。”宿艺听见这个问题，也想起来某件事，转过头问，“你今年多少岁？”

褚鹰：“二十八。”

宿艺放慢脚步，掰着手指算了一下。

褚鹰侧过头：“怎么？”

算出数字，宿艺笑眯眯地摇头：“没事。”

逛了不到一个小时，褚鹰的电话响了七八回。

两人两手空空地从点心店出来时，他的手机再次响起。

褚鹰也没再避着宿艺，他径直接起，语气不是太好：“一个项目需要给我打这么多次电话，让我非常怀疑你们的工作能力。”

他做惯了发号施令的事，说这种话时，语气不自觉地就严厉许多。

电话里的员工听得想哭，身边的宿艺简直都要被他这语气迷晕了。

熟悉的语调，跟当年如出一辙。

她扬着嘴角，四处望着，想看看还有没有能逛的店铺。

街上虽然铺子多，但都是有店面的店家。现在管得严，地摊已经几乎灭绝，要出现也得在深更半夜了。所以不远处的一个地摊，在这条街上显得非常突兀。也不能算是地摊，一个老奶奶和一台手推车，上面摆着很多饰品，旁边有个“一个 3 元”的小牌子。

车前围着两个城管。

宿艺敛下嘴角，毫不犹豫地大步走了过去，头上的兔耳朵随着她的步子一抖一抖的，从背后看可爱得紧。

电话里的人急切道：“喂，喂？ Boss，您还在听吗？”

褚鹰直接挂了电话，紧跟上前面的女人。

老奶奶双手合十，作出祈求的姿势，嘴里念念有词在说着什么。

宿艺走近就听清了。

“没办法啊，我真的没办法，”她头发凌乱，眼边湿意明显，“我孙子要上学，家里没人了，就我了，我每个月拿的钱只够我们吃饭的，不上学，他以后可怎么办呢？”

城管是两个小伙子，他们表情为难，其中一个道：“奶奶，我们也没办法，这规定了不能这样摆摊子的。”

“我不走。”老奶奶说话声音很小，“我不能走的，小伙子。”

两个城管哑然，他们低声商量了一下，两人凑出了五百块。

“奶奶，你拿着这钱，赶紧收摊子吧。”

“奶奶，你孙子多大了？”一个闷重的声音自身后响起。

三人望去，是个高挑的女人，戴着个大口罩，打扮随意却精致。

老奶奶愣愣道：“我孙儿二年级了。”

宿艺从城管手中拿过不知记录什么的小本子，撕下一页白纸，又夺过笔，唰唰在上面写上什么。

“老奶奶，这是地址和电话号码，”宿艺把白纸递到老人手中，“您联系上面的人，说是我让您来的，这是我的名字，”她指着下面的两个字，道，“她会给您孙子安排学校，免费的，不用钱。”

老奶奶一愣：“免费的啊？”

“对。”宿艺帮她把牌子收好，“您现在就赶紧回家，把孙子上学要准备的东西都收拾好。”

老奶奶惊讶又犹疑：“小姑娘，你不是故意想把我骗回去吧？”

“不是，老奶奶，她是个明星，”其中一位城管认出她来，“很厉害的，她说可以，就一定可以。”

老奶奶眼泪流得更凶了：“真的？谢谢你啊小姑娘，真的谢谢你，我给你磕个头吧……”

宿艺吓住了，她还没来得及伸手拦，身边的人先一步把老奶奶扶了起来。

“您家住哪？”褚鹰把挂在车头的饰品一个一个收到推车里，道，“我们送您回去。”

老奶奶路上还在千恩万谢。

褚鹰在前头推着车，宿艺走在老奶奶身边，道：“您不用谢我，现在国内是义务制教育，本来就不需要交学费。”

“我知道，”老奶奶叹口气，“但他们说我没本地户口什么的，我也听不懂，说来说去，就是不让我孙子读。”

老奶奶的孙子长得比同龄人都要瘦小，见到他们，怯生生地叫了声哥哥姐姐，然后跑到老奶奶身边，道：“奶奶，明天我推车去卖，我推得动的。”

老人是好长辈，小孩也是孝顺孙子，一老一小，成了彼此的支撑。

宿艺没多说什么，道别后就出了老奶奶家。

她记下地址，褚鹰刚好出来，他道：“回去吧。”

上了车，宿艺点开车里的音响。

她发现褚鹰开车不喜欢听歌，也从来没见过他按喇叭，开车习惯好到不行。她把老奶奶的事跟吴雪说了一下，然后把地址发了上去。

宿艺娘娘："还有天冷的时候，帮我送点棉被和吃食过去。"

吴雪："直接给钱不就行了，哪那么麻烦？"

宿艺娘娘："不行。给物资。"

吴雪："知道了，你想好回来的时候要怎么跟我交代了吗？"

宿艺不回她了，偏过头，跟着音乐哼起小调来。

刚才的事其实没怎么影响到她，世界上可怜的人太多了，见一桩难过一回，日子还要不要过了？

红灯，褚鹰停下车，道："送你回家？"

"你到底有没有存我的号码？"宿艺转过脸，对上他眼神，没头没尾地说了句，"总是微信通话，多不方便。"

搞得像他们在网恋似的。

她不想跟褚鹰网恋，她想跟褚鹰谈正经恋爱，一言不合就可以亲个嘴之类的。

褚鹰已经习惯了眼前人的不按常理，他之前的确忘了存，这会解锁手机，直接递了过去："存吧。"

宿艺眼睛噌地就亮了，也不计较对方之前没存电话的事。

她舔舔唇，开开心心地接过手机。

他们的手机是同款！！！

忽略掉自己手机是某果大众机的宿艺满足得不行，输入号码后，在备注时犹豫了一会儿，然后飞快地按下几个字，保存。

她没乱翻褚鹰的手机，存好后，她把手机攥在手中，直到到了公寓停车场，才恋恋不舍地放到中间的置物箱。

正准备下车，她发现车子的轻微震动突然停了——男人熄了火。

褚鹰解下安全带，先一步下车。

"我送你上去。"

宿艺恨不得把一步分成三步走。

等电梯时，她倚在旁边的墙上，微微仰头看他："你最近很忙？"

她还戴着兔耳发箍，两手在身后交错，蓝白相间的衬衣跟着往后拉扯，最上边的纽扣没扣，白皙的皮肤和好看的锁骨曲线落入男人眼中。

褚鹰道："不忙。"

马上要入剧组的宿艺笑盈盈道："我也不忙。"

吴雪听了想打人。

上了电梯，宿艺正想着怎么开口约下一次，叮的一声，到家了。

……电视剧里那些男女主一进去就不会到终点的电梯，全都是骗人的。

褚鹰出了电梯，站在原地，准备等宿艺进了家门就离开。

宿艺按下密码，边拉开门边转过头问："要不要进来喝杯蜂蜜水？"

门内传来回答："不了，谢谢。"

宿艺："……"

吴雪站在玄关，她双臂环抱，走到门口来，朝褚鹰挥挥手道："褚总，辛苦您照看她了。"

褚鹰挑眉，没说什么，转身进了电梯。

宿艺倚在门上，眼巴巴地看着电梯门缓缓关闭。

吴雪道："你还不进来，杵在大门口干啥？"

宿艺问："你听说过望夫石吗？"

"……我现在恨不得把你这块破石拿去补天。"吴雪道，"你知道公司这半天里给我打了多少个电话吗？！"

宿艺进屋，换上拖鞋："我又不是清纯玉女人设，想谈个恋爱怎么了？公司连这都操心？"

"不管你是什么人设，都不能两天内跟两个男人传绯闻啊！"吴雪痛心疾首，"一个明星，一个老板，网上都传多少个版本了你知道吗？梁博粉丝都快攻陷你微博了！"

"嘿，这就是他们的不对了，"宿艺坐到沙发上，"是梁博来贴我欸，他们攻击我干吗？这时候不是应该理智脱粉说拜拜吗？"

吴雪："……"

宿艺打开小号去自己微博底下看了看，几乎都是恶评。

她看得乏味："这届粉丝火力不行啊，还没平时来我微博那些厉害。"

吴雪起身，轻敲了一下她的脑袋："你和褚鹰现在是什么情况？"

听到那两个字，宿艺方才的冷漠脸消失得干干净净，她横躺在沙发上，两条长腿往扶手上一架，两眼闭着，笑出了一排白牙。

“……”吴雪把蜂蜜水往她跟前一放，“行了，别傻笑了。”

宿艺睁眼，道：“对了，你怎么过来了？”

吴雪撑着下巴：“告诉你个好消息。”

“嗯？”

“我不仅人来了。”吴雪道，“行李也来了。”

宿艺腾地一下就坐直了。

“我向公司交了申请，除了你，其他艺人全分给别人了。”吴雪继续道，“刘明昊向我求婚了，我就重新装修了一下房子，刘明昊跟他爸妈住，我就来你这了，到时跟你一块去片场，顺便把你盯紧些。”

宿艺原是沮丧的，吴雪一来，她以后能成功偷跑的概率直接降到了百分之一。但听到后面，喜悦瞬间把失落淹没。

“真的？”宿艺起身坐到她身边，道，“他怎么求的婚？什么时候扯证？几月办婚礼？不行，我一定得当伴娘。”

“你能不能一个一个问？”吴雪失笑道，“就是给我打了个电话，说是他爸妈催他了，问我结婚吗。”

宿艺抬头，一脸不满：“就这么简单？戒指呢？”

“他说过后再补，都在一起这么久了，哪还在乎那些形式。”

宿艺眉头皱得死紧。

她张嘴想说什么，一声轻快的手机提示音响起，低头扫了眼，是李敏发来的微信。

李敏：“拿到角色了，恭喜。”

宿艺娘娘：“谢谢导儿，什么时候入组？”

李敏：“就是来通知你的，下周三开机。”

今天都周六了，宿艺一愣，回道：“这么快？”

李敏：“器械场地方面早就准备好了，就是你这角色一直没定下来，还临时加了个角色，不然进组时间更早。”

宿艺娘娘：“加了什么角色？”

李敏：“女配，剧里是你的姐妹，不过你放心，也就给你当当背景板。”

宿艺哂笑一声，怪不得是李敏来找她。

吴雪察觉到她的表情变化，问：“怎么了？”

“《暗涌》下周三开机，”宿艺道，“剧里多了个女配。”

吴雪坐直了："什么女配？"

宿艺："也是个青楼角色。"

"哎不是，他们什么意思啊？"吴雪音量变大。

是的，别看李敏说是什么背景板，说到底，还不是要分宿艺的戏份，而且如果有两个相同定位的角色，萩姬这个角色的特别感也会少一大半。

宿艺娘娘："找了哪位演员？新剧本什么时候可以发到我手上？"

李敏："明天就拿给你，其实你的戏份跟原先差不多，之前加的戏份挪到新添角色上了，刚好减轻你的台词负担。新角色是徐倩岚演。"

"这个徐倩岚，是真有本事，"吴雪看到聊天内容，啧道，"此路不通，她能自拓一条小道，佩服。你先别回，我现在就给公司打电话，让公司找片方谈，咱签约的时候他们没说这个，是他们理亏。"

宿艺拦下她打电话的手。

"不用，她想演，就让她演，"宿艺毫不掩饰语气里的不屑，"她是铁了心要进，拦怕是拦不住。"

吴雪道："拦不住也得硌硬她几天。"

"逞一时之快没意思，"宿艺起身，把头发扎起，往浴室走去，"圈子里这些事情见得还少了吗，放宽心，再说了，她也抢不走我的戏份。"

褚鹰回到车里，手机屏幕刚好是亮着的，显示有几个未接来电。

他拿起看了眼来电显示，发动车子，没急着离开，先回拨了一个。

"你怎么现在才接我电话！"那头的女生娇蛮道。

褚鹰："做什么。"

"听妈说你前段时间到处去开会了，"女生笑嘻嘻的，"有没有给我带礼物回来呀？"

"没有。"

"好的，那我在此通知您，您失去了一个活泼可爱的妹妹。"

褚鹰面不改色："太好了。"

"……"褚溪觉得无趣，"妈让我告诉你，明天回家来吃饭。"

挂了电话，褚鹰顺手点开通讯录，翻到了刚刚被加进去的号码。

他都不用多找，往下一滑就能看到那一大串字。

"一只每天都在等你联系的兔子"

男人嘴边扬起微不可见的弧度，把手机锁屏后，驱车驶离了停车场。

第二天，褚鹰回了老宅。

到家时，家里两位女性正坐在沙发上，嗑着瓜子不知在聊什么，褚父则坐在侧边的沙发上看报纸。

褚溪见到他，爱搭不理的，语气散漫：“哥。”

褚母闻言回头：“回来了？再等会，先坐，菜还没做好。”

褚鹰坐到褚父对面的沙发上，也随手拿起一张报纸。

两人古板的模样，说不是父子都没人信。

一阵广告后，母女俩等着的电视剧终于开播了。

褚鹰看报纸的习惯已经被搁置了许久，现在面对这密密麻麻的字，反而不想看了。

“我没关系的，你不用管我……”电视里的女声似低喃，隐隐带着点哽咽，“她一定是误会我们了，我明天就去跟她道歉。”

这个声音非常耳熟。

昨天还在他身边，说要跟他交换电话号码。

放下报纸，宿艺的脸出现在眼前。

她一头乌黑长发乖巧地披散在肩头，嘴里说着服软认错的话，白嫩的小脸上有一个鲜明的掌印，衬上眼角的粉红，把“楚楚可怜”这四个字诠释得异常完美。

“你要好好对她，我只要远远看着你，就已经很幸福了。”她说完，忽而抬头，嫣红的双唇漾一个牵强的笑，“我们还是朋友，就够了。”

褚鹰正饶有兴致地看着，一个抱枕被丢到电视屏幕上，险些把屏幕撞倒。

“啊！”褚溪尖叫道，“她为什么这么坏！好讨厌她啊！”

“你小心点，别把电视撞倒了，”褚母不满地看了女儿一眼，继而赞同道，“这个人真的是太坏了，昨天还看她在别的台给别人赐毒酒，今天又跑来演小三。”

身边传来一阵短促的轻笑。

“哥，你笑什么，”褚溪噘着嘴，指着电视里的宿艺问，“你们男人是不是就喜欢这种类型的？”

褚鹰头都没回：“失恋了？”

被戳中心事的褚溪像是泄了气的皮球：“别提，烦！”

说完，她捧起手机，用力戳了两下。

“我点开个微博小时榜都能看到她！果然，妈，您看，她现实里也是脚踏两条船！”褚溪把手机递到褚母面前。

褚母接过来看了看：“哎哟，哎哟，还真是……”

褚鹰挑眉，打开下载完后从未开过的微博。

他翻了一会才翻到褚溪说的小时榜，宿艺的新闻就在前边，上面还配了整整九张图。第一张是她直播时的截图，下边的字幕是“他不是圈内人”，还能看到顶端礼物排行榜上的梁博。

后面八张……是宿艺在停车场的照片。

照片里，她穿着蓝白的宽大衬衣，半倚在男人身上，男人身材高大，宽肩长腿，就是脸上打了个大大的马赛克，一个箭头——“商界大亨之子”。

“大亨之子？”褚溪讥笑道，“这男的我看也不怎么样，去掉马赛克没准一脸皱纹。还有这称号，媒体以为现在是八十年代那会，流行嫁入豪门？”

褚鹰忽然道：“你前阵子说想开家酒吧？”

褚溪眼睛瞬间就亮了，声音捏得嗲嗲的：“是呀，哥，您资助下我？我一定为您赴汤蹈火、当牛做马。”

褚鹰：“想都别想。”

褚溪：“？”

不管褚溪的叫嚷，褚鹰起身到外头，给助理打了个电话。

助理接得极快：“褚总。”

“微博账号申请好了？”

助理道：“申请好了，我马上把账号密码发到您手机上。”

“还有，”褚鹰语气淡淡，“把微博上那些照片都处理了。”

宿艺咽下一口苦菜，味道恶心得简直让她想吐。

“小雪雪，我可能快晕过去了。”

“别。”吴雪换上一身运动服，“去健身房待两小时再晕。”

宿艺觉得自己简直是自作孽不可活。

她昨天再三保证不会在微博乱说话，就差没发毒誓了，才好不容易把微博拿回来。

然后吴雪说，刚好很久没发微博了，要不趁开着顺手发一条吧。

于是宿艺就打开相册开始挑自拍。

她几乎是毫不犹豫地就选了那张拿着可爱多的照片，被吴雪看到后，拎着她进行了近半个小时的思想教育，然后再次开启了她节食加去健身房的日子。

马上要进剧组了，她仔细想想，这段时间的确是太过于放飞自我了，又是冰淇淋又是麻辣烫的，是一个女明星该有的伙食吗？所以她乖乖地啃起了蔬菜，消化了一会儿后，就跟着吴雪来了健身房。

健身房是公寓自带的，因为小区里明星多，管理比较严格，除了小区的住户外，其他人是进不去的，花钱也不行。她们去时，里面只有一两个人在。

在跑步机上跑了小半小时，出汗不多，吴雪往她脖子上又添了一条毛巾。

“累了？怎么兴致不太高的样子。”

宿艺摇摇头，累倒是不累，但她今天的确心情不怎么好。

刚刚她看了一堆评论，那群人骂她就算了，居然连带着还骂起了褚鹰。

当然，那些人不知道男人的真实身份，但无一不是“眼瞎”“老男人”，这些字眼被安在褚鹰身上，宿艺怎么想怎么烦躁。

天知道她在心里背了多少遍《三字经》才忍了下来。

吴雪坐在地上，不知在手机里看到了什么，忽然站起来，拍拍跑步机的固定扶手：“哎，快别跑了，你先停会。”

宿艺按下暂停键，抹了一把汗：“怎么了？”

“快开微博。”吴雪催道，“回关一下褚鹰。”

宿艺一愣，问：“他有微博？”她记得之前搜索的时候，没有搜到呀。

吴雪道：“嗯，好像是刚开的。”

宿艺这下是没心思健身了。

她匆忙打开微博，在搜索栏输入“褚鹰”两个字。

排名第一的人没有头像，一个小小的黄V在默认头像的右下角，关注人只有她，二十分钟前还赞了她一条微博。

宿艺美滋滋地点完关注后，跑到私信里给褚鹰发了一大串熊猫表情。

没想到对方回得很快。

褚鹰：“嗯？”

她简直可以脑补到褚鹰的声音。

低音炮，能把她心脏震得发麻。

没救，没救。

“小雪。”她虚弱地朝吴雪伸出一只手。

吴雪抓住她的手：“干吗？”

“快扶我起来。”她道，“我觉得我还能跑十个小时。”

吴雪：“……”

宿艺在健身房足足待了一个下午。

回去时，吴雪边帮她擦汗边道：“褚氏出手就是不一样。”

原本累得说不出话的宿艺，生生从嘴里挤出句：“怎么了？”

吴雪啧啧道：“公司公关了大半天都没解决的问题，褚氏几个电话，照片就全撤了。”

到家后，宿艺躺在浴缸里，享受着身后的水柱按摩，手机就放在旁边的柜子上，一目十行地看着眼前的新剧本。

李敏没骗她，萩姬的角色是没删改，但新加的角色，戏份还真不少。

有萩姬在的镜头里，她占了一半，虽说大多数都是做背景板，但总会有那么一两句无关痛痒的台词。

简直是累赘。李敏把剧本发过来时，两人聊了好一会天。

手机叮了声，宿艺几乎是马上就没了看剧本的心情，她把剧本丢到一边，抓起手机。

褚鹰：“在外面。”

宿艺看了眼时间，都已经晚上十点半了。她还没来得及回复，浴室的门就被打开了。吴雪抓着门把手站在外头，身上衣装整齐：“我出一趟门。”

宿艺叫住她：“这么晚了，你去哪？”

吴雪：“刘明昊喝醉了，这会在酒吧，我得过去看看。”

宿艺毫不犹豫道：“我跟你一起去。”

吴雪摆手：“别了，不是什么大事，你今天跑了一天不累？”

“不行，太晚了，我不放心。”宿艺说完，径直起身，擦净身子后到屋里换了一套便装。

她戴上口罩墨镜和帽子出来：“走。”

吴雪负责开车到楼下，宿艺整个人裹成粽子，钻上了车。

吴雪还是担心：“最近跟你的狗仔这么多，干脆你别去了，我一个人也行。”

“别说话，快开车。”宿艺玩着手机，催她，“赶紧处理完，好回去睡觉。”

到了某家酒吧，宿艺下车后啧啧道："你这小男友够有钱的。"

这里宿艺没来过，但听说过。据说一个卡座都要提前两星期预约才能定到位子，有酒水最低消费，别说是领着微薄工资的刘明昊，吴雪来一趟估计都得心疼。

吴雪没说话，两人一块进了酒吧。十一点，正是酒吧最嗨的时刻，里面灯光昏暗，打在人们脸上，有种迷离的颓废感。

喧嚣的DJ歌曲震得宿艺脑瓜疼。

吴雪打了好几个电话，表情难看："他不接。"

"你去那边找，"宿艺随便指了两个方向，"我去这边。"

"不行，"吴雪道，"这人多，我们还是走一块吧。"

宿艺挣脱她的手："都多大了，难道我还会走丢不成。"

宿艺先去的是厕所。

很多人喝晕都是倒在厕所里的，宿艺步子快，还没走到厕所，就迎面撞上一个人。是一个女生，她身材娇小，冷不防被这么一撞，直接坐到了地上。

宿艺伸手想扶："你没事吧？不好意思，我走路急了。"

"……没事，你走吧，"女生脸颊红红的，拍开她的手，自己站了起来，"以后走路小心点……你怎么这么高？"

宿艺不想浪费时间，道完歉后就准备离开。

结果被身后的人一把拉住："等等等等，你这就走了？"

宿艺停下脚步，有些莫名其妙："不是你说可以走的？"

女生道："要不你给我传授一点长高秘诀？"

整个酒吧里都弥漫着酒味，她一下分不清酒味是从旁边的座位传来的，还是眼前的女生身上传来的。

她皱眉，抬腿就走。

没走几步，回过头时，见几个男生笑眯眯地围着那女孩，把她往厕所里带。

男厕。

女孩一脸的不耐烦，推搡间伸手打了最前面男生两耳光。

男生一下被打愣了，反应过来后，拖拽的动作更大。

这什么破酒吧，价格这么高，安保这么差！

宿艺把身上的挎包解下来，拿在手上，然后走上前。

“你们在干什么？”

男生们听见声音，齐齐转过头来。

其中一位问：“在跟我们朋友玩啊，你有什么意见，阿姨？”

阿姨！宿艺不可置信地看了眼自己的打扮。

出来的时候太匆忙，又怕被认出来，大夏天的，她套了件黑长袖上衣和牛仔裤，遮得严严实实。

OK，算你们瞎。

“我是她姐。”宿艺语气极其自然，走上前就要扶她，“她怎么没跟我说有你们这几个朋友？”

那几人互看了一眼，没有上当，他们刚刚就问过了，她是一个人来的，失恋买醉。

“阿姨，让让，别挡路。”男生摆摆手。

被围着的女孩像是被碰到哪了，脚一阵乱踹，可惜喝醉了，没什么力道：“你们干什么？！滚滚滚！”

宿艺这下二话不说，拿起包包就往其中一个男生身上砸。

男生愣住了：“你有病啊！”

他们正准备还手，后脑勺又挨了一阵乱捶。宿艺往后一看，正是刚赶到的吴雪，身后还站着一脸茫然的刘明昊。

她张口，还没说话，一道熟悉的身影强势地闯入她的视线。一米九的身高，在哪都令人瞩目。

男人走过来，灯光打在他脸上，原本就立体的五官显得更加英俊。

他脸色紧绷，上前抓起最前头男生的衣领，猛地就是一拳——

宿艺一愣，这回她相信“我这一拳下去你可能会死”这种话了，因为那挨打的男生直接躺地上起不来了，还掉了一颗牙，在黑色的地板上尤其显眼。

她赶紧在男人准备挥第二拳的时候冲了上去。

“别！”她扯着他的手臂，道，“别打了！”

褚鹰眉头皱得死紧，抓住他的那双手又小又凉，让他的怒火稍稍平息了一点点。

他走到那个女孩面前，疾言厉色，语气低沉：“你站起来。”

跪坐在地上的女生不知是被吓到了还是摔着了，看起来已经清醒了大半，这会才开始哗哗流眼泪。

褚鹰身后的人上前来，直接制住了那几个男孩。这阵势跟黑社会老大似的，他们马上噤声不敢动了。

“哭什么？”褚鹰道，“起来。”

女生腿已经软了，抓着他的裤腿站起来，委屈地叫了声：“哥……”

酒吧门口。

褚鹰表情仍然紧绷，那几个男孩已经被送去了警察局，他们口袋里有药物，根本不需要褚溪去做证就能进去蹲着。

宿艺把口罩拉严，仔细打量着面前的女生。

没想到她是褚鹰的妹妹。

褚鹰表情很冷，宿艺这算是第一回见他生气，全身都笼罩一股怒意，比平时要吓人得多。

他沉声道：“你自己想好怎么跟爸妈交代。”

褚溪慌了：“哥，你帮我保密行吗？”

褚鹰嗤笑道：“你还知道他们会担心？”

褚溪整个人都蔫了，转身哭唧唧地上了车。

车子开走后，褚鹰才转过身来。

不等褚鹰问，宿艺自个儿抢答道：“小雪雪的男朋友喝醉了，我不放心她一个人来，就跟着过来了。”

吴雪在旁边点头，她艰难地支撑着刘明昊，道：“不行，他最近又胖了，我已经扶不住了。小艺，你自己开车回去吧，我叫辆车先把他送回家。”

宿艺：“没事，你开车送他，我打车就行。”

最后宿艺如愿坐上褚鹰的车。

她靠在座位上，想，最近到底是走了什么运，能连着两天见到这男人。

她正发着呆，身边的人开口了。

“手疼不疼？”

宿艺一愣：“什么？”

褚鹰：“打人，手疼不疼。”

“……”原来又被他看到了吗！

当时那么黑！他都能看到？！

她轻咳一声：“不疼，其实我就是拿包轻轻甩了那么几下，没动手。”后面三个字被她咬得很重。

褚鹰觉得宿艺有种本事。不论多大的情绪，跟她聊两句后，就都能平息下来。

到了公寓，他跟昨天一样，把人送到了家门口。

宿艺非常不舍地跟他挥手告别。

男人却没要走的意思，他一只手插在兜里，问：“周三有空吗？”

宿艺眨巴着眼看他。

褚鹰继续道：“一起吃饭？”

宿艺眼底的闪光不过一瞬：“……周三《暗涌》开机。”

她把失望都写在脸上，生怕男人看不懂。

褚鹰淡淡地嗯了声，然后催她：“进去吧。”

褚鹰第一回约她！就这么泡汤了！

宿艺到上海的时候，整个人都还沉浸在沉重的悲伤中。

这一拍，将近三个月啊。她三个月都见不到褚鹰了。

安璇跟在她身后，问：“艺姐，您没事吧？脸色看起来有点差。”

宿艺站直身，摇头：“没事。”

吴雪：“走吧，接应我们的车应该已经到了。”

车上，宿艺闭眼准备补眠，听到身边人微弱地叹了口气。

她睁眼望去：“你是怎么了？那天晚上后就一直奇奇怪怪的。”

她后来问吴雪当晚关于刘明昊的事，总是被一两句话敷衍掉。

吴雪看向窗外：“没事。”

“婚期定下来了吗？我们这一待可能得待几个月，不会影响你的良辰吉日吧。”她笑眯眯道。

吴雪：“不会，你赶紧补觉吧，晚上剧组还要聚餐。”

剧组安排的酒店是四星级，就在影视城旁边，环境还算舒适。

宿艺一到酒店就睡得昏天暗地。她醒来时，迷迷糊糊地抓起手机看了眼。

首页是一条微博提示，褚鹰转发了一条微博，上面是他们去逛街时被偷拍的照片。她睫毛轻颤了一下，然后瞬间清醒！原博主发的是两张照片。

照片上，宿艺戴着兔耳朵和大口罩，褚鹰手里拿着一个购物袋，看不清里面是什么。

但她知道，里面是个熊耳朵发箍，那发箍现在就在她行李箱里躺着呢。

褚鹰这条微博评论已经达到了两千条，下面的评论几乎都认出了她，其中还有梁博的一些粉丝混在里面，趁机在疯狂黑她。

现在看到梁博这名字，她就觉得有点生理性反胃。自那天把梁博从门口赶走后，他就很浮夸地取关了她的微博，又自导自演了一个热搜话题。这人只当个流量男星简直是浪费人才，今年的影帝麻烦颁给他好吗！

她正专心看着评论，房间的门铃声忽然响起。

“你和褚鹰已经确定关系了？”吴雪进门就问。

宿艺：“没啊……”

“那他微博这波操作是什么意思？”吴雪说完，扯了扯她身上的睡衣，“你还睡！马上吃饭了。”

宿艺决定在路上仔细想想怎么回复，她在行李箱里随便挑了身衣服换上，跟在吴雪身后出了门。

等电梯时。

“艺姐，这么巧，你也是去饭店吗？”

一个娇柔得过了头的声音自身旁响起。

她转头一看，正是打扮得千娇百媚的徐倩岚和她的经纪人林姐。

宿艺心情好，朝她笑笑，不说话。

出门的时候吴雪一直在后边催着，加上这次只是普通的开拍前聚餐，中途要说一些剧情方面的事情，没有媒体，所以她就只穿了普通的白 T 和灰色牛仔裤，衣服右下角被松散地塞在裤子里，玲珑有致的身材和一双长腿分外显眼。

徐倩岚穿的是一条吊带红裙，手上还拿着个大牌子的手拿包，妆容浓厚，不像是去聚餐，倒像是去走红毯。

她身后的林姐笑道：“小艺，好久不见。”

宿艺看她一眼，敛下嘴角，淡淡地嗯了声。

四人一块进了电梯。

电梯里，徐倩岚身上的香水味尤其浓厚，宿艺憋了半天的气，电梯门一打开就迫不及待地往外走。

剧组安排的车辆就在外面，因为演员都住在这间酒店，所以安排了几辆车，谁先下来就先上车，坐满了就走。

第一辆车刚好空两个车位，宿艺正想上去，一道红影从面前闪过。

徐倩岚脚已经踩到车上，然后像才想起什么，偏过头道：“艺姐，我和你先过去，让林姐和你经纪人坐后面那辆。”

车上坐着李敏、男主男二和他们的经纪人，都默不作声地看着这边。

宿艺道：“不了，你们先去吧。”

车子绝尘而去，宿艺干脆地上了后面那辆车，还跟司机打了声招呼：“师傅，下午好啊，吃饭了吗？”

许是没想到女明星会这么接地气地跟他打招呼，司机愣了一下，然后点点头：“没吃呢，送完你们就去吃了。”

宿艺坐到最后边的位置，跷起二郎腿，手撑着脑袋，笑眯眯地转发了褚鹰的微博，配上了一个可爱的表情。

两个人跟打哑语似的，一句话不多说。

吴雪坐到她身边，椅子还没坐热，手机就叮咚了一声，她的特别关注横在屏幕上。

看清内容后，她对着身边人的腰就是一掐。

“你当我是死的呢？发微博之前不能跟我说一声？”吴雪道。

宿艺：“跟你说了，你就不让我发了。”

“就你聪明，”吴雪冷笑一声，“要是以后你和褚鹰没成，就等着别人笑你吧。”

宿艺满脸的无所谓。

她的确是无所谓，只要褚鹰愿意走一步，她走九百九十九步都不会嫌累。

五分钟后，上来了一个女孩。

女孩穿着一身白裙，扎了两个麻花辫，是本剧的女主，叫程安安，一位新人，科班出身，父母都是老演员，算是颇有背景，加上长相清纯，很符合《暗涌》的女主人设，据说是本剧第一个定下来的重要角色。

程安安声音很细柔：“艺姐好。”

宿艺对她笑笑：“你好。”

程安安坐下后，转过身来，表情有些害羞：“艺姐，我可以跟您加个微信吗？其实我一直都很喜欢您。”

“当然可以。”宿艺把手机递过去，让她扫了扫二维码。

不久，又上来两个配角演员和副导演，坐满后，车子驶离酒店。

第五章

西瓜味亲吻

聚餐在某家大饭店。

宿艺等人到了后，在各自的位置坐下，一看，桌上还空了四个位置。

《暗涌》男主是个间谍，饰演者是位拿过影帝的奔四男演员，叫吴珂，他笑道："怎么还多了几个位置？"

"这不投资方也要过来嘛，"副导演也笑，"再等等，刚刚打电话，说是已经在路上了。"

闲下来，宿艺才发现少了个人，她身子往吴雪那头偏了偏，问："安璇呢？"

吴雪道："说是肚子不舒服，留在酒店休息。"

"两人在说什么悄悄话？"坐在隔壁的徐倩岚笑道，一句话就把众人的目光都引到这边来了。

吴珂道："小艺今天穿得真简单。"

"是啊，"徐倩岚拉了拉自己的吊带，道，"艺姐长得好，穿什么都好看。"

宿艺语气慵懒："哪有安安好看，清水芙蓉似的，年轻就是好。"

她又不是主演，在任何场景都不想抢了别人的风头，也不喜欢别人对着她的装扮评头论足的。

程安安含蓄一笑："我这身是学艺姐在《新不如故》里的打扮，我也觉得这个搭配很好看。"

宿艺："……"

是了，怪不得她刚才就觉得程安安的打扮非常眼熟，不正是她演小三的那个造型吗。

这程安安，还真是她的粉丝？

大门打开，先看到一个帮忙开门的服务员，紧接着走进来的是一个西装革履的男人。他的头发被整齐地定型在脑后，在整理手腕上的袖扣。

宿艺从愣怔中回神，赶紧转过头，语气严肃："小雪雪，掩护我，我赶去厕所换套衣服。"

吴雪的表情一言难尽。褚鹰一眼就看到了那个埋得低低的小脑袋。

李敏站起来，打了声招呼："褚总。"

导演都起来了，其他人自然也要跟着起来，副导演笑眯眯地说："褚总，来来，您坐这。"

宿艺站起来，头还是盯着地板。

"头都不抬？"男人走到桌边，语气满是揶揄。

"……"宿艺抬头，朝他傻傻一笑，跟刚才躺在椅子上跷着二郎腿的样子比起来完全是两个人。

李敏道："您和小艺认识？"

"嗯，"褚鹰看着对面的人，似笑非笑道，"挺熟。"

李敏不常看微博，但桌上的演员们都是微博常客，谁都看到了两人今天的互动。

现在褚鹰这句话一出来，两人的关系基本就坐实了。但当事人宿艺可不这么觉得，和褚鹰熟的人太多了，光她见过的战友就有一大卡车。

她的目标很坚定——要做跟褚鹰最熟的那个。

褚鹰不是自己来的，除了两位助理外，还有一个西装笔挺的男人，就坐在褚鹰身边。

副导演介绍完褚鹰，马上开始介绍另一位："这是奇总，褚氏娱乐公司的副总。"

奇总朝一圈人笑了笑，宿艺敏锐地感觉到对方的目光在徐倩岚身上停留得久了一点。她挑挑眉，安静地等菜端上来，手藏在桌底下，像是个在课堂上玩手机的学生。

对面马上传来一声清脆的手机信息提示。褚鹰拿出手机看了看。

宿艺娘娘："你怎么过来了？"

他直接无视掉在旁边滔滔不绝的副导演，抓起手机，摆出了不会再搭理任何人的姿态。副导演也很识相，转个身跟奇总聊去了。

褚鹰："不是说了，请你吃饭。"

宿艺娘娘：“你从北京跑上海来请我吃饭？”

褚鹰：“不可以？”

宿艺娘娘：“不可以！我不管，这顿不算，你得请我吃别的 [你这个臭居居 . jpg]”

褚鹰：“好。”

桌上，徐倩岚歪着脑袋，胸前风光无限，娇滴滴地问：“奇总，您们这趟是来……”

奇总：“在这边有个分公司，过来开个会，就顺便来看看你们的进度。”

宿艺的愉悦感顿时消减了不少。

其实想想也知道，褚鹰手下这么大一个公司，怎么可能为了请她吃饭特意跑来上海？但真确认了，她还是有那么一点点失望。

啧，这男人，还学会哄女人了？！

不行不行，本来长得就好，不能在撩妹技能上加分了！

宿艺娘娘：“[呵，男人 . jpg]”

看到图片上人物的讥讽脸，褚鹰实在很想掰开那女人的手机，看看里面到底有多少表情包。

菜品上齐，众人的聊天也终于进入了正题。

“小艺。”

直到桌上有人叫她，宿艺才抬头，叫她的是李敏，她把手机锁屏：“导演，怎么了？”

“吃个饭怎么一直玩手机？”李敏道，“剧本都看熟了吧？”

宿艺道：“熟了，李敏老师，要不您抽一段我背背。”

桌上一片笑声。

吴珂道：“小艺真幽默。”

“我要是你老师，第一件事就是把你手机给收了，”李敏话里带笑，“行了，别闹了，说正事儿。话说在前头，之前已经跟你们都说好了，不论在剧里演的是什么角色，我们剧组绝对不能有演员在外面轧戏。”

“我从来不轧戏的，容易分心，多影响拍摄呀。”徐倩岚说完，目光一转，“听说艺姐以前常常轧戏，居然能分神做好几件事，太厉害了。”

宿艺转过脸，笑眯眯的：“就是这么厉害。”

“……”之前想好的话一下都说不出来了，徐倩岚默默闭了嘴。

饭吃到一半，宿艺起身去了趟洗手间。

没想到出来时，遇见了一位老熟人，对方明显是奔她来的，就站在外头，见到她，面上皮笑肉不笑的："最近片约不断呀，先恭喜你了。"

这位老熟人正是徐倩岚的经纪人林姐，之前是宿艺的第一任经纪人。

"你说你，之前在我这坚持这么久，现在还不是蹚了这趟浑水？"林姐冷笑道，"你要是早点开窍，绝对不止现在这点成绩。吴雪太嫩了，捧不红你的。"

宿艺停下脚步，转过身。

"是呀。"她毫不掩饰眼底的不屑，嗤笑道，"看看徐倩岚被你带成什么样了！"

回到桌上，吴雪抹了抹嘴，探过身来问："你没把林霞气死吧？"

林霞是林姐的名字。

"你开千里眼了？"宿艺喝了口水。

吴雪不置可否地一笑："她前段时间试图联系过你。"

宿艺："我怎么不知道？"

"因为我拦下来了，"吴雪把她碗里的糖醋里脊夹到自己碗里，道，"怕你给我戴绿帽，还有，这个都是面粉，别吃了。"

宿艺不舍地盯了里脊肉一眼，抬眼，却发现转盘上的糖醋里脊刚好转到自己面前。

褚鹰收回手，面色淡淡："吃点。"

看宿艺笑眯眯地啃着里脊肉，全桌人都莫名有种被塞了一口狗粮的感觉。

林霞回来的时候，表情已经恢复正常了，她刚坐下就拿起酒杯重新起身："岚岚还是个新人，能进这么大一个剧组，真的要感谢片方的厚爱。"

徐倩岚紧跟着起身，不自然地笑笑："是，我先敬李导一杯。"

李敏不热衷于搞这些关系，但也不希望在开拍前就恶化与演员的关系，便对徐倩岚举杯抿了两口。

"还有编剧……"

徐倩岚就这么一杯杯地从导演敬到主演，从主演敬到投资方。最后，她终于敬到了褚鹰面前。

褚鹰眼都未抬："不用，我不喝。"

他的语气不算友好，徐倩岚碰壁，一下有些窘迫，举着杯子站着，求助地望着李敏。

奇总眼珠子转了转，然后打哈哈道：“他一向不喝酒的，没事，意思到了就行。”

徐倩岚喝了一圈，脸颊已经有些微红，干笑着坐回了座位。

宿艺撑着下巴，看得乏味。

好好一个片组聚餐，生生变成了敬酒现场，林霞这一套还是没变。

手机一声震动。

褚鹰：“你别敬酒。”

褚鹰：“你酒量太差。”

宿艺食指抵在唇前，溢出一声轻笑。

宿艺娘娘：“不，喝醉了你可以送我回酒店。”

褚鹰：“没醉也会送你。”

“小艺，笑什么呢？”吴珂问。

宿艺忍着嘴边的弧度，轻摇头：“没事。”

“我看了整部剧本，最期待的就是你的角色，”吴珂笑吟吟地看她，“很有挑战性。”

宿艺道：“是的，我也很喜欢我的角色。”

“里面有几场诱惑我的戏，”吴珂半开玩笑道，“期待你的表现。”

吴珂是个极其矛盾的人。说他情商高，方才褚鹰和宿艺两人的互动都已经这么明显了，他还闷着头去撩拨她；说他情商低，和媒体关系又好，黑料从没被曝光过。

由于有个顺风耳经纪人，宿艺对他的事也略有耳闻。

她笑笑：“您是大前辈，能跟您对戏，是我的荣幸。”

一阵桌椅被移动发出的尖锐声响。

桌上的人循声望去，只见褚鹰神色自若地擦了擦嘴，道：“我没记错的话，徐……不是已经被换下了？”他顿了几秒，实在没想起那个演员的名字。

“是我安排她进去的，”身边的奇总笑道，“小岚演技不错，好演员不能浪费嘛。”

褚鹰扫了他一眼，语气不冷不淡，却生生听出了一股压迫感：“下次任何事情，都要先向我报备。”

在这么多人面前被拂了面，奇总的表情一下有些尴尬。一顿饭结束，众人围着褚鹰走出包间。宿艺跟在人群末端，怕男人就这么走了，赶紧掏出手机，想给他发条信息。

前面的人停了下来。

褚鹰回过身，声音低沉："过来。"

两人在众人诧异的眼光中并肩离开了酒店。

副导演道："看来小艺和褚总的关系真的挺好的？"

吴雪扯了两下嘴角："的确不错……"

林霞铁青着脸上了车。

徐倩岚刚坐下就忍不住道："宿艺真的和褚鹰在一起了？！"

林霞语气不是太好："不知道。"

"她怎么找上褚鹰的啊？"徐倩岚语气也很差，"你不是说，联系不上他吗？"

在联系奇总之前，她们就打听到褚氏的太子爷退伍了，回来还没几个月就坐上了总裁的位置。

原先林霞想联系的是褚鹰，最后别说联系了，折腾了大半天，连他的电话号码都没拿到，所以才退而求其次，私下联系了奇总。

林霞白了她一眼，没说话。

褚鹰开的是一辆 Benz G65，是分公司为他准备的临时座驾，后视镜上还挂着一个佛牌。宿艺拨弄着佛牌，顺手点开音乐，嘴边的弧度自上车以来就没敛下过。

褚鹰问："笑什么？"

宿艺逗他："笑你堂堂大老板，座驾还没手下员工的车贵。"

褚鹰也笑："你识车？"

"认识，"宿艺道，"越野车，我都认识。"

驶出停车场，不远处是十字路口，有些小堵车，褚鹰一边手肘撑在车窗上，问："喜欢越野车？"

车窗没关，晚风很凉爽，把宿艺的头发往后带。

车子主人挂着佛牌，车里却全都是重金属音乐，宿艺随着鼓点晃着脑袋。

"喜欢，"她笑，声音随着风吹进褚鹰耳中，"跟你一样，带劲。"

半晌，没得到回应，宿艺笑着回头："你好歹回应一下我吧，不然我很尴尬欸……"

话说到后面，语气越来越轻。

褚鹰正看着她，眼底满是戏谑。

“带劲？”他问，“要不要试试？”

宿艺怕飙鼻血，吸吸鼻子，道：“试试试！！我要试！！！”

十分钟后，宿艺坐到了驾驶座上。

“……”

褚鹰挑眉：“怎么，不会开？”

“……会，”她撇嘴，小声道，“说的是试这个啊？”

“不然想试什么，”褚鹰道，“我那辆？”

不是你那辆。是你！我想试你！气！

宿艺鼓着腮帮子，调好座椅，一脚踩下油门，疾驰而出。

“慢点。”褚鹰蹙着眉头，双臂环抱，“要超速了。”

“没超。”方向盘一转，超车，“没到六十迈，我们顶多五十九。”

褚鹰关小音乐：“不要总是超车，很危险。”

宿艺清脆的笑声回荡在车里：“好的，教练。”

车子有惊无险地回到酒店。

正准备驶进酒店的临时停车位，褚鹰道：“开去地下停车场。”

宿艺噢了声，拐了个弯。

停下车，褚鹰解开安全带：“熄火。”

宿艺乖乖熄了火，然后下车：“那我上去了。”

褚鹰没答，像是想起什么，径直走到车后。

宿艺恋恋不舍地往前走了几步，回头看了眼，男人正把身子探进后备厢，在拿什么东西。

他的手撑在一边，手臂上的肌肉线条匀称又有力量感。

宿艺不自觉地做了个吞咽动作，内心挣扎不过三秒，就停下了脚步。

她用手由前往后，把额前的头发往后拢了拢，从包里拿出一根橡皮筋，利落地把头发绑了起来。

然后转身往回走，她走到车后，在褚鹰面前站定。

弯腰，她把白球鞋的鞋带扯开，然后重新系紧。

褚鹰从后车厢拿出什么东西，然后转头：“你……”

温热的触感落在右脸颊。

以往执行任务时吃了一发子弹都面不改色地抬手射击的鹰队，脸上奇迹般地出现了两秒的愣怔。

她的唇很软，整个人凑近时，清香扑鼻。

女人亲完，一句话不多说——拔腿就跑。

奔跑过程中，她绑起来的马尾不断左右晃动，一下不落地晃进了鹰队的眸中。

宿艺冲进电梯，拼命按着关门键。

亲了亲了！亲了！亲了！

宿艺脸颊绯红，把头发散开，傻傻地伸手去揉了几下。还没从愉悦中回过味来，兜里的手机叮咚一声，把她吓了一跳。

她点亮屏幕一看。

[褚鹰：您收到了一条新信息。]

为了保护隐私，她设置的是，不解锁屏幕就看不到社交软件收到的信息具体内容。

宿艺的指尖伸到中间的手机按键，来来回回转了两三圈。

不行不行。她不敢看。

又是一声叮咚。宿艺心一横，把手机丢进了包里。

……装人不在，明天再去认错好了？

回到酒店房间，她一蹦一跳地跑进卧室，从大背包里掏出 iPad。

她今晚是铁了心不看手机，准备先自己慢慢回味一晚上，结果才刚打开电影，门铃忽然响了一声。

她看了眼时间，估摸着应该是吴雪送面膜来了。

宿艺毫不犹豫地开了门，顺手把 iPad 锁了屏，然后抬头。

门外男人朝她挑了挑眉。

宿艺倏然睁大眼，手摸到门板上就想关门。

但对面的人比她还快，一只大手穿过她的颈边，牢牢地摁在她的后颈上，逼着她往前送。

还没来得及说话，嘴唇就被堵了个严实。

男人的吻不太熟练，有一下没一下地磨着她的唇瓣。

宿艺脑袋中响起了九十九响鞭炮，放到最后，还有“轰隆”一声。

直到男人的唇离开时，她都还没回过神来。

褚鹰似笑非笑，道："傻了？"

"……"宿艺眨巴眼，道，"我刚刚没发挥好，能不能再来一次？"

刚说完，一个东西被放到她手里，身子忽然往前一沉，她低头一看，是个小西瓜。

……他们刚刚是抱着这玩意儿接的吻？

宿艺觉得接吻体验很差！

她问："刚刚你就是拿这个？"

"嗯，"褚鹰道，"跑这么快做什么。"

宿艺脸又烧起来，磕磕巴巴道："你怎么知道我房间号？"

"我说的。"吴雪的声音由左侧响起，她刚从房间出来，皮笑肉不笑的，"你怎么能把人家褚总丢在停车场呢？"

这句话，翻译过来就是：有什么话不能在停车场说完？！

结果宿艺半天都没搭腔，吴雪一看，自家艺人此时素面朝天，却自带腮红效果。

宿艺道："你进来吗？"

吴雪："……"

"不了，"褚鹰看看腕表，"一会要见朋友。"

这人怎么哪都有朋友？

"行吧。"宿艺靠在门边，还想说什么，嘴唇张合半天，吐出一句，"小心开车。"

褚鹰道："这句话你用来警醒自己吧。"

"……喔。"

男人回身，刚走几步，宿艺心头一动，大声道："你，你会负责吧？！"声音不是太有底气。

褚鹰脚下一顿，随即失笑。

"嗯。"

吴雪："？"

直到电梯门缓缓阖上，吴雪才面色复杂地伸手在宿艺眼前晃了两下："给我回神。"

宿艺笑得满面春风："小雪雪，怎么办，我好像恋爱了。"

吴雪扯扯嘴角："……进去再说。"

跑回房间，宿艺马上抓起被她塞在包底的手机。

褚鹰："跑什么？"

褚鹰："房间号多少。"

还有他打来的一个未接电话。

吴雪坐下来，道："赶紧把这副傻里傻气的表情换掉。"

于是宿艺敛下嘴角，故作严肃，给褚鹰发了个表情包。

她想起什么，问："这几个月，你就在剧组陪我？"

"嗯。"吴雪说，"可能中途会飞回去几天，处理一点事情。"

宿艺又挂上期待的表情："婚房？婚期？见家长？"

她是真的替吴雪高兴，其实吴雪在两年前就跟她说过在考虑结婚的事，但刘明昊不知为何一直未提，吴雪连他家长都没见过。

"别八卦我了。"吴雪道，"你和褚鹰这是成了？"

宿艺脑袋歪在沙发上，道："不知道，大概？"

"大概？你们玩的是过家家？"吴雪见到她怀里抱着的西瓜，道，"今晚不准吃，发胖。"

"不吃。"宿艺笑道，"我要把它摆在床头睡。"

吴雪："……"

宿艺高兴之余又有些遗憾，要是刚刚吴雪出现得晚一点，他们是不是还能再亲一次？

褚鹰半天都没回微信，应该是在开车，宿艺横躺在沙发上，心情愉悦地继续逛微博。等看到某条热门微博后，她才发现，梁博又关注她了。

为了博话题度，一会取关一会关注的，当她是话题提款机吗？

她就纳闷了，自己咖位绝对不算高，梁博是傻了还是瞎了才会来疯狂贴她？

"这梁博是不是有病？"她问对面的吴雪，"这么多流量女星他不找，老是拿我做文章干什么。"

"你是在看不起我还是看不起你自己，"吴雪凉凉道，"你的话题度比那些流量明星高多了。明天开机仪式，不知道有多少媒体排队等着采访您老人家。"

宿艺："……我竟一下听不出你是在夸我还是讽刺我。"

第二天吴雪来敲门，一开门就被吓着了。

“你这黑眼圈，昨天做贼去了？”

宿艺打了个哈欠。

昨晚刺激太大，她睡觉时脸都得对着床头柜上的西瓜——结果一晚上都没睡着。剧场的化妆间里，化妆师正帮她描着眼线，化妆台上的手机响起，她挣扎着眯眼看了看手机界面，赶紧抓住化妆师的手：“美女姐姐，我回个信息，咱们再继续化，成吗。”

化妆师笑着耸耸肩：“你随意。”

宿艺刚想伸手去拿手机，安璇动作比她还快，先一步把手机送到她手里。

昨晚她和褚鹰聊到十二点，现在想想也没聊什么，她一直在问他在部队的趣事，嫌听语音太麻烦，直接给他打了个电话——这也是她昨晚没睡好的一大原因。

对方声音低低沉沉，叙事简洁，她听得津津有味。想想也是嘴痒，听完故事，看了眼时间，十二点，她就顺口问了句“你要睡吗。”

然后两句草草收尾，一句“晚安”哽在喉头都没说出口。

聊天框上是宿艺一大早给他发的信息。

宿艺娘娘：“醒啦，出门工作 [今天也是元气满满的一天 .jpg]”

褚鹰：“嗯。”

嗯？

就一个嗯？！

她想了想，对着镜子拍了张照片。

宿艺娘娘：“我在工作。[图片]”

褚鹰：“好。”

聊天……结束。

宿艺把手机扣在膝盖上：“……化妆吧。”

化妆师给她描的妆容比较淡，眼尾的眼线微微上翘，一双媚眼勾人得很。

她想了想，觉得不行，等化妆师上完口红，拿起手机，特地挑了个滤镜，又拍了一张。

她正准备发过去，对面先发来一张图。

图上，男人穿着白色 T 恤和短裤，像是刚跑完步，衣服胸口有点湿。

他嘴角上翘，后面跟着一句：“刚运动完。”

宿艺没头没尾地回了句：“一起吗。”

褚鹰："好，等你杀青。"

宿艺很想说，我说的运动和你说的，可能不是一个类型。

她咽咽口水，先保存下照片，然后把手机捂紧，一副生怕身边人占便宜的表情。拍摄不能等，宿艺只得可怜兮兮地跟他发句"一会联系"，乖乖把手机放好继续化妆。

化妆师道："我是真喜欢给你化妆，化坏了也好看。"

"……别，"宿艺说，"化坏了李敏看得出来，会赶我回来重化的。"

化妆师忍俊不禁："我知道，放心吧，妆容我和编剧导演之前商量过，一定给你化得美美的。"

在最后定妆前，宿艺进去换了服装。

她在《暗涌》中的角色是位艺伎，名叫萩姬，靠买卖消息挣暗钱，后来遇见了男主，两人相遇还算美好，错就错在她出身低贱，早就错过了最好的年华。最后男主跟清纯女主恩爱一生，而她在为男主传递消息时被发现，被一枪崩了。

她出场的服装是一身蓝白色旗袍，上边是优美的泼墨效果，底下还有一簇兰花。她从试衣间出来时，就连吴雪都怔了一下。

为了符合角色，徐倩岚的服装是高开衩旗袍，侧身直接露到了大腿根，但宿艺不是。旗袍把她身形完全包裹着，侧边白皙的小腿若隐若现，双手修长似藕，交叠放在腰前，配上她姣好的面容，简直就是从民国街头刚走出来的世家名媛。

"好，"编剧不知什么时候已经站到门口，见到她明显眼前一亮，"简直……完美。"

他对这个剧本非常上心，今天已经在片场里转悠了好久。

徐倩岚刚好也从公共化妆间出来，编剧看了她一眼，对这个凭空冒出来的角色他原本是反对的，但投资方那边强硬要求，加上许多人来劝他一个配角而已也不过分，他想了想就答应了。

她的脸像是刚做完填充，还有点肿，两人这么一对比，就像是钻石与石子，差距分明。

第一场戏是宿艺的。

她周边站着不少穿旗袍的群演，都长得还算过得去。其实以往这种突出角色美貌的戏份，群演都不会找好看的，但这部剧里的萩姬，设定是百花中最招人的那一朵，李敏和副导演讨论了一下，觉得宿艺能撑起那种效果，特意找的长相过关的群演。

宿艺自然不负众望。

她往前走了几步，慢慢靠到红柱上，先是扬唇，紧接着举起团扇，半遮在嘴边，挡住了弧度，那一双弯起的水眸满是风情，不难想象扇后的脸是多么妩媚动人。

“Cut！”李敏一声喊下，“过了！”

宿艺听到这句话，快速起身，虽然只是二楼，但这栏杆比较矮，她坐上去的时候仿佛随时都会摔下去，吓人得很。

她扶着栏杆，朝下边吼：“等我，我下去看一遍回放。”

她慢步走下阶梯，踩着黑色低跟鞋小步地跑到镜头前，重新把回放看了一遍。

看了两眼，她蹙眉：“这里我是不是没有处理好？”她指着自己指尖的动作。

李敏于是也跟着看了一遍，的确，宿艺勾发时，指尖有些生硬。

“如果弄点兰花指之类的，会不会更好？”宿艺自言自语完，又道，“再拍一次吧。”

说完，她转身又上了二楼。

程安安感慨：“艺姐真的……好棒啊。”

李敏表示赞同：“的确。”

这一次，宿艺终于算是满意了，人群围在一起实在是热，她看完后赶紧往后退了几步，手上拨弄了一下耳坠。

褚鹰就在远处这么看着，小女人表情茫然地在捏着耳垂，与刚才风情万种的模样判若两人。然后，她像是想到什么，小跑到助理身边，拿过手机。

没两分钟，他手机就响了。

这么一个女人，实在让人难以抵抗。

下一场戏没有宿艺的戏份，她坐在李敏身边，闲闲地看着工作人员布下一场景。虽然知道来信息会有声音提示，但她还是忍不住隔十秒看一次手机。

正当她准备再次点亮手机屏幕的时候，忽然一只大手出现在她眼前，像是怕弄坏她的妆容，轻轻地、慢慢地盖住了她的眼睛。

男人的手很大，几乎遮了她大半张脸，手上有些茧，身上还有肥皂味。

宿艺顺着往上，把手搭在男人手臂上，身子靠在椅背，褚鹰还能感受到她闭了眼，睫毛扫在手掌上，有点痒。身边的人都愣愣地看着他们。

吴雪完全是一副“你们年轻人花样很多”的表情。

褚鹰任她抓着，问：“怎么知道是我。”

宿艺睁眼，睫毛又扫了他手心一下，然后咧唇道：“改天送你一瓶我的同款沐浴露。”

褚鹰失笑，一点一点地把手挪开，宿艺仍旧看着他，眼底都是笑意：“你怎么过来了？”

“探班。”褚鹰言简意赅，坐到她身边。

演员们和剧场主心骨工作人员昨天都见过他，此时看到了，纷纷上前打招呼。

副导演上前来，脸上带笑：“褚总怎么过来了，早说我去接您呀，我们刚拍完第一镜，现场还有点乱……”

“过来看看，”褚鹰道，“挺好的。”

也不知道是说布景好，还是说第一镜好。副导演见两人坐得近，忍下了没问，艺人和大老板这种关系太敏感了，他怕踩雷。

但有人显然不怕，徐倩岚咬牙想了想，心一横，把旗袍分叉处整理了一下，一扭一晃地走到导演身边，佯装要看戏，然后惊讶道：“褚总？您是来给艺姐探班的吗？”

她是真想知道宿艺有没有和褚鹰在一起。她一直觉得，像褚鹰这种连电话号码都不愿给的男人，八成是有女朋友或老婆。

没想到褚鹰只是淡淡瞥了她一眼，连个声都没给她。她嘴角的弧度挂了将近一分钟，然后尴尬地收回笑容。

宿艺也没搭理她，偏头问身边的人：“你不是说在运动吗？”

“嗯。”褚鹰道，“给你发的时候刚结束。”

下一场戏是两位主角的，宿艺的戏份要等好几场才有了，她像是想到什么，问：“刚刚看到第一镜了？”

褚鹰说：“看到了。”

“怎么样，”宿艺歪着脑袋，凑到他眼前，笑得又甜又傻，哪还有刚才的妖媚模样，“我演得好看吗？”

两人低声说着话，徐倩岚脸一阵青一阵白，她忽而想到什么，脱口而出：

“艺姐，梁博哥之前来找我，问了一下我们拍摄的地址，是要来找你吗？”

“岚岚。”林霞的声音响起，及时止住了这个话题，“马上是你的戏份了，赶紧去补下妆。”

两人一唱一和，徐倩岚丢下问题就跑了。

刚走没多远，林霞就忍不住低声斥道：“你去招惹褚鹰做什么？”

“我没招惹他。”徐倩岚撇嘴，“我只是不想让宿艺捡便宜。”

“这才刚开拍，好不容易才拿到这个角色，你可别自己玩丢了。”林霞手下有很多艺人，不可能每天都待在上海陪徐倩岚拍戏，她这会才离了五分钟徐倩岚就做了蠢事，她是真有点开始担心自己走后的事了，“我明天得回北京半个月，你这半个月里别瞎搞事，安心拍戏，能做到？”

徐倩岚明白，对方话里的意思就是让自己“老实”待着。

她不懂，凭什么宿艺可以大摇大摆地坐在导演身边看她导戏，还有褚鹰过来探她的班。

而且她刚刚说关于梁博的事也不是撒谎，梁博的确问了她拍摄的地点。

全世界的好事都给她宿艺摊上了？

见她不回答，林霞催促道：“听见了吗？”

徐倩岚收回视线，语气非常不情愿：“知道了。”

宿艺完全没想到褚鹰会来探她的班，从刚刚到现在，她的嘴角就没敛下过，直到第二场戏结束，她才想起什么，在褚鹰周围巡视了一圈。

褚鹰挑眉：“怎么了。”

宿艺道：“两手空空来探班？”

褚鹰头一次探班，哪还知道这么多事：“想吃什么？”

宿艺笑盈盈地抬手，在他面前摊开。

明明才认识不久，两人仿佛就有了一种默契，宿艺还没说话，褚鹰就把手机放到了她手心里。

宿艺点开备忘录，一样一样地记了进去。

五分钟后，褚鹰拿回来一看，上面的东西种类繁多，草莓、某牌子的饮品、可爱多等，看得出记的都是她自己爱吃的。

“小艺，”李敏从讨论中抽身，这才发现宿艺身边的褚鹰，她草草地跟褚鹰打了个招呼，继续把目光放回宿艺身上，“去补妆，下一场拍完就是你的戏。”

其实宿艺的妆根本没掉，但每个知名导演都有那么一两点拍摄时的怪癖，李敏的怪癖就是不管演员的妆掉没掉，入镜之前都要让他们去补妆，就算是拿粉扑随便拍几下都行。

宿艺跟她合作过，也不多说，起身道：“我去化妆间。”

待女人的背影消失在化妆间门口，褚鹰才收回目光，他低头解锁手机，在百度上打上“梁博”二字。

随便翻了翻前面几条最近关于梁博的新闻，他眸色微沉，面上却看不出任何变化。

一条信息传了进来。

褚溪：“哥，你去上海了？”

褚鹰没理她，继续滑动屏幕，褚溪没一会就打了个电话过来。

他皱眉，关掉声音，起身出去才接起：“干什么。”

“哥——”褚溪尾音拖长，“我也想去上海！”

褚鹰挂电话的手一顿，问：“来上海做什么。”

“我好久没去迪士尼了。”自上次的事情后，褚溪就被关了禁闭，倒不是把她锁在家，而是把她的钱全收走了——这跟囚禁有什么区别！

“哦，”褚鹰语气如常，“好玩吗。”

褚溪一听，觉得有戏：“超好玩！”

啪嗒。对面把电话挂了。

褚溪：？？？

男人抬手看了眼时间，然后转身进了片场。

进去时，宿艺已经在拍了，她身材高挑，很适合穿旗袍，说起话来柔声细语，每一句语调都恰到好处。宿艺连着拍了两场才结束，她拍戏时没敢看褚鹰那边，怕出戏，现在下来了才发现褚鹰已经不在了。

吴雪道：“他说要开会，走了。”

宿艺点开手机，看到褚鹰留的信息。

褚鹰：“下午有会。”

宿艺娘娘：“那你有空再来找我？我基本都在片场［乖巧蹲坐.jpg］”

褚鹰：“好。”

得到回复，宿艺才收起手机，往李敏身边一靠，跟她一块看回放。

演员还在准备，李敏难得腾出空跟她聊了两句：“什么时候谈的恋爱？”

宿艺双手握在胸前，道：“见到他的那一刻。”

身后的吴雪笑了：“你是戏精学校毕业的吗？”

三人刚聊了一会，吴雪电话响了，因为拍摄还没开始，她索性就直接接了起来。说了几句，她敛眼看了眼宿艺。

宿艺咬着苹果，感受到目光，等电话挂了，问：“怎么了？”

吴雪道：“有个综艺想找你。”

“我不是说了不接综艺吗？”

“他开的价格挺高的，”吴雪比了个数，“而且说只要你有意向，条件不满意可以再谈。”

宿艺还是没兴趣，随口问了句：“什么综艺这么大手笔？”

“恋爱综艺，两个明星假装情侣的那种。”

宿艺动作一顿：“让我猜猜，另一位男嘉宾是梁博？”

吴雪摸摸她的头：“很聪明嘛。”

“你说现在的网友到底是怎么想的？”宿艺一脸不解，“别人承认恋情，他们说是炒作，我否认恋情，他们也说是我炒作，不行，咱们挂个律师函吧。”

吴雪失笑道：“谁会因为这种事挂律师函啊？”

“怎么不能挂了，”宿艺道，“难道公司就任由他拉着我炒作？小雪雪，你知道我的，我不爱炒这种热度。”

“行吧，那综艺我给你推了，”吴雪道，“其实我也不太赞同你上综艺。”

宿艺头都不抬：“为什么？”

吴雪道：“你这种冲动型演员，只适合对着剧本。”

宿艺：“……”

晚饭时间，宿艺坐在单独化妆间里，正在把饭盒里的肥肉往外挑，门被打开，紧接着面前忽然多了几个纸袋。

她抬头一看，是一个陌生男人，穿着西装，打扮得体。

“宿小姐您好，”男人笑道，“褚总在忙，特地让我给您送些吃食过来。”

宿艺拉开袋子一看，一袋草莓和好几杯某牌子的饮品。助理前脚刚走，吴雪后脚就进来了。

“我算是服了。”吴雪神色匆匆，坐到宿艺身边。

宿艺吃着草莓，含糊道：“怎么了？”

“……”吴雪调出公司的官方微博，“你自己看吧。”

宿艺不在意地看了眼，也愣住了。

公司的置顶微博上挂了个公告。

【公告：近日网络上流传着关于本公司艺人宿艺的各种不实谣言，本公司在此声明，宿艺与梁博并不存在超过友情的关系，我们拒绝炒作，拒绝捆绑，在此感谢大家对宿艺的关心。另，若再有造谣者，本公司将会采取法律手段。】

吴雪道：“因为这种事儿发公告，还对对方男星指名带姓的，也就只有你这一回了。”

“……”宿艺一时也有些惊讶，“公司这是怎么了？”

“我刚打电话问过了，”吴雪道，“老板说是接到了褚氏的电话。”

宿艺：“？”

“之前公司不是让你另签了份合同吗，说是有大企业要收购公司，”吴雪风轻云淡，“今天内部下通知了，那家大企业姓褚。”

宿艺：“……”

“对方接手第一件事就是处理你这破事，”吴雪感慨道，“我总算是见识到了——什么叫作霸道总裁爱上我。”

宿艺不答，解锁手机，迅速给褚鹰发了信息。

宿艺娘娘：“老板好，给老板捏肩［现在开始床位共享.jpg］”

两分钟后。

褚鹰：“在忙，乖。”

宿艺上微博，转发了公告，趁拍摄还没开始，逛了逛评论区，里边的评论褒贬不一。

“心疼我艺，被梁博缠着就算了，那些恐怖的粉丝也不放过她。”

“你们撕得这么厉害，就没人发现，公司只澄清了宿艺和梁博，没有澄清那位什么大亨吗……”

忍住，宿艺你要忍住，千万不能点赞。

宿艺按住自己的右手，心里不断念叨着。

天知道她多想发个十条八条微博实时直播——

“大家好，今天我和褚鹰打了个啵儿。”

诸如此类的。

宿艺光是想想都开心不少，她把手机锁屏，拿起刚装在盒子里的草莓，慢悠悠地起身，旁边安璇抬头：“艺姐，要去哪？”

宿艺道：“我出去看看开拍没。”

“您坐着，”安璇放下筷子，仓促地咽下一口饭，“我出去看着，开拍了再进来叫您。”

“不用，你吃吧，我刚好有点撑了，出去走走，”宿艺顺手捞了几个草莓，放在她碗边，“饭后水果。”

出去时，吴雪就站在门边打电话，表情不太好。见到她，吴雪挑挑眉算是打了招呼，然后走到更远处接着打。见吴雪不想让自己知道通话内容，宿艺也不多留，径直向李敏走去：“导演，草莓吃吗？”

“我不喜欢吃这些，”李敏粗鲁地扒了口饭，一点形象都不顾，“你不是说吃饭时间要出去一趟吗？”

“不出了，”宿艺撑着下巴，“好像被放鸽子了。”

李敏瞥了她一眼：“今天你只剩一场戏了，我调一下时间，让你先拍。”

宿艺：“这么好？”

“让你早点回去休息还不行？”

宿艺笑：“行。”

这一场一镜过了，宿艺出了片场，正准备上车，就被旁边从黑色车辆里下来的矮矮瘦瘦的男人叫住了。

她往后看了看，男人是从保姆车下来的，那应该不是粉丝，她停下脚步，问：“有事？”

“我是梁博的经纪人，”男人笑道，“有时间聊聊吗？”

“没……”

“有的，”吴雪打断她，先把她推进了车里，“我们俩聊聊。”

别看吴雪个子矮，力气还真不小，加上宿艺也懒得跟梁博的经纪人说什么，进了车后就坐到了车后座。

十分钟后，吴雪才上来。“聊什么了？”

“还能聊什么，”吴雪拉上车门，“让我们配合给个台阶下，说是同行之间要互相帮助。”

“不助，”宿艺玩着“消消乐”，道，“今天看到好多明事理的网友去帮我说话，我心情舒畅到现在呢，就连平时在我微博底下的黑粉都去了不少。”

“这算什么，黑到深处自然粉？”吴雪说完，话锋一转，“对了，你姐那边的钱，我帮你打过去了。”

“嗯，”这一关死活过不去，宿艺面色平静地点重开，继续投入游戏中，像是想到什么，又问，“那个老奶奶家的物资送去了？再过个把月就要入秋了。”

吴雪点头：“都送了。”

安璇从副驾驶小心翼翼地回头：“姐，你们在说什么呀？”

“没什么。”吴雪往椅背上一靠，没再开口。

第六章 小道士的邀约

褚鹰原本只打算在上海待两三天，过来检查一下分公司的项目，顺便见见宿艺就回去。

结果刚来就查到了一些猫腻，索性留下来，在分公司再巡视几天。

办公室里，助理刚给他泡了杯咖啡，咖啡从拿进来到现在一动未动。

部队待惯了，他不爱喝这些东西。

手机铃声响起，男人看了眼来电显示，嘴角勾起一个微小的弧度，然后关掉电脑上的文件页面，抬手接起。

“褚鹰，你今天有空吗？”那边有点安静，也不知道她躲在哪儿给他打的电话。

宿艺入组至今，他只去过一次片场，最后还匆匆走了。

他拿起旁边的行程表看了看，道：“怎么了？”

宿艺：“听说有家餐厅很好吃，我们一起去？”

褚鹰往椅背一靠，正准备说什么，就听见那边背景里有人在喊宿艺的名字，她急促道：“到我的戏了，我挂了，你好好工作。”

电话马上被挂掉，褚鹰揉了揉两眼间，然后起身按下呼叫键。

助理很快进来：“褚总，有什么事吗？”

褚鹰道：“下午的时间空出来。”

助理问：“要推迟人事部会议吗？”

他们刚到上海，他老板就收到一封匿名信，揭发了奇副总在某些项目上做的手脚，可是这些操作单单靠奇副总一人是完不成的，他们一直在逮着各个部门开会，想抓出奇副总的帮手好一网打尽，这几天他翻报告都快翻吐了，更别说大老板。

“推，”褚鹰道，“不行就多留几天，没事。”

助理：“好，我这就去通知。”

临近吃饭时间，褚鹰起身，把西装外套随意搭在手臂上，离开了办公室。

路上，手机铃声响得刺耳，直到遇红灯他才接起来，连来电显示都未看：“嗯。”

“鹰队，”对面男人的声音有些急，还隐隐带着哭腔，“你能借我一笔钱吗？”

听出男人的声音，褚鹰过了绿灯后把车停进了紧急停车带。

他问：“怎么了，手出问题了？”

“不是，”男人抽了抽鼻子，“我老婆得了白血病，手术费用有点贵。”

褚鹰沉默半晌：“辉子，你是不是上海人？”

“是啊，”辉子声音有些哑，“鹰队，你帮帮我，我以后一定全数还给你。”

“行了，”褚鹰发动车子，“在哪个医院？”

辉子没想到才挂电话没一会，他的队长就像尊大佛一样从天而降。

褚鹰看了眼病床上的女人，问：“找到合适的骨髓了吗？”

“哪来的那么多钱呢，我只能先化疗试试了，”辉子眼一热，“鹰队，我没用，连帮老婆治病的钱都没有。”

褚鹰道：“带我去主治医师那。”

主治医师刚好要下班，听完来意，他放下背包，找出了患者的病历。

这位患者的老公是个退伍兵，年纪不大，两个男人都身高体壮，往身边一站，就把门给堵死了。

医生道：“化疗的过程比较痛苦，你们一定要好好疏导……”

“医生，”褚鹰打断他，“麻烦你帮我们配一下骨髓吧。”

从医生办公室出来，辉子屈膝就要跪下，褚鹰抬膝拦住：“这是干什么！”

“鹰队，”辉子克制不住情绪，“算上我老婆，你已经救了我们两命了。”

“我是你队长，当然得管你，”褚鹰道，“觉得不好意思，以后就好好活着，努力赚钱还我。”

辉子仍旧是平头，肌肉壮实，一看就知道从没懈怠过，他不断点头：“你放心，我就算去讨，也一定还你。”

褚鹰抬手就在他头上拍了一记：“有手有脚的，少这么几根手指头，就要去讨？想挨揍？”

辉子边哭边笑："不讨，我好好工作。"

拒绝了辉子的晚饭邀约，褚鹰回到车上，瞄了眼手机。

没收到任何信息和电话，已经晚上八点多了。

他看了看屏幕上的小兔子头像，然后发动车子，驶进车流中。

"行了，这两天怎么老是一张弃妇脸？"今天的戏份拍完，吴雪走到宿艺面前，捏了捏她的脸蛋。

"别捏，一会粉掉了，"宿艺含混不清道，"可不就是弃妇吗？"

吴雪笑道："弃妇指的是古时被老公抛弃的女人，咱就不说老公了，有男朋友吗你？"

一句"有啊"都到嘴边了，又被宿艺咽了回来。

褚鹰算不算她男朋友？

"你们确定关系了吗？"看穿宿艺的想法，吴雪继续道，"确定是在谈恋爱？"

打了啵，算确定关系吗？

她想了想，问："怎样算是谈恋爱？"

"就一方主动告白，另一方接受啊。"

"……"宿艺表情复杂，她告白了好几回，但褚鹰好像从没说过接受。

然后她的心情就更 down 了。

回到酒店，宿艺头脑放空地边走边掏房卡，一抬头，就看到了站在自己房间门口的男人。

她先是一愣，然后走到他面前，问："你怎么在这？"

"找你，"褚鹰眼底有些疲惫，声音微哑，"是不是来晚了，晚饭时间已经过了。"

宿艺刷卡开门："……不晚，来了为什么不给我打电话？"

"怕你在拍戏，"他语气自然，"反正我在这站着，总能等到你。"

宿艺抓着门把手的手一顿。片刻，她忽然转过身，倚在门边，问他："褚鹰，你能不能跟我谈恋爱？"

之前那个吻算不算数都没关系。

她多的是时间耗在褚鹰身上，上个吻不算，她可以争取下个吻，下下个吻，下下下……

还没等她数完，腰间忽然被一只大手揽住，褚鹰把她抵在门上，男人的气息将她牢牢包围。

他眉头轻挑，道："我们不是正在谈恋爱吗。"

宿艺靠在门上，眨巴两下眼睛。男人正欲吻下来，一双小手先按在了他脸颊两侧。宿艺弯起眸子，捧着他的脸，吧唧吧唧，对着嘴巴啄了好几口。

褚鹰被亲笑了，任她亲了一会儿，才按住她的脑袋，低头吻了下去。

男人磨着她的唇，动作还算温柔，看得出有在克制力度，他把手垫到她后腰，帮她挡住了门把手。

宿艺忍笑，告诉自己接吻的时候不能睁眼，她正准备闭眼，忽然觉得唇上一空——

结、结束了？？？

褚鹰托着她的身子，把她扶正后，迅速抽离，把脚边的袋子拎起放到桌上。

"草莓。"他声音如常。

她现在一点都不想吃草莓啊喂！

男人看她还傻站着："怎么了？"

宿艺偷偷舔了舔唇："……没有。"

"吃晚饭了吗？"

她想了想，反问："你吃了吗？"

"还没。"

才吃完剧组盒饭并吃了好几颗草莓的宿艺满脸认真道："我也没吃。"

她打开某APP，一页看下来，一张海鲜大杂烩的广告图成功地引起了她的注意，她咽咽口水，道："我们去吃小龙虾？"

"好。"

吃小龙虾戴口罩太麻烦，她随便戴了副眼镜和运动帽。

没想到刚拉开门，就撞上了迎面而来的吴雪，对方手里还端着一个瓷杯。

"你怎么出来了，刚好，我泡了点芝麻糊……"吴雪话还没说完，看到宿艺身后的人，立马哑了声，半天才道，"……褚总，晚上好。"

褚鹰点点头，算是回应。

吴雪把视线挪回到宿艺身上，脸上笑容恢复得很快："这是要去哪？"

宿艺轻咳一声："去吃个晚饭。"

自家艺人刚吃完一大份剧组盒饭，这会又要去餐厅，吴雪可以说是很气了："你……"

话刚起了个头，宿艺就在前头拼命对她挤眉弄眼。

于是吴雪只能扯着嘴角，道：“介意多带个人吗，我刚好也没吃。”

那家小龙虾店不在附近，得开车去，宿艺刚坐上副驾驶，微信就收到了来自后座乘客的问候。

吴雪：“刚吃完一份二十六块的盒饭，现在又要去吃夜宵，你是想气死我还是想胖死你自己？”

宿艺娘娘：“我只是想约个会，你的副业是电灯泡吗！”

吴雪：“你以为我想出来？附近蹲守你的记者这么多，你连口罩都不戴？”

宿艺不回了，她把手机揣回包里，然后曲起手肘撑在中间的置物箱上，两眼直直地看着褚鹰，眼底要多闪有多闪。

感受到目光，褚鹰问：“怎么了。”

“你最近好像很忙，”宿艺动作未变，“我多看看你。”

车速慢了一些。褚鹰难得开车时分神，他腾出右手，想揉揉她的头发，没想到刚伸出去就被宿艺握住了。

十指紧扣。

宿艺抓了不到三秒，然后迅速放开他，脸上笑盈盈的：“好了，好好开车。”

吴雪后悔跟来了，也不知道现在下车还来不来得及。

海鲜店夹在一堆服装鞋包店中，特别显眼。

三人挑了个角落位置，褚鹰接过菜单，随意扫了眼：“两份小龙虾，微辣就行。”

服务员是个小姑娘，边记边偷瞄他：“您要大份的还是小份的？”

“大份。”

吴雪忙道：“褚总，两份太多了吧？”

褚鹰视线仍在菜单上：“你们不是都没吃饭？”

吴雪只得干笑：“……是，是啊，不过宿艺食量小，两份可能还是吃不完。”

最终还是要了两份。

服务员刚走，褚鹰的电话就响了——其实在车上已经响过好多回，只是都被他挂了。

他慢悠悠地接起：“嗯。”

“你怎么一直挂我电话？”对面男声很大，“大哥，在哪呢，上回我跟你说的事有谱了吗？小弟一生幸福就系在你身上了啊。”

不知道为什么之前刘玺，一直让褚鹰帮忙打听宿艺那边的事，具体原因褚鹰也没问，因为他根本没打算帮刘玺打听。

刘玺是典型的花花公子，还爱招惹姑娘，褚鹰巴不得他离宿艺远点儿。

褚鹰非常嫌弃地把手机往外移了点：“没谱。”

刘玺对自己发小还算了解，这语气就是挂电话的前奏，他急道：“别啊，咱当面说，你在哪呢？”

这时，又有几位客人进来，站在门口的服务员突然朝天嚷了声：“想吃小龙虾——”

外面的其他服务员紧跟着齐声道：“就来‘香宜佳’！”

对面电话挂得飞快。

宿艺听力好，记性也好，一听就听出了是刘玺的声音，问：“他要过来？他也来上海了吗？”

褚鹰：“嗯，他也过来了。”

吴雪顺口道：“谁？”

“哦，褚鹰的一个朋友，”宿艺把热水倒进碗筷，洗了一遍，又把褚鹰的也拿到面前，“叫刘玺。”

吴雪一愣：“哪个玺？”

褚鹰道：“玉玺的玺。”

身边没声了。

小龙虾还没上来，吴雪突然起身，椅脚挪动的声音尖锐：“我突然想起有点事，先回去了。”

宿艺一脸的莫名其妙：“什么事这么急？”

吴雪道：“有好几个电话要打，最近找上门来的资源很多，我回去整理一下。”

“我这才进组多久，找上门来我也没法去啊，都拒了就是了。”

吴雪凑到她耳边，低声道：“你还想不想单独约会了？！”

啧，这人，怎么回事？

宿艺面不改色：“那就全权交给你了，路上小心。”

吴雪走后，宿艺往褚鹰身边挪了挪椅子。

小龙虾上得很快，她戴上手套，抓起一只虾：“我给你剥？我很会剥这个。”

话刚说完，手上的小龙虾就被身边的人拿走了。

男人动作利索，很快，几块虾肉被放到她碗里：“吃。”

刘玺到的时候，被褚鹰面前那一大堆虾壳吓到了。

他快速坐到褚鹰身边，生怕人跑了：“你来吃麻辣小龙虾都不叫我？！”

褚鹰看都不看他：“我现在也没叫你，你还不是来了？”

刘玺浑不在意，见到宿艺，他笑得非常亲切：“你剥虾怎么不戴手套，一会儿手腥。”

刚说完，他就看到他的兄弟非常自然地把剥好的虾肉放进了宿艺碗里。

嗯？！

他跟褚鹰从穿开裆裤开始认识到现在，褚鹰都没为他夹过一次菜！

他瞪大眼：“哎，不是，你们这……难道是？”

宿艺往褚鹰身边靠了靠，笑盈盈的。

刘玺跟褚鹰不同，他对娱乐圈的动态还算是了如指掌，最近宿艺的八卦可谓是传得热热闹闹。那梁博的他不清楚，但停车场那位“大亨”他一眼就认出来是褚鹰，没想到这两人还真在一起了？

“恭喜恭喜，这种好事，得开瓶酒，”刘玺抬手，叫服务员拿了几瓶青岛啤酒，然后朝宿艺扬了扬下巴，“艺艺，不介意我当个灯泡吧？”

褚鹰睨他一眼：“叫嫂子。”

“嫂子。”刘玺有求于人，这声叫得可甜，明知故问道，“你怎么来上海了？”

宿艺听得高兴：“来拍戏的。”

刘玺拿起一个小龙虾，撞了撞褚鹰的手臂，随口问道：“你俩谁主动的？”

宿艺刚想说话，男人先开了口：“我。”

宿艺笑了笑，没说话。

啤酒上来，刘玺在宿艺面前摆了一瓶，然后双手捧着自己的手机，上面是个二维码：“嫂子，咱加个微信好友吧？”

两人刚加完好友，褚鹰突然起身。

“厕所。”

褚鹰走后，刘玺挪了屁股，坐到宿艺身边：“嫂子，你这么大晚上的跑出来，经纪人不管你？”

宿艺正想说什么，手机传来信息声。

褚鹰：“出来。”

“我经纪人刚走，”宿艺迅速起身，把包挎上，道，“我也去个厕所。”

刚走？！刘玺一愣，瞬间忘了该继续问什么，回过神来时，桌上只剩他一个人了。

他喝下一大口酒。

没事，等嫂子回来再继续问。

宿艺扣好安全带：“丢下他一个人在那真的没问题？”虽是这么问，但脸上的笑容已经出卖了她的情绪。

“不管他，”褚鹰道，“想去哪？”

宿艺看了看时间，九点半，回去的话太早，她没戴口罩，去人多的地方也不方便。

正苦恼着，窗前闪过一个巨大的建筑物，上面的招牌闪闪发亮：×× 电影城。

电影院前台，褚鹰把电影宣传册递到她手上：“看什么？”

“先生，不好意思，”售票员出声提醒，“半小时内，我们影院就只有一个场次，其他的影片都要等一个多钟头。”

宿艺连影片信息都没看仔细：“那就要那个场次吧。”

他们买了个爆米花套餐进场，选了中间的位置，进去时，影院里空无一人，直到快开播才进来一对情侣，就坐在他们前边。

许是人少，影院连广告都没放，直接进入了正片，影片开头，是一群中学生，聚在一起，说要请笔仙。

居然是国产鬼片？宿艺打了个哈欠。

请笔仙的过程中，电影音乐慢慢开始变得阴森瘆人，满满的国产“鬼”片套路。

为了制造气氛，影片声音越来越细微，前面传来女生小声的“我好怕呀”“背景音乐好吓人哦”，宿艺挂着一张冷漠脸，吸了口可乐。

好久没喝了，爽。

电影中，女学生们抓着的笔开始转动，过了半分钟，有个调皮的女生睁了眼，镜头突然一阵晃动，紧接着就是一个可怕的长发白衣女人出现在女生旁边。

“啊！”前面的女生尖叫一声，钻到了男生怀里，带着哭腔，“好可怕，好吓人……呜呜……”

男生转身就给了她一个拥抱，低头边亲边安慰道：“宝宝别怕，我在呢，别哭别哭。”

嗯？还有这种操作吗？

宿艺眼睛瞬间就亮了。

她坐直身子，屏住呼吸，开始认真看剧情。

很快，那惊悚的音乐又响起了。

渲染了近十秒钟，终于到了这个片段的小高潮，白衣女再一次出现在镜头里。

机会来了！

宿艺想都不想，闭眼就往身边人怀里钻——

没有撞进想象中结实宽厚的怀抱。

冲的方位不太对，她……撞上了男人的手臂。

……好硬。

……好疼。

感受着头上传来的隐隐痛感，她在想，有没有哪条地缝能让她钻进去安静待会。她正准备悻悻地缩回脑袋，男人忽然伸手，勾住了她的脖子。另只手探进她发间，准确地找到了她撞到的位置，然后轻轻揉了起来。

褚鹰的声音又好笑又无奈。

“是不是傻？”

“……我害怕，”既然被逮住了，戏就得演全套，宿艺决定先发制人，“你的手太硬了。”

撞上的时候太疼，宿艺没忍住小声闷哼了声，前面那对情侣马上往回看了几眼。

褚鹰：“不好意思，女朋友闹。”

宿艺脸红到了耳根。

电影散场，出了电影城，宿艺抓着副驾驶的车门，道：“要不我来开？”

褚鹰走到她面前，然后把她塞进了副驾驶座。这回车子没驶进停车场，而是停在了酒店大门口。

宿艺还坐着，问他："什么时候回北京？"

"还要待一段时间，"褚鹰道，"剧组的休息日是什么时候。"

宿艺掏出手机看了看，然后偏过脸，认真道："这周六和下周三，平时我也可以请假。"

这句话让李敏听见了得气死。

褚鹰点头："周六来接你。"

"好。"宿艺笑着应下，也不问去哪，转身准备下车，手刚放到门把手上就顿住了，她咽咽口水，转过头商量道，"……来个告别吻？"

"当当当。"

酒店的保安敲着窗，隔着玻璃，声音有点模糊："先生，这儿不能久停的。"

宿艺下意识往窗外看去，被身边的人扶住头，然后一个蜻蜓点水的吻落在她唇畔。

直到车子开走后，宿艺才回过神来，掩着唇往酒店里走。

没走几步就在酒店大堂看到了熟人——拉着她炒了大半个月的绯闻，能不熟吗？

梁博显然是故意来等她的，见到她，起身就朝这边走来。

"宿艺，我们谈谈。"梁博语气有些急，显然是等烦了，又不敢发作。

宿艺停下脚步，转头笑道："好啊。"

梁博原以为对方会拒绝，还愣怔了一瞬。前段时间他们工作室散布了很多他和宿艺的新闻出去，还联系了不少营销号，结果这几天几个大营销号相继被告，上门来找他们讨说法，还说如果他们不处理，就要把之前协商时的聊天记录和音频散播出去。

之前的事态还算好处理，大不了澄清解释、默默撤热搜，这事就算过了，现在营销号却要反咬他们一口，官司的事不解决，他的处境就会非常难堪。

"我们去你房间说吧，这事有点复杂。"他说完就要上前按电梯。

"不了，"宿艺一动不动，仍站在原地，"有事就在这说。"

梁博咬咬牙，他的脾气不算好，之前多亏了公司包装才成功火起来的，来时经纪人一说再说，让他一定要控制情绪，好好跟宿艺谈。

"行，"他道，"我也不拐弯抹角了，你说说，这事怎么才算完？"

宿艺装糊涂道："什么事？"

梁博：“……炒作的事。”

“哦——这事你不该来问我吧，”她挑眉，“不是你自己挑起来的吗？炒作、水军，可都是你自己一条龙买下的服务。”

“你……”梁博皱眉，“你就说吧，想要什么，钱还是资源？不过，我这里的资源恐怕比不上你那位男友的。”说到最后，还颇有些嘲讽的语气。

要是换作别人，他也不至于这么着急，偏偏对方是褚氏，也不知道宿艺是怎么搭上这条大船的。

宿艺嗤笑道：“不好意思，两种我都不缺，这件事从头到尾我就没参与过，你找我没用。”

梁博：“把我搞垮，对你有什么好处？”

“别，我和你无冤无仇，一点儿关系都没有，你日后要是垮了，我也不背这口锅。”宿艺懒得费口舌，抬腿就要走。

没想到对方突然粗暴地拽住她的胳膊。

附近蹲宿艺的媒体不知道该有多少，他自然不可能动手。他冷笑一声：“我来找你，是给你面子，给彼此一个台阶下，你以为这样我就没办法了？这事出了，我顶多流失一点粉丝，赔点钱，但你要知道——在这圈子里，想给一个女人泼脏水很简单，尤其是像你这种贫苦人家出身，第一部戏就是大热 IP 女二的……”

“啪！”

一道重重的巴掌声响彻酒店大堂。

正在办理住宿的客人和工作人员都被这声音吸引过来。

梁博脸还偏着，脸上火辣辣的，表情惊讶，像是还完全没有反应过来。

半晌，他转过头，声音大了好几度：“你敢打我？！”说完，他抬手就准备还击。

“啪！”

又是一个巴掌。

这下左右两边脸的红印对称了，梁博整个人都蒙了。他完全没想到宿艺会突然发难，更没想到她还有胆子扇第二下。宿艺这两下一点没留情，使了全身的劲儿，打完手都发疼。

梁博回过神来，拳头再次高高举起：“你……”

他拳头还没落下，手臂就被身后来人牢牢抓住，肩膀被紧扣着一扭。他被迫转过身，还没看清人就被甩到了地上，还没缓过劲儿来，背上被人用膝盖顶着，疼得他哇哇直叫。

宿艺看到眼前的人，也愣住了：“你怎么回来了？”

刚说完她就反应过来了，因为压制着梁博的男人，身上挎着一个白色绒球小挎包，违和感十足，又有种恶趣味的可爱。

褚鹰手上力度未减：“你的包落在车上了。”

很快就有保安过来，褚鹰起身，梁博还躺在地上哀号着。

保安方才就觉得宿艺很眼熟，现在看到梁博，马上明白过来了，他把梁博扶起来，小声问：“您没事吧，需要帮您报警吗？”

梁博算是受够了气，二话不说挥拳就想往褚鹰脸上招呼，又被赶来的经纪人死死抓住了手臂。

梁博三抬手都没挥下拳头，心里别提多憋屈。

经纪人边笑边点头道歉：“不好意思，褚总，他喝了点酒，上头了，见谅见谅！我这就把他带走了！”

梁博拍过不少硬照，腹肌人鱼线什么的，该有的都有，但那都是拍摄前找健身教练指导着练出来的，装饰用，只要不练，没多长时间就消掉了，跟绣花枕头没什么区别，一个大男人愣是被经纪人连扯带拽地拖走了。

褚鹰转过身，把包包从自己身上取下来，挂到宿艺身上。

宿艺回过神来，忍着笑，问：“你怎么背着？”

“拿着不方便。”打人。

宿艺又笑，笑声脆脆的，带些女人才有的娇柔。

她每次都是这样，刚气势汹汹地教训完人，转过头就对他笑得像个情窦初开的姑娘，两种样子都吸引人得紧。

褚鹰上前，按下电梯。

宿艺收住笑，问：“你车停哪了？”

这么一说，褚鹰才想起来，刚刚下车太匆忙，车子就停在了酒店的大门口。

转身一看，果然，保安正在焦急地找车主。

“行了，你回去吧，”宿艺道，“我自己上去就行。”

她说完就钻进电梯，朝他挥了挥手，电梯门关上之际，她赶紧补了句：“周末记得来接我！”

褚鹰轻哂，应道：“好。”

出了电梯，宿艺打开手机看了眼，将近十二点了，没有任何信息。

她想了想，脚下转了个弯，去了吴雪的房间。

还没来得及按门铃，门就先开了，吴雪穿着还是跟刚刚一样，没换上睡衣，她手上拿着包烟和打火机，见到宿艺，微愣道："怎么了？"

"这话该我问你。"宿艺瞥了眼她手上的中华。

剧组只给演员安排了酒店，自带的工作人员住房是要自己安排的，吴雪和安璇两人住在一间双人房里。

她把门轻轻关上，没关紧，道："安璇睡了，去窗边说。"

吴雪的房间就在走廊末端，旁边就是窗。

她点燃烟，吸了一口，把烟圈吐到窗外："玩得高兴吗？"

"还行，"宿艺道，"说说吧，怎么了，平时超过十点，你都巴不得冲到街上把我带回家。"

"这不是怕毁人姻缘吗，"吴雪笑道，"褚总都不在意，我怕什么？被拍了也不是咱兜着。"

吴雪的话避重就轻，宿艺见她不愿多说，也没再问。

她伸手，拍了拍吴雪的脑袋："小雪雪，有事儿一定要告诉我，我给你撑腰。"

吴雪笑了："得了吧，平时不都是我给你撑腰吗？以前饭局你都是说不去就不去，我得道多少歉才把公司安抚下来。好在你争气，现在公司也不敢给你乱安排事儿了。"

宿艺搂着她，有些被烟味呛到："是是是，你简直是我的女神、菩萨、救世主，过年过节我不拜佛，就拜您。"

"呸呸呸，"吴雪骂她，"能不能说点好的，我活得好好的，你拜我干什么！"

两人又聊了一会儿，吴雪这根烟也抽完了，她把烟摁灭，丢进旁边的垃圾桶，随口问了句："刚刚出去没惹什么事吧？"

宿艺心虚得很，摇头："没有，就去看了个电影。"

吴雪点点头，赶她："回去吧，明天还要拍戏，睡这么晚，晚上少喝点水，免得第二天脸肿了。"

宿艺应下，赶紧回了房间。

第二天大早，宿艺正在片场上着妆，手机连续弹出两条微博头条推送。

【绝情！宿艺痛扇梁博耳光！】

【震惊！梁博夜访宿艺惨遭神秘男人痛殴！】

吴雪就在旁边，跟着她一起看完了这两个新闻。看标题的时候，宿艺都已经想好要怎么转发怼人了，没想到里面的内容和标题完全不是一回事。

新闻附图是昨天媒体在酒店拍到的，先把她扇巴掌的动作拍得非常清楚，然后居然开始细数这几天梁博团队发给营销号的通稿，后面还附上了营销号和梁博团队员工的聊天记录；还有一位刘姓老板爆出梁博那晚下去找宿艺，是因为在家私开派对，醉酒下楼才会不慎被拍……简而言之，整篇文章都围绕着"梁博找营销号炒作"发展，最后，居然还花三分之一的篇幅把宿艺从头到尾都夸了一遍，顺便表示"昨晚的神秘男子疑似褚氏新老板"。

宿艺看得莫名其妙，吴雪在后边指挥："拉到下面的评论看看。"

下面的热评里，除了嘲讽梁博和梁博的粉丝外，居然都是在议论褚鹰的，有的说他高，有的说他壮，还有的在等"百度百科"贴出褚鹰的照片。

宿艺哪忍得住，当即就要滑开回复栏。

"他已经有……"

字刚打到一半，手机被后面的人抽走了。

吴雪："没收，赶紧化妆。"

宿艺啧了声："那我不发这个，你把手机还我，我要转发微博顺便问问梁博，昨天他皮那一下真的快乐吗。"

吴雪问："昨天这么大的事怎么不跟我说？"

"我怎么说，"宿艺凑到镜子前，抹了抹嘴角溢出来的口红，"告诉你，我扇了梁博两巴掌？我怕你把我从窗户丢出去。"

"那倒不至于，"吴雪拿过手机，继续翻了翻下面的热门微博，道，"梁博这回得栽个大跟头。"

宿艺心情颇好，闭上眼任化妆师给她打粉。

第一场戏不是她的，化完妆，再三跟吴雪保证不会乱回复网友后，她拿着手机出了化妆间。

化妆间是按咖位分的，整个剧组只有三个单独化妆间，男女主各一个，剩下那个就是宿艺的。她刚从化妆间出来，就看见吴珂恰好回化妆间，表情不太好看。

一见到她，吴珂就笑了，特亲切地喊了句："小艺，你这身装扮真是越看越好看。"

吴珂能斩下众多女明星不是没有道理，他花言巧语一向多，每次见面都要夸她好几轮。

宿艺笑笑："谢谢，珂哥拍完了？"

"还没，"吴珂道，"Cut几次了，李导在发脾气，让我先回来补个妆。"

李敏一向不是什么好脾气，宿艺拍第一部戏的时候，好几回都被骂到躲被窝里偷偷哭，所以也不意外，果然，刚走没几步，就隐约听见了李敏的声音。

"你刚刚那表情，来我这真是屈才了，去隔壁片场拍小魔仙吧，"李敏叉着腰，道，"我是让你演外柔内刚，不是让你演风一吹就倒的小白花！"

程安安眼底已经有眼泪了，她点头，小声道："知道了，李导。"

"你自己说几镜了，多少员工的时间都被你浪费了，还有两三回记不住词儿，就这么段话都背不熟吗！"

宿艺正准备走过去，就听见旁边传来一句嘟囔。

"有背景就是好，一点演技都没有就能直接当上女主。"

旁边坐着的是徐倩岚，她双臂环抱，嘴边尽是嘲讽的微笑。

宿艺匆匆瞥了她一眼就准备走，没想到对方反而叫住了她。

"艺姐，"徐倩岚站起来，突然挽住宿艺的手，噘嘴道，"对不起。"

宿艺不着痕迹地抽出手："什么？"

"其实酒店的地址是我给梁博的，"她道，"我真的不知道你们原来是那种关系。"

"我和他没关系，"宿艺乐了，懒得跟她多说，"行了，道歉我收下了。"

她说完，无视掉徐倩岚的视线，径直往前走。

李敏像是消了气，叹气道："能好好拍吗，能，咱们就再来一镜，不能，你就再去看看剧本，我拍下一条。"

宿艺不动声色地走到镜头面前，让工作人员给她放了回放。

还没看多久，李敏就瞅见了她，摆手道："算了，你的留到下午拍，自己调整下情绪，不然你去叫小艺给你说说戏，我现在没空，得准备下一镜。"

宿艺一愣："我？"

程安安倒也听话，手里抓着剧本就惨兮兮地过来了："艺姐，您方便吗？"

"方便是方便，但我没那本事，"宿艺道，"我连女主角都没演过，怎么说？”

“没差，换个角色你就不会演了？”李敏说完，转身找布景工作人员去了。

看着自己面前的程安安，宿艺有些头大，道：“安安，我是真说不来那个。”她从来没给别人说过戏。

“没事，”程安安吸吸鼻子，坐到她身边，突然问，“艺姐，为什么您演的角色都是恶毒女配？”

“哪有为什么，”宿艺说，“我第一部剧演的就是这种角色，后来来找我的也大多是这种。”

程安安问：“不想换戏路吗？”

其实宿艺对女一号还真没什么执着，道：“没什么想不想的，得看剧本，哪是我想演什么就演什么的。”

“听她掰，”李敏也不知道何时回来了，“之前我有个好剧本，是哪个我也不说了，反正之前那角色我本来是想找她的，她死活不肯，结果那部剧的女主去年拿了好几个奖，火着呢。”

宿艺也不解释，笑道：“那您今年有好的还找我，我一定接。”

刚说完，手机铃声响起，在安静的片场里有些刺耳。

她低头看了眼来电显示，是陌生号码，但归属地她是认识的。

她调成静音，盯了屏幕几秒，才缓缓起身：“我出去接个电话。”

走廊风大，她头发定了型，只有旗袍下摆被风轻轻带起。

她腰撑在围栏上，接起电话道：“什么事。”

“小妹，你谈恋爱了？”对面的妇女嗓门有些大。

宿艺重复：“找我有事？”

“这不是在问你嘛，”妇女道，“你谈恋爱了？是大明星，还是老板来着……”

宿艺朝天翻了个白眼就准备挂。

“什么时候带回家，姐帮你把把关，”妇女笑嘻嘻的，“还有，小宝这两天一直吵着说想你了，问你什么时候回来见他？”

宿艺挂电话的指尖一顿：“小宝呢？”

“在我旁边呢，哎！叫你别动这个！贵着呢！”妇女尖叫一声，然后传来重重的巴掌声。

“宿琴！”宿艺声音渐大，手机里传来男孩隐隐的哭声。

宿琴这才回来，继续说："小孩子不听话就是得打的，他都多大了，整天给我添堵，再说了，我管自己儿子，你别操心！"

"行啊，"宿艺怒极反笑，"那你自己管着，别让我给你打钱了。"

宿琴闻言，赶紧把电话塞到旁边人耳边："别哭了，你姨妈的电话，赶紧接。"

小宝狠狠地抽泣了几声："艺艺，你，你最近，忙、忙不忙？"

宿艺心软得一塌糊涂，声音也放轻了不少："不忙，小宝忙吗？"

"小宝，有，有点忙，"他断断续续说着，"学，学校安排，作业。"

"那小宝好好学习，我有空了就回去，"宿艺想了想，问，"学校有人欺负小宝吗？"

对面安静了好一会，然后才怯生生道："没，没有……"

还没聊两句，电话就被宿琴抢去了。

宿琴："行了，我打来就是跟你说下，最近我打麻将手气不好，不小心把小宝下学期学费给输没了，你再打点来。"

"五万，才多久，你就输没了？！"宿艺站直了身。

"手气不好嘛，赶紧打啊，马上放暑假了，学校要在放假前提前收学费的。"宿琴道，"行了，我要做饭去了，下次你回来再跟他聊吧，电话费怪贵的。"

挂了电话，宿艺气得直喘气，胸前不断起伏着。她现在很想回化妆间把吴雪的烟抢过来吸两口消消火。

小宝是她外甥，宿琴怀他的时候乱吃东西，打出生起智商就比常人要低，说话还结巴，今年十岁了，别人都在上四年级，他才刚刚上一年级。

就这么一个小孩子，在宿艺出事的时候紧紧抱着她的腿，不让别人拉走她。想到刚刚那一声巴掌声，她心里就堵得慌。

半晌，她给吴雪发了条短信，让她再给宿琴转两万。

发完信息，她犹豫片刻，拨了个电话。

男人接得很快："嗯？"

她声音闷闷："褚鹰。"

褚鹰放下笔："怎么了？"

"没有，"听到这声音，她的心莫名静了不少，"在忙？"

"不忙，"褚鹰抬眼，给了个眼神，助理马上得令，转身出了办公室，轻轻带上门，他低头，继续道，"在片场吗？"

宿艺低低地“嗯”了声。

那边沉默了一会儿。

“周五请假吧。”

宿艺一愣：“嗯？”

褚鹰看着屏幕上的游玩攻略，道：“我订酒店，我们早点去。”

“什么，你要请假？”李敏有些惊讶。

宿艺坐在她身边，笑盈盈道：“嗯，就请一天。”

不怪李敏反应大，就连身后的吴雪都有点吃惊，别说是因为私事，之前宿艺可是连发烧都不会请假，脸烧红了，打粉就上，谁劝都没用。

“可以是可以，”李敏看了看挂在旁边的时间安排表，“那天你只有一场戏，调到周日拍就行。”

回到化妆间，吴雪问：“周五做什么去？”

“约会，”宿艺捧着手机，任安璇帮她卸妆，“事先说明，你不准跟来。”

吴雪道：“周六就是休息日，怎么不晚一天再去？”

宿艺说：“周六我也要约会。”

吴雪哦了一声，转身正准备收拾东西，突然想起什么，回头问：“你的意思该不会是周五晚上过夜，周六才回来吧？！”

宿艺眼睛弯成月牙儿。

吴雪：“……”

周四晚，宿艺把吴雪叫来了房间。

吴雪进门时，差点被嘴里的咖啡呛着：“……你这是在干什么？”

只见宿艺站在床前，手上还拿着许多条形状各异的睡裙。

“你来了，快过来，”宿艺边说边走进浴室，照完镜子后又出来，“这条怎么样？”

吴雪无心多看，急道：“窗帘拉紧没有？”

“拉了，”宿艺道，“快帮我挑挑。”

吴雪一脸复杂地看着她：“伤风败俗！”

宿艺：“？”

吴雪：“世风日下！”

宿艺：“？？”

吴雪：“有伤风化！”

宿艺拉了拉裙摆，这裙摆短得根本不经拉，只能牵起一个小幅度，“让你来是帮挑衣服的，不是背成语的。”

吴雪觉着宿艺此时就是她上上部剧里演的狐狸精，而褚鹰就是那即将被吃干抹净的小道士。

她问：“你们打算去哪儿？”

宿艺道：“不知道。”

“不知道？”吴雪道，“那你要是被人卖了，我能上哪找去？”想想又不对，道，“算了，褚氏家大业大，怎么算都该是你绑架褚鹰，我警告你啊，你可别乱来。”

“你是我亲闺密，”宿艺给予肯定，然后催道，“快帮我挑挑呀。”

吴雪在里面挑出款式最保守、最长的：“就这条吧。”

宿艺把睡裙塞进了行李箱里。

吴雪张嘴想说什么，话在嘴边，又生生咽回去了。

她可以在工作上给宿艺很多建议，但在生活方面，宿艺一直活得比她明白得多。

自进圈以来目标极其明确，在新人期时就开始挑剧本，不想演的就算送上门也不拍，工作毫不懈怠，拒绝一切有目的的饭局邀约，最后还能火成这样的，在这圈子里这么些年，她也就见过宿艺这么一位。

看来在感情方面也跟她为人处事一样，认准了谁，就是谁。

“小雪雪，”宿艺收着收着，忽然回头来，脸颊微红，“我有没有什么……其他需要注意的？”

吴雪从思绪中抽身，一下没听明白：“什么？”

“就是，过夜的话，”宿艺道，“有什么要注意的吗？”

“……有，”吴雪说完就起身，走到浴室里，拿起沐浴露旁边的小盒子，塞进她的行李箱里，“咱的演艺道路还长，不能遭遇任何阻碍。”

第七章

心动味迪士尼

“褚总，这是门票，”助理把两张门票递到褚鹰手中，“酒店也已经用您的手机定好了。”

褚鹰点头：“嗯，辛苦。”

然后他接过票，按上车窗扬长而去。

车上安静沉闷，红灯，他抬手，按下音乐开关。CD 还停留在宿艺之前特地调到的曲子，女人唇畔弯弯，摇晃脑袋跟着哼的模样很快就出现在他脑中。

顿时心情愉悦不少。

刚驶进酒店停车场，就看到宿艺正靠在一根柱子后面，戴着墨镜，微卷黑发，白色露肩上衣和一条修身牛仔裤，挎着眼熟的白色绒球包，旁边还有个五颜六色的二十六寸行李箱。

看上去不像是出去玩两天，倒像是赶着搬家。听见引擎声，宿艺忙收起手机转过头，看到熟悉的 Benz 后，嘴角高高翘起。

车后座，一个巨大的行李箱和一个小小的黑色运动背包倚在一起。

褚鹰睨了行李箱一眼，问：“你的经纪人藏在里面？”

宿艺道：“之前是的，后来被我发现，把她赶出去了。”

褚鹰的轻笑声落进她耳里，酥酥麻麻。

宿艺整个人偏向驾驶座那头坐，正在逛着朋友圈，忽然想到什么，问：“对了，你是不是养了一只哈士奇？”

“嗯，放我爸妈家里了，”褚鹰道，“想看？”

宿艺点头：“一直想养，但是没空。”

褚鹰道：“改天牵给你看。”

“好，”宿艺问，“叫什么名字？”

褚鹰：“溪溪。”

宿艺刚好看到安璇转发在朋友圈，一篇叫“男朋友出轨征兆”的文章，顺口问：“挺女性化的，该不会是哪个女人的名字吧。”

褚鹰道：“你怎么知道？”

宿艺的手停下了：“？”

褚鹰忍着笑，继续说：“我妹叫褚溪，狗是她买的。”

“……”

到了目的地，宿艺一眼就看到了城堡建筑的尖顶。

迪士尼乐园。

褚鹰停好车，绕到副驾驶帮她开了车门。

宿艺几乎是蹦下来的。

说来惭愧，她已在奔三路上，并怀揣巨款，却从来没有来过这种主题游乐场。想来的时候没空，有空的时候不想出门旅游，就一直拖到了现在。

褚鹰是天使吗？！

宿艺拉起他的手就往入场处走：“买票了吗？”

褚鹰把票递给她。

人很多，需要排队入场，两人站在一块，男俊女俏，个子又高，在队列中尤其突兀。

入场后，宿艺把他拖到一边，在包里鼓捣了半天，掏出一个小瓶子。

她往手上倒了一点，在手掌上抹开后，手一抬，拍在了男人脸上。

褚鹰一愣，没躲：“是什么？”

宿艺涂得格外仔细：“防晒霜。”

褚鹰：“……我不怕晒。”

“我知道，”宿艺道，“你现在是老板，又不是士兵，晒红了会被员工笑的。”

褚鹰失笑道：“没人敢笑我。”

说完，他不露痕迹地微微弯腰，让面前的人涂起来方便一些。

刚进园区，就是一排的商店。

褚鹰不经意扫到商店某处，然后手一揽，把旁边的人带进了商店。

他道：“在这等我。”

宿艺不明所以，还是应：“好。”

商店里都是玩偶，她走到一只大布熊前，左捏捏右揉揉，好半天才放手，正准备攻击下一个玩偶，突然感觉发间一紧。

她抬头，面前刚好是一面镜子。

褚鹰站在她身后，正对着镜子，认真地帮她调整头上的米奇发箍的位置。

然后她也去买了个发箍，给褚鹰也戴上了，发箍在他头上显得极其娇小，宿艺看得直想笑。

出了商店，褚鹰问："想玩什么。"

宿艺打开迪士尼的APP地图，一眼就看到了想去的项目。

他们去了最热门的项目之一——创极速光轮。两人还算幸运，到的时候项目刚到开放时间，排队的人不算多，两人很快就上去了。

名字高大上，其实翻译过来就是在摩托车上玩过山车。

宿艺用发绳把头发松松垮垮地扎住，趴在车身上，粉唇白齿在昏暗的环境里有些晃眼。

后面两个男人正嘀咕着。

"你看她的腰，真细。"

"腿也很细，还白……"

"一会结束了去找她要电话？"

宿艺还趴着，耳边吵吵嚷嚷，她根本没仔细听，光顾着看身边的男人了。

褚鹰却听得仔细。

他半天才把涌上的暴力因子平息下来，转头就对上了她的眼神。

安全装置还没盖下来，褚鹰忽然坐直了身子。

宿艺眨眨眼，正准备问，就见男人用手臂撑着车身，俯身在她嘴边亲了一下。

周围的嘈杂声小了不少。

褚鹰声音沉稳："别怕。"

"……"她没怕啊？

平白无故得了个吻，宿艺心跳得很快，唇边热热的，怔怔道，"好。"

安全装置固定好，过山车项目很快就开始了。

风打在她脸上，身体整个不受控制地跟着车子横冲直撞，仿佛随时都要掉落，她却觉得安全感十足。

一个项目下来，宿艺吼了几声，全被身后那两个杀猪般尖叫的男声盖得严严实实。

游戏结束后，宿艺从车上下来，褚鹰伸手，把她凌乱的头发抚顺。

出去时，旁边的女人误把她当作是自己的同伴，笑着问她："爽吧？！啊……不好意思，认错人了。"

宿艺笑着摇摇头："没事。"

爽？还没褚鹰一个吻来得刺激。

迪士尼游乐设施不少，可惜每一个都要排队，他们才玩几个就快到晚饭时间了。

晚饭前的最后一个项目，两人去了加勒比海盗馆。

海盗馆是个乘船探险的游戏，里面灯光不是太亮，上船时大家都顾着脚下，最方便"干坏事"。

宿艺和褚鹰是第一对上船的，她挑了个最后边的位置，坐上去后，勾住了褚鹰的手。

男人静了一瞬，然后曲起手臂，让她抓得方便一些。

船很快启动，前面坐的是两个姑娘，自上船开始就不断地在自拍。

"你手举远一点，"左边的姑娘道，"把后面那个帅哥也放进镜头里啊！"

"我手就这么长了，不然你来举！"右边的姑娘把手机塞给她。

左边姑娘调整了一会："不行，总是拍到他旁边的女生。"

宿艺一边嘴角往上拉扯。

你们也知道他身边有个人呢？

她拿出手机，举到半空中，把口罩扯下来，靠到褚鹰脸边，道："帅哥，赏脸拍张照？"

褚鹰勾勾嘴角，看向镜头。灯光太暗，她指尖曲起，想开个补光，刚点到补光按钮，身子忽然被轻微一撞，还伴随着身边一道尖锐的孩子叫声，褚鹰马上伸出双手，紧紧箍住她的腰。

冲撞力度不大，但声音不小，宿艺猝不及防被吓了一跳，只觉得手上一空，然后就听见一声闷重的扑通声。

宿艺看着自己空荡荡的手掌，还有点没反应过来。

身边约莫七八十斤的熊孩子狠狠撞了褚鹰一下，还自带音效。

熊孩子的妈妈马上把他拉了回来，凶道："马上给哥哥姐姐道歉！"

熊孩子被吼得眼泪汪汪，乖乖道："对不起。"

褚鹰没答，见身边的人没反应，垂眼问："撞疼了？"

“……”她委屈地转过身，“我手机掉水里了……”

她满脸的不知所措，像是蒙了。

看到褚鹰嘴边噙着的笑，她更委屈了：“……你还笑！”

“没笑。”褚鹰敛下嘴角。

宿艺靠在靠椅上，安静了半天，突然道：“你说手机以后不会被捞起来吧……还好我没存什么不该存的在手机上。”

刚说完，两边的风景忽然一变——船“沉”到了海底，周边都是深海的景象，有海底怪物、破船和各种宝藏。

褚鹰正准备说什么，身边的人忽然扑到了自己怀里。

在发抖。

他挑眉，手覆到她脑袋上：“怎么了？”

她的身子软软的，清香扑鼻，声音也糯得不行：“……我有点深海恐惧症。”

早知道还有这种场景，就不来这个项目了。

旁边出现一只巨大的章鱼怪，整船人都在尖叫，宿艺紧闭双眼，耳边传来温热的触感。

男人把她耳朵捂上了。

周边的声音忽然就静了不少，她能感受到褚鹰掌间的温度和耳边清晰可闻的心跳声，一下一下，有力地撞进她心底。

最后是一阵剧烈的晃动，褚鹰一只手紧紧搂着她，倒是半点没觉得颠簸。

出了海盗馆后，她才缓过来，正在心疼着手机，身边有人拉了拉她的衣角，她下意识地偏头望去。

是船上那个熊孩子，脸上肉嘟嘟的：“姐姐，刚刚撞了你，对不起。”

宿艺扯出一抹笑：“……没事。”

“妈妈说你手机好像掉水里了，”他想了想，从口袋掏出两张皱巴巴的十块钱，“姐姐，我赔你一个。”

宿艺这回是真的笑了，孩子的妈妈也上来，道了好几声歉，表示可以赔偿一部分，宿艺赶紧摆手拒绝。

那对母子走后，褚鹰松开放在她腰间的手：“好点了？”

腰间一空，宿艺的遗憾写在脸上：“嗯。”

她原本想借褚鹰的手机来给吴雪打个电话，报备一下手机的事儿，但由于不记得吴雪的电话号码，只能作罢。

她从小对数字不太敏感，就连自己的手机号都是用了好长一段时间才勉强记得，念出来时还磕磕巴巴的。

褚鹰拿出手机，下载好迪士尼 APP，递给她：“看看，还想去哪儿。”

宿艺想了想，接过他手机：“我们去找公主拍照，然后去吃饭吧。”

公主还没找到，倒是先找到了一只米奇。

周边的人都是凑上去跟米奇拍照，这回是米奇自个儿凑上来，到宿艺身边，摆了个自拍的 POSE，暗示她一块合影。

摄像师褚先生打开了手机自带相机，咔咔两声，拍完了。

还没摆好姿势的宿艺：“……”

上前一看，屏幕上的她连眼睛都没睁开，气乐了：“你好歹等我睁眼行不行。”

拍完米奇，宿艺又找了白雪公主拍照。

回来一看，公主是被拍得好好的。而她，又没睁眼。

“……你是不是存心跟我作对呢。”她道，“把她拍得这么好看，把我拍得这么丑！”

褚鹰睨了眼屏幕：“没有。”

宿艺还在放大照片：“什么？”

褚鹰：“没你好看。”

OK。宿艺满意了。

园区的餐厅不仅贵，人还特别多，逛了几家店，都没合适口味的。

天黑下来，两人都还没找到饭店。

又走了一会，逛到一家部落风情装饰的饭店，还没走近就闻到了一阵香味，她转身准备问问褚鹰的意见。

“鹰队？”

陌生的声音，语气里还带着些不确定。

循声望去，是个平头男，穿着打扮普通，肤色很黑，看上去年纪不大。

褚鹰微不可见地挑眉。

“真的是您……”男人笑着想说什么，又被褚鹰的眼神吓住了，他看了眼宿艺，道，“好久不见，那您忙，再见。”

宿艺看着他的背影，有些没反应过来：“你朋友？”

褚鹰应了声："嗯。"

宿艺走进餐厅，道："怎么走得这么急？"

"可能有事吧，"褚鹰把菜单递给她，"你先点，我去趟厕所。"

宿艺看着褚鹰的背影，若有所思。

树下，男人坐在长椅上，声音细微："报告，B区没有发现可疑人物。"

"在这儿干什么？"

看到走过来的褚鹰，男人先是一愣，起身就要敬礼，手在半空被褚鹰拦了下来。

褚鹰道："回答。"

"是，"男人站直了，"接到任务，说是之前那个涉嫌贩卖危险物品的'艾佬'将出现在迪士尼，上头命我们前来支援。"

褚鹰表情漠然："刘洋。"

刘洋："在！"

"我已经不是你队长了，就算我问你，也不能随便把任务透露给我，你在队里待了多长时间，这都不知道？"

刘洋一窘："您在我心中永远都是队长。"

"少掰扯，"褚鹰坐到长椅上，道，"既然有任务，为什么不紧急撤离人群？"

"没法撤，队长，"刘洋说，"我们是临时才收到消息的，这团体在近两个月内冒泡，手段歹毒，我们若是忽然开始撤离群众，他们有机会逃跑不说，很有可能还会劫持人质，逼我们撤退，最后人质的安全也得不到保障。"

从这段话里就能听出，已经发生过类似的事情了。

说完，刘洋小心翼翼又开口道："鹰队，刚刚那姑娘，是嫂子吗？"

"嗯，"褚鹰道，"艾佬的长相特征有吗？"

"没有，只知道是个女的，外国人，"刘洋说完才反应过来，"不是，鹰队，您问这干吗呀？"

褚鹰不答，起身准备走。

"哎哎，鹰队，"刘洋明白了什么，赶紧抓住他，"您可别，您要是遇险怎么办？"

"你知道这园区里有多少人吗？"褚鹰蹙眉，忽然想到什么，"你刚刚说，艾佬是外国女人？”

刘洋忙不迭地点头：“对。”

褚鹰收起多余的表情，边走边道：“告诉他们，全部集合到‘梦幻世界’主题区去。”

刘洋紧跟在后面，不解道：“为什么？”

“他们不大可能扮成游客进来，如果园区突然封闭，那她逃脱的概率非常小，”褚鹰道，“扮成工作人员是最安全的。”

刘洋问：“那您怎么确定她在那个主题景区？”

“哪些工作人员能够满大街查探情况，还不用操控机器？”

刘洋呆了半晌，顿悟：“那些公主！！！”

他马上向组织汇报，那边也迅速有了回应。

听完上头的命令，刘洋拦住了褚鹰的脚步：“那个，鹰队……上面说了，您现在不是我们队里人员，就也是普通民众，不能去冒险，我们得保护您的安全。”

褚鹰挑眉：“然后呢。”

“就是……您不能跟我一块去。”

“谁跟你去了？”褚鹰绕过他，“我要去吃饭，解决了给我说一声。”

宿艺见他回来，有些惊讶。

褚鹰看着空空如也的饭桌，道：“怎么没点菜，不是饿了吗？”

“我还以为你会晚点回来，”宿艺弯唇，把服务员招来，翻着菜单，问，“没什么事吧？”

褚鹰：“嗯，没事。”

晚饭进行到一半，褚鹰的手机亮起。

“鹰队，事情已经解决，未伤及群众，上头让我祝您约会愉快。”

看完短信，他嗤笑一声，把手机放回了兜里。

吃完饭，两人拿行李去了酒店。

助理安排的是迪士尼乐园酒店，就在游乐园里，他走到前台，报上预约的手机号码。

前台员工查了一下，随即笑道：“褚先生您好，您预订了一间魔法师套房，请稍等，我立刻安排员工为您搬运行李。”

“魔法师？”褚鹰蹙眉，“一间？”

前台员工点头，重复道："是的，我们这显示您是在周四晚预定的，一间魔法师套房。"

宿艺忍着笑上前，道："好了吗，魔法师？"

褚鹰："……"

有专人带路到房间，只送到了房门口，就笑着离开了。

褚鹰提起行李箱，刷卡开门。

房门刚拉开，什么东西飘了出来，他下意识地伸手护住了身后的人。

仔细一看，飘出来的是个粉色的气球。

宿艺俯身向前，推开门，见到里面的场景后愣了一下。

许多气球飘浮在房顶，门边还有一个玫瑰花拼出来的爱心图案，隐约还能看见桌上放着几瓶红酒和玩偶。

典型的求婚现场。褚鹰的脸色难得精彩，眼睛微微眯起，眉头紧蹙，满脸困惑。宿艺终于忍不住，抵到他肩上，低低地笑。

褚鹰偏头望去，她头发随着动作微微晃动，发间的香味更加明显，还时不时露出耳朵一角。

他曲起手，在宿艺脑袋上轻轻拍了两下："助理订的，别笑。"

命令的语句，带笑的语气。宿艺起身，笑得更开心了，先一步进了房间。

结果一进去就觉得不对。

这套房，怎么有两间卧室？！

她先去看了上边那间，床上空空荡荡，就是普通的卧室，而另一间床上撒着玫瑰花瓣，还放了一对拥抱着的小熊。

所以到底为什么是双卧室？！

果然，褚鹰一进来就问："想睡哪间？"说完，他还分别进去看了看，然后道，"这间能看到全景。"

哪间不重要，重要的是想睡你啊。

宿艺眼巴巴地看着他把自己行李箱推进能看到全景的那间卧室。

褚鹰出来，见她还站着："怎么了？"

话在嘴边转了半天，出口却是："手机丢了，怕吴雪找不到我着急。"

褚鹰把手机递给她。

之前她看过一个热搜，说是因为现在的手机绑定了各种支付方式，很多男人都不给女朋友翻手机了，当然，部分男人手机里还有跟别人的暧昧短信……之类的。

但褚鹰每回都二话不说，解锁就往她手里塞，眼睛都不眨一下。

宿艺没接："我不记得吴雪的电话号码了。"

"我手机里有。"

宿艺一愣："你怎么会有？"

褚鹰道："她不是你经纪人？之前给我打过电话，顺手存了。"

她喔了声，心底窃喜，把手机接了过来。

之前存号码的时候，她是直接在按键那儿存的，没有翻通讯录，现在打开才发现，褚鹰的通讯录非常简洁——除了她，剩下的联系人备注都只有一个字，而且数量不多，不像她，记不清号码，认识的人还多，通讯录能滑十来下。

虽然联系人少，但她还是找了好一会儿才找到吴雪的电话。

……因为褚鹰给她的备注是个"经"字。

她到了阳台。

吴雪接得很快："褚总您好，有什么事吗？"

"小雪雪。"

对面的语气马上就转了个大弯："你可终于联系我了，我还以为你真被褚总卖了，正准备拨 110 呢。"

宿艺压根不信："是吗，我怎么瞧你接褚鹰电话时还挺友好的。"

"不然我朝他破口大骂？那不但找不回你，我还要丢工作，得不偿失，"吴雪说完，问，"说吧，你一天不接电话做什么去了，玩儿嗨了？"

"玩得是挺嗨的，"宿艺靠在栏杆上，看着风景，笑眯眯道，"但不是不接你电话，我手机掉水里去了。"

"啥？"吴雪顿了一下，"掉水里，捡起来擦擦再用啊。"

"捡不起来，掉到游乐园的河里去了。"

"……"吴雪道，"你不能联系工作人员帮你捞捞？你好歹是个明星，手机怎么能随便丢？"

"是个乘船游戏，有个沉进海底的特效，你知道的，我有深海恐惧症，想起来的时候都到外头了，"宿艺道，"没事，不会被发现的，发现了也没事儿，我手机里很干净，连自拍都没几张。"

吴雪在那头絮絮叨叨说了半天，宿艺听得都困了，回头看了眼房间内，里面的人刚好做了个耸肩放松脖子的动作，手臂上的肌肉随着动作若隐若现。

她瞌睡马上跑没影儿了，收回视线，道：“行了，小雪雪，我要挂了，你先去帮我买部手机吧。”

“这么急，我都还没说完呢，”吴雪啧了声，问，“买哪款？”

“都行，都行。”

丢下这句话，宿艺火速挂了电话，转身进了房间。

褚鹰坐在沙发上，正在削苹果，见宿艺来了，顺手递到她嘴边：“打完了？”

宿艺咬了口苹果，含混不清地嗯了一声，把手机递了回去。

她坐到褚鹰身边，拿遥控器开了电视，里面在播《美女与野兽》。

宿艺对童话没什么兴趣，歪着脑袋靠到褚鹰肩上，道：“我们开瓶红酒？”

褚鹰垂眼看她：“想喝？”

宿艺忙不迭地点头。

褚鹰收回目光，拒绝：“不行。”

“？”

“说了，你酒量太差。”

“喝红酒不会醉的，”宿艺辩驳道，“而且我酒量很好，以前跟剧组一块吃饭，没人能灌醉我。”

她虽然不去饭局，但每回电视剧的开机宴和杀青酒是怎么都躲不掉的。

褚鹰敛眼：“经常被灌？”

“还好，”宿艺道，“上回有个制片人，敬了我好几轮白酒。”

褚鹰见识过她的酒量，别说白酒，啤的喝一圈下来都能撒酒疯，他不说话，静静地等下文。

宿艺笑容狡黠：“你猜我怎么应付他的？”

褚鹰非常捧场：“嗯？”

“我喝两杯，就去一次厕所，催吐，”她想了想，“去了四五回吧，别的女明星催吐都是为了减肥，我不是，当时就是为了喝趴他，后来他直接喝晕在地上了，还带打滚的，别提多痛快。”说到这，她笑得极其得意。

褚鹰嘴边弧度已经完全消失了，状似不经意道：“哪个制片人？”

“忘了，”宿艺道，“后来那部戏也没拍成，刚开拍没多久，他老婆就跟他打官司离婚，因为他外边有好几个私生子，法官判了他好多罚款，最后没钱撤资了。”

说到这儿，她及时收住了话头，她可不是来讲故事的！

套房里只有一间大浴室，她坐直身子，晃了晃手中的苹果，道：“你先去洗澡？我苹果还没吃完。”

褚鹰从他的黑色运动背包里拿了套衣服就进了浴室。宿艺赶紧蹑手蹑脚地回了房间，打开行李箱，把她挑了一晚上的睡衣拿出来，还拿出了用旅游便携小瓶子装的沐浴露。

她把睡裙放在沙发上，浴室刚响起水声，她就小跑着过去，偷笑着敲门。

水声停了：“怎么了？”

“说了要给你带我的同款沐浴露的。”她认真道。

里面传来脚步声，男人拉开门，露出大半胸膛，下面裹着一条浴巾，水滴顺着他的胸膛滑落，掉进了浴巾里。

大半天过去了，面前的人还拿着一个小瓶子，盯着他的上半身在发呆，褚鹰似笑非笑道：“嗯？”

宿艺回过神来，捂住自己的鼻子，刚刚想好的话全都忘得干干净净，把沐浴露往他手里一塞，飞快地转身走了。

她以前从来不好“肌肉男”这一口。遇到褚鹰之后就好了，他的身材是非常标准的倒三角，肌肉匀称有力，跟她之前那位肌肉比脑袋大、说话自带变声特效的健身教练一点都不一样。

浴室，褚鹰把小瓶子随手放到了盥洗台上，视线一转，发现洗手台边摆放着许多小盒子。

每家酒店都会在浴室放一些计生用品，但此时台上的这些……看起来有些多了，一猜就知道又是助理的“贴心举动”，一共两个牌子，其中一个牌子还分许多种类。

他想了想，收起大半盒子，塞进了盥洗台下边的柜子里。

洗完澡，他刚拉开浴室门，就见宿艺站在门外不远处，怀里抱着睡衣和一堆瓶瓶罐罐。

褚鹰这回知道她那大箱子里装的都是什么了。

宿艺有些紧张，她刚刚原本想打电话寻求场外援助，却发现自己根本没有褚鹰手机的锁屏密码，早知道刚刚就不挂这么快，先跟吴雪讨教讨教了。

褚鹰走上前，道：“发什么呆，去洗吧。”

许是刚刚洗完热水澡，她感觉男人的声音磁性十足。

宿艺走进浴室时腿都是软的。进了浴室，她抬头看了眼镜子，发现自己两边脸颊红彤彤的，遮都遮不住。

她洗得格外仔细，把头发吹干后，站在镜子前，看着自己带进来的一箩筐东西，开始纠结。

抹不抹身体乳？这东西也不知道能不能吃。

她纠结了好一会儿，刚下定决心，拿起身体乳时，忽然觉得身体有些异样。

“……”

客厅。

褚鹰正准备打电话给助理，褚溪的电话就进来了。

“哥！”褚溪声音极大，“我反对这门亲事！！！”

褚鹰：“？“

“你和宿艺在一起了吧？！”褚溪道，“我看到新闻了，你俩现在在迪士尼呢！”

褚鹰语气淡淡：“然后呢。”

“不行，我不喜欢她，我不要她做我嫂子，”褚溪在那边嗷嗷叫，“哥，你忘了吗，她脚踏两条船欸！梁博，还有那个什么狗屁大亨……”

“褚溪。”

“干吗？我还没说完。”

褚鹰道：“那个大亨是我。”

“……”

“你之前说，爸停了你的卡？”褚鹰语调不变，“这几个月省吃俭用吧。”

褚溪刚想求饶，就听见电话那头传来一个女人的声音。

“……褚鹰。”

褚鹰转头，看到宿艺垂着个小脑袋出来，正一脸无助地看着他。

“怎么了。”

宿艺表情古怪，她在心里琢磨了半天，找了个委婉的说法：“我……我流血了。”

褚鹰当即挂了电话，站起身就要走过去：“给我看看。”

“不不不行！”宿艺瞪大眼，赶紧摆手，“你不能看！”

褚鹰表情严肃：“我包里有止血用品。”

“不是，不是！”宿艺没法，见他马上就要进房间，大喊一声，“我，我‘亲戚’来了！”

褚鹰停下脚步，仍是没懂：“哪个亲戚？”

这人是木头吗？！

“……姨妈那辈的。”

褚鹰这下懂了。鹰队今天的表情，比他之前几年加在一块都要丰富。

他第一次出现手足无措的情况，在原地愣了半晌，才问：“需要我做什么？”

“……我没带那个，”她之前的经期一向比闹钟还准，偏偏就在这个月，提前了整整四天！她继续道，“你能不能……”

褚鹰马上回身：“我去帮你买。”

宿艺出声叫住他：“等等！”

她回到浴室里，从挎包里找出什么，回到门前，向他招了招手。

褚鹰走过去。

宿艺道：“手给我。”

褚鹰伸出手掌，没一会，就感觉手上刺刺麻麻的。

“好了！”

他收回手，看了一眼。

掌心有一行小字，字迹娟秀大方。

“七度空间少女系列，纯棉表面，夜用275㎜”

末端还画了一个小小的爱心。

鹰队站在琳琅满目的商品柜前，陷入沉思。

周边站着的都是女生，各式各样的目光聚集在他身上。

左边的导购员终于看不下去了，上前道：“先生，请问有什么可以帮您吗？”

褚鹰抿唇，犹豫片刻，朝她摊开了手掌。

导购员看完后，忍着笑，把商品放到了他手上。

回酒店路上，手机响起，助理毕恭毕敬道：“褚总，方才有一组您和宿小姐的照片被放上了网络，需要采取法律手段吗？”

“照片已经处理了？”

助理忙道："还没有，我现在就去处理。"

"不用了。"

助理挂电话的手停住，想了想，不确定道："您的意思是……"

褚鹰语气如常："哪些新闻需要处理，哪些不用，能分清吗？"

助理马上点头："能！"

回到酒店，宿艺裹着浴巾来开的门。

她接过男人手上的塑料袋，一溜烟跑进了浴室。

褚鹰失笑，坐到沙发上，刚拿出手机就看到褚溪发来的一连串信息。

褚溪："哥，你太让我失望了！你居然也是个看脸的男人！"

褚溪："就算不给我零花钱，我也要说！你还记得大明湖畔的若琳姐吗？！"

褚溪："[我反对这门亲事.jpg]"

他正准备关上对话框，身后传来宿艺的声音："在聊天？"

在褚鹰去超市那段时间里，她已经缓过来了——姨妈赶也赶不走，还能怎么办，认了。

机会多的是，下次她一定会成功的！

她绕到沙发上，蜷缩着身子坐着。

"嗯，跟我妹。"褚鹰看她表情不太对，问，"不舒服？"

宿艺点头，糯糯道："小腹有点疼。"

她小时候身子没调理好，姨妈期经常会腹痛。

褚鹰挑挑眉，作势要起身，被旁边人拉住："去干吗？"

"再去趟超市，"他道，"买个热水袋。"

"不要，"宿艺说，"别去了，没多疼。"

"不远。"

"真没那么严重，"宿艺说完，像是忽然想到什么，眼底的狡黠一闪而过，她轻咳一声，继续道，"其实不一定要热水袋，还有个办法。"

褚鹰道："什么办法？"

宿艺抬头，可怜巴巴地看着他，牵着他的手晃了晃。

"你给我揉揉。"

宿艺穿了一条安全裤，上身是那条精挑细选的黑色蕾丝睡裙。

男人的大手按在她的腹部，小幅度地揉着。

她躺在褚鹰腿上，一脸满足地勾唇盯着他。

感受到目光，褚鹰伸出另一只手捂住她的眼睛："看什么。"

宿艺拂开他："我躺着无聊。"

话音刚落，马上收获了褚鹰的手机。解锁页面一开，就是一个微信对话框。

因为手机的主人一直没有回复，褚溪的信息就一直停留在页面上。

宿艺看着这几段对话，眉梢一挑。

她打开百度，迅速搜了个表情包。

褚鹰："[人家郎才女貌、天生一对，岂容你这妖怪来反对？.jpg]"

发完表情，她才抬眼问："若琳是谁？"

褚鹰皱眉，努力回想了一下，半天才开口："好像是小时候住在附近的邻居？"

宿艺这才满意。

褚溪："？"

褚溪："哥，女人看女人很准的，你一定要相信我。"

褚鹰："女人？你这小身板，顶多算个高中生。"

褚溪："？？？"

褚鹰："我是你未来嫂子。少看点连续剧，多做做练习题。"

褚溪："哈，你太看得起自己了吧，我已经上大学了！你别以为现在跟我哥在一起有什么了不起的，你以为你以后能进我家门？[好大的口气.jpg]"

褚鹰："[熏死你熏死你.gif]"

褚溪："……"

听到笑声，褚鹰低头想说什么，见到下面的景色，登时顿住了。

宿艺把头发全拨到了一边，睡裙的领子松松垮垮，隐约能看到里面黑色的胸衣带，前边一大片美景呼之欲出，左胸上方还有颗痣，跟白色的肌肤相互衬托。

感觉到小腹上的手停了，宿艺把手机挪开，露出一双微微上翘的眼睛，表情疑惑。

褚鹰收回视线，继续揉着，心底有股邪火正暗暗滋生。

宿艺全然不知，告状道："你妹妹好皮，在给我放狠话呢。"

褚鹰笑了："什么狠话？"

宿艺把她的话原原本本地念了出来，然后问：“我可以怼回去吗？”

她其实已经怼回去了。

褚鹰道：“可以。”

宿艺这才满意了，边敲屏幕边嘀咕道：“那我可怼了，你以后可一定得娶我，不然我会很丢人的。”

褚鹰终是没忍住，盯了她一瞬，忽然抬手抽走了她的手机。

宿艺没反应过来，眨眼道：“……做什么，你该不会这么快就反悔了吧？”

褚鹰不答，把手机丢到沙发扶手的缝隙里，手伸到她颈后。

然后吻了下去。

宿艺这回反应得很快，她之前算是吃了不少亏——这男人每回都是蜻蜓点水、撩完就跑。

她马上伸手，环住褚鹰的脖子，加深这个吻。

褚鹰这次也没浅尝辄止的意思。

他轻吮两下，然后撬开她的牙关，长驱直入。宿艺马上就被吻得七荤八素，手软得环不紧男人的脖子，只能无力地撑在他的胸膛上。

足足过了两分钟，这个吻才被沙发缝里传出的手机铃声打断。

褚鹰放开她，怀中的人头发凌乱，两颊粉红，嘴唇红肿，十分迷人。

他起身，哑着嗓子：“我去厕所。”

直到浴室门被关上，宿艺才稍稍回过神来。

她做了几下深呼吸，嫌旁边的手机太吵，拿起来准备调成静音。

屏幕上的来电显示是“褚溪”。

她眉梢挑起，调静音的手滑向接听键。

褚溪：“哥！你看到聊天记录了吗？！她简直不能再嚣张了，进门来一定会气死我……和妈的！”

“小妹妹，”宿艺声音酥软，一听就知道刚刚发生了什么事，“这个时间，大人们都要做些别的事情，你要有什么意见，明天再来吧，乖。”

褚溪被噎得半天说不出话：“你，你……”

浴室里传来水声，宿艺往沙发上一靠：“我什么我？”

“你们这些女明星总是想接近我哥！”褚溪气道，“我哥跟别的人不一样，他不玩儿你们那种圈里游戏！”

宿艺乐了：“我们圈里什么游戏？”

“讨好别人拿资源什么的……”

宿艺起身，拿了颗葡萄，放进嘴里道：“这些乱七八糟的，你都是哪儿听来的？”

“什、什么乱七八糟，”褚溪说到后面，声音都低了，“我可不是道听途说，那都是我的亲身经历！”

宿艺偷瞄了眼身后的浴室，门还紧闭着，她放低音量，不可置信道：“你跟男明星？”

褚溪大惊：“你在胡说什么！”

“……你不是说，是你的亲身经历？”

“是我前男友，不是我！”

“什么？”宿艺坐直了，“你不是还在大学吗，你男朋友多大？谁找上门讨好他了？”

“他哪有资本让别人讨好他？”提到这个，褚溪气又上来了，憋着气回答，“和我一样大。”

宿艺吃完葡萄，想明白了。

“他该不会是去讨好的那个吧？”

“……”得，现在年轻人真会玩。

“上次你去酒吧，也是因为这个？”

褚溪一蒙：“你怎么知道我去酒吧的事？”

宿艺不答：“为一个渣男喝成那样，值不值啊。”

褚溪愣了一会，想明白了：“那晚那个女人是你？”

“仇报了吗？”

“什么仇？”

宿艺莫名道：“你该不会被绿了后，光自己喝了顿闷酒吧。”

褚溪说：“不然我能怎么办……”

宿艺翻了个白眼。敢情你的胆子全用在我这了是吧。

正准备说什么，浴室里的水声停了。

她道：“你哥要出来了，你先记下我微信号，等我有空了教你。”

褚溪疑惑道：“教我什么？”

“还想不想报复渣男了？”

对面安静了一瞬，然后传来撕纸的声音：“……你说。”

报完微信号，宿艺道：“行了，早点睡，我手机坏了，暂时还没法回你。”

挂了电话，褚溪看着面前的微信号，还有些没回过神来。

褚鹰从浴室出来，宿艺一脸乖巧地捧着手机，道：“褚溪给你打了个电话，我不小心接了。”

褚鹰本想坐到她身边，脚下拐了个弯，到了旁边的沙发上：“她惹你了？”

“也没有，那个年纪的小女生本来想法就挺多的。”

褚鹰提醒她：“她只比你小几岁。”

宿艺止住了话题：“你怎么坐这么远。”

“身上凉。”

即将入秋，到了晚上天气有些冷，他用凉水冲了足足十分钟，现在浑身都是凉意。

宿艺毫不在意，朝他勾勾指头：“过来，我给你暖暖。”

褚鹰的手很大，宿艺得两只手才握得住。

晚上，宿艺足足想了四个借口，硬是钻进了褚鹰的被窝。

她经期容易脚冷，盖着被子都没用。她后背贴在褚鹰胸膛，腿不自然地蜷缩着，手里拿着褚鹰带来的 iPad 在翻微博。

“睡姿不对，”褚鹰道，“这样睡，一会腿麻了。”

宿艺能清晰感受到男人说话时胸腔传来的震动。

她乖乖把腿往里蜷了点，不小心碰到了男人的小腿，她一愣，还没来得及收回来，就被夹住了。

“腿这么凉？”

宿艺忍不住扑哧一笑，然后往后靠了靠，回头问他：“我们像不像是小动物在互相取暖？”

说完，又笑着回头，继续翻微博热搜。

褚鹰眸色渐深，闭眼静了静心。以前做的定力测试全喂狗了。

宿艺翻着翻着，翻到了一条五分钟前刚发出来的微博。

【梁博 v：对不起，近三个月我会取消所有相关行程，好好调整自己的心态。】

下面跟着的是一条电视剧的官博，正是最近本应由梁博出演男一号的电视剧，现在重新官宣新的男主角。

虽然这微博等于梁博间接承认自炒的事，但由于用词到位，悔过形象塑造得好，下面热评居然全是安慰他的，最上面几条更是在试图转移视线。

宿艺愣了愣，问身后的人：“你做的？”

褚鹰抬眼，看了看屏幕，先是嗯了声，然后起身抓起床头柜上的手机。

助理没想到这个时间还能接到老板电话，声音都提高了：“褚总，有什么吩咐！”

“让梁博重新发条微博，”褚鹰淡漠道，“告诉他，再钻语言空子，就没什么再谈的余地。”

他声音很轻，回到床上时，发现宿艺已经捧着 iPad 睡着了。

褚鹰伸手，小心地把平板从她手上抽出，在她脸颊落了个吻。

第二天，宿艺是被太阳闹醒的。

她睁开惺忪睡眼，刚好迎上一道阳光，刺得眼疼，摸摸身边，发现床上已经没别人了，她眨眨眼，坐了起来。

床边的座机上有时间显示——11:43。快十二点了？！

宿艺这下是完全清醒了，随便整理了一下头发，套上拖鞋走出房间。

褚鹰坐在沙发上，正在讲电话，见到她，抬手做了个让她过来的动作。

宿艺没过去，抓起某用品转身进了浴室。

她出来时，褚鹰已经挂了电话：“收拾一下，去吃饭吧。”

“怎么不叫醒我？”宿艺把头发盘了起来，几根卷发垂落在耳际，脸上满是洗面奶。

褚鹰道：“多睡一会也没关系。”

宿艺微微噘唇，小声道：“可是今天就要回片场了啊。”就看不到你了。

她走过去，忽然弯腰，在褚鹰嘴上偷亲了一口，脸上的洗面奶沾了些许在男人脸上。

她这才满意了，转身准备溜，被身后人一把抓住。可惜抓住了后……好像也并不能怎么样。最后，两人一块回浴室洗了脸。

收拾好东西，他们就出发去了餐厅。因为是给行政、主题套房专门提供的餐厅，所以用餐的人不多，他们进去时，只有几桌人在用餐。

昨天两人的新闻上了微博，只要对微博稍有留意的人都知道宿艺在迪士尼。他们刚坐下不久，就有人过来了。

是一个看上去约莫十七八岁的男生，手上抓着纸笔，头低得不能再低，害羞道："那个，您好，您是宿艺吗？"

宿艺笑了笑："你好。"

"我一，一直……"男生结巴了半天，终于把舌头捋顺了，"我一直非常喜欢您，超级喜欢，能不能给我签个名？"

"当然可以，"宿艺接过纸笔，签上名，礼貌性谦虚道，"谢谢你喜欢我，原来我还有这么年轻可爱的粉丝。"

褚鹰挑眉，手上刀叉停了一瞬。

"当然，"男生不服了，"不仅仅是我，我身边好几个同学也喜欢你，"他红着脸，像是鼓足了勇气，"你一直是我们心目中的女神！"

男生走后，褚鹰敛眼，道："女神？"

宿艺忍笑："在呢，怎么了，你也是我的小粉丝吗。"

褚鹰道："嗯，女神，也给我签个名。"

宿艺舔舔嘴角，打着商量："那我可以约粉吗？"

刚说完，嘴里就被塞了块牛肉。由于路程比较长，必须在中午就回程，回片场的路上，宿艺满脸都是"不开心"三个字。

褚鹰轻哂道："别噘嘴了。"

宿艺歪过头："你是不是快回北京了？"

"嗯，后天。"她嘴巴噘得更高了。

两人先回了宿艺住的酒店，褚鹰把行李搬上楼后，助理马上打来了电话。

之前为了腾出时间，改了不少行程，接下来的两天，他要开的会议排得密密麻麻。

"褚总，我查过了，副总每个月都会给那位经理打一笔钱，数目不小，"助理道，"而且那位经理之前就是副总带进公司的，因为两人都没提过，所以只有人事部经理才知道这件事。"

"嗯，准备好会议资料，晚六点开会。"

挂了电话，宿艺坐在地上收拾行李，催他："这都五点半了，再不过去你要迟到了，大老板。"

褚鹰走到她面前，蹲下身，轻轻啄了一口。

"道别吻。"

木头开窍，感天动地。

宿艺这才满意了，跟在后边眼巴巴地目送他进了电梯。

“又是你这块望夫石。”

吴雪刚刚就瞧见这两人了，算好了时间才出来，把新手机递到宿艺手上。

宿艺拆开盒子，问她：“这两天没出什么事吧。”

“有啊，娱乐圈大事，”吴雪嗤笑道，“梁博今天被爆了不少料，快玩完了。”

宿艺并不是很感兴趣，哦了声就要进屋。

“你没事吧，怎么去了两天，还一脸欲求不满的样子，”两人之间的黄腔开多了，吴雪跟在她身后，随口道，“褚总不行？”

宿艺马上就停住了。谁都不准说她的男人“不行”。

她眼都不眨，脱口而出：“我男人天下第一！”

吴雪冷笑一声：“是，要不我出去打印几份贴墙上去，省得你费力气在这扯着嗓子嚷嚷。”

她说完，连拖带拽地把宿艺拖进了房间。

宿艺打开新手机，微信、微博和播放器等一应俱全，还没过两分钟，就听见手机传来许多声消息提示音。

她圈里朋友不少，但大多都是点赞之交，工作时遇见了打声招呼什么的，基本不私聊，工作方面的事也都是吴雪在折腾，谁会给她发这么多条信息。

她停下收行李的动作，往床上一靠，拿起在充电的手机看了几眼。

刘玺：“在干吗呢？有空聊聊吗？”

刘玺：“你怎么也不回我……”

刘玺：“你别误会啊，我对你没那意思，我就是想问你点事。”

刘玺：“哎，你和鹰子旅游去了？那你好歹也理一下我啊。”

宿艺娘娘：“不好意思，之前手机丢了，有事吗？”

对方几乎是秒回：“手机丢啦？不然我送你一个吧，我有朋友刚好在上海开了家手机店，可以给你拿最新款的。”

宿艺娘娘：“不用，我已经买了……有什么事吗？”

刘玺：“其实也没什么事。”

宿艺娘娘：“[为我们的友谊干杯.jpg] 好的，再见。”

刘玺：“……不是，其实有点事，那个，你可以把你最近几个月的行程跟我说一下吗？”

宿艺扯了扯嘴角，被对面的吴雪发现了，问她：“看什么呢，表情这么丰富。”

“有人在向我要我这几个月的行程。”

“谁，”吴雪问，“褚鹰？”

“不是，褚鹰的朋友，”宿艺敲动屏幕键盘，道，“上次跟你提过，叫刘玺的。”

吴雪脱口而出，语气很急：“你别告诉他！”

宿艺低着头，没注意旁边的人：“我知道，不过这有什么好问的，我的微博后援团不是每天都在发我行程吗，而且我最近都在片场啊……”

宿艺娘娘：“这个不能说的，我经纪人会生气。”

刘玺：“应该的，你经纪人真棒，业界良心，你太幸运了。”

……？？？

她发觉她和刘玺中间仿佛隔着一条太平洋那么宽的鸿沟，实在无法理解这个人的脑回路，正准备关了对话框，对方马上又发来一条。

刘玺：“你们住的房间不错，有几间卧室？刚刚我问鹰子，他不肯告诉我。”

宿艺娘娘：“你怎么知道我们住的哪种房……”

刘玺：“鹰子朋友圈发了啊。”

宿艺一愣，也顾不上回刘玺了，赶紧点开褚鹰的朋友圈。

朋友圈是半小时前发的，三张图，前两张是宿艺和动画人物的合影——没错，就是闭了眼的那两张；最后一张，是他不知道什么时候偷拍的，宿艺正低着头绑头发，由于头埋得太用力，还隐隐出现了双下巴。

……这种又气又开心的感觉也不知道是怎么回事。

她点了个赞，然后打开和褚鹰的对话框。

宿艺娘娘：“把我拍得太丑了！！！”

褚鹰：“不丑。”

宿艺娘娘：“怎么回这么快，不是在开会吗？”

褚鹰：“在开，跟你一样。”

这句话说得不清不楚，宿艺却一下子就明白了——上次她在开会时玩手机被褚鹰抓过包。但她那顶多算是个旁听，褚鹰可是坐在主位上的。

宿艺娘娘：“老板开会玩手机，影响多不好，我也有工作要忙，你好好开会。”

褚鹰：“好。”

聊完后退出，发现刘玺的聊天框又显示了近十条信息。

“这男的，哪那么多话要说啊。”宿艺边嘀咕着，边给自己微信开了个静音，打算使用惯用手段——装不在。

吴雪道：“干脆直接拉黑算了。”

“不行，毕竟是褚鹰朋友，”宿艺起身，伸了个懒腰，“你回去吧，我洗个澡看会剧本就睡了。”

吴雪回了房间，发现安璇还是没回来。

宿艺旅游的这两天，安璇也跟放了假似的，经常见不到人影，也没听说她在上海有什么亲戚朋友。

不过既然留下也的确没什么事可做，她也懒得干涉安璇的私生活，给安璇发了条信息就倒头睡了。

第八章

特别的生日礼物

第二天早上，吴雪一大早就来了宿艺房间，两人才走出房门，就碰上了刚从电梯出来的安璇。

宿艺还困着，打了个哈欠："你怎么才回来？"

"对，对不起，"安璇头发凌乱，脸上还带着妆，妆掉了大半，"艺姐，您现在要去片场吗？我来帮您拿包。"她说完就要上来拿宿艺的包。

宿艺手往后一躲："不用了，你这是做什么去了，蓬头垢面的。"

"我见您不在，就出去逛了逛，"安璇声音很小，"没耽误事吧？"

宿艺上下打量了她一眼，不仅头发是乱的，衣服也是乱的，她摆摆手："耽误了，赶紧去洗个澡，然后自己打车来片场，不要整天让吴雪干你助理该干的事儿。"

安璇委屈地点头，找吴雪拿了房卡后快步跑回房间去了。

车上，吴雪问："你这么凶干吗，大早上的，也没什么重要事。"

"没道理拿了工资不办事的，该夸就夸，该骂就骂，"宿艺靠在车窗旁，闭着眼道，"平时怎么不见你这么好说话。"

吴雪道："这不是看她家里比较困难。"

"困难的人多了去了，她月薪能大几千已经算是困难群体里的佼佼者了，"眼见话题越说越远，宿艺话锋一转，"这两天李敏有找你吗？"

"没有，"吴雪道，"听说她这两天快被程安安气疯了。"

果然，到片场路过隔壁化妆间时，就见程安安红着眼正在看剧本。

许是吴雪的高跟鞋声音太大，程安安马上就看了过来，见到宿艺，也不知怎么的，眼底更红了。

"……"宿艺想了想，还是出声道，"安安，没事吧？"

程安安用手掌捂住脸，拼命摇头。

吴雪小声道：“你可别问了，赶紧去化妆间吧。”

宿艺莫名其妙：“怎么了？”

“谁都不想让偶像看到自己狼狈的一面，”吴雪道，“你是不会懂这种感觉的。”

“……”

她还真不懂。

她回到化妆间，正打着粉底，想了想又道：“这样吧，你让安璇来时买点水果进来，给我送安安化妆间去。”

吴雪点头：“成。”

刚化好妆，就听见微信传来一声提示。

低头一看：[褚溪申请加你为微信好友，附加信息：。]

她点了通过，对方很快就发了条信息来。

褚溪：“你上次说……要教我什么？”

宿艺娘娘：“你先跟我说说，若琳是谁。”

虽然褚鹰明显不记得这号人，但褚溪会提起她，肯定还有什么别的原因。

褚溪：“？？？”

宿艺娘娘：“不然你以为我白给你上课？”

对面安静了好一会，才慢吞吞回答。

褚溪：“是我们家以前的邻居，长得超漂亮，人也超好，家里还超有钱，关键她超喜欢我哥，我哥年轻那会她天天跟在他屁股后面，青梅竹马，天造地设。”

刚看完，导演组的人就过来催她开拍了。

宿艺娘娘：“你挺会说话的，本次聊天结束了。”

李敏正在看剧本，见到她，表情松动了不少：“你终于回来了。”

“我就去了两天，”宿艺任发型师给她清理刚刚跑出来的小杂毛，笑道，“这两天拍摄不顺利？”

“别提了，我算是发现了，不是每个新人都跟你似的这么好训，这都开拍多久了，她状态还是没调整好。”

宿艺道：“您可别，她的资质比我好多了，而且我之前也挨了你好几个月的骂。”

说话间，程安安出来了，她重新打好妆，眼底的潮红也褪得差不多了，看上去调整得还不错。

第一场戏是宿艺和程安安的对手戏。

程安安饰演的是男主角的正牌，宿艺则是男主的艳遇，这场戏是程安安发现了宿艺的存在，也是小白花的第一次爆发，程安安要甩宿艺一耳光。

程安安刚开口，宿艺就知道这镜完了。

她音量放得很大，但声音丝毫没有底气，眼底的情绪也克制不好。

果然，刚念完第一句台词，李敏就喊了 Cut。

“你是来捉小三的，不是来给她端茶倒水的，就你刚刚那个架势，不知道的还以为是丫鬟在顶撞小姐！”

程安安低头，又开始掉眼泪：“艺姐，对不起。”

宿艺愣了：“你跟我道歉做什么。”

“害你还要重拍一次……”

宿艺叹了口气，从身边人手中拿过纸巾：“别哭了，咱不耽误时间，继续吧，好好发挥，说话的时候底气足一点就可以了，有时候声音也是能带动自身情绪的。”

又来来回回拍了两镜，前边总算是过了，但后面又卡住了。

程安安巴掌扇得太拘束，穿帮得很明显。

李敏发怒之际，宿艺先开口了：“再来一镜。”

李敏：“能行吗？要不再让程安安调整下状态。”

“不用了，”宿艺道，“安安，我们来真的，你往我脸上扇，咱们争取一条过了这一镜。”

程安安自然是不愿意的，她还没来得及开口，就听见不远处传来一道低沉的男声。

“不行。”

宿艺也是一愣，偏头一看，褚鹰也不知道是什么时候来的，就站在李敏身后。

“……可是这样很浪费时间。”宿艺回神，小声道。

“她状态不好，就拍到好为止，不行就换人，”褚鹰表情如常，语气不容置喙，“我是投资商，我说了算。”

导演果断向投资商低了头。

“我也觉得不能真打，”李敏道，“你一会还有别的戏份，脸肿了怎么办？”

“哪那么娇弱，”宿艺刚嘟囔完，就对上了褚鹰的眼神，话到嘴边转了个弯，“不打不打，大不了多拍几次。”

褚鹰挑眉：“过来。”

宿艺笑眯眯地朝他走去，经过化妆师跟前时，还小声道：“来，给我补补粉。”

于是褚鹰回头，伸手揽过她的肩，把正等着补粉的人带出了片场。

“你怎么来了，”出了片场，宿艺眨巴眼道，“要带我私奔吗？”

脸颊被轻捏了一下。

“路过，顺便来看看。”

宿艺抓起他的手，看了看腕表上的时间：“这才九点，路过要去哪儿？”

“开会，”褚鹰垂眼，看着她摆弄着手表，眼底满是纵容，“早餐吃了吗？”

这是要约她一起吃早餐？

还好早上吃得不多，她敛眉，摆出可怜兮兮的模样：“没吃。”

话音刚落，男人抽回手，往停在不远处的车走去。

他不到两分钟就回来了，然后把手上的两个大馒头、一瓶牛奶塞到宿艺手里：“慢慢吃，我要走了。”

宿艺看着越野的车屁股，半天没回过神来。

过来就是为了给她送两个大馒头？！

……好歹亲一下再走吧？

越野车上，助理小心翼翼地从后视镜瞟了一眼。

他们刚开完上个小型会议就匆匆赶过来了，这会得原路返回赶去下一场会议。

不过见了宿艺后，老板的表情明显好了不少，正想着，后座的人突然抬起头，吓得助理赶紧收回视线，继续专心开车。

见宿艺回来，片场的人都是一愣——这出去的时间都没到五分钟吧？

她走到李敏身边，问：“继续拍那一镜？”

“这么快就回来了？”李敏也是一怔，“那镜改到下午拍，让她先调整调整情绪。”

宿艺探过身子看了看贴在旁边的表格，她的戏份在下下场，索性回化妆间吹空调去了。

安璇姗姗来迟，带着一个小果篮，道："艺姐，水果买来了。"

"嗯，你送去安安化妆间吧。"

安璇出去后，吴雪道："也不知道是不是家里的事儿，她最近总是心不在焉的。"

宿艺喝着牛奶，道："反正是你招来的人，你看好了就行。"

"这话说得跟我开了后门似的，我是通过正常渠道把她招进来的好吗，"吴雪坐到她对面，问，"你这馒头和牛奶是怎么回事？早上不是才吃了一大碗米线吗。"

宿艺道："爱心馒头。"

吴雪刚想吐槽，想到赠送方是她大老板，硬生生地忍了回去。

手机叮了一声。

褚溪："你到底教不教我啊？！"

宿艺这才想起这档事儿。

宿艺娘娘："教，说说吧，你前男友叫什么？"

褚溪："你问这个干吗？"

宿艺娘娘："知己知彼。"

褚溪："……邓明阳。"

宿艺手上打着字，问身边的人："你认识邓明阳吗？"

"有点耳熟，"吴雪眯眼想了想，"好像是个小男星，怎么？"

"没事，帅吗？"

"我怎么记得，"刚说完，吴雪夸张道，"你问这个干什么，刚吃完爱心馒头就想红杏出墙？"

宿艺嗤笑一声："这世上谁值得我出墙？"

她低头，继续敲手机。

宿艺娘娘："你好歹是褚氏千金，他是脑子进水了还是怎么的，去讨好别人？"

褚溪："你这人怎么这么粗俗！他和我谈恋爱不是为了我的家世，他根本不知道我家里是做什么的。"

宿艺娘娘："你再替他说话，就自个儿拿着绿帽去角落待着吧。"

对面安静了，半天才发了个表情过来。

褚溪："[你这只臭居居！.jpg]"

对小女孩来说，这种表情包就算是示弱了，宿艺也不跟她多费口舌。

宿艺娘娘："我在片场，等我晚上回酒店，好好研究研究你这个前男友。"

褚溪："你在拍戏？拍什么戏？"

宿艺发了片名过去。

褚溪："原来你是去上海拍戏了。"

褚溪："我也想去上海，不过我卡和现金都被我爸妈扣下了，不然你借我点？等我以后有钱了，双倍还你。"

宿艺娘娘："我差你这双倍钱？说点好听的。"

褚溪："嫂子。"

可以说是非常能屈能伸了！

宿艺娘娘："过来是可以，不过你得跟我住一间房。"

褚溪："？？？"

宿艺娘娘："不然你惹出什么事来，我还得替你兜着。不聊了，要到我的戏了，你来不来？"

褚溪："……来！"

褚溪来上海，宿艺亲自去接的机。

褚溪航班的降落时间比褚鹰航班起飞时间完早一些，刚好上午没有她的戏份，就请了假过来送褚鹰，顺便接个机。

安检前，褚鹰停下脚步："她要是闹你，赶走就行。"

"好，"宿艺道，"你放心，我看得住她。"

"我知道，"褚鹰扬起嘴角，"我只是怕你拍戏累，还要顾着她。"

自从迪士尼的照片被爆出去后，两人算是无所顾忌，这次来送机，宿艺是光明正大走的片场正门，大摇大摆上的褚鹰的车，脸上的口罩不是防媒体，而是怕被粉丝认出来。

"哥！"

一道清脆的声音响起，正是刚刚出通道，找了半天没找到人，微信还得不到回复的褚溪。

好在这两人个子高，在机场非常显眼，不然她都不知道得找到哪年哪月去。她小跑到他们面前，仔仔细细打量了宿艺一番。上回在酒吧喝得太醉，她只记得宿艺的身高了。

面前的女人穿一件简单的白上衣，下身是深蓝色牛仔裤，身材比例好得惊人，露在口罩外边的眼睛上了妆，眼角上翘，勾人得很。

居然比她在电视里看到的还好看？！

她轻咳一声："你为什么不回我微信？知不知道我找你找了多久！"

褚鹰表情淡漠，对身后的助理道："去给褚溪买一张回北京的机票。"

"别别，哥，我错了，"褚溪嘴一瘪，"您赶紧上飞机吧，迟了可就不好了。"

宿艺身子轻歪，靠在褚鹰的手臂上，见到褚溪这狗腿模样，哂笑两声，才微微抬头："时间要到了，先过安检吧。"

"嗯，"褚鹰垂眼，"他会送你回片场，到了给我发信息。"话里的"他"指的是送宿艺过来的司机。

宿艺站直身子："有空就来上海找我。"

褚溪："我哥忙得很……"

"好，"褚鹰抿唇，想了想，"每周来一次。"

宿艺这才满意了，弯眸道："我休息日也回北京找你。"

褚溪嘴巴微张，虽然褚鹰之前一直在部队，但他们兄妹俩从小到大相处的时间也不少，她从来没见过她哥这种表情。之前她说的那位"青梅竹马"，可连她哥一个多余的眼神都没得到过。

宿艺摆手，催他："快去，到了联系我。"

"嗯，"褚鹰极其自然地低下头，侧着脸，隔着口罩亲了亲她，"我走了。"

"等等，"宿艺拽住他衣角，把口罩拉了下来，"……刚刚的不算。"

褚溪的嘴巴此时可以塞下一个天鹅蛋。

送走褚鹰后，回到车上，宿艺把口罩拉至下巴，跷着二郎腿，心情颇好地玩着手机。

"你……"褚溪终于忍不住了，"你和我哥怎么认识的？"

"想知道？"宿艺扬扬眉梢，"不告诉你。"

褚溪哼了一声："反正就这两年的事儿，我哥去年才退的伍。"

宿艺不置可否，问她："你要回酒店，还是先跟我去片场？"

褚溪这一趟其实没什么目的，她就是单纯不想待在北京，伤心地，待着难受。

最后两人一起去了片场。

李敏见她回来还带了个人，有些惊讶："这是……"

“我妹，”宿艺语气自然，“过来给我探班。”

褚溪：“谁是你妹了！”

李敏也不多问，点头道：“你去换衣服，这场完到你的戏份了。”

宿艺把褚溪带回了化妆间。

“你好好在这待着，活动范围就在这个片场里，别乱跑。”宿艺边说边抓着旗袍进了更衣室。

褚溪在外面道：“你凭什么限制我呀？”

宿艺嗤笑一声：“行啊，你想走就走。”

褚溪觉得这个宿艺真的是个人精。

她是给自己出了飞机票钱没错——但也只出了飞机票钱，一分没多给，她现在仍旧身无分文，就连住酒店钱都没有。

宿艺换好衣服出来，坐着任发型师给她重新定型。

时间掐得刚好，刚整理好发型，场务就来催了：“艺姐，到您了。”

宿艺起身：“好，来了。”

褚溪跟在她后边出了化妆间，宿艺也没赶她。

没走一会，就迎面撞上刚刚拍完的徐倩岚。徐倩岚戏份不多，一天就那么一两场，大多还都只是站着当个背景板，苦于资源来之不易，她怕惹李敏不高兴，不敢请假。

见到宿艺，她扯起笑容：“艺姐，到你的戏了？”

宿艺淡淡地嗯了声。

看清来人，身边的褚溪动作明显停顿了一下，直到徐倩岚走远后，她才气愤道：“她居然也在这个片场！”

见褚溪这副咬牙切齿的模样，宿艺的心不禁一跳：“……你男朋友主动讨好的那位，该不会是她吧？”

没道理啊，徐倩岚连她自己都顾不上呢。

“不是，”褚溪四周看了看，没找到想找的人，回头恶狠狠道，“是她的经纪人！”

宿艺一个没忍住，笑出了声。

没想到一段时间不见，林霞业务能力见长这么多。

“你笑什么？”褚溪一脸莫名其妙。

宿艺好半天才收回笑，边摇头边道：“一会开拍了，别发出声音，不然被赶出去我可不管你。”

这场戏是和吴珂的对手戏，吴珂穿着一身旧款西装站在布景中，见到宿艺，笑道：“小艺，你身边那位是？”

“妹妹，”宿艺客气一笑，偏头道，“我可以了。”

这场戏就两分钟，一段对话，两人状态都不错，流畅拍下来一遍就过了。

宿艺下来后去化妆间又换了一套衣服，赶着拍下一场，出来就见到吴珂正在褚溪身边，不知道笑着在说什么。

吴雪跟在她身后，问：“那就是褚总妹妹？”

宿艺丢了个嗯就走过去。

刚好听到吴珂那句：“你的眼睛真好看。”

不等褚溪说话，那边李敏就对着这儿喊：“吴珂，过来，我给你讲讲下场戏。”

“来了，”临走前，吴珂还丢了句，“小妹妹，一会聊。”

聊个头，吴珂刚走，宿艺就回头道：“你先去化妆间等我。”

“干吗，”褚溪撑着下巴，“我还想看你们拍戏呢。”

宿艺说得直白：“怕你被吴珂吃干抹净，我没法跟你哥交代。”

“他？”褚溪表情嫌恶，“你放心，我不喜欢老男人。”

“……”

吴雪走到褚溪身边，催她：“我看着，你快去拍，李导在催你了。”

这场戏拍完后，吴珂还要去找褚溪，宿艺还没来得及说话，徐倩岚先一步上来了。

“珂哥，”徐倩岚笑得灿烂，她已经换回了便装，穿着一条粉色的吊带裙，凑近点可以看到不少风光，“一起去吃饭吗？我等您。”

吴珂也挂上笑容：“好啊，哥请你。”

吴珂长得温文尔雅，看上去就像是文化人，是那种带着书卷气的儒雅，跟“花心”这种字眼根本沾不上边，加上演技好，背后团队强，也怪不得这么多小姑娘喜欢他。

见问题已经被徐倩岚变相解决了，宿艺不再多留，点个头算是打招呼便离开了。

下来时，那两人已经不在座位上了，她刚进化妆间，就见褚溪正一脸入迷地看着吴雪。

“真的？”褚溪紧张道，“她真的整了全脸？她粉丝可天天吹她是全天然美女呢。”

吴雪轻哼一声：“她公司每年不知道要在这种新闻上花多少钱，一有人提出质疑，就有大群水军上去围攻，所以她粉丝多，黑粉也多。”

宿艺一脸莫名其妙：“你们说谁呢？”

吴雪说了个当红小花的名字。

“怎么这么爱说人八卦，”宿艺坐到镜子前，拿起卸妆水，自己卸起妆来，“整容怎么了，谁都想自己漂亮些，正常。”

褚溪嘁了一声，凑到吴雪面前，小声问：“她是不是也整容了？”

吴雪认真道：“这还真没。”

“我倒是想整，”宿艺一副为难状，“太美，非常负担。”

褚溪：“可真不要脸。”

吴雪附和：“就是。”

两声敲门声，安璇进来了，见宿艺自己在卸妆，马上小跑上前：“艺姐，我帮您卸。”

“你最近是怎么了，”宿艺手上不停，问她，“前几天我不在，你请假就算了，现在我就在片场里，你还能消失好大会儿？”

“对不起，”安璇连忙道歉，“我出去接了个电话。”

吴雪也忍不住了：“我在这里头坐了二十分钟了都没瞅见你，你是打了多久的电话？我们这是在工作，私事和公事你得分清。”

安璇又不住地道歉。

宿艺听得有些烦，刚巧妆也卸完了，她起身，用湿巾仔仔细细擦净脸后，道：“行了，以后用点心吧。”

话虽然说得不重，但她平时演的恶角多了，整个人给别人的印象也会相对严厉一些。

就这么一句话，安璇眼睛就红了，她点头，默不作声地拿起宿艺的小提包，跟在三人身后走出化妆间。

“艺姐，回去了？”徐倩岚就站在门口不远处等吴珂下戏，见到宿艺，皮笑肉不笑地打了个招呼。

宿艺点头：“嗯，再见。”

“啧，”徐倩岚语气惊讶，“你怎么哭了？”

她指的是末尾的安璇。

安璇一愣，随即摇头："没、没事。"

宿艺往后瞥了一眼，她真的只是想看看安璇什么情况，没想到对方对上她的眼神后，眼睛更红了。

宿艺："……"

"别哭了，"徐倩岚忽然从包里拿了张纸，塞进安璇手里，"艺姐这人对自己都严格，你在她这做事，是要认真一些的，看开就好了，其实艺姐人挺好的。"

安璇忙摆手："不是不是，是我自己的事儿，跟艺姐没关系。"

她声音柔柔弱弱的，解释起来反倒更奇怪。

宿艺看乐了，道："我的助理就不用你操心了，对你自个儿的助理好些吧。"

这话一出，徐倩岚身子僵了僵。

前段时间，徐倩岚助理因为不小心把凉开水洒到了她身上，挨了她两记耳光。这事儿后来，林霞花了一笔钱才封了那位助理的口。

可当时在场的不仅仅是她们，徐倩岚的团队也并没有那么"团结"，消息没多久就进了吴雪耳中。

徐倩岚自认为保密工作非常到位，只片刻失神，马上恢复过来："我对我助理一向都很好。"

宿艺嗤笑一声，也不接茬，转身出了片场。

回到酒店，宿艺刚进房间，就给褚鹰弹了个视频通话。

大约过了十多秒，对方才接起来。

对面的视频角度非常刁钻，由下至上，是传闻中潘安都hold不住的角度。

还好褚鹰比潘安帅。

宿艺心里偷偷夸着，看他背景是玻璃窗外的城市夜景，随口问了句："在家？"

"没，"褚鹰放下手里的杯子，道，"褚溪烦你没有。"

对面很快传来褚溪的声音："没有！我乖乖待着呢！"

宿艺忍笑，走到阳台外，才小声说："小姑娘，挺好哄的。"

褚鹰面不改色，问："那你好不好哄。"

“超好哄，”宿艺认真道，“你亲我几下，我就什么都忘了。”

褚鹰挑眉，道：“这么容易？”

宿艺点头：“不信，你以后可以试试。”

刚说完，对面传来几声短促的笑声。

宿艺一愣：“你在哪儿呢，我怎么好像听到别人的声音了。”

褚鹰忍笑道：“在开会。”

宿艺：“？？？”

褚鹰调成手机后置镜头，随意扫了一圈。

只见十多人正围在长桌上，每人面前都是一台电脑和一沓文件，表情难得地统一，目视前方，状似心无旁骛，脸上都像写着“我们真的什么都没听到，你们千万放心”。

宿艺愣了两秒，啪叽挂了电话。

褚鹰嘴边溢出一道短促的轻笑，给她发了条信息后，把手机放回身前的口袋，笑容瞬间消失得一干二净：“继续汇报。”

办公室里的气氛瞬间由轻松转为沉重，而助理早就习以为常。他的老板，简直就是个变脸怪。

宿艺捧着手机回了房间。

吴雪忍不住揶揄道：“你不是吧，打个电话，脸都能红成这样？”

褚溪则坐在沙发上，专心地玩着手机。

“可能妆没卸干净，”宿艺用手掩着脸，“你怎么还不回你房间？”

“这不有事儿跟你说吗，”吴雪从包里拿出一本小小的册子，“你看看，我刚打印出来的。”

“什么？”

“你生日不是快到了吗，”吴雪道，“这是公司那边拟出来的生日会计划表，有三种方案，你挑一个。”

宿艺微怔：“这么快又要到了？”

她翻开看了一下，三种方案都大同小异，唯一不同的就是举办的地点和节目。

其实她小时候就没怎么过生日，反倒是当演员后过得多一些，说是过生日，倒不如说是粉丝见面会，每年都会挑她的几十位粉丝一块在场地庆祝，算是粉丝的福利。

她犹豫了一下，道：“今年生日我想自己过。”

吴雪说：“不太好吧，你每年都是跟粉丝过的，最近还有很多粉丝在微博下，问你这次生日会什么时候开始报名。”

“这都什么年代了，”褚溪头都不抬，“还开生日会？真想感谢粉丝，开个直播呗，安全有保障，还不限参加人数。”

“别说，这主意好像还不错，”吴雪眼睛一亮，“刚好最近有个直播平台，在高价招明星直播。”

她说完，也不等宿艺反应，兴冲冲地就出门给公司打电话去了。

宿艺回过神来，坐到褚溪身边，问：“直播的话，需要做什么？”

她只参加过杂志专栏的直播，身边有主持人，要让她一个人直播，她还真不知道要做什么。

“唱歌，聊天，打游戏什么的，”褚溪一脸嫌弃，“你不会没看过直播吧？”

“没有。我唱歌不好听，聊天还行，打游戏的话……”宿艺为难道，“我直播对对碰或者连连看行不行？”

褚溪：“……”

开完会，褚鹰开车回了老宅。他前几天答应了褚母，今天要回家吃饭。刚进门，就见到一个熟悉的身影坐在沙发上，边苦着脸边吃着甜点。

“鹰子，你回来了，”刘玺从众多零食中抬头，“等死我了。”

褚鹰面不改色，脱下西装外衣交给用人阿姨：“你来干什么？”

“你怎么这么跟小玺说话，人家可是特地来找你的，”褚母走出房间，道，“来，刚好吃饭。”

餐桌上，褚父边吃边问：“公司怎么样？”

“还行。”

“听说你把奇廉裁了？”

“早该裁了，”褚鹰眼都不抬，“公司没人了？这种人你都敢用。”

褚父皱眉：“每个人都会变，他现在坏，不代表他没好过。”

刘玺点头附和：“伯父说得对！”

吃到末尾，褚母才有意无意道：“对了，小鹰，若琳回来了，你知道了吗？”

“不知道。”

“她一回来就问起你呢，”褚母笑道，“你有空了，就去找她，一块聊聊天，叙叙旧。”

刘玺道：“阿姨，您这是让他去相亲啊？”

“怎么会是相亲呢，”褚母不赞同道，“若琳和褚鹰从小就认识，青梅竹马的。”

褚鹰：“没空，不见。”

“人姑娘家好不容易拉下面子来问我，你这样多不好，”褚母道，“去见见又不会少块肉，时间这种东西，挤挤总会出来的。”

褚鹰面色不变：“我有女朋友了。”

一石激起千层浪。

饭桌上安静了几秒钟。

“谁？”褚母瞪大眼，瞬间就把那位若琳丢到了九霄云外，“快跟我说说，哪家的姑娘，好看吗，乖不乖？”

“好看，乖，”褚鹰嘴唇轻勾，“您认识的。”

褚母更兴奋了：“是吗？快说来我听听。”

“宿艺。”

刘玺吸了口凉气。他这兄弟是真牛，这才交往多久啊，就要带回家里了？

褚母满脸疑惑，想了半天：“谁？”

一阵广告声后，褚母每晚都在追的宫斗剧重播开始放送了。

褚鹰扬扬下巴：“她。”

褚母偏头望去，电视上正在播放片头曲，演员一个一个出来，在旁边都有角色说明。那位每晚都能气得她牙痒痒的妃子很快也出现在电视上，旁边列出一行字。

容妃——宿艺

褚母：“？？？”

她还没来得及反应，自家儿子就起身：“我吃饱了，你们慢慢吃。”

说完，他转身就上了楼。

刘玺心知自己再不溜，就要被褚母抓住审问了，当即也顾不上自己吃没吃饱，匆忙丢下句礼貌话，跟在褚鹰后头走了。

“兄弟，你这太牛了吧，这才哪到哪啊，就这么跟你家里摊牌啦？”确定后边的人听不到后，刘玺终于忍不住问，“宿艺知道吗？”

“关你屁事，”褚鹰睨他一眼，“说吧，找我什么事。”

见自己兄弟感情路坦坦荡荡，而自己的路上全是狂风骤雨，刘玺只觉得心里一片凄凄惨惨戚戚。

“哎，别提了，我被心爱的姑娘赶回北京了。”

褚鹰拿出手机，看了两眼：“一百多斤的人，哪个姑娘赶得动你。”

刘玺委屈道：“我就有这么差吗？哎不是，我都这么难过了，你怎么还在玩手机啊，你以前都不玩儿手机的啊。”

褚鹰不理他，径直滑开通知栏。

宿艺两分钟前发了一条微博。

【宿艺：一张床，两个人。[图片]】

图里是她的素颜半脸照，后面隐隐约约能看到一个人影，褚鹰一眼就认出是褚溪。

他又往下滑了滑，看到有粉丝在下面问宿艺生日会的具体事项。

生日？褚鹰眉梢轻挑，22 号，那就在下个星期。

手机顶端刚好跳出一条信息。

宿艺娘娘：“褚溪跟我抢床，被我挤床角去了 [褚鹰的女人绝不认输 .jpg]”

自从某 APP 推出修改表情包文字功能后，宿艺用起这些来是越来越出神入化了。

身后的刘玺还在自言自语着，褚鹰出声打断：“问你件事。”

刘玺立马停了下来：“啥事？”

他抿唇，犹豫半晌：“过生日的话，该送什么礼物？”

“过生日？谁过生日？”刘玺问，“宿艺？”

“嗯。”

“这你就问对人了，”刘玺坐直身子，一拍大腿道，“女人是最容易哄的生物，什么都甭说，送包，最好一次性送好几个，保准通关。我给你出个主意，你直接在宿艺酒店房门口布置个 LV 树，挂十个八个包包在上头，打个领结捧束玫瑰花，给她个 Surprise，”说到这，刘玺忍不住打了个响指，自己都佩服自己，“绝对让她感动得不能自已！”

经验十足，一听就没少送。褚鹰一脸嫌弃地看着他。

“干吗？现在女人都喜欢包，我没说错吧？”

“我知道那姑娘为什么不理你了。”

刘玺问：“为什么？”

“就你这德行，谁敢跟你好，”说到这，褚鹰哂笑道，“送包大使。”

吴雪办事效率奇高，直播的事很快就谈下来了。

日子一天天逼近，别人临到生日都是迫不及待，到宿艺这则是焦头烂额。

既然决定在网上办，自然不能让粉丝败兴而归，可是她试了一下，目前正在流行的网游，一个比一个难！

现在的人是怎么了，日子都过了这么辛苦了，为什么还要研发这么难的游戏？！

到了直播前两天，吴雪漫不经心道：“直播的事儿你都准备好了吧？”

“嗯，”宿艺正在玩手机，头都不抬，“我最近都在练。”

“是吗？”吴雪疑惑道，“在练什么，我怎么不知道？”

“连连看。”

吴雪以为她在开玩笑，一笑而过，还附和了两句：“那你好好练，争取拿第一。”

直到直播当天，宿艺敲着键盘，把房间名改成“宿艺生日会直播连连看战无不胜，随时抽取粉丝举行比赛”后，吴雪才意识到事情的严重性。

连连看比赛？！

因为恰逢剧组休息日，也省得请假了，直播时间很长，订下的是下午四点到晚上八点。

“你先等等，”吴雪赶紧拦住她，“你是认真的？！”

“什么？”

“连连看啊！”

宿艺莫名其妙道：“当然是认真的。”

最前面，正在玩某款刚出的竞技网游的褚溪优哉游哉道：“你没发现她最近都在玩手机连连看吗？”

“谁会探头到别人手机前看啊！”吴雪被气笑了，“还比赛，谁教你的？”

宿艺道：“褚溪。”

“……游戏没怎么学会，网游名词倒是会了不少。”

正在给电脑下载游戏的宿艺头都不抬：“谢谢夸奖。”

“没在夸你。”吴雪一脸嫌弃。

褚溪探出头，说：“我也觉得直播连连看傻得要死，还不如唱几首歌呢。”

“这就算了，”吴雪抢先摆手，“别人唱歌要钱，她唱歌要命。”

“你什么意思，”宿艺伸手捏了捏她的腰，“哪有这么夸张！”

褚溪道：“来一段我听听。”

宿艺当下就放下鼠标，清清嗓子，现场来了一段。

唱完，她还要扬眉道：“怎么样？”

褚溪缩回电脑后面：“……听完你的，我都忘了原唱是什么样的了。”

OK，这天算是聊死了。宿艺不搭理她们了，直播时间还没到，她开着小号在别的主播厅里晃悠。

身边的吴雪问：“你说你，自己不开生日会，来折腾这什么直播，生日会顶多开一两个小时，这直播足足要开四小时呢。”

宿艺眸子微暗，语气里却不甚在意：“每年都是生日会，粉丝不腻我都腻了。”

其实她只打算直播一个小时的。今年生日，她原本想跟褚鹰过。

可惜不是假日，今早她给褚鹰发信息，对面足足两小时后才回她，说是在忙。

在一起这段时间，她算是摸清楚了，褚鹰不忙的时候，基本五分钟内她就能收到回复或是电话；若是超过半小时没回，那就真的是在忙了。

她没在他面前提过生日的事，毕竟生日对她而言一直就不是什么重要日子，还没那些法定节假日要紧。

但还是……有那么一点点点小失落吧。偏偏有人“哪壶不开提哪壶”。

褚溪游戏里又被人击杀，心情糟得很，索性让大家都不痛快：“过生日我哥都不陪你啊？这是你们在一起过的第一个重要日子吧。”

宿艺歪头，笑得温和：“只要爱对人，每天都是在过生日，不差这一两天。”

褚溪翻白眼：“那您今年多大岁数了？”

宿艺不理她，拍身边的人，道：“小雪雪，快来看看这个特效怎么加的。”

吴雪抬眼，屏幕上面的主播脸上有一把大胡子和一副眼镜。

“你可别折腾了，”她看了看手表，“五十五分了，你先进直播间，提前一两分钟开始也没什么关系。”

宿艺喔了声，最后看了眼手机屏幕，黑漆漆，没有信息。

调好一切设备后就开了直播间，直播设备是吴雪临时弄来的，她这经纪人简直就像个无所不能的小叮当。

直播页面有个微博分享按钮，分享到微博后，陆陆续续进来了不少人。

刚开始进来的人还不多，游客发言都能一条一条看完。

宿艺挑着问题回复，很快，直播观众就超过三万人了。

这个方式其实挺好的，她前几年的生日会场地，都装不下一千个人。

一个网友问："只有我发现房间名字吗？连连看战无不胜比赛是什么意思？一会要直播游戏或是什么吗？"

宿艺点开游戏，喃喃道："就是字面上的意思，连连看比赛。"

屏幕上静了几秒。

然后是满屏的震惊和爆笑。

她乐得不行，偏头道："看，我粉丝都夸我呢。"

吴雪嗤笑一声，也出声应和："他们随便安慰一下你，你别当真。"

下面的粉丝也在附和，突然有个人问："脸肿成这样，没少打玻尿酸吧？"

"没办法，"宿艺撑着下巴，道，"昨晚睡前水喝多了，今早起来脸肿到现在，挺难看的，大家凑合着看吧，心里知道我原来长什么样就成了，乖。"

连褚溪都没忍住，从电脑后面伸了个大拇指出来。

聊了一会，宿艺几乎每条都会看，有点印象的问题也会回答，不论是夸奖还是讽刺，照单全收。

刚过半小时，直播间突然之间涌进了一大批人。

短短十分钟，观众人数从七万骤然变成了七十万，别说粉丝，就连宿艺都愣住了，回头茫然地看了吴雪一眼。

吴雪从手机上收回目光，摆摆手，示意她先关掉声音。

"直播的消息忽然上了热搜第一位，这营销号还挺出名的，但公司没帮你买广告呀，"吴雪一脸莫名其妙，"标题还是'宿艺直播怼黑粉，逆天颜值美穿屏幕'。"

什么破烂标题，屏幕招你惹你了。

果然，下面的弹幕开始出现大批黑粉，张嘴就骂，毫不留情。粉丝们马上开始反击，弹幕你来我往，宿艺看得不亦乐乎。

"谁一直在送礼物？礼物挡着我屏幕了，看不见弹幕啊，"宿艺着急道，"对了，这礼物多少钱？"

吴雪说："一百块一个。"

"一百块一个？这么贵？"宿艺一愣，数了数，短短一小时，她收到了一千多个这种礼物，“你们快别刷礼物了，我不缺钱。”

马上有观众问：“你一部片能赚多少钱啊？”

“也没多少，”宿艺看着弹幕，认真道，“但够我花了。”

可惜她说的话并没什么用，还是照常有人刷着礼物，并且弹幕上的骂战也是越来越激烈。

“别吵了，”她看了看时间，“到我们的比赛时间了，一会屏幕上会弹出一个抽奖页面，有五个位置，抽中的可以参加我们的连连看比赛。”

这话一出，连黑粉都停了几秒钟。

有人问：“……连、连连看比赛？你们城里人怎么越玩越退后了？谁抽到了都可以玩吗？黑粉也可以？”

“可以，”宿艺道，“有电脑就行。”

第一轮抽奖马上开始了。不到五分钟，五位玩家就抽出来了，没一会管理员就把房号和密码都发了过来。

宿艺操作了半天才终于进了房间。

里面的五位玩家，积分都特别高，什么对对星座、火眼金睛、钻石座……一看就都是经历过冲分年代的人。

而宿艺呢。

宿艺——小星星。

马上就有人嘲笑她的低段位，宿艺视若无睹，点了准备游戏。

游戏马上开始了，宿艺专心致志地消着方块，玩得出乎意料地顺手。

中途，她用余光看着头上的竞争对手，其中有个跟她速度差不多，眼见着两个人都要到二十块倒计时了。

她定下心，冷静地一个一个点着方块，即将要点下最后一个方块时，屏幕暗下来了——对方先她两秒结束了游戏。

这种感觉真的是……气到昏厥。

比赛如火如荼地进行着，热闹得就连褚溪都忍不住关掉游戏去了直播间。

才看没多久，手机忽然叮了一声，褚溪随意地瞥了眼，表情一瞬间变得丰富多彩。

连连看进行了一个小时，宿艺决定停下来休息会儿。

直播间的人数多到惊人，已经到了一百三十万。

她瞄了眼数字，数了下零后颇有些不以为然，就连她这个没接触过直播的人都知道，这种平台的直播人数一般都是掺了水分的，实际上可能就是个零头。

打完几把游戏，她喝了口水，正准备说什么，身边两人突然同时起身。

吴雪面不改色，说：“我出去一趟，顺便给你带点吃的吧。”

褚溪伸了个懒腰，别扭道：“我也去。”

宿艺有些莫名其妙，吴雪怎么会放心她一个人坐着直播？她眨巴两下眼，道：“那给我买份长寿面吧，应应景。”

话还没说完，两人就已经出了门，“砰”的关门声非常干脆无情。

她休息了一会，然后重新打开游戏，招呼着：“管理员，重新开始抽奖吧。”

她继续开始游戏，谁知还没两分钟，门铃响了。

这么快就买回来了？游戏有时间限制，她头都不回喊了声：“小雪雪，你等会儿！”

直到游戏结束，获得胜利后，她才起身：“大家稍等，我去给我朋友开个门。”

坐了这么久，起来后虽然没觉得哪不舒服，但她还是惯性地扭扭脖子踢踢腿，慢悠悠地往门口走去。

开门时，她刚好做到颈部活动的最后一步，脑袋拼命往后仰，嘴唇微张，如果有个人此时站在她面前，看到的绝对就是自拍最丑的那个角度。

面前的人愣怔不过一秒，随即发出一声短促的笑。

宿艺整个人就僵在了原地。

褚鹰站在门前，正似笑非笑地看着她，一身黑色定制西装，脖子上还打了领结。

令人瞩目的是……他全身能挂的地方都挂上了名牌包包，脖子上挂着两个，两只手还分别各吊好几个。

包包颜色各异，不乏鲜艳，偏偏吊在他身上就一点都不起眼了。

至少在宿艺眼里，只看得到面前的男人。

她声音磕磕巴巴：“你，你这是……”

褚鹰话里带笑：“查收一下生日礼物。”

“……”宿艺嘴唇微张，半天才小心翼翼道，“礼物是你还是包包？”

“都是。”

直播间的观众们发现，他们的主播离开得有点久，刚刚中奖的观众都已经由于太久没有开始游戏，被系统默认成恶劣占座踢出了房间。

终于，五分钟后，新晋主播宿艺姗姗来迟。

她脸颊红红，耳郭红红，嘴唇红红。

大家正积极谈论着宿艺离开这么久的原因，她轻咳一声：“……不好意思，有点事耽误了，开始吧。”

游戏马上开始，刷到的地图是最烦琐的模板。

宿艺卡在了开头。

只见她往后一靠，偏头，可怜兮兮道：“我卡住了，你快过来帮我找找。”

弹幕里的粉丝们操碎了心，纷纷在评论里给她指路，可她就是不看，把观众急了个半死。

“什么？”身边人的声音低低沉沉地在直播间响起。

半晌，一个西装革履的男人走进视频画面，他到宿艺身后，弯下腰，脸贴在宿艺脸侧，冷冽的目光随意一扫，然后手抬到鼠标处，叠放在宿艺的手上，指挥道：“这。”

两个方块随着他的话一下消掉。

宿艺笑盈盈侧头，趁机在他脸上亲了一下。

直播间的弹幕数量直接飙上了最高峰，一句句话从头顶飘过，刷得宿艺的电脑都卡住了，再加上褚鹰安顿包包时花了点时间，过来慢了，所以宿艺才消到一半就已经有网友赢下了游戏。

缩小游戏界面，她随意扫了几眼弹幕，褚鹰手撑在桌上，也颇有兴致地看着。

新一轮抽观众环节，下面有条评论吸引了众人的目光。

“你们快去看娱小二的微博，有人爆料褚鹰在某大牌专卖店买了十几个不同款式的包！”

宿艺屁股往外挪了一点，拍拍椅子：“坐这儿，撑着累。”

她原本是想逗逗他，没想到他眉梢轻挑，还真绕到前边来坐下了。

这次直播虽然设备都准备得很好，但毕竟是临时准备的，椅子什么的没有其他主播那么专业，是酒店房间里的小型沙发椅，宿艺一个人坐很宽松，盘个腿都还剩好多位置，但褚鹰坐进来就有点挤了。

于是宿艺索性转了个身，腿架到沙发外面垂着，直接靠在男人身侧。

褚鹰也自然地抬手环到她的腰上，把她紧紧地箍在身边。

抽奖还在进行，她拿手机准备看看弹幕里说的微博。

【娱小二：外国友人在某大牌公司工作，职位很高，前几天接到了褚氏的订单，说是他们Boss要给女朋友准备生日礼物，结果挑的好几款包包都已经绝版了，全都是让他们现做的！现做！你们知道这牌子现做包包一个要多贵吗？这位褚总订了十几个！不同款式！可以说是总裁本裁了！顺便说下，我征询过外国友人的同意，她答应让我发出这条微博，说是这种浪漫的消息需要大家一起分享……】

下面还有几张图，是一个定制合同，其他的内容全被打上了马赛克，只能看到底下有一个要求，翻译过来是要求每个包上都要有“Y”的标志。

宿艺一愣，她刚刚还真没仔细看包。

她抬手关上麦克风，仰头问他：“那些包花多少钱买的？”

“没多少，”褚鹰揉揉她的头发，然后再捋齐，“吃饭了吗？”

“还没有，但是下午吃了点水果，现在不是很饿，”她想了想，“你吃了吗？冰箱里有点面，我去下碗面给你？”

褚鹰轻哂：“好。”

“但是……”宿艺看了看屏幕，下一轮参与连连看的粉丝名单已经出来了，“你得帮我打会游戏。”

她随便教了几个基本操作后就起身去煮面了，吴雪一向不喜欢吃外面的东西，所以锅碗瓢盆全都准备齐全了，就在宿艺的房间里。

她手法娴熟，很快就下好了两碗面，出来的时候看了眼时间，再过十分钟就可以下播了。

她到电脑前时，一场连连看刚好结束，她那个角色旁边有个大大的1字。

宿艺把面放在屏幕前，上前开了麦：“刚刚忘了开麦，我马上要下播去吃饭啦。”

褚鹰往她身后瞥了一眼，两碗热腾腾的面在冒着热气，上面还放了两根火腿，色香俱全。

她正准备关直播，身边的男人忽然出声，淡淡道：“说点祝福。”

宿艺还没明白过来，观众们先领会了意思，弹幕上开始狂刷生日祝福，礼物也迎来了最后一轮大高潮。

她笑着道谢了，然后干净利落地关了直播间。

“你过来之前怎么也不提前跟我说一声？”用玻璃柜充当的临时餐桌前，宿艺边吹着面边问，“要早知道，我就不答应直播这么久了。”

褚鹰嘴边噙着笑：“他们说，这样你会很惊喜。”

“是很惊喜……你明天就回去？”

“嗯，下午的飞机。”

宿艺小脸一下子就垮了，咀嚼的动作都有气无力的。

虽然给粉丝发福利很重要，但她更想跟褚鹰多待一会儿啊。

“很好吃。”

宿艺抬头：“嗯？”

“面，”褚鹰重复道，“很好吃。”

她得意道：“当然，我厨艺可好了，等我回北京了，给你做满汉全席。”

“好。”

吃完面，宿艺起身准备拿碗筷去洗，顺口问了句：“你定的是哪家酒店？远吗？”

“没订酒店，”褚鹰紧跟着起身，从她手中抢过碗筷，“我来洗。”

直到哗啦啦的流水声响起时，宿艺才稍稍回过神来。

没、没订酒店？！生……生日福利这么好的吗？

这几个念头在她脑中一闪而过，她立马转身，小跑到床边，打开行李箱就是一阵乱翻。

她前段时间去迪士尼时买的那几身战衣呢！

褚鹰还在洗碗，也不知是加了什么不可描述的滤镜，宿艺看得脸颊红红。

感受到目光，男人回头瞥了她一眼，嘴边挂着似有若无的笑：“看什么？”

“没什么！”宿艺语速极快，“播了一天有点累，我先去洗个澡。”

“好。”

宿艺洗得非常认真，时间也很长，洗完时，外边的水声也已经没了。

她站在镜子前，正在纠结要用哪瓶身体乳，就听见门外传来一道模模糊糊的手机铃声。

半分钟后，浴室门被敲响，褚鹰声音穿过门板：“吴雪的电话。”

宿艺赶紧套上其中一条吊带睡裙，想了想，非常怂地抓过浴巾，把自己裹得严严实实，出去前还顺手拿了两瓶身体乳。

她擦着头发，开门，不敢直视男人的眼睛，一把抓过手机：“喂？”

“今晚表现得不错，微博粉丝涨了不少，”吴雪道，“褚总回去了吗？褚溪霸着我的床呢。”

吴雪如果说是“不少”，那就是“很多”的意思。

但现在宿艺并没有心情管微博那些破数据。

褚鹰从衣柜里拿了一套浴巾，丢下一句“我去洗澡”，就进了浴室。

“……我刚刚没听错吧？”吴雪犹豫道，“褚总说他去洗澡？”

“小雪雪，江湖救急。”

“你说，”吴雪认真道，“只要你不想，我现在就过去救你。”

宿艺抿唇，念出两个身体乳的牌子：“哪一款无毒可以吃？不涂我怕一会儿皮肤不够香不够滑。”

吴雪沉默了大半天，语气复杂：“……别涂了，谁乐意吃一嘴身体乳啊。”

挂了电话后，宿艺听着浴室里淅淅沥沥的水声，心怦怦跳个不停。

她做了好几个深呼吸，然后紧张兮兮地跑到窗前，把窗帘拉得严严实实，还把椅子都用上了，一条缝都不留。

然后她摘掉浴巾，蹑手蹑脚地往浴室走去。

走到门口她才反应过来——她又不是贼，为什么要这么小心翼翼的！

想完还是觉得心虚，她脚下一绕，跑到衣柜下面的小冰箱前，开了一瓶罐装啤酒，咕噜咕噜喝了两大口。

正当她准备再来一口时，身后突然传来一声促狭的低笑。

“你在干什么？”

宿艺呆呆地往后看，老实道：“喝酒。”

刚说完，手上的酒就被夺走了，男人顺便也把她拉了起来。

他这才看清宿艺的穿着。

一条黑色的蕾丝吊带睡裙，两根吊带单薄，看起来一扯就能破。

褚鹰喉结微动：“衣服呢？”

宿艺被看得心脏都快跳出来了。男人身上还带着湿意，清爽好闻。

这个时候退缩，她能后悔三百六十五天，忏悔词还能每天不重样。

她心一横，拉了拉身上单薄的裙子：“衣服在这儿啊。”

褚鹰眸色渐暗。他向来不是什么文人君子。

宿艺被凌空抱起来时，整个人吓了一跳，她有些语无伦次：“……这，刚开始，就这……不太好吧……”

循序渐进啊，你这是跳关解锁？！

刚说完，男人就毫不费力地抱着她走到了床前。

他低头，边吻她边把她放到床上，他的吻强势逼人，宿艺被吻得节节败退，没一会就红了脸颊，意乱情迷。

半晌，唇上一空。宿艺茫然地睁眼，疑惑地看着他。褚鹰突然抓起她的手，然后放到自己浴衣腰间的衣带上。

他声音有些哑，戏谑道："礼物得亲手拆。"

宿艺整张脸都红透了，手上轻微用力，浴衣没了牵制，微微敞开。

事实证明了，那两条吊带，真的是一扯就断。

第九章 你是解药

宿艺是被一声清脆的手机提示声闹醒的。她侧身躺着，腰间是男人的大手，身后是温热的胸膛。她身上还盖着酒店的厚棉被，外面难得地下了点小雨。

怎么就这么舒服呢。

感觉到她的动静，褚鹰睁眼，用唇摩挲着她的耳郭："醒了？"

"嗯。"宿艺嘴角不自觉地上扬，转过身，在他下巴处亲了一下，然后伸手挡着自己的脸。

褚鹰失笑着去抓她的手臂："挡什么？"

"我不能让你看到我蓬头垢面的样子。"宿艺语气认真。

褚鹰笑了，低下头边亲边劝："我可以假装没看到。"

可惜一点没劝动她，她边笑边躲，躲到了他怀里，正准备掀起男人背心占便宜时，催命般的门铃响起。

没办法，她只能蹭两下就乖乖下床去开门。

吴雪实在没想到，平时拍戏起得比助理早的人今天都快迟到了还没动静。

半晌，门终于打开，她刚吐出一个"你"字，就噤了声。

里面的人头发凌乱，脸颊绯红，一脸傻笑，身上还穿着一件松松垮垮的浴袍，一看就知道发生了什么事。

宿艺先出声："有事儿？"

"你说呢，这都几点了，你今天不去片场了？"吴雪放低声音，"我没吵到大老板睡觉吧？！"

"几点了？"她醒来到现在都没看过时间，被吴雪这么一提才想起来。

"八点半了，今天九点就是你的戏。"

宿艺倏然睁大眼："你怎么不早点来叫我！"

“我叫了，”吴雪很无辜，“我给你发了微信，见你没回才过来的。”

“行了，没时间了，你赶紧先把司机叫来，我收拾一下。”

进了屋，褚鹰已经穿好衣服，见她慌慌张张的，问：“怎么了？”

“我要迟到了，”宿艺冲进盥洗室，半晌，里面又传出来一句，“帮你挤牙膏？”

褚鹰一边嘴角微扬：“好。”

进去时，她还在刷牙，面前摆着一页剧本，正眯起眼认真看着。

见他进来，她用水清洗后小声道：“都怪你，我都忘了我今天要拍哪一镜了。”

褚鹰认下：“嗯，怪我。”

宿艺这才满意了，靠在他手臂上洗脸，继续看着面前的剧本。

刚换好衣服，就听见几道仓促的门铃声响起，一听就知道来自谁。

褚鹰从浴室出来时顺手开了门，褚溪的声音马上传了进来：“哥！我也要迪士尼！我也要包包！”

褚鹰看都不看她：“不给。”

宿艺收拾好了，道：“我去片场了，下午几点的飞机？”

“两点，”褚鹰揉揉她头发，“你一天的戏，不用送我。”

刚刚那页剧本上有写着拍摄时间，都是今天。

宿艺一脸失落：“那你出门前跟我说一声。”

“好。”

“上下飞机，也要跟我说。”

“好，”褚鹰忍笑道，“一下飞机就打给你。”

褚溪完全被忽视，气得不行，刚准备说什么，就听见她哥丢出一句：“褚溪，下午跟我一起回去。”

“什么？”她拼命摇头，“不要！我才来多久！”迪士尼没去，情伤没好，仇也还没报，她才不要回去！

褚鹰脸一沉，正欲发作，宿艺拉住他的手臂：“没事，让她留下吧，她挺听话的。”

识时务者为俊杰，褚溪扯扯嘴角，挤出一个不算太违心的笑：“就是，我就想陪着嫂子。”

她没想到，这声嫂子在她哥这，比在宿艺那还好用，最后她不仅成功留在了上海，还获得了一笔零用钱。

她这段时间就连买瓶水都要靠宿艺，天知道这种感觉有多屈辱！

宿艺在门口抓着褚鹰的手臂赖了好久，才终于被吴雪拖着进了电梯。

电梯门一阖上，吴雪就走到她身侧："快让我见识见识定制包包。"

"别摆出这副刘姥姥的模样，"宿艺道，"你一个月也能买一两个。"

吴雪笑了笑："我可不舍得。"

宿艺伸手揽住她的肩："那你去挑款式，我送你一个，当七夕礼物了。"

吴雪节省，但不是因为她抠。刘明昊家境一般，房子、车子、孩子，这些她都得记着。

"这才哪到哪，就说到七夕了，"吴雪站直身子，摆手，"我开玩笑的，我对包没兴趣。"

直到路上，宿艺才想起来："安璇呢？"

"别提了，"吴雪语气烦躁，"她又一晚上没回来，电话也没接。"

宿艺微微皱眉："电话也不接？不会出什么事了吧。"

"不知道，要不要报个警？"

"报什么警啊，"褚溪出声打断她们，她这段时间见得多了，"她那模样，天天捧着手机、常常在片场消失、夜不归宿，这不是谈恋爱是什么？"

两人皆是一怔。

她们还真没往这方面想过。

吴雪不解道："可是她这是第一次来上海，能跟谁谈恋爱？"

"我觉得应该是片场里的人，"褚溪道，"一会看看谁迟到不就知道了。"

片场里这么多人，多一个少一个谁看得出来？而且宿艺对助理感情方面的事也没什么兴趣。

"你这段时间留意一下，"她伸了个懒腰，道，"如果是别的事再说，如果是谈恋爱了，就换个人来跟着我吧。"

这话里的意思，是要裁人了。

"她只是谈恋爱而已，你就要开除她？"褚溪一脸不解。

"我是聘人来干活的，不是聘来谈恋爱的，"宿艺走进片场，李敏刚好在门口附近跟灯光师谈事，她走过去，打招呼道，"导儿，不好意思，今天起晚了。"

李敏不喜欢演员迟到，她都做好挨骂的准备了，没想对方回过头来，脸上还带着笑容："没事，快去化妆吧，准备好了就开拍。"

"……行。"

化妆师进来，帮宿艺把头发盘起后，为难道："艺姐，今天您脖子上和手上也得打点遮瑕和粉。"

宿艺打了个哈欠："为什么？"

"您这……"化妆师点了点她脖子上的红痕。

宿艺这才反应过来，她调整好表情，装出一副老司机的模样，颔首道："嗯，打厚一点。"

翻开手机，刚好收到褚鹰出门前发的信息，她回了个"笑脸"后，随手打开微博看了看。

果然，能让吴雪说出"不少"这两个字的数量真的挺惊人的。

她之前微博有一千两百万粉丝，其中有多少水分她不清楚，昨天短短一晚上就涨了两百万粉，比之前直播间的观众数量还多。

"……这涨粉量是什么操作？"她问，"你们买粉了？"

"没买，"吴雪应道，"其中二三十万可能是新浪送的，其他的可都是真活粉，其实这涨幅挺正常的。"

"哪里正常了，我昨晚直播的时候都没这么多。"

吴雪轻哼一声："你看看你微博下面的评论。"

这真的是越来越反常了，要知道平时吴雪都是拉着劝着让她不要看评论的。她往下滑了滑，吓住了——几乎全都是被她圈粉、喜欢她脸蛋甚至觉得她声音好听的真活粉。

宿艺看了大半天，眉头越皱越紧。

这么说可能有些矫情。但这些路人突然对她这么友善，真的是……好不习惯啊！

她翻了足足大半页，都没找到一个差评！

这还是她的评论区吗！

"对了，"吴雪突然出声，道，"今早有个制片组联系我，说是让你去试镜女一号。"

宿艺放下手机："什么女一号？"

"天真单纯可爱的校园女主。"

"……"

她表情一言难尽："我只是开个直播，不至于戏路都被我播没了吧。"

刚说完，化妆间的门突然被人推开。一个场务风风火火地跑进来："艺姐，不好了，您快出去看看！"

她起身问："怎么了？"

"是这样的，今天不是徐倩岚的杀青日吗，她经纪人林姐过来给她庆祝……"

听到这个开头，宿艺赶紧在房内巡视了一圈。

……哪还有褚溪的身影。

果然，场务继续苦着脸道："您妹妹在林姐拿蛋糕出来的时候，直接抓起一块，拍在林姐脸上了。"

宿艺出去时，林霞刚擦完脸，嘴里还在骂着："你是谁啊？！这么没教养，你有本事站着别跑！"

褚溪嗤笑一声，刚张嘴想说什么，忽然感觉身侧吹过一阵轻风，一个身影抢先而上。

"啊——"

林霞擦完脸，刚抬头就觉得眼前一白，半天才反应过来——自己又被拍上了一脸蛋糕。

这回她连来人都没看清，只能无助地尖叫出声："又是谁……"

"林姐！"宿艺声音轻快俏皮，堵住她的后话，手上的蛋糕在她脸上转了一圈，语气真挚动人。

"生日快乐！"

林霞："？"

周围一阵诡异的安静，就连正准备上前帮林霞擦掉奶油的徐倩岚都愣了愣，半天才问道："林姐，今天是您生日？"

"不是！"林霞更气了，但认出了宿艺的声音，她也不敢说得太难听，"你快点帮我抹掉！"

"不是吗？"宿艺眨巴眼，一脸无辜，"难道是我记错了？不会吧。"

"……是你记错了，"林霞皮笑肉不笑，"今天不是我生日。"

"哎呀，那我真记错了，"宿艺收回手，找纸在她脸上抹了两下，成功捕捉到一截假睫毛，忍笑继续道，"真是不好意思，我和我妹还想给你个惊喜呢。"

林霞终于把奶油擦干净了，但脸上的妆也已经是惨不忍睹，她全然不知，疑惑道："你妹？你什么时候有个妹妹了。"

宿艺砸的蛋糕是已经切好放在一边的，但褚溪不是，她直接上手在大蛋糕上抓了一把就抹上去了。

宿艺笑而不答，岔开了话题："蛋糕都被她弄坏了大半，这样吧，我再让人送一个过来，我听说这附近有家蛋糕店挺好吃的。"

吴雪马上转身给蛋糕店打电话去了，临走前顺便拽上了褚溪。

剧组里每个演员的杀青日都不同，主角一般都会到最后一天才杀青，像宿艺这种戏份比较重的配角也得拍到接近收尾，徐倩岚就不同，露脸打酱油的戏份拍完了就可以走了，所以这才拍到一半，她的角色就杀青了。

宿艺比较好奇的是一个小配角杀青而已，林霞不至于千里迢迢跑过来，林霞手下还有好几个明星，其中一两个算是蛮红的，平时林霞都会跟着那几个明星一块跑通告。之前她和林霞签约那会，对方基本一个月才联系她一次。

想到这些不太美好的回忆，她心底对林霞的厌恶更深了，索性也转身离开，坐到镜头旁让李敏给她说说戏。

"你还需要说戏，"李敏道，"拍到现在，这剧组里就你最入戏了。"

宿艺哪敢说昨晚过得太放肆，今儿起来半天进不去状态："反正安安还在换衣服，您就给我说说。"

另一头，林霞照了镜子，差点没叫出声。镜子里这熊猫眼是她？！

"你刚刚怎么不跟我说声，让我这个样子在这待了这么久？！"林霞气得直喘气，"快点把你的化妆品拿出来给我！"

她咋咋呼呼了半天，把徐倩岚的化妆品撒得满桌都是，花了大半个小时才补好妆，"你是不是傻，昨天宿艺直播的时候，你怎么不趁机去串个门入镜？"

林霞知道宿艺直播的消息，但一直没放在心上，万年女二而已，又不是什么当红小花，能有个几千一万的观众就算不错了。

万万没想到她直播间的观众数量能达到百万以上，甚至连那位褚氏老总都出了镜！这不等于圈内圈外一举拿下了？那位褚总在，宿艺以后好资源估计能拿到手软。

这一点徐倩岚自然也想到了，可是她怎么都没法拉下脸去敲宿艺的门，她咬着牙道："我不想蹭她的热度。"

“关键时刻要什么清高？”林霞恨铁不成钢道，“多好一个机会，就这么被你浪费了。”

徐倩岚忙道：“没事，林姐，她现在这么火，不然您准备些她的黑料放出去？关注度一定很高。”

“我做事还要你教？”林霞嫌弃地扫了她一眼，“奇廉被褚氏赶出来了，以后褚氏的项目不好掺和了，你在剧组待了这么久，和其他人搞好关系没？”

徐倩岚忙点头：“除了宿艺，其他的都还行。不过，奇廉没了，我们不能找别人吗？”

林霞蹙眉道：“再说吧。”

一场戏拍完，蛋糕也送到了，比原先林霞带来的要大上一倍。

宿艺道了声“杀青快乐”，徐倩岚不情不愿地应了声谢谢，这事儿就算完了。

她回到化妆间时，褚溪正用手抵着下巴，脸上笑眯眯的。

“那老巫婆还在外面吗？”见她进来，褚溪坐直身子，“你订的蛋糕是不是到了，我能不能再去砸一下？”

宿艺道：“不行，坐着。”

褚溪在化妆间里都快好奇死了，扑上来问：“刚刚听你们聊天，林霞以前是你的经纪人？你之前怎么不告诉我！”

“跟她合作了小半年而已，有什么好说的。”

“老实说，你是不是跟她有仇，”褚溪捧着脸问，“不对，不对，这是废话，不然你一定不会糊她蛋糕。她对你做什么了，压你资源？不让你拍戏？还是逼你签霸王合同？”

宿艺好笑地看着她：“你还挺了解这些。”

“我猜对了？”

宿艺拿起桌上的眉粉刷，在自己眉梢扫了两下，敷衍道：“算是吧。”

吴雪泡了杯蜂蜜水进来，放到宿艺跟前，见人齐了，开始一个个点名批评。

“褚溪，你都多大了？又不是小学生，别见到讨厌的人就这么幼稚。还有你，她年纪小不懂事，你也返老还童了？当着这么多人的面就把蛋糕按上去了，也不知道有没有被人拍到，到时媒体随随便便配两句话，你又要被‘滚出娱乐圈’了，关键你的确是故意的，洗都没得洗！”

“看吧，”宿艺往椅背一靠，“这就是你瞎闹腾的下场。”

褚溪耸耸肩，乖乖缩回去继续打手游了。

吴雪说了半天，总算是训完了，她啧道：“拍了这么久，林霞可终于来一回了，我还以为徐倩岚被放养了呢。”

“谁知道呢，”宿艺打了个哈欠，“徐倩岚也不算太差，就是路子走歪了。”

“管她们的，”吴雪顺口道，“你怎么打了一天的哈欠。”

宿艺瞬间想到了原因。

她闭眼往后一躺，嘴边的笑意收都收不住。

吴雪：“……”

安璇直到下午才回来。

她进化妆间时，宿艺正在闭眼假寐，听到声响，她微微睁眼，看清来人后又闭上了。

“对不起，艺姐，”她声音糯糯，“我有点事没看到手机，后来给雪姐打电话也没人接。”

“你意思是怪我？”吴雪刚好从外面回来，从她身侧经过，凉凉道。

安璇忙摇头：“我不是这个意思。”

宿艺坐直身，喝了口蜂蜜水，说：“你先进来。”

安璇赶紧进了屋。

“其实之前吴雪给我挑助理的时候，你不是我们的最佳人选，”宿艺开门见山，说，“但她面试时看你是个小姑娘，人软声柔的，就破格挑了你。”

一边的吴雪惊讶道：“这你都知道。”

安璇怯懦地点头：“谢谢吴姐。”

“可是安璇，我招的是助理，不是招个妹妹来捧着的，”宿艺唱惯了白脸，说话一点也不拖泥带水，“我容忍度一向不高，你一而再再而三地玩失踪，到底是因为什么事？”

安璇没想到对方会突然发难，眼底微红：“我，我……”

化妆间忽然响起一道手机铃声，宿艺看了眼来电显示，抬手做了个暂停的手势。

短短几秒，她就收起了冷漠的表情，她接起电话，嘴角上翘，声音都变甜了几度。

“到北京了？”

“嗯，”褚鹰坐上车，道，“下午别吃剧组的盒饭，我安排了人送别的给你。”

宿艺用手抵着下巴：“好，下周休息日我飞回去找你。”

旁边的吴雪凉凉道：“你休息日只有一天。”

宿艺赶紧抬手，在嘴上比了个嘘的动作。

褚鹰道：“不用，下周我有事。”

宿艺不自觉地敛下眉：“好吧，那我下下周再去。”

两人聊了一会，挂了电话后，她瞬间又切回了之前的模样。

“说吧，”她放下手机，等着安璇解释，“是谈恋爱了，还是有什么别的事情？”

安璇的脸瞬间红透，承认道：“嗯……但是对象我不能说……”

“我也不想知道，”宿艺打断她，“这个月做完你就走吧。”

安璇没想到对方这么干脆，她无助地瞪大眼，道：“艺姐，我们之前……没说过工作期间不能谈恋爱。”

“是没说过，但你已经超过三次无故旷工了。”

别的不说，宿艺这里开的工资是真的高，而且两位直系老板都是女的，好说话，没别的麻烦事，这项工作对应届毕业生来说绝对是上上之选了。

安璇自然舍不得，她红了眼，眼泪水直往外冒：“对不起，我下次一定注意。”

“别哭了，”宿艺表情如常，给她递上一张纸巾，“我多给你结一个月的工资，下个月去重新找个工作吧，我这里是放不下你了。”

安璇还想说什么，化妆间的门突然被打开。

是工作人员，身后还跟着化妆师：“艺姐，珂哥来了，李导说十分钟后开拍。”

宿艺起身坐到化妆镜前：“行，补个妆就来。”

工作人员传完话，正准备关门离开，突然被经过的人叫了一声。

来人正是林霞：“怎么了，小艺要开拍了？”

“对。”

林霞微微点头，状似不经意地瞥了眼里头，然后朝工作人员笑了笑，才转过身慢悠悠地离开。

宿艺做事一向决绝，当天拍完戏回酒店，就让安璇收拾东西走人。

安璇吸着鼻子收拾行李，她坐在旁边安慰道：“别哭了，没事的，你一定不会再遇到像我这么凶的老板了。”

吴雪一下没忍住，笑出了声。

安璇更难受了，哑着声音问：“艺姐，真的不能再给我一次机会吗？”

宿艺见她哭成这样，不想把话说得太难听：“明天就不用跟我去片场了，打算什么时候回北京？机票我会负责。”

这话就是直接说死了。安璇知道没余地了，摇头：“我还不回北京。”

是了，她都忘了人家男朋友还在这呢。

她点头：“行，那你要回去了就跟吴雪说一声，让她给你订机票。这段时间你要没地方住，就先住这吧。”

聊完，她转身就出去了，吴雪也跟在她身后出来。

“下任助理，我还是给你挑个老练点的吧，”吴雪琢磨着，“至少得挑个不会因为恋爱丢工作的。”

宿艺点头：“你看着办就行。话说你都跟我来这里这么久了，怎么也不飞回北京看看？”

“北京哪有什么好看的，”吴雪耸耸肩，“我爸妈回海南住了。”

宿艺瞥了她一眼，没多说。

仔细想想，来这儿这么久了，她都没见吴雪给刘明昊打过电话。

宿艺回到房间时，褚溪正在打手游。

见她进来，褚溪问：“那助理你真裁了啊？”

“难道我还能假裁？”她把头发绑起来，“你在我这也待这么久了，打算什么时候回去。”

“我又没妨碍你，干吗赶我，”说完，褚溪又觉得不对，抬头道，“再说了，我来上海又不是为了找你的。而且你还答应要教我对付渣男呢。”

提到褚溪那位前男友，宿艺就忍不住想笑：“还需要对付？”

“什么意思？”

“你放心，他一定没什么好果子吃，再观望一段时间。”

褚溪刚想问清楚，手机突然响了一声，是微信的信息提示。

她打开看了眼，先是微讶，继而笑了。

“你猜，谁给我发信息了？”说完，她等不及宿艺发问，自问自答道，“杨若琳。”

这个名字宿艺耳熟，她微不可见地挑了挑眉，一副满不在乎的样子：

“哦。”

褚溪没想到她会是这个反应：“你不好奇？”

小女孩最好逗了，宿艺语气如常，道：“她找的是你，又不是褚鹰，我为什么要好奇？”

褚溪快郁闷死了：“你就不想知道她跟我说了什么？”

“跟你一个小丫头有什么好说的。”

“她来问我，你和我哥是什么关系，”褚溪迫不及待地丢出话，“还说给我带了礼物，这是想讨好我呢！”

意思就是，你凭什么不讨好我。

宿艺直播那件事在网上的动静可不小，现在褚鹰出现的那段视频还在热门首页挂着呢，只要是刷过微博的人都会看到。

而且杨若琳直接点了她的名，就更不可能不知道她和褚鹰的关系。

她坐到褚溪对面：“再给我说说这个杨若琳。”

褚溪笑了：“你不是不在意吗？”

“怪不得你老担心安璇的事儿，”宿艺也笑，“看来是想跟她一起回北京。”

“……之前不是跟你说过了，她小时候住我们附近，每天都跟着我哥，但是我哥玩的都是打枪跳马的游戏，回回都不肯带她。”

宿艺瞬间脑补了小褚鹰皱着眉，摇头拒绝道：“你太菜了，我不想跟你玩。”

她扑哧笑出声，捂着嘴半天没收住。

褚溪：“……你笑什么？”

“没什么，”她摆手，“你接着说。”

“我哥上学住宿，毕业之后马上入了伍，她连我哥电话号码都没，还是问我要的，”褚溪小声道，“不过我没给。后来我上高中的时候她就出国留学去了，前段时间才回来。”

宿艺似懂非懂地点点头，起身准备进浴室。

“等等，”褚溪拉住她，“你就没有别的问题要问我？！”

“什么问题？”

“比如她漂不漂亮、家境怎么样……之类的。”

“我又不在意，为什么要问那些。而且你以前不是说过了，她人美家境好，我记着呢。”

褚溪瞪大眼："那你不怕我哥被她抢走？"

宿艺笑笑不说话，抽出手，径直进了浴室。

褚鹰要是对杨若琳有那么一丢丢意思，怎么轮也轮不到自己。

而现在，褚鹰已经是她的了，谁都抢不走。

倒不是说她有多自信。

而是她对褚鹰有足够的信心。

安璇不在，吴雪完全接下了助理的工作。

这一天，宿艺一起床就觉得不对劲，头痛欲裂，嗓子还疼。

吴雪火急火燎的拿温度计量了量，38.5℃。

"今天请假吧，"吴雪看她眼底的红丝，"都难受成这样了。"

"不难受，"宿艺睁眼说瞎话，一口咽下几粒药，"明天就是休息日了，而且我今天戏也不多，中午就能回来了。"

她免疫力一向差，夏天还好，冬天的时候如果在剧组，十有八九得中招，这会儿快入秋了，天气渐凉，昨晚回来的时候就有不舒服的迹象，她睡前还特地吃了药，没想到还是躲不掉。

她穿了一件偏厚的大衣，刚进到片场就引来了不少关注。

"怎么穿这么厚，"李敏先走了过来，"不热吗？"

宿艺笑道："入秋了，我不经冻。"

李敏也没再啰唆："这样吧，程安安还没到，为了不浪费时间，拍摄顺序先改一下，第一场拍你和吴珂的，剧本都看了吗？"

"放心，都看了，我先去化妆。"

化完妆出来时，吴珂已经站在布景中了。

见她过来，对方脸上没什么表情，朝她点了点头。

最近吴珂对她的态度骤然大转变，以往都是笑得温和，语气暧昧，现下他不止冷淡，拍摄时还频频出错。

关键出错的地方都非常莫名其妙，怎么看都不应该是个专业演员犯的错误，而且这种现象只有在跟她对戏时会出现，每回都要拖着她 NG 好几回。

对此，吴雪的想法是徐倩岚给吴珂吹了枕边风，因为前段时间有媒体拍到徐倩岚出入吴珂房间的照片，只不过新闻最后被吴珂压下去了而已。

宿艺倒没什么想法，她的行业比较特殊，许多时候同行的恶意都是莫名其妙的，她猜不透，也懒得猜。

拍摄马上开始。

“你凭什么认为我会帮你？”宿艺倚在栏杆上，冷冷一笑。

“因为我知道，你……”吴珂皱眉，脸上挂上歉意，“对不起，忘词了。”

“第一句台词你都能忘？”李敏不满地说了他两句，继续第二镜。

这次，前面的台词是几乎过完了，结果在末尾，李敏挥着剧本：“CUT！吴珂，你走位出错了！都出镜头了！”

吴珂认错很快：“不好意思，再来一次吧。”

前几天，宿艺心里敬他是前辈，本着“关爱老人”的心思，不想跟他计较。

可现在她头昏脑涨，花了比平时多几倍的精力才能拍出刚刚那样的效果，就这么被人恶意搅了。

实在是忍不住。

“您怎么说也是大前辈了，”她两臂环抱，语气很冷，“这几天犯的错加起来比您几年犯的还多了吧？走位、忘词、笑场都是信手拈来啊？”

吴珂没想到她会突然发难，脸也马上一沉：“我最近状态是不太好，但怎么都轮不到你来教训我吧。”

李敏：“怎么还吵起来了？”

“不好意思，”吴雪赶紧上前，“她今天其实有点发烧，脾气躁了点。”

宿艺冷着脸，不说话。

李敏点头：“那你回去休息一下，一会再拍。”

李敏不是看不出来其中的道道，身为一个导演，宿艺是她喜欢的演员，她愿意在挑选角色的时候为宿艺开一扇窗，但除此之外，她什么都不会做。

宿艺回到房间，脸色极差。

褚溪在旁边莫名其妙道：“怎么了？”

吴雪关上门，给她递上一杯热水：“别跟那种人赌气，不值得。”

换作平时，宿艺还能忍下，她在娱乐圈待的时间也不短了，什么样的演员没见过？但这人啊，只要一生病，所有坏脾气就像被用上了放大镜，在心中堵着憋着，实在不吐不快。

她接过水，一口饮尽，坐到角落：“我没事，让我一个人待会就好了。”

没坐多久，就收到了褚鹰的信息。

褚鹰：“在做什么？”

宿艺娘娘："片场拍戏。"

对面回得很快。

褚鹰："出什么事了。"

宿艺微愣，敲着手机屏幕："你怎么知道……"

褚鹰："你没发表情包。"

褚鹰："怎么了，跟我说。"

宿艺揉了揉鼻子。

宿艺娘娘："我生病了。"

宿艺娘娘："发烧，很难受。"

宿艺娘娘："[号啕大哭.jpg]"

她发得断断续续。

以往遇见什么事，无论是生病还是工作上的问题，她都不会向身边人说。

因为她清楚，这些事都只有她自己能解决，别人没有义务分担她那些负能量。但是对着褚鹰，她莫名其妙地忍不住。

宿艺娘娘："而且这周见不到你。"

她越说越收不住，噼里啪啦，一口气发了一大串消息过去。

然后她捧着手机，乖乖等回复。

五分钟过去，手机还是没有亮起来，她不信邪地不断点亮手机屏幕，但对方就是一句话都没发过来。

她想了想，点出对话框，打上"你在忙"三个字，还没来得及加上问号，就觉得额上冰冰凉凉的，很舒服。

一只大手覆在了她的额头上。她没来得及反应，身后的男人声音很沉。

"这么烫，为什么还来片场。"

许是发烧的缘故，她脑子有些迟钝，半天才缓缓转过头。

身后的人长得很像她男朋友。

不不，他好像……就是她男朋友。

褚鹰见她还愣着，眉头轻蹙，手往下挪，贴在她的脸上。

"收拾东西，回去了。"

宿艺眼底瞬间就红了，眼泪说来就来，止都止不住。

她忙低头拭泪。

她在心底骂自己矫情……又好开心。

褚鹰眉头皱得更紧了。

宿艺两下抹掉眼泪，语气如常："等我会儿，今天的戏份还没拍完。"

褚鹰道："不行。"

"工作人员布景也蛮辛苦的，别浪费了，"她抬眸，眼底湿漉漉的，"拍完我们就回去。"

刚说完，就有工作人员过来敲门："艺姐，那个……李导让我过来问您休息好了吗？"

宿艺出去后，褚鹰还在原地，看向沙发上的两人。

"刚刚发生什么事了。"

褚溪摇头："我一直在化妆间。"

褚鹰挑眉，不悦道："要你有什么用。"

褚溪："？"

等两兄妹用特殊的方式打完招呼，吴雪才开口，把刚刚的事原原本本说了一遍。

褚鹰默然，听到末尾，语气淡淡道："说完了？"

吴雪莫名有种正在给长官汇报的错觉，下意识应了句："是。"

褚鹰点点头，转身大步出了化妆间。

"你哥怎么看上去一点都不生气？"吴雪嘟囔着，说，"我刚刚在现场都快气死了。"

褚溪则是啧啧道："好久没看见我哥生气的样子了，还是这么吓人。"

"……"

褚鹰一路走到镜头后面，双手插兜，表情风轻云淡。

他发现，宿艺不论是生病或是哭，嗓子都不会有太大的变化。

她流畅自然地念着台词，声音媚里带刺，一身旗袍贴在身上，身形被勾勒得极其好看。想起那布料里的美好，褚鹰眸色终于柔和了一些。

拍到一半，吴珂突然停住了。

几秒后，他呵呵道："被刚刚的事情影响，我好像有点入不了戏。李导，不然我们这场戏拖到下次……或者直接改掉吧？看起来也不是特别重要的戏份。"

开玩笑，他是什么辈分的人，刚刚被宿艺这么呛，自然是忍不住的。

他要让宿艺知道，之前那些不过是小教训，只要他想，随时可以剪她的戏份。

宿艺心情已经恢复了大半，冷着脸没说话。她掏出心底的记仇小本本，在上面记了一大笔。女子报仇，十年不晚。

现在她还奈何不了这吴珂，但不代表以后不行，风水轮流转，出来混，总是要还的。前几天林霞不就还了吗，当然，还没还清。

“这段怎么可能改掉？”李敏还没说话，她身边坐着的中年男人就先开了口，“这段是走剧情的，而且也是萩姬感情初显的重要戏份，不能剪！也不能改！”

中年男人正是编剧，之前投资方硬塞人已经让他很不爽了，发了大半个月脾气，今天终于还是没忍住，来了片场。

没想到一来就撞上这种事，以前投资方要跟他作对，现在就连演员都要跟他作对！

吴珂啊了声，挂上笑容：“您怎么来了。”

“你别管我怎么来了，”编剧一脸不满，“现在是在说戏的事。”

“您说不剪，那么这段当然得留下，”吴珂心底不舒服，但还是笑着，“就是怕宿艺感情不到位，反而坏了您原本想表达的东西。”

宿艺冷哼一声，刚想说什么。

“宿艺怎么了？我看她演得就很好，”编剧不像李敏，他不会顾及剧组里的主配关系，只管有什么说什么，“反倒是你，演的是什么东西！你入不了戏，反而要剪她的戏份，我是不懂你们拍摄的条条道道，认不下你这个理！”

李敏赶紧劝道：“行了，行了，别吵了，那我们挪到下次再拍吧。”

“不用。”

褚鹰冷冷开口。

众人这才发现，镜头后方站了个男人，他穿着一身黑西装，隐在黑暗中，现下发了声，存在感和气场马上就凸显出来了。

李敏见到他也是一怔，她知道褚鹰和宿艺的关系，心道不妙，看来这事没法化小了。

新闻闹得这么大，吴珂自然也知道一些，他起初愣了愣，然后马上就镇定下来。他现在的咖位，并不是那么好撼动的，顶多以后接不了褚氏的戏，这圈子这么大，不是只有褚氏的投资，找他的剧组多到挑都挑不过来了。

想到这，他底气又足了起来。

李敏扯扯嘴角："褚总，您怎么也过来了，不提前说一声。小刘，去给褚总搬个凳子来。"

褚鹰面不改色，道："戏份不用挪到下次，拍不好就切了吧。"

众人皆是一愣，只有宿艺在笑。

她根本不想听他们在聊什么。不是生病的错觉，这男人真的来找她了。

褚鹰看她傻傻笑着，也随着勾了勾嘴角。

"把男主角的戏份切了，编剧重新写一幕，换种方式发展剧情。"

这话一出，大家都蒙了。

李敏干笑道："我怎么没听懂……"

"对！"编剧一拍大腿，"这段我之前就想改了，我写的时候也一直在犹豫，是要男主来发现萩姬的感情，还是女主呢？反正都是爱而不得，如果男主自始至终都不知道反而更凄美吧？"

李敏哭笑不得。她都差点忘了，这位编剧在每回谈到剧中人物感情的时候，都直言不讳地表示自己最喜欢的角色是萩姬这个女配，也怪不得他刚刚发这么大火。

吴珂也没想到这么一闹，反倒是他的戏份要被剪了。

"不……"

"这戏份就先放着吧，"编剧打断吴珂的话，急匆匆起身，"让我好好想想该怎么改，你先拍男女主的戏份，萩姬的我今晚改完，最迟后天拿给你。"

"……行，"李敏笑道，"刚好明天宿艺休息。那我等您。"

宿艺听到事情定下，一句不多说，快步走到褚鹰面前。

男人举动自然地揉揉她的头发："回去了。"

宿艺被连人带包塞进了车里。

之前拍戏时没觉得，现在坐下来，发现头越来越沉了，呼吸都沉重起来。

她脸偏向褚鹰那边，眼睛却是闭着的。脸颊也不知道是腮红还是烧红，褚鹰伸手，用指腹蹭了两下。

她睫毛颤了颤，仍闭着眼，手慢悠悠地去拉开自己的包包，在里面胡乱摸索着："我们去哪？酒店房卡在我包包里。"

褚鹰收回手，发动车子："不回酒店。"

宿艺点头，也不问去哪里，嘴里小声地发出一声"哦"。

男人抿唇，踩着油门的力道重了几分。

宿艺是被扶下车的。

她靠在褚鹰身上，迷迷糊糊睁眼，看清面前的建筑后，喃喃道：“医院？”

褚鹰低低地嗯了声，砰地关上车门，紧紧揽着她的腰往里走。

他感觉自己像是抱着一个发热体。

就不应该心软答应让她多拍那一会。

宿艺：“我就 38℃多，吃点退烧药就好了，不用来医院……你身上味道好好闻，是我的沐浴露。”

这话“牛头不对马嘴”，褚鹰加快步伐，他来前跟医院里的朋友打了招呼，省去了挂号的时间。

到了科室，医生见到他们，马上站了起来。

“很严重吗？”

“嗯，”褚鹰道，“在发烧。”

主治医生：“……你特地让我腾出时间来，就只是发烧？”

褚鹰眉梢一挑：“发烧不严重？”

“严重，严重，”认识褚鹰这么久，这还是对方第一次给自己打电话，他还以为是什么急症。

他拿出体温计，给宿艺量了一下，“39.3℃，是挺严重的。”

褚鹰表明态度：“先不打针。”

“行，我也不建议打针，我给你开点药吧，她是经常生病吗？”

褚鹰想起刚刚她拉开挎包时，包里满满当当的全是药物：“嗯，经常。”

宿艺小声道：“没有经常生病……”

“这样吧，化验一下血常规。”医生说完就提笔，开始写处方笺，顺便从旁边抽了一个新的一次性口罩，“人家好歹是公众人物，你该不会就这么把她抱进来的吧，先戴上这个，也省得传染。”

宿艺听到后一句，自己伸手接了过来，戴上后，隔着口罩模糊不清道：“谢谢医生。”

开完处方，医生笑眯眯道：“我老婆挺喜欢你的，能麻烦你给我签个名吗？”

褚鹰瞥了他一眼，刚想拒绝，宿艺却一手接过笔，在上面一笔一画地写下名字。

褚鹰。

“……”主治医生抽了抽嘴角，“烧得不轻，赶紧去开药吧。”

一切事情做完，褚鹰坐在医院长椅上，把药一颗颗挑出来，放进宿艺手心。

“吃药。”

宿艺乖乖地一口吃完。

“对了，你怎么过来了？不是说明天有事吗？”

反射弧长得惊人。

“嗯，”褚鹰又倒来一杯热水，“那件事情叫宿艺。”

宿艺听了，只觉得自己体温又生生高了几度。

吃完药，两人回了酒店。

宿艺晕乎乎地躺在床上，抱着褚鹰一边手臂，无意识地蹭着，很快就睡熟过去。

褚鹰任她抱着，另一只手正在滑着面前的平板屏幕，上面是一个刚传送过来的企划文档。

刚看了前两行，平板就发出一阵欢快的提示音，屏幕上方跳出来一行字。

褚夫人发来了视频请求。

身边的人像是感知到什么，脸蛋在他手臂上来回蹭了两下，却没有要醒的迹象。

褚鹰滑出聊天页面，点了拒绝。

褚夫人：“你在哪呢？接视频呀。”

褚鹰想了半天，都没想清楚褚母怎么会在他的微信好友里，在遇见宿艺之前，他基本只用公司内的聊天软件和手机短信。

褚鹰：“在上海，不方便。”

褚夫人：“有什么不方便的，在开会还是开车？”

褚鹰：“没。”

对面很快又弹了个视频请求，褚鹰再次秒挂。

褚夫人发了个表情过来，表情里的女人微微噘嘴，哭得梨花带雨，像是某部电视剧里截出来的片段。

而这位哭着的女人，现在正睡在他旁边。

他长按两秒，还没来得及保存，图片嗖的一下没了。

[对方撤回了一条信息]

褚鹰：“？”

褚夫人：“那是我随便下载的表情包。”

被母亲这极力撇清的态度逗笑了，褚鹰敲键盘，发了个“嗯”过去。

褚夫人：“你什么时候回家？”

褚鹰：“有什么事，你现在说就行。”

褚夫人：“过两天杨老生日，你爸让你跟我们一起去贺个寿。”

褚鹰：“我没时间。”

褚夫人：“我们两家人关系一直都不错，这是他八十大寿，你怎么也要来一趟吧。”

褚鹰：“我要在上海待几天才回去。”

褚夫人：“工作先让下边的人照看着，你就回来半天都这么为难？”

褚鹰：“不是工作。”

褚鹰：“你未来儿媳妇病了。”

褚母这回忍不住了，不弹视频，直接打了个电话过来，不过很快就被褚鹰摁掉，并全部调成了静音。

也不知怎么的，发完这句话，反倒自己心情愉悦不少。

半晌，他忽然想到什么，起身到阳台，给助理打了个电话，回来时身上带了股凉意。他坐在旁边看了会文件，然后把平板随意放到床头柜前，动作轻缓地进了被窝。

手很快又被身边人牵了过去。

他伸手，碰了碰她的脸蛋。

已经没之前那么烫了。

他腾出另一只手，按掉了床头的灯。

半夜，宿艺被渴醒了。她眨眨眼，脑中的记忆有些混乱，半天才细细碎碎地拼凑起来。怀里的手臂被她抱了大半夜，已经暖得不行。

她磨蹭了半天，才小心翼翼地坐起来。

床头柜上就有一杯水，她伸手想拿，还没碰到杯子，就觉得腰上一热。

男人揽着她的腰，声音低沉，还带着微不可见的沙哑。

“要干什么。”

“吵醒你了？”宿艺声音很小，“我想喝水。”

腰间的手力道未减，褚鹰起身，看了眼床头的水杯：“那水凉了，躺着，我去烧。”

宿艺乖乖地坐回床上。

褚鹰只穿了一条短裤，腿很长，肌肉线条随着他的步子隐隐约约地显现出来，看得宿艺挪不开眼。

剧组定的酒店不算高档，给她开的也是普通的标间，房间里只有一个看上去不够高端的铁质烧水壶。给烧水壶连上电后，褚鹰走回来，一只手按在她后脑勺，另一只手覆在她额上。

宿艺感受着大手的温度，道：“用额头会比用手准确。”

“胡说。”

褚鹰说完，还是俯下身，把额头贴在了她额上。

好像还是烧。宿艺笑盈盈地凑上去亲了亲他的嘴唇。

刚亲完后她就后悔了。

她捂着嘴：“完了，完了，会不会传染？我给忘记了。”

褚鹰忍着笑：“我免疫力没那么差。”

水开了，他走过去掀开壶盖看了眼，然后转身进浴室，把壶里的水全给倒了。

“怎么倒了？”宿艺忍不住走下床，靠在浴室门旁边，道，“你这是浪费水资源。”

“酒店的煮水壶很脏，”褚鹰看着从热水壶里流出来的有色液体，眉头蹙得很紧，不到两秒就做出了决定，“喝矿泉水吧。”

酒店配了几瓶矿泉水，放在冰箱里，但冰箱没通电，所以里面的水是常温的。

宿艺喝了大半杯，剩下半杯被褚鹰喝了。

折腾下来，看了看时间，都已经五点半了。宿艺没了困意，睁眼躺了半天，还是睡不着。

她滚到男人怀里：“我睡不着了。”

褚鹰没睁眼，手顺着放到她脑后，揉了两下：“那要做什么。”

宿艺本来没什么想法，听到这句话反而起了兴致，转过头，眼底一闪一闪、直勾勾地看着他。

褚鹰见没了动静，睁开眼，刚好对上她的眼神。

她的想法不言而喻。

褚鹰做了个吞咽的动作，然后手覆上她的脸，把人压回自己的肩上："想都别想。"

"为什么？"宿艺不服，在他肩头咬了一口，"我难道不够性感吗？"

见他没反应，她又气又想笑。

然后在他身上来了一系列撩拨动作，蹭得她自己的衣服都掉了大半。

她只穿了一件薄薄的长袖。

褚鹰觉得挺要命的。

他不动，任她蹭着："宿艺。"

"干吗？"

"你尽管招惹我。"

"？"

"等你病好了，我们再算总账。"

第十章

我给你撑腰

两人就这么从五点半磨到了七点。

褚鹰最后还是起身，去洗了个冷水澡。

宿艺像是获得了什么了不得的胜利，脸上笑容洋溢，一点都不像是个还发着低烧的人。

她窝在床上，在用褚鹰的平板看一个搞笑综艺。

她正看得起劲，枕边的手机响了两声。

她边笑边拿起来看。

吴雪：“你起床了跟我说声，我先回北京了，现在在机场。”

宿艺娘娘：“？？？”

吴雪：“烧退了？”

宿艺娘娘：“还没，你怎么回去也不跟我说一声，这么急，出事了？”

吴雪：“一些小事，明天就飞回上海了。褚溪现在一个人住在房间里，你看着点，别让她乱跑。”

安璇最后没选择继续住下来，应该是去找她男朋友了。

宿艺娘娘：“知道了，那你好好处理，有什么问题就找我。”

吴雪：“嗯，你别吃辛辣的，也别吹风，空调记得调到25℃以上，最好是门都别出了，酒店有送餐服务的。”

宿艺回了好几个“是”“好”“知道了”，才终于结束了这段对话。

刚锁屏，褚鹰就出来了，带着一身水汽，头发湿湿的，腰间松松垮垮地系了条浴巾，浴袍都没穿。

宿艺没心思看综艺了，磕磕巴巴道：“你、你这是报复吗？”

褚鹰轻轻笑了声，大手一捞，把沙发扶手上的衣服拿起来，转身又进了浴室。

再出来时，他已经换好了衣服：“我出去买早餐，想吃什么。”

宿艺抬头：“我跟你一起去。”

“不行，”褚鹰一口拒绝，“外面风很大。”

似乎没有能商量的余地，宿艺想了想：“那就买碗粥吧，就在酒店楼下，两步就到。”

褚鹰出去后，她把被子又往上拉了点，继续埋头看综艺。

看得正开心，微博弹出了一个推送。

【吴珂深夜与神秘女性酒店共度良宵，该女性疑似新人女演员徐倩岚？】

宿艺眉梢一挑，马上关掉了综艺，点进了推送。

推送里还配了好几张动图。

拍摄的角度非常刁钻，看样子摄像头是被安置在地上的。

摄像头画质不算好，但还是把徐倩岚的脸拍得非常清晰，从进来到出去，简直没得辩。

微博推送有延迟，这条微博居然在昨天半夜就发出来了。

这种“大喜事”，吴雪是不知道还是忘了告诉她？

她往下滑，看了看热评。这些评论明显已经被水军侵蚀过了，褒贬对半。

翻到下面，一条热评引起了宿艺的注意。

“吴珂最近是跟徐倩岚在一个剧组没错，但你们到底是怎么把这人看成徐倩岚的？我怎么觉得更像宿艺啊。”

这条热评在中间位置，因为前面都被吴珂的水军和正义路人给占了。

宿艺快被气笑了。

她和徐倩岚一白一黑，一高一矮，哪哪都不像，说这不是徐倩岚请的水军她都不信。

好在这层回复下面的楼中楼，已经有人帮她出了气。

褚鹰回来时，看到的就是她在床上乐不可支的模样。

“别看了，过来喝粥。”

宿艺已经快把热评翻到底了，她克制住自己搞事的欲望，放下手机，笑眯眯地下床，靠在褚鹰身上，等着他把粥盛出来。

才喝完粥，吴雪的电话就来了。

“下飞机了？”

“刚到，”吴雪语气疲惫，“你能不能让我好好过两天安生日子，好好谈你的恋爱不行吗。”

“我这不是好好谈着呢，”宿艺莫名其妙，仔细想了想，确定自己今天什么事都没干，“我又做什么了？”

“你说呢？”

“我真不知道，我今天一天都待在酒店里，”宿艺语气不确定，瞥了窗帘一眼，“而且窗帘拉得很紧，真的。”

“你就算没拉紧，也没人敢拍褚鹰，”吴雪不跟她打哑谜了，“你好好的跑去瞎掺和吴珂和徐倩岚的事儿干什么？”

宿艺觉得很无辜：“谁掺和他们的事了？”

“你……”吴雪说到一半停住了，半天才道，“你知道你微博号给他们俩的绯闻报道点了个赞吗？”

宿艺默了半晌：“……真的？”

自己好友一向敢做就敢当，吴雪听到她这语气，皱着眉头，话里更嫌弃了：“还真的是你手滑？”

宿艺推锅：“没准是你看的时候不小心点到了。”

“谁有事没事开个一千多万粉的号逛微博？”

“……那取消不就行了。”

“这都赞了两小时了，还怎么取消？”

宿艺啧了声，她虽然真的很想给那条转发点赞，但这样事情就牵扯到自己身上了，以后关于他俩的新闻都要带上她的名字，想想就烦。

可听到已经赞了两小时这件事，宿艺一下就硬气了。

“赞都赞了，打死不取消！”她坐直身子，“你可别偷偷上我号取消，那样会显得我特㞞！”

吴雪觉得和她没法聊，现下出租车也已经快到医院了：“行了，我不跟你掰扯，等我回上海咱再商量吧，我这还有事。”

挂了电话，宿艺躺了回去。

褚鹰看向她：“怎么了？”

宿艺挪开手机，对上他的眼神：“……我看八卦的时候，不小心点到赞了。”

“点到会怎么样。”

“也不会怎样，”宿艺点开微博看了看，果然，一堆营销号和媒体号发新闻的时候都 @ 上了她，“就是会显示在自己主页里，谁都能看到我赞了那条八卦……”

她的脸皱成了苦瓜。

褚鹰看笑了，伸手抚平她的眉头：“赞就赞了，别烦了。”

“你不知道，这些媒体一直瞎说，”她翻转手机，在他面前晃了两眼，然后才转回去，伸手点开评论，“我的粉丝们个个都像我的家长，全在我评论下面劝我别搞事……”

褚鹰自接手公司后，第一个拓展的区域就是演艺圈。之前褚氏只管投资，现在则是收购了几家经纪公司合并在一起，准备占据这圈子的一席之地。

从那些数据资料上看，他实在是对这种布满各种暗性规则的圈子喜欢不起来，偏偏在认识宿艺之后，他莫名觉得这圈子似乎还有那么点意思。

“没事，”他捏了捏她的耳垂，“你想做什么就做什么。”

宿艺笑了：“你给我撑腰？”

“嗯，”褚鹰的手顺着往下，“还给你揉腰。”

宿艺怕痒，笑着躲他，被他的话臊得脸都红了：“鹰队，别动。”

听到这声“鹰队”，褚鹰心头一动，抽出手，继续看起身边的文件。

晚上，趁烧退了，宿艺赶紧进浴室准备冲个澡，结果刚脱完外衣，她才发现自己没把毛巾带进来，之前嫌浴室潮，她把毛巾挂在了阳台。

她拉开门，探出个小脑袋：“鹰队，我忘带毛巾。”

褚鹰翻资料的手一顿，起身去了阳台。

片刻后，他走到浴室门前，把手上的东西递了过去。

宿艺接过毛巾时，蹭了一下他的掌间。

她身上只剩一套内衣，因为刚洗完脸，额前的头发湿漉漉地贴在脸颊边，水滴顺着发尾往下滑，一直滑到她小巧的下巴，顺带浸湿了她的唇瓣。

她在他掌间画了个圈。

男人挑眉，眼底晦暗不明。

半晌，他道：“别闹，不然又着凉了。”

宿艺抓住他的手臂：“我病好了，真的。”

因为动作幅度大，她一边胳膊完全暴露在外，又白又细。

见他没反应，她继续道：“真的，不信你来探探。”

褚鹰眯起眸子，半晌，他喉结微动，弯下腰，贴上她的额头。

很凉。

“对吧，没烧……”了。

她话还没说完，男人下巴微抬，堵上了她的唇。

宿艺自食恶果，足足被折腾了近两小时，等到风平浪静后，她已经完全没了力气。

男人却是神清气爽，大手一捞，轻轻松松把她抱到了床上。

宿艺躺在他怀里，胡乱找着成语：“您可真是……身经百战、所向披靡。”

“所向披靡是真的，”褚鹰笑了，在她耳尖上咬了一口，“但没有身经百战。”

“只有你。”

宿艺认真感动了几秒钟。

然后抓住他乱来的手。

“我明天还要拍戏，”她手搭上他的腰，晃了两下，“举旗投降。”

褚鹰显然意犹未尽，但也并不急于这一时半刻。

他拿开她的手，起身关了灯，然后把人抱在怀里。

“睡吧。”

晚上，床头边的手机闹得震天响。宿艺睁眼时，身边的男人已经起来把电话挂掉了。

她抬眼看了下，响的好像是她的手机。

她又躺回去，迷迷糊糊地问：“是谁？”

褚鹰：“陌生号码。”

刚说完，手机又响了。

宿艺蹭了蹭他的腿：“你帮我接一下，没准是工作上的事。”

褚鹰接起来，听了几秒。

宿艺问：“是谁，说什么了？”

“好像是你经纪人的未婚夫，”褚鹰道，“说的是关于你经纪人的事。”

宿艺安静了一会，才慢悠悠地睁开眼。

她拿过手机，喂了一声。

刘明昊声音很急：“小艺吗？我是刘明昊，这回你可千万得帮我，吴雪她……我亲眼看到她跟一个男人在一起！”

宿艺眉梢一挑，心中思量不过两秒，压低声音道：“你打错电话了。”

褚鹰在旁边轻轻笑了声。

“什么？”对面顿了顿，估计是核对电话号码去了，“不可能啊……”

啪嗒。宿艺飞快地挂了电话。

褚鹰嘴角微勾：“怎么，护短了？”

“是，”宿艺承认，把手机放到桌上，“而且我并不相信他的话，我相信我闺密。”

第二天清早，她刚起床就收到了吴雪的信息。

吴雪：“我分手了。”

……

宿艺瞬间清醒：“发生什么事了？”

其实说她护短也不尽然，她只是觉得吴雪不会无缘无故做出对不起刘明昊的事。

刘明昊家境一般般，工资也并不高，以前逢年过节，吴雪都要下血本给刘明昊父母买各种保健品。

更甚的是，刘明昊哥哥娶老婆的时候，吴雪都曾经帮忙贴了一笔钱给刘家。不过这事虽然是刘明昊开的口，但也是吴雪自己心甘情愿地掏的钱，怨不着谁，而且吴雪以前手下有几位男明星，也从没见她跟谁有超过工作的关系。

简而言之，吴雪爱不爱刘明昊，宿艺不知道，但她可以肯定吴雪对这段感情绝对是认真的。

吴雪沉默半晌，道：“一时半会说不清，等我到了上海再说吧。”

那边传来了机场广播声，宿艺看了看时间：“这才八点，你就回来了？”

“嗯，”吴雪说，“事情都办完了，你那又没有助理跟着，行了，挂了，我登机了。”

褚鹰洗漱完出来，见她拿着手机发傻：“怎么了？”

“没事，”宿艺这才想起来要去吃早餐，她起身，从衣柜里拿出衣服，“等我换套衣服，你先去叫下褚溪吧，她在 1212 房，我马上就来。”

褚鹰蹙眉：“不带她。”

刚说完，门铃就响了。

褚溪连蹦带跳地进来，问：“宿艺，你那个赞点得太酷了！”

褚鹰：“叫嫂子。”

“……嫂子。”

宿艺已经换好了衣服，正在浴室里扎头发：“说来你可能不信，我真的只是手滑而已。”

褚溪笑嘻嘻地说道：“这事儿一出，岂不是急死那个老太婆。”

知道她指的谁，宿艺淡淡道：“只是公司其中一位艺人出事，还不至于，她手下的明星多的是。”

这圈子就是这么残酷，出了丑闻，公司能捞则捞，不能捞就撒手，让你慢慢在水底下沉着。

不过这件事情还涉及吴珂，吴珂公司显然不会放弃他，所以徐倩岚想脱身也不是不可能。

聊天间，他们已经走出酒店，进了一家粥店。

宿艺喝了口粥，问身边的人：“你什么时候回去？”

褚鹰捋了捋她的发丝，没来得及说话，搁在桌上的手机就响了。

他看了眼来电显示，拿起手机，出店铺才接起来。

见他走了，褚溪小声道：“我看到来电显示了，是我爸，一定是打电话催他回家的。”

宿艺心不在焉地喝着粥，嗯了声算是应了。

褚溪见她这副模样，忍不住道：“你知道他为什么要催我哥回家吗？”

“不知道。”

“过几天杨若琳的爷爷过大寿，”褚溪说，“听说杨家人专门打电话来，说想见见我哥。”

宿艺抬眼：“见你哥干吗？”

“想让我哥跟他们家小孙女叙叙旧呗。”

宿艺眉梢一挑，不说话。

褚溪紧接着打趣道：“异地恋是不是特别难受？”

“还行，”宿艺往后一靠，嘴角微翘，“偶尔也有一些平时体会不到的乐趣，你还年轻，不会懂的。”

褚鹰进来的时候，宿艺已经吃好了，面前的粥还剩大半碗。

他坐下，问：“怎么就吃这么点？”

宿艺道：“饱了，这家店的分量太大。你打算什么时候回去？”

“下午就要回了，公司那边临时有事。”

他本来是打算过几天再回北京，但刚刚褚父打电话来，说是要他回去商量下分公司的事。

早餐吃完，褚鹰开车把两人送到片场。

褚鹰停车，道：“褚溪，你先下车。”

褚溪：“不要，我等嫂子。”

“下去。”

褚溪只得气冲冲地下了车。

褚溪刚走远，宿艺就解开安全带，凑上去亲了亲旁边男人的脸颊。

“今早本来想给你刮胡子，”她在他下巴处蹭了两下，“可惜酒店没有剃须刀。”

“去买一个。”

“嗯？”

“下次用。”

他说完，伸手揽住她准备退回去的腰身，又吻了上去。

五分钟后，宿艺从越野车上下来，耳尖已经红透了，挥手道：“小心开车。”

“好。”

直到越野车开走，后边的褚溪才上来：“你们怎么这么磨蹭！”

两边的车窗玻璃颜色较暗，从外面看根本看不清里面的情况。

宿艺不答：“你怎么不先进去？”

“我还不是担心你，”褚溪说，“你昨天才在微博上来那一波操作，我怕一会吴珂找你麻烦。”

“瞎操心，”宿艺抬手，把她头发弄乱，“走吧。”

褚溪半挣扎着，两人一块进了片场。

吴珂已经来了。

他面色不太好，看得出来一晚上没睡，正沉默着听李敏说戏。

见到宿艺，他冷哼一声，没说话。

宿艺也没看他，只管给李敏打招呼：“导儿，早。”

已经明摆着撕破脸了，这时还顾礼貌才是真傻。

“早，”李敏不动声色地在两人中间来回扫了两眼，道，“今天来这么早。”

“嗯，反正在酒店待着也没事，过来看看新剧本。”

“新剧本改动其实不多，就改了你和吴珂的对手戏，”李敏把新剧本递给她，“几句台词和神态而已，一会可以开始拍吗，还是需要多给你点时间？”

“不用，一会就行，”宿艺看了看表，“还有两小时，够了。”

李敏点头：“行。”

宿艺一路平和地到了化妆间。

她打开剧本看了看，如李敏所说，改动不大，今天的戏份只改了几句词，完全来得及重新背。

吴雪来时，宿艺正在描眼线，化妆师被开门声吓得一抖，眼线歪到了眉毛边上。

“对不起，对不起……我被吓了一跳。”

“没事。”宿艺睁眼，莫名觉得这眼线画得有趣，干脆拿起手机随手拍了一张，给褚鹰发了过去。

吴雪身心俱疲，手里拎着好几个袋子，坐到她身边。

宿艺瞄了她手上一眼：“带了什么，大包小包的。”

“没什么。”想起上飞机前男人拼命把东西塞到她手中的场景，吴雪忍不住摇摇头，随手把袋子放到了旁边。

“小雪雪，你昨天怎么突然就走了，”褚溪抬头道，“我一个人住吓都吓死了。”

吴雪：“多大个人了，还害怕一个人住酒店？”

化妆师出去后，宿艺才进入正题。

“昨天刘明昊给我打电话了。”

吴雪皱眉：“什么时候？说什么了？”

“大半夜，”提起这个，宿艺就忍不住翻白眼，“告诉我你跟别的男人在一起。”

吴雪冷笑一声：“神经病，他可真有脸找你。”

宿艺问：“所以到底怎么了。”

“也没什么，”吴雪说得风轻云淡，“就是我俩都不喜欢对方了。”

宿艺表情复杂，半天才挑出重点：“那是谁先？”

吴雪像是被戳到了痛处，咬牙切齿道：“他。”

“……”

“其实我之前就有些察觉了，但你知道的，我手上的工作太多，忙不过来，就没来得及查，”吴雪喝了口水，“还记得之前我们去酒吧那回吗？”

“该不会……”

“对，他当时跟一帮人在里头，那女的刚好去了洗手间，这事儿我还是后来才知道的，”说到这，吴雪没忍住，重重在椅子扶手上拍了一下，“老娘还担心他喝多出事，大半夜跑去接他！”

褚溪忍不住了，凑过来，一脸好奇：“最后你怎么知道的？”

吴雪冷冷道：“他妈打电话过来，让我放过她儿子，让他安心去结婚。”

化妆间里安静了几秒钟。

“你知道的吧，他妈暗地里一直不待见我，说我是单亲家庭，”她嗤笑道，“所以她一边收着我的礼，一边给他儿子安排了相亲。”

宿艺气得说不出话来，半天才挤出一句：“你不是说你要和刘明昊结婚了？”

“我看到他买钻戒的发票了，”吴雪自嘲地一笑，“没想到不是买给我的。”

“亏我满腔热情，连房子都开始着手装修了，跟个傻子似的。”

宿艺：“订两张晚上回北京的机票。”

吴雪一愣：“干吗？”

“去把刘明昊揍一顿再回来，”她摩拳擦掌，“打扰我睡觉，还绿我闺密，忍不了。”

“亲闺密，心领了，仇我也报了，这事儿到此为止，”吴雪摆摆手，“你这段时间安分一个月让我好好休息，就算是对我最大的慰藉了。”

宿艺啧道：“就算刘明昊对不起你，你也不能用这种方式报复他啊，等等，你那对象是谁？”

“我初恋。”

褚溪像是学到了什么不得了的东西。

宿艺及时发出警告：“她这是错误的报复方式，你不能学。”

吴雪明显不想再谈这个事情：“你们刚刚来时，吴珂有没有说什么？”

“没有。”

“悠着点吧，他们团队报复心很重的，”吴雪看着宿艺微博下面的评论，已经冒出一群说她多管闲事的水军了，“上回有个大V发了个关于他的八卦，没几天那博主就被封号了。”

“社会，社会，”宿艺说着，脸上却没什么惧意，“我去换衣服了。”

今天，宿艺的戏份几乎都是和吴珂的对手戏。

要么是他们俩对话，要么她在背后当背景板。

李敏有点担心他们吵起来，看到两人都表情如常，她才松了口气。

宿艺的职业素养一向好，她还算放心，就怕吴珂跟之前一样，又搞什么幺蛾子。

不过很快她就打消了顾虑。

因为吴珂今天显然不想在片场浪费时间，拍摄几乎都是一遍过。

吴珂能火成这样也不是没道理，丑闻缠身他都能保持住自己的演技水平。

今天拍摄刚结束，吴珂就带着一帮工作人员风风火火地离开了片场。

回到酒店，宿艺往床上一躺。

“看吴珂那火烧眉头的样子就开心。”

吴雪则是拿着公司给她传来的几页资料在仔细研究。

之前因为那个破钻戒，她已经把除了宿艺外自己手下带着的其他明星都交回给公司了，现下得重新挑人带。

爱情死了，事业总得好好照顾着。

宿艺正准备给褚鹰拨个视频通话，身边的手机响了。

是吴雪的。

“你手机响了。”

吴雪头都不抬：“看看是谁。”

“……刘明昊，”电话无人接听，自动挂断后，几条信息显示在屏幕上，宿艺不小心全看到了，掉了一身鸡皮疙瘩，“他给你发了好多条信息。煽情得不行。”

吴雪嗤笑一声：“让他去死。”

刚说完，电话又响了。

吴雪道：“挂了，顺便帮我拖到黑名单去。”

宿艺正准备挂，看清屏幕后手上一顿：“小雪雪，不是那渣男，一个叫刘玺的打来的。”

吴雪表情变了变：“……也挂了。”

宿艺挂了电话，自言自语道：“褚鹰有个朋友也叫这名字。”

“是同一个。”

“嗯？！”

“……就是那个刘玺。他就是我那位傻子初恋。”

宿艺瞬间在脑中把对刘玺的各种印象过了一遍，然后表情有些一言难尽。

“我知道你在想什么，”吴雪翻到下一页，慢悠悠道，“放心，我和他已经没关系了。”

宿艺扯扯嘴角，最后还是什么都没说。

这都什么破事儿。

她最终还是忍不住，在阳台跟褚鹰打电话的时候，问他：“对了，你那位朋友……就是那个叫刘玺的，人怎么样？”

褚鹰手上动作轻顿：“他骚扰你了？”

“没有，”宿艺斟酌道，“他好像在追我朋友，所以我想问问。”

“人不坏，”褚鹰顿了顿，“就是喜欢送包。”

“……”

刘明昊的事至此，算是告一段落，吴雪该忙忙着，情绪极其稳定。

吴珂自出了绯闻以后安分了许多，之前那些故意找碴的小动作也都消失了。

化妆间里，吴雪把宿艺刚换下的旗袍挂了起来：“他现在就怕你又插手他的那些破事儿，把话题度拉得更高，当然不会再招惹你了。”

“谁想掺和，我只想安安静静地当一名吃瓜群众，”宿艺用纸把口红抹掉，咬了一口苹果，“不过这样也好，整个拍摄进度都快了很多。”

褚溪闷闷不乐地坐在椅子上。

褚父这两天拼命催她回去，这次连机票都给她订好了，非让她赶回去参加杨家的寿宴。

杨家在十年前还算是大户人家，自从杨老退下去后就开始渐渐衰退，而褚家则是人才辈出，一代比一代强，到今日，杨家和褚家早就不在一个水平线上了。但两家人在爷爷那辈时交往甚密，虽然如今褚老已经离世，但杨老亲自盛情相邀，褚父自然一口答应了下来。

“明天我就要回去了，”褚溪有一口没一口地吃着盒饭，味同嚼蜡，“我在上海这么久，什么都没干，净跟你们待在这片场了。”

“片场怎么了？”宿艺道，“空调茶水伺候着，还管吃管喝，哪里亏待你了？”

褚溪：“这次回去，他们肯定不让我过来了。”

“那你就在那边待着，”宿艺盛了碗汤，“我巴不得回北京呢。”

今天片场的盒饭是褚鹰让人送来的，给其他人的盒饭都加了餐，而宿艺这，则是有荤有素还配汤，专人送到片场，省得她们拍完还要去下馆子订外卖。

吴雪正吃着饭，身边的手机响了。

她现在是真怕听到手机铃声，半天才不情不愿地拿起来，看清来电显示后发现是公司那边打来的。

她忙擦净手接起来。

“有事吗？”

“对，她在上海拍戏呢。”

“快了，再过一段时间就能杀青……后天？她恐怕没时间，怎么了？”

“这种事你们怎么不提前说？现在剧组里的戏份都安排好了，临时要小艺怎么跟导演请假？”

“……行吧，我跟她说说。”

挂了电话，宿艺抬眼，问：“什么事？”

“说是临时有个颁奖晚会，”吴雪有些气恼，语气不太好，“后天的晚会，现在才来通知你，这群人是怎么工作的？假是随便想请就请的吗？你不想去的话，我马上拒了，这是他们工作上的失误，不去他们也不能怎么着你。”

宿艺眼底闪过一道微不可见的光：“晚会在哪里举办？”

“北京，”吴雪打开手机，翻阅着公司发来的短信，“不是什么大型颁奖，一个视频平台自娱自乐举办的，奖项很多，去的人几乎都能拿个安慰奖，但是含金量基本为零。这种平台就只是想开直播赚人气而已，毫无意义，我的建议是咱们不用去。”

“去，”宿艺当下就做了决定，“订机票吧。”

吴雪：“……你怎么了，为这种小奖项拖累剧组进度？”

“不拖累，”这短短几分钟里，宿艺早就规划好了，“明天不是休息日吗，我去跟导儿说说，把戏份换一换就好了。”

“那跟你对戏的人呢？”吴雪问，“你觉得吴珂会愿意调戏份？”

“我和吴珂的戏份基本都拍完了，剩下的都是和配角或者安安的，我现在就去跟他们商量商量。”

宿艺说完，当下饭也不吃了，抓起手机就出了化妆间。

剧组里的人都不轧戏，除了几位偶尔有外务的，剩下的演员基本都是有戏就来片场，没戏就回酒店，所以调整日期也不是什么难事，李敏和配角那边很快就搞定了。

宿艺到程安安化妆间前敲了敲门。

片刻，门打开，是程安安的助理，见到宿艺，她赶紧打了声招呼："艺姐好，吃饭了吗？"

"吃了，"宿艺笑道，"安安在里面吗？"

程安安也是一脸惊喜："艺姐，有什么事吗？"

"我想跟你商量件事，现在方不方便？"

"方便，"程安安把搁在沙发上的手机拿起来，给她腾了个座，"您说。"

宿艺坐下后，单刀直入道："是这样，明天是休息日，但后天我临时有点事……"

程安安打断她："尤奇的颁奖典礼？"

宿艺笑了："对，所以我想把拍摄提前一天，可以吗？"

"当然可以，我这几天反正都在片场，"程安安一口应下，傻笑道，"艺姐您真厉害，各个颁奖典礼都邀请您。"

"这有什么厉害的，"宿艺失笑，"那就这么定下了？"

"好，"程安安说完，忽然想起什么，看了看四周，红着脸道，"艺姐，您可不可以给我签个名？"

宿艺起身的动作一顿："我们微信都加了，还需要签名？"

"那不一样，"程安安一脸认真，"可以吗？"

宿艺答应后，程安安在包里鼓捣半天，掏出了一本杂志。

杂志封面人物是宿艺。

这回她确信了，程安安真是她粉丝。

还得是个小狂热粉，那背包里起码放了三本封面人物是她的杂志。

一切谈妥，吴雪订了明晚的机票，拍完就走。

褚溪这下高兴了，赶紧打电话改签，换成了跟她们一样的航班。

回酒店路上，宿艺拉了拉口罩："你们先回去，我去趟超市。"

吴雪叫住她："你别去了，要买什么告诉我，我帮你去买。"

宿艺头也不回，朝她挥了挥手。

“我得自己挑。”

次日下午，拍摄结束，三人便坐车去了机场。

车上，宿艺接到了褚鹰的电话。

那边很安静，只能听到翻着纸张的声音：“在做什么？”

宿艺嘴边带笑：“在片场呢，你在哪？”

她想给褚鹰一个惊喜，所以回京的事并不打算告诉他。

“在公司，送去剧组的盒饭合胃口吗？”

“合胃口，就是太多了，”她用手撑在窗边，“小雪雪都嫌我胖了。”

副驾驶座的吴雪没忍住冲她翻了个白眼。

“没关系，”男人道，“手感好。”

难道她现在的手感不好吗？！

宿艺刚想说，看了眼驾驶座上的司机大叔，硬生生把话忍了回去。

到了机场，领好登机牌，距离起飞还有一段时间，她们去了VIP候机厅。

里面有几台按摩椅，宿艺挑了一台坐上去，戴上墨镜打算睡一会。

没多久，旁边忽然传来重物落地的声音，宿艺只觉得小腿一凉。

她微微蹙眉，摘下墨镜，朝旁边看去。

徐倩岚挂着一脸并不诚恳的歉意，捏着嗓子道歉：“真是不好意思，我没拿稳。”

她弯腰捡起水杯，然后才对上宿艺的目光，她嘴唇微张，语气惊讶：“咦？艺姐，怎么是您。”

几天不见，徐倩岚的演技怎么浮夸了这么多。

宿艺没搭理她，从吴雪手中接过纸巾，把自己小腿上的水渍擦干净，继续躺了回去。

徐倩岚显然也不想再多说什么，最近她丑闻缠身，别说通告了，就连之前定下的资源都有了变故。

她说自己不恐慌是不可能的，加上出事后林霞马上就离开了，什么应对措施都没教给她，她这才咬牙决定回公司，问问处理方案。

没想到她在机场还撞见了悠然自得的宿艺。

宿艺那个赞无疑把丑闻的话题热度又炒高了不少，现下这场景，说是“仇人相见”也不为过。徐倩岚怎么想都咽不下这口气，便故意把水弄洒，想着溅她一身水，这么多人在，宿艺不可能跟她翻脸。谁知力道没操控好，只弄湿了小腿。

一个小风波后，大家相安无事地到了登机时间。

几人起身，一块往商务舱通道走去。

吴雪边走边啧道：“这徐倩岚到底是怎么想的，她的丑闻热度可还没消呢，这个时候大摇大摆地出来，助理什么的也没带，就不怕被媒体拍死啊？”

“管她的。”

宿艺和吴雪的座位连在一块，褚溪在她们前面。

刚坐下没多久，徐倩岚上来了。

她抬眼看了看，然后坐到了褚溪身边。

中途，空姐推了饮料车过来。

褚溪笑眯眯道：“温咖啡，谢谢。”

空姐马上倒好咖啡，往里递：“您好，您的咖啡。”

褚溪座位靠内，她把纸杯拿到手中，经过徐倩岚身前时，手轻轻一松——

咖啡直直掉在了徐倩岚腿上，白色短裤迅速被染了色。

“啊——”徐倩岚忙站起来，拿起纸拼命擦裤子，但于事无补，“你干什么？！”

褚溪一脸无辜：“真是不好意思，我没拿稳。”

完完全全照搬了自己的话，徐倩岚气得不行，但周边都是人，她又不能发作，脸色极其难看。

宿艺拉下墨镜，眉梢一挑：“没事吧？”

徐倩岚扯扯嘴角：“……没事。”

下了飞机，徐倩岚像躲瘟疫似的快速起身走了。

褚溪乐得不行：“怎么样，我给你报仇了。”

小女孩的报复真是简单又粗暴，宿艺捏了捏她的脸：“心意我领了，但下次不要这样，不然岂不是成为跟她一样的人了？”

边说教着，几人已经走到机场的出口通道。

手机响起，宿艺看到来电显示，笑盈盈地接起：“嗯？”

“在哪？”

宿艺戴上墨镜，从容道：“还在片场呀。”

刚说完，走在最前面的吴雪突然停住了脚步。

她抓着手机，转身道：“……你和徐倩岚在候机厅被人偷拍，都上热搜了。”

宿艺赶紧抬手想去捂话筒。

褚鹰淡淡道：“看到你了。”

宿艺一怔：“什么？”

“左边。”

她偏过头，人群中，高大英俊的男人拿着手机，正似笑非笑地盯着她。

手机里，男人声音不疾不徐：“过来，小骗子。”

宿艺觉得，这男人压低声音这样叫她，简直就像是在勾引。

可惜这是在人来人往的机场，她身边还带了两只小拖油瓶。

她抓着电话，也顾不上挂，大步走了过去。

然后她张开双臂，正准备先来个爱的抱抱，没想到扑了个空。

她眨巴眼，低头看着突然蹲下去的人。

他一条腿曲着，另一条腿蹲下，是标准的蹲姿，正在仔细查看她的小腿。

周边已经有不少目光看了过来，宿艺下意识往上拉了拉口罩，小声问：“怎么了？”

褚鹰抬眼：“有没有被烫到？”

宿艺这才反应过来：“没有，那水杯里的水是温的。”

褚鹰起身，问：“行李呢？”

“就回来两天，没带行李，”宿艺肩上背着一个女款双肩包，上面有个小巧的“Y”，她说完，又张开双臂，“先抱抱，再说别的。”

褚鹰没回应她，手轻轻揽住她的腰身，把她带到自己怀里。

褚溪和吴雪这才上来。

吴雪打了个招呼，褚溪道：“哥，你们俩这大庭广众的，害不害臊？”

褚鹰朝吴雪点点头，才转过身对褚溪说：“你自己打车回家。”

“别，”褚溪现在学聪明了，赶紧上来拉住宿艺的手，“我没钱。”

机场外。

一群记者分散着坐在附近，几家媒体的记者你看我、我看你，生怕对方一会跑得比自己快。

“勤哥，刚刚我们怎么不采访徐倩岚啊？”一个身上挂着各种杂物的小弟问身边的记者。

记者拍了下他的头：“傻呀？徐倩岚和宿艺是同一个航班，一会采访了徐倩岚，把宿艺给漏掉了怎么办？”

“可是徐倩岚最近话题度不是蛮高的吗？”

“你没看她刚刚都发微博艾特宿艺道歉了？采访她问不出什么的，还是宿艺这人比较有趣，随便说句话没准都是个大料。估摸着时间差不多了吧，她该出来了，你把身上东西带好，一会跑快点。”

小弟连连点头：“是！”

两道高挑的身影走出机场大门。

宿艺绝对是最好认的明星之一，就算脸遮得严实，身材仍旧抢眼。加上她素来良好的穿衣风格，记者们眼一扫就能认出人来。

小弟抓紧话筒就要往上冲。

被身后的大哥抓住肩膀，一把拉了回来。

小弟：“勤哥！那是宿艺！我们跑快点，其他人还没认出来！”

“没认出来个屁。”记者把他按回原位，小声道，“坐着！”

小弟莫名其妙：“啊？哥，我们不采访她了呀？”

“你光认出宿艺了，能不能做点功课！你看她旁边站着谁？你是不想吃这碗饭了？”记者又在他肩上来了一记，嘀咕道，“也是奇怪了……刚刚怎么没见这位大老板进去。”

吴雪跟在两人身后，出机场后四处打量了一下，果然，坐在外面的都是熟脸，设备什么的都在手上拿着了。

好在褚鹰在这儿，没人敢上来。

回北京之前吴雪已经通知公司，让他们安排保姆车过来了。

保姆车此时就停在机场大门口，见到她们，司机落下车窗笑眯眯地跟她们挥了挥手。

宿艺靠在褚鹰身上，道：“你们先回去吧，我坐褚鹰的车。”

吴雪说：“你要去哪？化妆师和服装师都已经在家里等你了。”

宿艺一愣：“不是明天的晚会吗？”

“托褚总的福，我们这次拿到了六套礼服，”吴雪不露痕迹地夸了一波老板，“所以得先回去试装。”

宿艺撇嘴：“你怎么不跟我商量一下。”

吴雪道：“我也是刚刚才知道。他们现在正在你家门口等着呢。”

司机已经拉开了车门，褚鹰揉了揉她的腰，催道：“上车。”

这就要赶她？！

宿艺可怜巴巴道：“那你亲我一下。”

褚鹰觉得好笑，面上仍是板着脸：“先上去。”

上去了还怎么亲？

宿艺觉得非常委屈，自己特地跑回来，这人却连一个吻都不给她！

她噘嘴，头也不回地上了车，坐到了保姆车最后边的座位。

没想到她刚坐稳，后面的男人紧跟着也上来了。

“你……你怎么也上来了？”

“跟你回家。”

“那你的车怎么办？”

“我带了司机来，让他开回去就是。”

最后褚溪因为褚母的夺命连环CALL，只得跟她们告别，自己坐褚家司机的车回去了。

而吴雪没想到自己在上海吃了一肚子狗粮，回北京还得继续吃。

她时不时微微侧头，想找个机会开口，最后都默默转了回来。

其实刚刚微博上不止有她们在候机厅的照片，还有个关于宿艺的，说大不大、说小不小的新闻，因为刚发出来不久，所以新闻热度还没那么高，现在绝对是处理黄金期。

她想了想，先给公司的公关部门发了几条微信。

车后座，褚鹰这才开始算账：“回来怎么不跟我说一声。”

“本来想给你个惊喜，谁知道这些媒体这么没有眼力见儿。”

反而是她自己被惊喜到了，真够糗的。

他们到了公寓，果然，化妆师和服装师都已经在她家门口等着了。

化妆师嗔怪道：“你们太慢了，我腿都酸死了。”

吴雪赶紧上去开了门：“先进去吧，早点解决，早些回去。”

褚鹰不是第一次进她的家。

但上次来的时候情况特殊，他并没有仔细看过，放下人，盖好被子就走了，现下有心细看，发现房子格局非常简单。

家具齐全，地上有个大大的棕色懒人沙发，没有什么其他多余的摆设。

宿艺从鞋柜里翻找出一双拖鞋，放到他面前。

一双大号的女式拖鞋。

她蹲着，撑着下巴抬头望他，道：“你先穿这个，一会我出去买双男式的。”

宿艺换衣服时，褚鹰就站在阳台上打电话。

他是临时去的机场，几项工作还没有交代好。

花了半小时挑好礼服，宿艺穿穿脱脱，心情已经不算好，她换回常服，往椅子上一坐。

“随便给我挑个妆容就行。”

“知道了，”化妆师边帮她打粉底，边瞟着外头，“之前在报道上看还没什么感觉，真人一看，可真帅，是我的菜。”

宿艺凉凉道：“你可别打他主意，不然打断你的腿。”

“你是暴力女吗？！”化妆师骂了句，手上动作轻柔，“话说你怎么跟吴珂杠上了，你跟他现在不是在一个片场吗？”

“我怎么知道，男人的心思，猜不透。”宿艺闭眼喃喃道。

所有事情做完，已经是晚上八点，天都黑了下来。

宿艺叫了一大桌外卖，吃完后，几位工作人员终于离开。

以往工作结束，她都会直接躺倒在懒人沙发上，而今天，懒人沙发正式宣布失宠。

她靠在褚鹰肩上，打了个哈欠。

“困了？”

“还好，就是有点累。”她手上拿着遥控器，不断换着台，“现在的电视越来越不好看了。”

刚说完，电视上出现了她自己的脸。

她想都不想，正准备换台，遥控器被身边人抢了过去。

“干吗？”她忙撑起身子，想把遥控器抢回来。

褚鹰把遥控器举高：“就看这个。”

这部电视剧是宿艺的处女作。

宿艺起身半跪在沙发上，还想抢：“这有什么好看的。”

褚鹰笑了：“女配好看。”

说完，他把遥控器随便丢到一边，一只手扶着她的腰，另一只手勾着她的脖颈，把小脑袋摁了回来。

"之前不是说要亲亲吗。"

一个猝不及防的吻，把宿艺吻得老老实实。

最后还是成功抢到了遥控器，她换了个台，两人一块看了会电视，褚鹰起身，问她："有多的毛巾吗？"

宿艺翻箱倒柜，找出了一条不那么花哨的毛巾。

男人进了浴室。

她这才有心思打开手机，准备看一下吴雪之前说的那条微博。没想到却翻到了另一张更劲爆的热门图片，她点开一看，居然是吴珂和安璇被偷拍的合照。

前助理的私事儿她懒得管，没想到图片下面的热评水军，又把这个神秘女子扣到了她头上。

宿艺气笑了，噼里啪啦地在手机屏幕上一顿敲。

【宿艺：关我屁事，抱走我艺，不约。】

宿艺正准备关掉微博，吴雪的电话进来了。

知道对方的来意，她走到阳台才接了起来。

吴雪："我这才走了多久，你就给我搞事？"

宿艺决定走感化路线："小雪雪，你是没看到他们说我什么，简直过分至极。"

"说你和吴珂。"吴雪道，"我早就看到那新闻了。"

宿艺一脸问号："那你之前怎么没说？"

"我这不是怕褚总误会吗，"吴雪那边环境嘈杂，"而且又不是什么大事，两三句话就能解决，你偏要把它搞复杂了，回复时还用粗话，你是嫌黑粉不够多？"

"'关我屁事'都算是粗话？"

"不然呢？"吴雪啧道，"打算怎么解决？"

宿艺倚在栏杆上："有解决方案吗？"

"有，"吴雪没好气道，"一，你自己上去把回复删了；二，我上你号帮你删了。"

"第三呢。"

"第三，放着不管，让黑粉喷去，咱只顾着澄清就好。"

"我选三，"宿艺想都不想，"而且我有什么好澄清的？我跟这事儿一点关系都没有。”

“评论里有水军一直往你身上引，不澄清会很麻烦。再说了，大明星和小助理，哪有这么浪漫的事情，要不是我亲眼所见我都不相信，现在评论风向都偏向安璇是进去帮你拿东西的。”

“哪浪漫了？你该不会是忘了媒体不止拍到安璇，还拍到了徐倩岚吧。”

对面默了几秒：“别给我提徐倩岚。对了，她微博 @ 你了，你看见没有？”

“看见了。”

“别搭理她，让她自己在那晾着，看她尴不尴尬，省得天天琢磨找你事儿。行了，我挂了，我得跟公司商量一下怎么处理。”

电话很快挂了，宿艺有些惊讶。

换作平时，吴雪再怎么说都会劝她给徐倩岚点个赞之类的。

“打完了？”

转过身，褚鹰穿着一件简单的灰色 T 恤，也不知道在后边站了多久。

“嗯，”宿艺顺手从阳台衣架上拿下毛巾，“我也去洗个澡。”

她出来时，褚鹰正坐在沙发上看手机，见她出来，把手机往桌上一丢。

“都要睡觉了，还洗头发做什么。”

“都是药剂的味道，不洗我怕你闻着不舒服。”宿艺坐到他身边，用浴巾有一下没一下地搓着头发。

褚鹰眉梢微挑，轻叹了口气。

他起身进了浴室，出来时手里拿着吹风机。

这吹风机是刚买这套房子时就准备着的，但宿艺基本上没有用过，只有请发型师过来时会用一下。

她别的方面都还算勤快，唯独懒得吹头发。因为吹风机握着手酸，她还总把自己头发吹成爆炸头。

褚鹰接上电，道：“过来。”

男人的手很大，拂过她发间时总能带起一股莫名的舒适感，她抱膝坐着，在看墙上的电视。

“明天你要上班吗？”

“休息日，不上，”褚鹰顿了顿，继续道，“不过有事。”

吹风机声音很大，但她还是听得很清楚。

她知道是什么事。

杨若琳爷爷的寿宴。

她顿时失了兴致，整个人蔫蔫的。

真想耍赖不让他去。

褚鹰是第一次用吹风机，以前部队里没有这种东西，回来之后他也用不习惯，加上男人头发本来就少，洗完没一会就干了，家中浴室的吹风机他碰都没碰过。

他动作笨拙，怕烫到她，把吹风机举得很远，手轻轻拨动她的头发。

很细，很软。

吹了近二十分钟，头发终于干透，褚鹰正准备说什么，就见面前的人头一歪，靠在了他的身上，两颊碎发随着她的动作轻轻晃动，把她的脸遮去大半。

睡着了。

褚鹰放下吹风机，把她的脑袋扶正，然后自己绕到沙发前，把她抱了起来。

天天嚷着减肥的人，到手上仿佛没有重量。

一米七几的个子，怎么能这么瘦？

褚鹰眉头微蹙，脚上动作却很慢。

他把她轻轻放到床上，关上所有灯后，把人圈到自己怀里。

怀中的女人像是感知到了什么，嘤咛一声，转了个身，在他胸膛上找了一个较为舒适的位置，再次沉沉睡去。

褚鹰在她头顶落了个吻，颇为感慨。

以前，他心中只有家人、战友和国家。

若不是突然出了变故，他此刻或许还在世界上哪个角落里蛰伏着。

就不会知道这世上，还有她这么一个温柔乡。

第十一章

他就是喜欢我

宿艺这一觉睡得极其香甜，一直睡到了中午十一点。

起床的时候，身边已经空了。

她揉揉眼，拿起床边的手机看了看，发现满屏幕都是微信提示。

大多是圈内好友。

……平时见面打个招呼，拍戏时聊聊天，其他时间基本不联系的朋友。

虽然觉得莫名其妙，但她还是一一回了过去。

回复完后，她打开吴雪的对话框。

宿艺娘娘："今天怎么这么多人找我？一觉醒来还以为我被盗号了。"

吴雪："那微博不是你发的？"

宿艺娘娘："什么微博？"

吴雪："……你自己去褚鹰微博看。"

宿艺瞬间就清醒了，赶紧点开微博。

褚鹰昨晚趁她洗澡的时候转发了她的微博，配字是"抱走"，可以说是把"撑腰"两个字诠释得淋漓尽致了。

宿艺看得直傻笑。

她来回看了几遍，点了个赞后才慢悠悠地切回微信。

宿艺娘娘："所以呢，这条微博跟我聊天界面被挤满有什么关系。"

吴雪："之前直播是你亲的褚鹰，买包送女人这档事其他富二代也没少干，所以当时大多人都只是观望。现在这一转发算是给你正名了，大家都觉得你是半个褚夫人，当然能套关系先套着。"

整句话，别的宿艺都没看到，光看到"褚夫人"这三个字了。

原想给褚鹰打个电话，又怕他正在忙，犹豫片刻，她还是先发了个短信过去。

对面很快打了过来。

“醒了？”

他那边的背景音是不太清晰的碰杯声，还能隐约听到有人在交谈。

“嗯，你在哪呢？”

“在谈项合作。”

宿艺一愣：“那你还打过来？我没打扰你们吧？”

“没有，已经谈得差不多了，”男人丝毫没有要挂的意思，“早餐吃了吗？”

对面传来几声笑。

她听到身后有人在提醒褚鹰，说现在已经将近中午十二点了。

她脸一红：“别说了，让人听见了。”

男人轻轻笑了声：“嗯，那到底吃没吃？”

“小雪雪给我带吃的过来，”宿艺说完，赶紧道，“那你好好谈合作，我挂了。”

“好。”

吴雪来时，宿艺正揉着小腹，脸上敷了一片面膜。

吴雪见到她这架势，吓了一跳，把门关紧了才敢问：“你怀孕了？”

宿艺：“……我只是饿了。”

吃完午饭，宿艺想起什么，问：“安璇那事怎么处理了？”

“已经发微博澄清了，你刚刚开微博的时候没看见？”

“没有。”她只顾着看褚鹰的主页。

“发声明，说了下安璇离职的事，而且那家媒体最后把动图录制的时间放出来了，那时候你在直播生日会，算是彻底撇清了。”吴雪道，“原本公司的意思是直接放律师函，但前不久才放过一次，次数多了，我担心会影响网友对你的印象，加上这事也不是那么难解决，所以先就这么处理着。”

刚说完，宿艺手机响了，是安璇。

她犹豫了一下，还是接了。

安璇声音带着哭腔：“艺姐，您能不能帮帮我？”

“帮你什么？”

“我不知道，有几个粉丝人肉我，给我发了好多骚扰短信，还有人在我家门口蹲着……”

宿艺淡淡道："这种事你应该找警察，或是吴珂，我帮不了你。"

"那……您能不能跟媒体说说，就说那动图是因为您派我去拿剧本……"

"不能，你要是不敢报警，可以把你地址给我，我帮你打个电话，除此之外我任何事都不会做。就这样，再见。"

她开了扬声器，挂掉电话后，吴雪啧啧道："真是痴情，这种时候还想着让你帮吴珂洗白。"

宿艺不置可否地一笑，半天没等来安璇的信息，她动了动手指，直接把号码拖进了黑名单。

下午四点，宿艺换好礼服、化好妆，几人出发去了颁奖晚会现场。

已经入了秋，天气渐凉，路上有不少行人已经穿上了大衣。

而女明星们都有个技能，就是大冬天穿裙子走红毯。

宿艺的礼服是一条白色的粗吊带及膝裙子，脚上一双白色高跟鞋，头发全部盘了起来，本是清纯的扮相，唇上却是一抹大红色，她唇形丰满，笑起来极其好看。

这场晚会没有红毯采访环节，谁先来就先走，同时来的就结伴而行。

宿艺来得比较晚，红毯起点没有其他明星，她随意整理了下身上的裙子，正准备往里走。

肩上突然一沉。

一件黑色西装盖在了她的身上。

"又想感冒？"

男人的声音隐隐透着不悦。

宿艺瞪大眼，看着身边的男人，半晌才出声。

"……你怎么在这？不是要去参加寿宴吗？"

"谁说我要参加寿宴？"褚鹰抬手，把西装又往她肩上提了提，然后揽住她的腰，"走吧。"

某酒店。

今天杨老太爷过大寿，杨家特地订了个宴会厅，此时宴会厅里觥筹交错，酒香四溢。

褚溪坐在最前头的大桌，兴致缺缺地喝着饮料。

大桌上只邀了他们褚家，她身边的位置空着，是留给她哥的。

“谢谢你们肯来捧我这老头子的场。”杨老笑得精神，手上甚至还拿着一个酒杯，跟褚父碰了碰。

褚父笑道：“您这是哪儿的话，我是您看着长大的，您的大寿，我自然是要来的。”

杨老笑容更大，他瞥了眼桌上唯一的空桌，状似不经意道：“最近褚氏越做越大，小鹰怕是很忙吧？”

褚母笑道：“是挺忙的，我们俩都见不到他几回。”

杨老侧过头，对身边坐着的年轻女子道：“你们看，小鹰没来，我这孙女可难过喽。”

杨若琳脸一红，嗔道：“爷爷！”

“哈哈，你们知道的，若琳小时候就喜欢跟小鹰一块玩。”

褚父褚母都笑了笑，不作声。

“我这孙女脸皮薄，什么话都不敢说出口，但我已经老了，脸皮什么的都无所谓啦，”杨老正了正色，悠悠道，“你们应该也知道，琳琳从小就喜欢小鹰，小鹰现在应该也还单着吧？我们两家是世交，要不趁这个机会，亲上加亲，看看有没有做亲家的缘分？我们杨家现在虽然不如从前了，但手里还是有那么点资本的，我知道褚氏最近在购地，这不，我手里就有几块好地，随时可以放在琳琳的嫁妆里头。”

褚溪听了，心头一跳。

这哪还是相亲啊，这都直接上升到联姻级别了！

她正准备发短信通风报信，突然听见身边杨家某位亲戚惊呼了声：“这不是褚鹰吗？”

众人齐齐侧目，这位亲戚把手上的平板翻转过来。

平板上是某个APP的晚会直播，上面正在播放走红毯的环节。

一位女明星穿着白裙，媚眼红唇，娇艳动人，身上还披着一件格格不入的西装外衣。

女明星身边站着一个男人，他穿着衬衫，手放在女人腰间，面容冷冽。

男俊女媚，十分搭配。

男人正是刚刚话题中心的褚鹰。

桌上安静了大半会，杨家人的脸色都愈来愈难看。

褚父轻咳两声，笑了笑，从容道：“……就是这么个情况。”

众多媒体没想到褚鹰会出现，先是愣了一会，随后咔咔咔的拍照声不绝于耳。天色已经暗下来，红毯上的灯光不够明亮，闪光灯此起彼伏，宿艺怕褚鹰不习惯，只笑了不到一分钟就晃了晃褚鹰的手臂，半挽着他的手往里走。

“你过来怎么也不跟我说一声。”进了场地内，她才问。

“临时决定的，合作谈完了，看还有时间就过来了，”褚鹰眉头蹙得死紧，盯着她的腿，“你知道现在外边多少度吗。”

“十多度？”宿艺小声道，“以前温度才几度的时候，你也就只穿了一件短袖。”

褚鹰顿了顿，敛眉问她：“你什么时候见到我只穿了一条短袖？”

宿艺这才反应过来自己说漏了嘴，忙转头抿唇笑着，伸手在嘴边做了个拉拉链的动作，然后挽着他的手臂，挑了个中后排偏角落的位置坐下。

因为举办方也不知道会有多少明星愿意过来捧场，所以座位没有硬性要求，都是来宾随意挑。

褚鹰默然不语，任她拉着自己走。

以前冬天在执行任务的时候，他们一般都会披件外套，不至于只穿短袖，除非是体力活，能出汗的任务，嫌大衣碍事，大部分人都会脱。

宿艺是在什么场合下看到他穿短袖的？

执行过的任务太多，他一时没能想起来。

因为他们入场时间比较晚，大多数人已经找好了位置。

虽说规模不大，但举办方关系网庞大，还是有不少大牌来的。嘉宾里，有点名气的基本都坐在前列，刚出道或是没什么名气的小明星，知道自己不用起身领奖，都乖乖地坐在了后排。

前后排人数较多，中间反而空了一大块，人与人之间基本隔了好几个座位，这也是宿艺挑这个位置的原因。

她坐下后，正准备偷偷跟褚鹰牵个小手，就听见周围的音响发出了声音。

“喀喀，”某个工作人员拿着麦克风试了几下声，然后道，“大家晚上好，是这样，我们这位置坐得有点零散，中间有一小块太空了，镜头里会非常奇怪，咱调调座位可以吗？后面的嘉宾们往前坐点，前面也可以不用坐得这么挤……非常感谢大家的配合。”

话音刚落，后面的小明星没什么动静，反而是前面的人开始动了起来。

没多久，宿艺身边就坐满了。

褚鹰伸手，在下面牵住她，偏过脑袋问："你提名了什么奖项？"

宿艺拿出手机看了眼吴雪的短信："新锐女配角。"

听起来就不是什么厉害的奖项，而且不是提名，是内定，没有其他候选人。

晚会很快开始，举办方请来的是两位老牌主持，往台上一站，随意说两句话，还真有那么点大型颁奖晚会的意思。

因为是直播，废话多了反而走不完流程，所以主持人说了两句之后就正式开始颁奖了。

前面颁的奖基本都是安慰奖，重头戏都在后面，所以前部分的气氛不算活跃。

镜头频频乱扫，其中得到最多镜头的是几位重量级嘉宾和当今很火的流量小鲜肉。

其次就是宿艺。

镜头第 N 次给到宿艺和身边的男人，她扯扯嘴角，牵出一个笑容。

而褚鹰则是面无表情，一个微笑都没有。

怕褚鹰不耐烦，她看了眼时间，小声道："我的奖项很小的，看时间，应该马上要到我了，不然我们领完奖就退场吧？"

褚鹰偏头，嘴边勾出一个弧度："好。"

终于，等到了宣布新锐女配奖项的时刻。

颁奖嘉宾拿着卡片，笑道："获得新锐女配角的是——"

宿艺松开男人的手，小幅度地整理了一下自己的裙摆，正准备站起来。

"——陈央！恭喜！"

宿艺动作一顿。

陈央年龄已经将近五十岁，专门演妈妈、阿姨类型的角色，有慈有恶，不少形象都已经深入人心，在群众中知名度很高。

人都入行近十年了，还拿过不少奖项，新锐女配这个奖项冠到她头上，实在是一言难尽。

镜头很快给到了陈央，她表情也有一丝微讶，不过很快就被完美地掩饰住，她从容起身，朝镜头摆了摆手。

宿艺若无其事地往椅背上一靠，脸上没什么情绪。

这种事情她已经不是第一次遇见了，之前有一个含金量极高的颁奖晚会，开始之前举办方已经通知她，让她准备新人女配角的演讲稿，结果到了颁奖当日临时换了别人。

当时她都能淡定地抬手微笑鼓掌，更别说今天这种小颁奖礼了。

但身边的人显然不是很满意。

宿艺看他一脸不悦，忍着笑，赶紧拉住了他的手，顾左右而言他："一会要不要跟我回家？"

他抿唇："嗯。"

这想发作又压低声音应和她的样子，简直太可爱了。

渐渐地，颁奖已经接近尾声。

她原本早早就想退场，但周围没人离开，她这么起身动作实在是太显眼。

"获得最佳女配角的是——"

会场的出入口并不是通用的，宿艺偏头，想看看哪个出口离他们的位置最近。

"——宿艺！恭喜！"

她还在偏头找着出口，听见自己名字后呆滞了片刻，直到灯光打到她身上，她才反应过来。

主持人打趣道："别看啦，就是你。"

众人哄堂大笑。宿艺眉头轻皱，直到在台上，看到自己手上那没刻名字的奖杯时才终于明白。

这举办方居然临时把她和陈央的奖项对调了！

她从没想过有一天，自己也会抢走别人的奖项，一时间有些蒙。

"来，宿艺，说一下获奖感言吧。"主持人乐呵呵地提醒着。

她表情不大自然，笑容难得地有些僵硬。

"……感谢尤奇群星夜把这个奖项颁给我，"她说到这里，卡了壳，片刻才道，"我会继续努力，认真拍戏的，谢谢。"

说完，场内安静了一会。

主持人不确定道："说完了吗？"

宿艺点头，嘴角扬起一个不太自然的弧度。

下了台，周边的人纷纷在祝贺她，她寥寥道谢几句，匆匆坐回了位子上。

后面在晚会上又发生了什么，她统统没听进去，直到晚会散场后，褚鹰才低声问："怎么了？"

她道："我好像拿了别人的奖项。"

毋庸置疑，举办方绝对是因为褚鹰的出现，才临时改变的获奖名单。

褚鹰沉默半晌，抬手摸了摸她的脑袋："也不是你的错，别不高兴。"

宿艺低低地嗯了声，正准备上车，就听见后面传来一声："宿艺。"

是陈央。

她手里还拿着奖杯，笑容温和："有空聊聊吗？"

宿艺的脸莫名地发烫，臊的。

"有的，"她说完，偏头对褚鹰道，"你先上去等我。"

褚鹰没动。

"没事的，我说几句话就回来。"

会场附近是一条江，旁边有一条小路，非常适合散步。

宿艺没走几步，先开了口："央姐，今晚的事我并不知情，对不起。"

"既然不知情，那你还跟我道歉做什么？这奖项可有可无，我没放在心上，"陈央笑了笑，"而且我找你也不是因为这件事。"

宿艺："那您……"

"我就是太久没跟年轻人聊天了，正巧看见你，就想着跟你聊聊，没打扰你吧？"陈央没等她回答，自顾自往地下说，"前段时间我一直在看《青葱岁月》，你在里面演得挺好的。"

宿艺受宠若惊："谢谢，我也很喜欢您演的角色。"

"怕你男朋友等急了，我就直接说了吧，我呢，打算转幕后，最近在筹拍一部电视剧，现在正在挑演员，"陈央笑道，"前段时间我给你那送了一个剧本，你看到了吗？有没有兴趣？"

宿艺一愣："是什么角色？"

"是女一号，校园剧，性格和你之前演的都不太一样，怎么样，要不要挑战一下新的角色？"

"……"

她瞬间反应过来——吴雪之前提过的天真单纯可爱的校园女主？

而车里，褚鹰也接到了长辈的电话。

褚母劈头盖脸就问："你是怎么回事？你和她才在一起多久，就闹得尽人皆知。我们褚家人向来低调，你倒好，谈个恋爱天天上报纸头条！哪天你要是要结婚了，我和你爸是不是也得从新闻上才能知道？"

褚鹰看了眼窗外："也不至于。"

"……"褚母扶额，努力心平气和，"你了解她吗，你们交往才多久，她家庭、学历、人品你知道多少？小鹰，妈不是不赞同……算了，我就是不赞同。"她说着说着，带些赌气的意味，"她在每部电视剧里都又凶又坏，我可说不过她。你要是把她娶回来，我们婆媳关系会非常紧张！"

褚鹰被"婆媳"这个字眼取悦到了。

他轻轻笑了声，然后道："妈，她不会跟您吵。而且婚后我们也不住在老宅，您放心。"

褚母："？？？"

陈央走后，宿艺边走边戳着手机，让吴雪把收到的剧本打印出来。

今天褚鹰带了司机，开的不是越野，是辆奔驰轿车，她坐上后座，男人放下手中的文件，问："聊完了？"

车里开了暖气，宿艺边脱着身上的西装外套边应："嗯。"

褚鹰接过外套，盖在了她的膝上。

"马叔，开车吧。"

"好。"

司机目视前方，缓缓启动轿车。

宿艺倚在褚鹰手臂上，褚鹰也不避着她，继续看着手头的文件。

很快，吴雪就回复了。

吴雪："剧本放你房间了。你现在在哪？有空的话，上微博发个道歉博。"

宿艺娘娘："道什么歉？"

吴雪："那句'关我屁事'呗……公关那边让你道个歉，还给我发了很多个文本，你是想自己来，还是我上你账号帮你发？"

宿艺娘娘："我自己来吧。"

她打开发微博的界面，皱眉想了想，写写删删，半天没写出几行字来。

她轻轻叹了口气。

褚鹰伸手，在她前额拨动了两下："怎么了？"

"没事，"宿艺低声道，"我在车上看手机就会晕。"

车速马上慢了下来，司机紧张道："是我开车太颠簸了？"

"不是，"宿艺解释，"我坐谁的车都是这样的。"

司机这才放下心，不过车速依然放慢了不少。

褚鹰瞥了眼内容，很快收回视线：“那就回去再写。”

宿艺道：“已经快写完了。”

来来回回检查了三遍后，她点击了发送。身边人的手机马上“叮”了一声。褚鹰这才拿出手机，慢条斯理地看了起来。

【宿艺：大家好，我是宿艺，在此，我要为自己在八月二十七号发表的不当言论道歉。身为公众人物，我没能好好地控制自己的情绪，对不起！往后我会谨言慎行，还烦请大家监督。但是，我也希望某些媒体能够就事论事，与我无干的事情麻烦不要往我身上牵扯。我现在正在剧组认真拍戏，多余的事情真的无心理会。感谢各位的关心，谢谢！】

他抬手，点了个赞。

偏过头，看到身边的人握着手机正在傻笑。

“头晕还在玩手机？”

“不是……你看。”宿艺弯着眸子，把手机举到他面前。

是一条微博评论。

“褚鹰秒赞……真的，点开褚鹰的微博，就像个宿艺资讯转播站，全是给宿艺微博的赞或者转发，他绝对给宿艺点了特别关注，我现在相信他们是真爱了。”

褚鹰看完，挑眉道：“行了，别看了。”

“好。”她把手机丢进包里，“你也不要看文件了，车上暗，对视力不好。”

两人把手头的东西全收整好，宿艺挽着他的手臂，十指相扣。

回到家，她刚关上门，就被男人从身后抱住。

她撑着他的手，笑道：“干吗？很痒。”

细细碎碎的吻落在她耳尖。

“明天回去？”

“嗯，”宿艺实在受不了他在耳边低声说话，“你先松开……我还没洗澡。”

最后，两人还是腻歪了一阵。

结束后，褚鹰揉着她的黑发：“明天我送你去机场。”

“不用，”宿艺没睁眼，喃喃道，“明天又不是休息日。”

“那我让马叔送你去，”他垂眼，问，“很累？”

废话。

“我杀青后，要天天去健身房，”听出男人话中的愉悦，她恐吓道，“榨干你。”

褚鹰笑了。

“嗯，不用去健身房，到时我带你去别的地方。”

“哪里？”

男人哂道：“我家。”

“……”

“不是老宅，我在这边有几套房子，其中一套是我常住的，”褚鹰道，“里面什么都有。”

？？？

…………臭流氓。

洗完澡，宿艺又是被抱回床上的。

宿艺懒洋洋地躺在床上，双手遮着眼睛，却没闭眼，褚鹰挪开她的手，对上她的目光。

“还不睡？”

“鹰队，”宿艺抓着他的手，蹭了两下，“才在一起多久，快被你宠坏了。我前几天上体重秤，胖了两斤，差点把吴雪气死。”

“胖了我也要你。”

“男人都是这么说的。”

褚鹰俯身，跟她接了个吻：“信我。”

第二天，她坐在浴室的台子上，认认真真地帮面前的男人刮胡子。

“你你你别动，”她很紧张，伸手固定住他的脸，“我怕刮伤你。”

褚鹰忍笑：“嗯，什么时候买的剃须刀？”

“去机场的时候，你别说话……啊！”

她突然被男人抱起来，强制性地挂在他身上。

男人抱得很稳，道：“刮吧。”

吴雪过来接她的时候，盯着她的脸，疑惑道：“你化妆了？”

宿艺喝着牛奶，胡乱摇头。

吴雪：“那脸怎么红成这样……”

她刚说完，就听见一道脚步声，转头一看，褚鹰从阳台走回客厅，身上穿着整齐的黑西装。

吴雪闭嘴了。

见到她，褚鹰淡淡道："司机在楼下等你们。"

怪不得公司今天不肯给她派保姆车，吴雪点头道："谢谢褚总。"

男人继续说："以后挑助理细心一点。"

知道他的意思，吴雪忙道："明白，我会仔细挑的，保证不会再出现这类事件。"

"嗯，"褚鹰敛眼，"我去公司了，到了给我打电话。"

宿艺还记着今早的事，赌气道："不打。"

"乖，"男人捏捏她耳朵，"听话。"

宿艺："……知道了。"

吴雪后悔来这么早了。

直到男人走后，屋里才终于回温。

吴雪轻咳一声："剧本看了吗？"

"还没有，"宿艺这才想起剧本的事，她喝下最后一口牛奶，道，"带去片场看吧。"

"之前你不是对这个剧本没兴趣吗？"

"昨天我跟陈央聊了一会。"

"说什么了？对了，昨晚的奖杯在哪？一会你拿着拍张照，那边的人来知会我，让你发条微博。"

提起那个奖杯，宿艺就头疼："能不能不拍？"

"为什么？"

"那奖项原本不是我的，举办方把我和陈央的奖项临时对调了。"

吴雪默了半分钟："你入这行又不是一两天了，没什么大不了的，不是什么重要奖项，陈老师应该也不会在意，世上不公平的事本来就很多，你别这么多愁善感的。"

宿艺撑着下巴，道："没多愁善感，我就是单纯看不起举办方，不想帮他们背广告。"

吴雪帮她收起盘子："不行，去拿奖杯，赶紧拍完去机场。"

回到上海，宿艺就像离了水的鱼，怎么都蹦跶不起来。

《暗涌》的拍摄渐渐到了尾声，剧组开会次数越来越频繁，有时一个镜头的细节部分都要开个会仔细研究。

宿艺其实挺喜欢这样的工作氛围，就是实在太累，每次拍戏加开会，回到酒店常常都已经是大半夜了。

今天又临时开了个会议。

还没有聊到自己的戏份，宿艺不想掺和，她敛眼，继续盯着黑漆漆的手机屏幕发呆。

屏幕忽然间亮起。

吴雪发了个网址链接过来。

吴雪：“有时间马上看。”

宿艺向程安安借了副耳机，把手机放在桌底下，点开链接里的视频。

视频刚打开，就听见一个用过变声器的声音，正在滔滔不绝地念着新闻稿。

“九月十二日晚八点，我们的记者朋友在某高档饭店看见了一个身材高大、气场十足的男人，哎？这男人怎么看起来有点眼熟？原来是褚氏新任老总！话说这位老总前段时间可是频频在秀恩爱，简直让人羡煞不已，就连小编也不例外哇！没想到在我们的记者准备离开之际，突然有个女人走到了这位褚总的身边，两人相谈甚欢，随后这个神秘女子的身份也马上揭晓，正是杨氏集团的千金杨若琳……”

随后就是一段关于杨若琳的冗长无聊的简介，把她夸得是天上有、地上无。

视频只模模糊糊地拍到了两人的侧影，其他什么都看不出来。但宿艺一眼就认出了视频里的男人，的确是褚鹰。视频只有几分钟，很快就看完了。

她安静片刻，摘掉耳机递给程安安：“谢谢。”

程安安接过耳机时不小心看到了网址上的黑粗大标题。

她一怔，问：“……艺姐，您没事吧。”

“没事，”她面色平静，看不出什么情绪，随手把手机放回包里，抬眼问，“聊到哪个镜头了？”

开完会，又是深夜。

宿艺起身准备出去，李敏叫住她：“你今天状态不错啊，平时开到这个点你都哈欠连天的。”

宿艺笑笑："嗯，不知道为什么，今天特别精神。"

回到化妆间，吴雪还在看新闻，见她进来，头也不抬道："这杨若琳是真舍得钱，热搜买这么前排就算了，评论里还全是夸她的，这个夸学历，那个夸家世，还蹦出十几个同学来赞美她的人品……"

宿艺不答，挎上包道："走吧。"

"回去了？"吴雪抬眼，"不卸妆再走？"

"回酒店再卸。"

刚走出片场大门，宿艺看了看空荡荡的街道，说："不然我们走回去吧。"

"行，"吴雪道，"反正没什么人，你口罩拉上去一点。"

宿艺嗯了声，把挎包随意斜挎在身上，两手插兜，步子很小。

"别难过了，"吴雪跟在她身边，道，"先问清楚吧，没准是误会呢？"

"我没难过，"宿艺说完，顿了一下，"算了，我难过是因为别的事。"

吴雪疑惑地转过头："什么事？刚刚开会的时候挨骂了？"

她摇摇头："还记得梁博的事情吗？"

"废话，那事才刚过去多久，现在还有不少黑粉在炒冷饭呢。"

宿艺不说话了。

吴雪急了，用肩膀撞了撞她："说呀，你想急死我？"

"我只是在想，"宿艺边走边看着自己的鞋尖，"原来自己的恋人跟其他人传绯闻的滋味这么不好受。"

"狗仔你又不是不知道，开头一幅图，剩下全靠编，"吴雪安慰完，又说，"不过这杨若琳来势汹汹的，够呛，我建议你还是当面问问褚鹰，把事情搞明白。"

"没什么好问的，"终于到了酒店，宿艺上了电梯，继续道，"我信他。"

吴雪："都听人说，热恋中的女人没有头脑，现在看来这句话非常正确，就连你也不能免俗。"

"我本来就是俗人，"宿艺笑了，"你说这圈子怎么这么难混？不仅要提防尾巴后边的狗仔，还要防着时刻想拉你炒绯闻的同行，就连谈个恋爱，都会连累对方被众人关注。"

许是她语气里的轻松太过刻意，吴雪转头，蹙眉道："怎么突然说这个。"

"没事，"电梯到了，宿艺先走出去，背着身子朝她挥挥手，"明天见。"

回到房间，她洗完澡，躺到床上，把脸埋在被子里。

五分钟后，她掀开被子。

……明明很困，却完全睡不着。

明天还有拍摄，她刚闭眼打算数羊，床头的手机响了一声。

都快半夜两点了，谁还会给她发信息。

室内空调温度很低，是适合在被窝里睡觉的温度。

被窝里伸出一只白皙纤细的手，抓住手机，嗖地缩了回去。

宿艺在狭窄的黑暗空间，把手机屏幕点亮。

褚鹰："拍摄结束了吗？"

她看着这几个字，莫名心安了许多。

宿艺娘娘："拍完了，怎么还没睡？"

宿艺娘娘："[熬夜使人头秃.jpg]"

褚鹰："在等你信息。睡吧。"

宿艺一愣。

她把聊天记录往上滑，才发现以往每天收工她都会给褚鹰发一条信息，而褚鹰每次都能马上回复。

也许之前拍摄完后倦意太浓，她从来没注意到这一点。

宿艺娘娘："啊……鹰队。"

宿艺娘娘："我好想回北京。"

对面回复很快。

褚鹰："我现在帮你订机票。"

宿艺娘娘："别，我明天一天都是戏，走不开。"

褚鹰："我去找你。"

宿艺娘娘："最近不是在忙收购？"

褚鹰："当天来回，够了。"

宿艺只觉得心头暖暖的，浑身都充满了活力。

宿艺娘娘："别来了，我马上杀青了，回北京后我要挂在你身上，当只树袋熊，谁都扯不走。"

褚鹰此时正坐在大床上，灰色的被褥上放着文件，手机则躺在文件旁边。

他看完对方发来的话，轻笑了声，正准备回复，外边传来一阵轻轻的敲门声。

"小鹰，你睡了没？"

是褚母。

褚鹰抓起手机，回了条语音，然后才起身去开了门。

“妈，什么事。”

褚母手上拿着一瓶牛奶，道：“都多晚了，我看你房间灯还亮着，就上来看看，怎么还不睡？”

褚鹰一个月基本就在老宅住两三天，所以每次回来褚母都要挂心着。

褚鹰道：“这就睡了。”

身后的手机响了一声，声音清脆。

“这么晚了，还在跟谁聊天？”

褚鹰并不遮掩，接过牛奶，一口饮尽：“妈，你不用明知故问。”

“……”褚母撇嘴，接过杯子，“早点睡吧，明天不是还要开一天的会？”

“嗯，”褚鹰关门前，突然想起什么，“妈，明年你别去海南过年了。”

褚母停下脚步，一脸的莫名其妙：“这才九月份，怎么就说起过年的事儿了？”

“没事。”

褚鹰像是想到什么，嘴角轻勾，啪嗒关上了门。

褚母拿着空杯子，越想越不对。

一个想法在她脑中出现。

她忽然睁大眼，加快脚步下了楼。

杀青日当天，天气晴朗，阳光明媚，是个变树袋熊的好日子。

宿艺坐在长椅上，在跟吴雪聊着下一部剧本的事。

“艺姐……”

宿艺抬眼，看到来人，好看的眉头微微蹙起。

安璇穿着一身简洁的白衣黑裤，不知何时进了片场。

上次的事件，给吴珂带来了不小的冲击，听吴雪说他至少丢了两部影视资源，其他零散的，比如代言方面就更不用提。徐倩岚更是直接没了声响，连微博都没发过了。

而安璇自进了她的黑名单后，也在她的世界销声匿迹了一段时间。

吴雪也有些惊讶，不过她马上回过神来：“安璇，你怎么在这？”

安璇绞着手指：“我一直没回北京。”

“……我不是问你这个，”吴雪扶额，“找我们有事吗？”

安璇：“艺姐，您有空吗，我们聊聊可以吗？”

“要说的我之前都已经说完了吧，”宿艺也觉得头疼，她看了眼坐在不远处的吴珂，对方坐得悠闲，看都没看这边，跟个没事人似的。

但她知道，安璇胆子小，要是没人支使她，她是不会来找自己的。

她收回目光，继续道：“我觉得没有必要再重复一遍。”

安璇咬了下唇，说道：“艺姐，我知道您不方便再参与这件事，我、我不会让您白帮忙的，您有什么条件的话……”

“条件？”宿艺轻笑一声，“我提的条件，怕是你给不起。”

“您不说，怎么知道我给不起呢？”

“行了，我不想再跟你们绕弯子，”宿艺打断她，“安璇，我知道是吴珂让你来当说客的。这件事跟我本身就没关系，我的确不打算再掺和进去，再者，吴珂到底是哪来的脸皮，前段时间处处针对我，拖我拍摄时间，现在还好意思来找我帮忙？我不踩一脚，他都该偷着乐了，不要得寸进尺。”

安璇吸了吸鼻子：“您……不是点了个赞吗。”

“……”宿艺哑然，懒得解释，“那你就当我是落井下石吧。别再来找我了。”

安璇再次哭着离开了。

吴雪看着她的背影，啧道：“你注意下用词嘛，又把她说哭了。”

“好声好气地说话，我怕他们俩听不懂。”

“您着点吧，兔子急了也是会咬人的。”

宿艺耸耸肩，没再继续这个话题。

最后一镜拍完，订的食物也送到了。

订的食物非常豪华，价格不菲。

吴珂站在桌边，忽然笑道：“不愧是小艺，可真大方。”

宿艺扯扯嘴角：“订这一顿，我得心疼好半天，大家吃得开心就好。”

吴珂对她敌意太重，她可不敢随随便便接上他的话。

随便吃了两口，她便起身跟剧组道了别。回京心切，昨晚她就已经收拾好了行李，现下提着行李就迫不及待地去了机场。

到北京时，已经是下午四点。

吴雪走出通道，问：“回家？”

“不回，”宿艺看了眼时间，道，“我有点事，你帮我把行李拿回去吧。”

吴雪：“你去哪？我让保姆车送你过去方便一些。”

“我已经叫好车了。”宿艺晃了晃手机，把行李推到她身边，然后转身小跑着离开了。

吴雪哭笑不得，心里不是太担心。

杀青提前了一日，应该不会有记者跟着她。而且她除了褚鹰那，还能去哪？

宿艺上了车，司机道：“美女，褚氏大楼对吗？”

“对，谢谢。”

到了目的地，宿艺把口罩捂紧，低头快步跑进了大楼。

她走到前台，闷声问：“你好，请问褚鹰的办公室是在几楼？”

前台小姐站起来，看到面前把自己遮得严严实实的女人，柔声道：“您好，请问您有预约吗？”

宿艺为难道：“还要预约？没有预约就不能见了吗？”

“当然不是，”前台小姐拿出一张表格，“麻烦您填一下相关信息，我向褚总办公室汇报一下。”

宿艺接过来，在上面写上自己的名字。前台小姐接过表格，看到名字后心头一惊，赶紧把表格收了起来：“宿小姐，您好，褚总办公室在二十二层，电梯在左前方方向，出电梯后右拐走到底就是褚总办公室了。”

宿艺点头，朝她笑笑，虽然没看到嘴巴，但眸子弯了起来，非常好看。

她刚走，另一位前台工作人员从办公室里出来。

前台小姐忙道：“宿艺刚刚过来找褚总了，刚上去！天啊，她本人也太好看了吧。”

“什么？”刚出来的女人表情怪异，“……刚刚，有个杨小姐也上去找褚总了，说是过来送请柬的。”

电梯门打开，宿艺快步走出去，右转直走。

很快，她就看到了办公室大门。门外坐着一个男人，见到她，起身道：“您好，我是褚总的办公室秘书，您是……”

“……我是宿艺，没预约，他方便见我吗？”

宿艺有些憋屈，她没告诉褚鹰自己提前杀青了，原想给他个惊喜。现下看来，自己可能是天生不适合送惊喜体质。

“当然，”秘书马上反应过来，道，“不过褚总现在正在开会，要不您在办公室里稍等一会？”

宿艺正准备说话，身边的门忽然被打开了。

里面站着一个女人，一头乌黑卷发，穿着一身的名牌，见到宿艺，她扬起嘴角，道：“宿艺是吗？”

宿艺在新闻里看过眼前人的照片。

她不冷不淡道：“你好。”

杨若琳颔首，道：“方便聊聊？”

待客室的门再次关上，门口的男秘书一脸复杂。

这……这不会吵起来吧？

杨若琳似是也没想到会在这里遇见宿艺，她笑着酝酿了一会儿，丢出一句：“没想到褚哥哥现在喜欢这一款的。”

宿艺也笑，语气自然。

“对，他就是喜欢我。”

杨若琳没想到宿艺会这么答，半天没说出话来。

其实这么多年过去了，她对褚鹰的印象早就淡了不少，在国外也谈过不少任男朋友，由于爷爷的命令，她在回国之前分了个干净。

她回来的目的很明确，就是来联姻的。

杨氏集团接连几项投资都宣告失败，这两年算是陷入了危机，银行不愿意再放贷款，也没有别的企业愿意白白帮忙。

联姻就是杨老想出来的其中一项对策，想到的第一个联姻对象就是褚氏。

他们的关系网里，没有比褚氏更好的选择，资本足，还有适龄且优秀的联姻人选，绝对是上上之选。

她缓过表情，道：“你未免太自信了，男人的喜欢从来不长久。”

“这个就不烦你来操心了，”宿艺睨了她一眼，“还有什么事吗，没有我先走了。”

“走？去哪？”

宿艺似笑非笑：“跟你有什么关系？”

“大家都是女人，我给你点建议吧，”杨若琳拨动了下自己的卷发，“趁现在还没有太难看，你最好先自觉离开褚哥哥，省得日后丢脸都没地方哭。”

宿艺双臂环抱，道：“你都不觉得丢脸，我丢什么脸？”

杨若琳眼一瞪："你！"

"你是被自己买的那些水军夸晕了头？还真自我感觉良好了，快醒醒，照照镜子。还有，"宿艺打断她，嗤笑道，"我不喜欢别人叫我男朋友'哥哥'，大家都不熟，套什么近乎呢？"

杨若琳："我和褚哥哥认识的时候你还不知道在哪玩泥巴！"

"你以为是在食堂吃饭，还讲究先来后到？"

杨若琳气得脸上的腮红都重了几分："你真以为褚哥哥对你是真心的？你没看到前段时间的视频吗？"

"什么视频？"宿艺故作疑惑，然后恍然大悟，"你说的是你们俩在厕所门前那段录像？"

"对，"杨若琳像是终于找回场子，头一扬，"我们杨家马上就要和褚家联姻了，你们这些女明星别跟苍蝇似的，看谁有钱就往谁身上贴！"

"苍蝇？那你是什么，老鼠吗，"宿艺不气反笑，"就连一段不到十秒的视频都要PS成慢速度效果再放到网上，你说你丢不丢人？"

杨若琳像是被重重打了一拳，张嘴半天才找出声音："……你怎么知道？"

视频里，褚鹰手里的手机屏幕是亮着的。

大红色的兔子屏幕非常显眼，是宿艺设定的来电墙纸，十二号晚八点的确是她打的电话，因为临时有事，所以她只等了不到十秒就挂了，可是视频里手机屏幕足足亮了几十秒。

她并不打算解释，嗤笑道："就这点脑子，还敢来抢我的男朋友，梁静茹给你的勇气？"

"你不要以为长得好就了不起，皮囊而已！"杨若琳气得坐不住了，想站起来提提气势，没想到站起来生生比宿艺矮了一个头，还是得仰着头说话，"我查过你，本科，农村出生，就是一个乡下农妇！"

"农村出生怎么了？你吃的米都是在城市种出来的？"宿艺拿出手机，看了眼时间，"我是农妇，那你是什么，泼妇？"

她收回手机，笑道，"真不敢相信你受过高等教育，那些学历该不会都是买的吧。"

杨若琳脸更白了："你胡说八道什么，你这个三流演员！"

宿艺眉梢一挑，上下打量了她一番，不屑溢于言表："你这种段位放在电视剧里，可是活不过一集的。长得不怎么样，想法倒是挺多，省点心，好好做人吧。”

杨若琳哪听过这些话，伸手就想给眼前的人一巴掌。

结果手刚抬起来，就被宿艺牢牢抓住了。

宿艺抓着她的手，凉凉道：“怎么，还想动手？你以为你打得过我？”

宿艺手劲不小，杨若琳被抓得生疼，又气又急，眼泪都冒出来了，咬牙切齿道：“宿艺，你以后别想接到戏了！”

“我好怕，”宿艺噘嘴，“你千万不要封杀我，不然我以后只能靠男朋友养了。”

“……”

杨若琳气得说不出话，宿艺手劲愈大，她正准备尖叫，就听见外面传来几道脚步声。

褚鹰刚开完会，正在听身后人的会后补充，抬眼看到秘书站在待客室外，焦头烂额地转着圈。

见到他，秘书如蒙大赦，赶紧走了上来。

“褚总，宿小姐和杨小姐来了，”男秘书小声道，“都在待客室里。”

身后跟着的员工马上闭了嘴，互相交流了个眼神。

秘书刚说完，待客室的门啪嗒一声，开了。众人忙循声望去。最先出来的是杨若琳，她吸着鼻子，见到褚鹰，眼泪流得更凶了，一脸委屈道：“褚哥哥！”

褚鹰蹙眉，眼底布满不悦。

宿艺紧随而出，她两手握着挎包的背链，低头垂眼，表情隐忍。

她抬头，对上褚鹰的眼神，眼圈开始泛红，又生生忍了回去，像极了受人欺负的小媳妇，看得褚鹰心头一阵火。

第十二章
最幸运之人

他把文件交给身后的员工，大步走了过去。

杨若琳伸手想抓住他的衣袖，却抓了个空，只觉得身边吹过一阵凉风，男人看都不看她一眼，直直走向了身后的人。

宿艺见他过来，还没来得及说话，就被男人搂着腰，半推着进了办公室。

办公室门重重地被关上。

宿艺感觉到他的火气，赶紧擦掉眼泪，抬头笑道："别气，我没被欺负，是装给那些员工看的……"

褚鹰当然知道这小妮子全是演的，他并不觉得杨若琳有本事把宿艺惹哭。

但看到那场景时，他还是忍不住一阵恼火。

"你装给他们看干什么。"

宿艺小声道："毕竟是你的员工，我不想给他们留下不好的印象呀。"

褚鹰眉间舒缓，叹了口气，不轻不重地揉了一把她的头发："你是他们的老板娘，不需要征得他们的喜欢。"

宿艺挣脱出来，坐到办公桌上，然后朝他摊开手。

"过来，大树。"

褚鹰失笑，走过去，稳稳地接住扑上来的人。

宿艺咬了一口他的脖子，道："说，你和杨若琳在厕所门前说什么了？坦白从宽，抗拒从严。"

褚鹰这段时间忙着工作，娱乐新闻压根没看，加上宿艺最近没发微博，他就连微博都没打开过。

他挑眉想了会，终于翻出了那一小段记忆："没说什么，她跟我打了个招呼。"

“那你说什么了？”

“我问她是谁，”褚鹰闻着她发间的味道，“然后就走了。”

宿艺这才满意了。

“其实我刚刚也没说什么，是她心理承受能力太差，动不动就哭，”她把头埋在男人肩上，小声道，“不会影响到公司吧？”

“不会，他们还没那能耐，”褚鹰道，“倒是杨家最近总是提联姻的事，估计是想要投资。”

“他们做梦！”宿艺忙挺直背脊，宣布主权，“你可是我的！”

褚鹰笑了：“嗯。”

“想要投资，还想联姻，他们想得倒美，怎么有这么不要脸的人，什么便宜都让他们给占了！”

看着她气鼓鼓的模样，褚鹰的气终于消了个干净。

“怎么今天就回来了？”

“提前杀青了，”宿艺怕他抱着累，松了脚想下去，没想到被他抓住，又挂上了腰，“别抱了，我这么重，你累不累？”

“不累，”褚鹰道，“我能抱多久，你不是试过了。”

宿艺脸腾地红了，在他胸前捶了一下：“还在办公室！”

她是卸了妆才过来的，现下脸蛋红得可爱。

褚鹰喉结微动，低头在她唇畔轻啄了下，然后把人放到了桌后的老板椅上。

他起身，整理好衣服，摁下办公桌上的座机：“进来吧。”

话音刚落，办公室大门马上被推开。

刚刚跟在他身后的那群员工快步进来，个个眼观鼻、鼻观心。

站在最前面的经理道：“褚总，方才的汇报需要重复吗？”

“不用，”褚鹰道，“东西放下就出去。”

男秘书紧随在后进来，他先是看了宿艺一眼，然后小声道：“那个……褚总，杨小姐留了一封请柬，邀请您去她的生日晚会。”

“丢了。”

“好的。”

员工全出去后，褚鹰把文件随手放到一边：“晚上想吃什么？”

“什么都想吃，”宿艺苦着脸，“可是最近又胖了，十月份有不少活动要参加，吴雪不让我吃了。”

“放心吃，不会胖。”褚鹰揉搓着她的耳朵，正准备说什么，手机响了。

他看了眼来电显示，接起问：“什么事。”

“鹰队，晚上来吃饭？”那头的男人豪爽道，“明队退伍了，刚回京，他还在飞机上呢，今晚我们组了个饭局，明队特地让我来招呼您，您来吗？”

褚鹰眉梢一挑，敛眼时刚好对上宿艺的眼神。

“来。给我留两个位置。”

挂了电话，宿艺问：“怎么了？”

“聚餐，”褚鹰道，“之前你见过的那群人。”

宿艺忙站起来：“那我得去化个妆。”

褚鹰拦住她的腰：“有什么好化的。”

“见你朋友，我得好好打扮打扮，”她忽然想起什么，问，“上次在饭店遇见你们时，我化妆了吗？”

褚鹰轻哂道：“化了。”

化着妆，穿了超短裤和紧身白短 T，惹眼得很，像挥挥手就能招呼一街人来的混混女大佬。

“那就好。”她松了口气。

“别化了，”褚鹰手仍拦着她，“现在就好看。”

宿艺摇头，她若是早知道今天会撞见杨若琳，一定不卸妆。

现在想想都后悔！

她坐到旁边的沙发上，随手化了点淡妆，把头发披散下来，问在看着文件的男人：“好不好看？”

褚鹰：“好看。”

宿艺道：“你都不看我！”

褚鹰忍着笑偏过头，认认真真看了几分钟。

“真好看。”

宿艺这才满意了，把东西都收进了包里。说是化妆，其实也就描了眉，涂了口红，不过她本身就白，看上去倒像化了全妆。

定下的地方比较偏远，是家农家乐，从他们这过去得要一个多小时，所以在公司其他员工还没下班时两人就出了办公室。

而刚刚离开的那几位员工，已经把方才发生的事情在公司分享了一遍。

褚鹰发现，今天上前来跟他打招呼的员工比平时还要多。

女员工是一向都多，今天就连男员工也特别积极，个个都能从大楼各处绕到他面前来。

正想着，又是一个男员工走了上来。

“褚总好。”

打着招呼，眼神却不断瞄着身边的宿艺。

宿艺正低着头在看陈央发来的短信，没注意到眼前的人。

褚鹰认出眼前的员工，他敛眼，淡淡道：“挺闲的？多做两份企划案，明天交上来。”

男员工一怔：“啊……”

“我的耐心有限，驳了两次，事不过三，珍惜这次机会吧。”

丢下这句话，褚鹰圈住身边的人，大步离开了公司。

路上，宿艺睡了一觉。

刚拍完戏就赶回了北京，在飞机上因为太开心了也没怎么睡，现下到了男人身边，困意反倒全上来了。

红灯，褚鹰伸手把她的小脑袋往上提，嫌不够，又解开安全带，把她的座椅调整成躺椅。

在帮她重新扣安全带时，女人迷迷糊糊地醒了下，她眸子里都是水意，看了两眼，然后身子微微往前凑，亲了下男人的脸颊，才又躺了下去。

到的时候，农家乐外已经停了不少车子。

感受到车停了，宿艺揉揉眼睛：“到了？”

“嗯，”褚鹰拿过她放在旁边的包，“困的话，一会我们早点回去。”

“不困，”宿艺坐起来，伸了个懒腰，“你好好叙旧，别顾着我。”

农家乐里，几个大男人正排排坐着在钓鱼，已经入秋，几人穿得却都单薄。

其中一个啧道：“哎，这鱼一点都不肥，看着就没咱那回钓的好吃。”

“人工养的和野生的哪能比？”

“我记得当时鹰队钓的那只最大！”

“说我什么？”

男人清冷的声音在身后响起。

大家纷纷回头，只见他们的鹰队西装革履，面色如往常般冷峻，就是……

肩上背了个毛茸茸的白色小挎包。

这挎包，还没他们的拳头大。

鹰队身边站着个女人，她头发柔顺地披在肩前，穿着简单的打底衣和浅棕色小外套，下面是一条修身牛仔裤。

免疫力太差，宿艺不敢皮，每天都穿得严严实实。

她扬起嘴角，招呼道："大家好，又见面了。"

一个男人站起来，用手使劲搓了搓裤子，然后才伸过来，显然是认出她了："你好，你好，上次我就觉得你很眼熟，果然是电视里那个……真人太漂亮了，妹子。"

其他几个马上也跟着起来了，大家都面带期待，跟参加握手会似的。

"她是你们嫂子。"

一句话，把几人的热情咻的一声吹灭了。

连烟都没冒。

宿艺刚想伸出手，面前的男人赶紧把手缩了回去，嘿嘿笑了两声："嫂子好！"

"嫂子好！"

几人的嗓门都大，是之前训练时常用的音量，直接把宿艺给喊精神了……

她努力压制着心底的小喜悦，面上还要故作平静："你们在钓鱼吗？"

"对，嫂子！"

褚鹰："想钓？"

"想，"宿艺好奇地张望了下，"我从没钓过鱼。"

褚鹰当即找人拿了根钓鱼竿来。

农家乐的小池塘不比外面的江河，一个小小的池塘放满了鱼，就为了让顾客图个乐呵。宿艺没多久就钓了一条上来，肥肥大大，还在地上活蹦乱跳。

褚鹰刚准备上前帮她把鱼从钩子上拿下来，就听见一道熟悉的声音。

"鹰子。"

宿艺循声望去，不远处站着一个男人，穿着简单，身材高大，一只手被白纱布包裹着，松松散散地吊在胸前。

褚鹰起身道："明队。"

宿艺马上也放下钓鱼竿，跟着站起来："你好。"

被称作明队的男人先是点头，见到宿艺，他眉头微蹙，想了半天才道：

“你好，你是……”

褚鹰言简意赅：“我姑娘，宿艺。”

明队一脸惊讶：“速度挺快啊，我之前还担心你小子娶不到老婆呢。”

他重新打量面前的女人，长得好看，身材也好，“挺好的，我是褚鹰以前刚入队时的队长，周明，你可以叫我明哥，也可以跟他们一块叫我明队。”

宿艺礼貌道：“我随他一块喊您明队吧。”

周明笑了：“成。”

褚鹰看了眼周明的手，很快就收回了目光。

“老板们，”后厨的位置走出一个服务员，道，“钓到鱼了吗？钓到我们就拿去加工啦。”

“钓好喽，”身边一个男人拎着水桶，另一只手单独拿着宿艺刚钓上来的鱼，边走边嚷道，“这条，最大这条，给我们好好加工哈！是我们嫂子钓上来的！”

……

十多个男人围着大木桌坐，桌子很大，每个人说话都中气十足。

“明队，没想到您也这么快就退伍了！”

“这还快？”周明乐了，“我都三十多了，有儿有女的，早退下来不是正常的。”

“也是，您这手，没事吧？”

“没事，”周明说得随意，“小伤而已。”

他身边的人惊讶道：“胡说，什么小伤能让您直接退下来啊？”

那人刚说完，头上就挨了一记。

周明边拍边笑道：“说了不是为了这个退下来的，我回来陪老婆女儿。”

那人揉揉脑袋，笑嘻嘻道：“我还以为您跟鹰队一样呢。”

宿艺眼皮跳了几下。

她还没来得及想明白，就听见周明转过头来问：“鹰子，你伤好些没？”

褚鹰一脸云淡风轻：“早没事了。”

“所以说现在医学就是发达，”周明继续道，“这种伤换作我年轻那会，早没命了，算你小子命大。”

宿艺心一沉，偏过头盯着身边的人看。

什么伤？伤在哪？什么时候伤的？

她怎么从来没见过伤口？

注意到身边人的情绪，褚鹰拿起筷子，淡淡道：“嗯。”

反应过来对方不想再继续这个话题，周明马上笑道：“我上次回来时，吃的就是这家农家乐，没想到现在还开着，味道挺好的，大家伙都多吃点啊。”

很快，菜就都上来了，宿艺钓上来的那只鱼最大，做了清蒸，上面盖着一堆香菜叶子，她看得不是很有胃口。

随着鱼上来的，还有几瓶二锅头。

坐在靠门位置的男人接过酒，笑说：“明队，您是不知道，我们不是第一次见到鹰嫂了，鹰嫂喝酒，那是一个。”他竖起了大拇指。

宿艺扯出一抹笑，刚想说什么，身边的人先开口了。

“这酒烈，她不喝。”

“我能喝的，”宿艺紧接着道，“我酒量还行，既然是跟大家一起吃饭，当然得随着喝点。”

她把自己的酒杯往前推了推，“帮我倒些，谢谢。”

男人拿着那瓶二锅头，满脸为难，倒也不是，不倒也不是。

最后还是周明开了口：“既然小艺都开口了，给她倒些，不过别太多，这酒劲儿大。”

酒都倒上后，大家起身碰杯。

宿艺碰完杯，一口饮尽，比周围男人的速度还快。

周明笑着赞道：“不愧是鹰子看上的人，豪爽。”

宿艺笑笑，正准备起身再给自己倒一杯，被身边的人拦住了。

“别喝了。”

宿艺没看他，还是想拿不远处的二锅头：“我就喝一点，不碍事。”

褚鹰眉头紧蹙，拦下她的手，不由分说地把她面前的酒杯撤了，换成了另一个干净的杯子，倒上了满满一杯白开水。

宿艺坐得稳稳的，没再说话，她心底有些烦躁，又不知道自己在烦什么。

她一听到褚鹰差点没命，魂都去了一半。

她现在的表情一定很丑。

周明坐在他们正对面，把两人刚刚的交流看在眼里，心底的答案越来越清晰。

他忽然拍了下大腿，把众人的目光都吸引了去。

“小艺，”他问，“你以前是丁镇的吧？”

宿艺手上一顿，随即点头笑道：“对。”

“果然没错，”周明也笑了，“我说呢，怎么觉得你这么眼熟。”

褚鹰在他们之前看了几眼，有些疑惑。

见他这模样，周明问：“鹰子，你该不会忘了吧？”

“什么？”

“丁镇当时的泥石流啊，我们去救援的时候，小艺不就在里面嘛！”

提起之前的英勇事迹，周明越讲越欢，“当时她还是个小姑娘呢，你也才二十二还是二十三来着？不记得也正常。”

众人齐齐把目光放到两人身上。

宿艺和褚鹰却都沉默着，没说话。

“原来是英雄救美，所以嫂子以身相许？”他身边的男人哈哈道，“真浪漫！”

旁边的人撞了撞他，小声道：“浪漫什么呀？你没见鹰队根本不记得了？”

“那明队，您怎么还记得？”

“印象太深刻了，”周明道，“当时小艺哪有这么高，个子小小的，鹰子把她扛在肩上。回去的路上，小艺一直在问鹰子的名字，但鹰子就是打死不开口，小艺就这么问了一路……她是我在那场救援里遇见的印象最深的人了。就是现在长大了，好看多了，所以刚刚一下没认出来。”

“丁镇那次！我想起来了，当时鹰队刚当上副队！”

周明点头：“是啊，满腔热血，往前冲的那股劲儿，现在想想都觉得有趣，哈哈。”

刚说完，就有服务员端了几盘菜上来，打断了这个话题。

“行了，陈年旧事，好汉不提当年勇，”周明笑道，“吃饭，吃饭。”

宿艺偏头看了身边男人一眼，他面色如常，给她盛了碗汤。

“喝汤。”

“嗯。”宿艺接过来时，趁桌上人聊到了周明最近一次任务，她攥着他的手，拖到了桌底下。

男人的手粗糙宽厚，宿艺从手掌摸到手肘处，平平坦坦，没有什么奇异的地方。

这男人到底伤的哪？！

“嫂子，女孩子要吃这个。”坐在不远处的人把装蛇肉的盘子转到了她面前，“说是养颜美容的，刚好你是明星，吃了越变越漂亮啊。”

宿艺松开褚鹰的手，低低道：“好，谢谢。”

从开席到结束，男人们的声音就没停过，几人喝高了，还一唱一和，唱起了《团结就是力量》。

宿艺安静地吃着饭，跟上回咋咋呼呼跟别人拼酒的样子截然不同。

周明拿起杯子道：“鹰子，来，我们俩走一个。”

褚鹰点头，他开车过来的，本来没打算喝酒，所以面前没有酒杯。

他拿起之前从宿艺那没收来的酒杯，给自己满上，举杯道：“退伍快乐。”

周明笑道：“快乐，快乐。以后大家常常出来聚聚，都是兄弟，有什么困难直接说。对了，鹰子，辉子的事是你给他解决的吧？那小子给我打电话，一把鼻涕一把泪的。”

“小事。”

褚鹰一饮而尽。

“哎，你别喝这么猛，一会还要送小艺回家呢。”

“我叫司机过来。”褚鹰说着又给自己倒了一杯。

酒过三巡，褚鹰起身：“我出去打个电话。”

褚鹰刚出去，周明就问：“小艺，你和鹰子什么时候在一起的？”

宿艺笑笑：“就最近的事儿。”

“我知道，最近新闻上老能看到鹰队和嫂子，新闻还是我老婆拿给我看的，我跟她说这男的是我队长，她就是不信！”

旁边的人笑了：“你也不看看你跟鹰队差了多少。”

又是一阵哄笑声。

“缘分，都是缘分，”周明两腮红红，道，“我都不知道多少年没喝过这么畅快的酒了。小艺，你应该记得鹰子吧？当年你可是一直盯着他瞧，该不会那个时候……”

“当然记得，”宿艺笑道，“其实我对您也有一点印象。”

“是吗，那你是对我印象深一些，还是对鹰子印象深一些？”周明笑了，“当时我看你一脸想哭又不敢哭的，可是一直在逗你呢。”

宿艺应和着笑了两声，正准备回答，身后传来开门的声音。

褚鹰进来，拿起椅子上挂着的外套，顺便握住了宿艺的手。

“那我们先走了。”

“这就走啦？”周明看了看时间，“这才几点。”

“快九点了，”褚鹰道，“她明天还有工作。”

宿艺一愣，她自己都要忘了，明天得去趟公司。

“没事，我起得来的。”

褚鹰直接无视了她的话：“我让司机叫了几个代驾过来，你们都喝酒了，别开车了。”

“行吧，其实就喝一点，也不会醉。”周明像是打开了话匣子，哈哈道，“记得在云南那会，我车后座都放着酒，就准备什么时候运气不好要栽了，就喝上两口。”

宿艺的手紧了紧。

这段时间拍戏需要她剪了指甲，在北京的机场候机时，吴雪帮她涂了点粉色指甲油。

现在粉色的那一小部分已经陷进了褚鹰的手背里。

褚鹰眉头都不皱一下，拉着女人出了包厢。

他们先去了前台，把账结了。

上了车，褚鹰淡淡道：“开车吧。”

“好。”司机马上发动车子，问，“褚总，车窗……要开吗？”

“开一些，上了高速再关。”

宿艺闻着男人身上淡淡的酒味，心底躁动不安。

车还没开多久，她的手就摸进了男人的西装外套里，隔着白衬衣，在他身上找着什么。

男人稳着不动，任她摸索。

“伤在哪里？”

褚鹰这才抓住她的手。

“很久之前了，已经全好了。”

宿艺：“在……”

她话还没说完，就被结实地吻住。

她身后是门把手，抵得她背脊生疼。

褚鹰边吻着边把手覆到她身后，帮她挡住了身后的硬物。

司机专心开着车，连呼吸都不敢太大声。

回到家已经接近十一点。

宿艺坐在他腿上，问他：“为什么我没找到伤口？你到底伤在哪里？”

褚鹰抓起她的手，一路往后，直到背脊右下方。

她摸到了一道凹凸不平的圆形疤痕。

他们在一起这么久，她至今没发现男人这处有个疤痕。

大床上。男人趴着，两手垫在脸下，这个动作使得他两臂肌肉和背脊的肌肉线条非常明显。

宿艺躺在他背上，手指头轻点着男人后背的疤痕。

圆形，范围不大，看上去也不是很狰狞。

“是什么伤的？”

“刀。”不等她问，褚鹰继续道，“不是很严重。”

房间里又恢复了平静，褚鹰只能感觉到女人的手还在他伤口处流连。

在周明没说之前，他还真不记得他和宿艺还有那么一段故事。

他参与过的救援行动太多，救过的人也不少，丁镇那次的泥石流，困了不少人，情况紧急，他就算现在仔细想，都想不出来女人以前的模样了。

周明说是个小不点。

那也就是比现在矮一些。

正想着，后背传来了温热的湿润感。

他还没回过神，又是几滴滴落在背上。

他眉梢一挑，起身看着身后的人。

宿艺两手捂在眼前，没看他，室内的灯光打在她手背上，湿漉漉的，泛着光。

他眼底带着无奈，把人拉到自己怀里。

“哭什么？”

宿艺摇头，吸着鼻子：“不知道。”

默了一会儿，她又问，“当时疼不疼？”

“忘了，没醒着。”

男人努力轻描淡写，宿艺的眼泪却流得更凶了。

她不爱哭，平时除了演戏外基本不见眼泪，直到遇见褚鹰后，泪腺像二次发育，眼泪总是说来就来。

幸好他没事。

幸好还能遇见他。

她之前跟李敏去吃饭时，曾调侃似的说过，说她大事上都倒霉，小事上才会有点好运气。

现在她要收回这句话。

这世上没人比她更幸运了。

待她哭够了，褚鹰才把她轻轻抱在怀里，道："睡吧。"

她迷迷糊糊地嗯了声，眼睛都哭疼了，片刻后忽然觉得身边一轻。她睁开一条眼缝，发现身边的人起身去了阳台。

男人就这么站着，什么也没做，没一会就回到了床上。

她转了个身，窝进褚鹰怀里。

不知道是不是错觉，她总觉得今天晚上情绪异常的，不仅仅是自己。

回京后，宿艺的日子也并没有清闲多少。

在剧组待了这么长的时间，这会回来，所有工作都堆到了一起。

今天来拍摄 Pasion 的新季单品。

冬天马上要到了，Pasion 的新款几乎都是靴子，宿艺看得心痒痒，试穿时拍了几张照片发给褚鹰。

宿艺娘娘："哪双好看？"

褚鹰正在跟合作方喝咖啡，听到声响，他看了看聊天框。

"这企划就这么定了，受您照顾，期待合作。"坐在对面的中年男子把企划案原版双手推到褚鹰面前，自己把复印件给收好，抬眼却看到褚鹰嘴边难得地噙着笑，"褚总？"

"嗯，放着吧。"

"好的，褚总，我顺路送您回公司？"

"不用，"褚鹰道，"你先走吧。"

"那，那怎么行……我陪您再坐一会儿。"

好不容易谈好跟褚氏的合作，他可不敢怠慢。

褚鹰看对面人小心翼翼的模样，心底暗叹一声气。

商人倒比世家讲究。

他起身道："那我先走一步。"

中年男人站起来，点头哈腰的："我送您出去。"

“不用了，再见。”

褚鹰步子大，没几步就已经走远了。

刚出餐厅，他站在原地，先回复了信息，才转身上了车。

更衣室里。

“Pasion 的鞋子越来越过分了，”吴雪嫌弃道，“这样下去，它们会失去一大票女性顾客的。”

宿艺刚刚试穿了一双白色长靴，刚好到膝，把腿形衬得非常好看。

吴雪心底喜欢，就也试了一下，都快到她大腿根了。

宿艺忍笑道：“谁让你试我的款。”

“他们也没拿别的码数来呀。”

手机响起，宿艺拿起来瞅了眼。

褚鹰：“都好看。”

褚鹰：“全买。”

宿艺挡着嘴角的弧度，另只手回复。

宿艺娘娘：“是我代言的牌子，喜欢的新款他们都会直接寄给我，我是不是特省钱 [点烟 . jpg]”

褚鹰：“嗯，是。”

“别玩儿手机了，”吴雪催她，“灯光什么的都准备好了，别让工作人员等太久。”

“来了。”宿艺匆匆回了个表情，说自己要工作了，然后把手机随手放好，小跑着出了更衣室。

Pasion 在中国的负责人是个英国人，叫 Allen，他非常喜欢中国，来这几年，不只是交了许多中国朋友，就连中国话也说得很好。

就是总带些洋人的腔调，听起来特别好玩。

Allen 正在外面跟摄影师沟通什么，见到宿艺，惊叫道：“噢，艺，你这身太好看啦。”

吴雪曾经跟她说过，Pasion 之所以会挑她来代言，是 Allen 做的决定，所以宿艺对这个男人一直是怀有感激之情的。

她笑着上去跟他拥抱了一下：“好久不见，你中文又进步了。”

“你也是，”Allen 笑道，“越来越漂亮了。”

“谢谢，”宿艺笑着抽离怀抱，偏头问身边的摄影师，“可以开始了吗？”

她下身虽然穿的是一条薄款牛仔裤，但上身可是穿了一件白色羽绒服。

大衣后面带着的帽子毛茸茸的，戳在她脖子周围，在室内还真有点热。

“可以了，”摄影师道，“听说你上次拍摄时崴了脚？”

拍硬照都能崴脚，说起来还真有些滑稽，宿艺打趣道：“你们摄影圈这么小的吗，好事不出门，坏事传千里？”

“哈哈，这次你放心，我们开拍前都检查过道具了。”

一阵玩笑后，正式开拍了。

冬日将至，宿艺之前又没时间过来拍摄，所以积累下来的单品很多，加上牌子本身对成片质量要求就高，这一拍就拍到了下午六点。

她换下最后一双鞋，趴在吴雪身上：“我想赤着脚回家行吗。”

“少贫，”吴雪笑骂道，“快起来，我家附近开了家法式餐厅，带你去尝尝鲜。”

自从安璇被开后，吴雪对来应聘的助理要求极高，直到现在都没挑到合适的人选，吴雪也就这么先当着了。

宿艺边换衣服边道：“你之前不是说等回了北京，就要重新挑人来带吗？还总跟着我做什么。”

吴雪帮她拉上背后的拉链：“干吗？嫌我烦？”

“不是，”宿艺说，“这不是怕你觉得无聊嘛，女强人。”

吴雪嗤笑道：“天天跟在你屁股后面收拾烂摊子，怎么会无聊。”

宿艺不服：“瞧你这话说的，我最近多老实。”

“工作多了，是该老实点，”不知想到什么，吴雪敛下嘴角，“也不知是不是前段时间过得太闹腾了，这半个月风平浪静的，我反而心底有点慌。”

宿艺换好衣服，敲了敲她的脑袋：“你可别咒我了，走，去吃饭。”

因为不是什么外场工作，吴雪没联系保姆车，而是自己开车过来的。

她们刚到停车场，就撞见了站在电梯旁的Allen。

见到她们，Allen笑道：“嗨，女士们，你们终于下来了。”

宿艺问：“怎么了，有事？”

Allen穿着西装，一边手搭在腹部，绅士感十足：“艺，我想邀请你一块去吃个饭。”

吴雪笑说：“不好意思，她已经被我预约了。”

“没关系，”Allen 笑容愈大，“能一同邀请到两位美丽的女士是我的荣幸。”

见宿艺没说话，他继续道，“是工作上的一些事情要谈。”

最后两人一起上了 Allen 的车，去了吴雪说的那家法国餐厅。

餐厅非常有格调，里面放着优雅的钢琴曲，座位不多，桌边的人都在小声交谈，气氛极好。

点好餐，Allen 笑问：“艺，听说你跟一个男生交往了？”

不知怎么的，听到 Allen 把褚鹰称作“男生”，宿艺莫名地想笑。

她点头：“是的。”

“真遗憾，”Allen 佯装失望地叹了口气，“若是知道你有谈恋爱的打算，我就该早些下手才对。中国有句古话是什么？先下手……为好？”

吴雪也笑了：“先下手为强。”

Allen 点头：“对，就是这句。”

“什么叫作‘我有谈恋爱的打算’？”宿艺失笑道，“我并不是单身主义者，Allen。”

“天啊，我一直以为你是，”Allen 说，“毕竟你长得这么漂亮，又一直都没有跟男性交往。”

吴雪觉得自己都要被“漂亮”二字洗脑了。

外国人和中国人的审美天差地别，外国人喜欢的亚洲样貌基本都是小眼厚唇，而中国人喜欢的则是电眼美女。

而宿艺又是个例外，之前外网有个“亚洲漂亮面孔”评选，宿艺就是榜单的第一位。

而且当时国内的评论居然出奇地好，国人认可率极高——这在别的女明星上可从来没发生过。

宿艺礼貌道谢，喝了口柠檬水，问：“你说有工作上的事要谈，是什么事？”

Allen 单刀直入道：“你知道的，我们的合约明年就要到期了，这几年间 Pasion 以及我本人都对你非常满意，我的想法是我们继续续约，而且我也已经把我的看法汇报到总部那边了，所以……你有什么想法吗？”

Pasion 在宿艺还没出名之前就签下了她，给她带来了大量的曝光率和机会，现下若是说不，就显得太忘恩负义了些。

而且Pasion本身也是不错的牌子，尤其近几年，在国内明显走着上坡路。

她还没说话，吴雪先开口了。

“Allen，你知道的，我们公司被收购了，上层人物有所变动，许多事情的决定权都不在我们手里，这件事我们可能还要跟公司商量一下才能给你答复。”

她这话说得非常官方，Allen没有全都听懂，但还是捕捉到了重点。

“当然，等你们的回复，”说完，他再次温和地看向宿艺，“艺，你真的不考虑我吗？”

宿艺手上一顿，没反应过来：“嗯？”

“我的意思是，甩掉那个小男生，跟我在一起，”Allen朝她眨眨眼，“我会是一个非常好的男朋友。”

宿艺笑了笑，正准备拒绝。

“我很棒的，”Allen锲而不舍，“很多方面，都要比中国男孩棒。”

就连吴雪都惊了，这是明目张胆的挖墙脚？

宿艺浅笑着，干脆利落道：“Allen，我非常爱我男朋友。”

“噢，那真是太可惜了，”他虽嘴上这么说着，表情却一如往常，“没关系，我愿意等你，如果哪天你分开了，随时找我。”

宿艺轻皱眉：“Allen，我们只是朋友。”

见她表情不对，Allen举起双手：“OK，OK，我只是给你多一个选择。艺，你可以先试试再做决定。”

“……不了。”

餐点被端上来，宿艺吃得很快，想着早些吃完早点走。

中途，Allen起身道：“我去趟洗手间。”

他刚走，吴雪就啧道：“平时没看出来，这Allen怎么这么骚气，还一直在夸他自己，拜托，褚总甩他几条街好吗！”

宿艺没说话，微微点头表示赞同。

吴雪问：“你怎么想的，还想跟Pasion续约吗？”

说实话，经过刚刚那一出，宿艺还真不想续约了。

Allen是Pasion中国区的负责人，若是续约，以后工作时难免还会时常遇到。

她摇头：“不知道，听公司安排吧。”

Allen 这一趟厕所去得非常久。

回来时，他捂着两边脸颊，脸色要多难看有多难看，仔细一看，他两边脸都已经肿起来了。

吴雪微讶道："Allen，你这是……"

"中国男人都是莽夫，" Allen 气得把刚刚学到的词语丢了出来，也不管意思对不对，"刚刚有个男人，二话不说就上来把我给打了。"

宿艺也愣住了，Allen 的嘴角出了点血，她拿过手边的纸递过去："需不需要帮你报警？"

"不用。" Allen 咬咬牙，那男人不止打了他，还给他递了张名片。

名片上的公司非常眼熟，他知道自己惹不起，只得忍着，"就当是我倒霉。"

宿艺还准备问什么，就感觉到自己脸侧覆上了一双大手。

男人熟悉的声音从上方传来。

"你如果再骚扰她，就不仅仅是挨打这么简单了。"

宿艺心头一跳，嗖地收回自己刚递到半空中的纸巾。

Allen 看着眼前的男人，表情微变："艺，他就是你男朋友？"

宿艺拿着手上的纸，故作镇定地抹了抹嘴边："是的。"

Allen 脸色更难看了。

吴雪忙起身道："Allen，你看你嘴边都出血了，走吧，我带你去买个创可贴贴着，刚刚进来的时候看到旁边有家药店。"

吴雪连拉带拽地把人带走了，不过 Allen 身材高大，要不是自己也有要走的意愿，是不会被吴雪轻易拽走的。

宿艺往旁边坐了坐，让了个位置出来。

"你怎么在这？"

褚鹰轻描淡写："顺路。打扰你工作了？"

"没有，"宿艺解释道，"本来是打算和吴雪过来的，但 Allen 说有工作要谈，所以才一起来了。"

"嗯，有没有什么喜欢的牌子？"

这个问题问得突然，宿艺半天才反应过来："怎么了？"

褚鹰道："换个代言，别续约了。"

"好，"宿艺想都不想就答应下来，她牵住褚鹰的手，细细把玩着，"不过我也没有什么特别喜欢的牌子，等解约后应该会有代言找上来的，你不用担心我。吃饭了吗？”

“没有。”

宿艺正想叫服务员，褚鹰起身道：“回去吧。”

她问：“你不是还没吃饭吗。”

“回家再吃，”褚鹰说，“想吃你下的面。”

两人上了车，宿艺偏头看着男人，总觉得对方有些不对劲。

自见面到现在，褚鹰脸上没出现什么多余的情绪。

就跟他们刚遇见那会儿一样。

今天的司机换了一位，不是之前说话都战战兢兢的那个。

这位司机看上去有些年纪了，自宿艺上车以来，就一直侧着身，笑眯眯地看着他们。

等两人坐稳后，他才慢悠悠打了个招呼：“宿小姐。”

宿艺笑了笑，礼貌道：“您好，晚饭吃了吗？”

“一会儿就回去吃，宿小姐长得真好看，”司机收回视线，踩下油门，乐呵呵道，“怪不得少爷愿意在停车场等这么久呢。”

褚鹰蹙眉打断：“杨伯。”

“哎，少爷，咱这是去哪？”

“杨伯，”宿艺学着褚鹰叫了声，“您把我们载到超市吧，谢谢。”

杨伯笑道：“好，好，载你们去家大点儿的。”

“好。”宿艺应下，攥着男人的手又紧了一点。

下了车，宿艺透过窗户跟杨伯挥手道：“您回去吃饭吧，我们一会打车就行。”

车子开走后，宿艺挽着褚鹰的手：“走吧。”

“来超市做什么？”

“买食材，”宿艺道，“我答应过你，要给你做满汉全席的，忘了？”

超市很大，生鲜区里的食材非常多。

“想吃什么，鱼，牛肉，猪肉？”宿艺牵着褚鹰的手，蹲下来，看着缸里的鱼，“这鱼好肥，吃鱼吧，我会做糖醋鱼。”

褚鹰看着身边的小脑袋，眼底满是温柔：“好。”

女人身材高挑，虽然把自己遮得严严实实的，但还是引起了不少人的注目，加上身边还有个目测一米九起步的西装帅哥，简直是走到哪都是焦点。

没多久，他们面前的推车就已经满了。

挑好食材，途经水果区，宿艺停下问：“再买点水果吧，家里没有水果了。”

褚鹰颔首：“好。”

宿艺拿起一个西瓜，拍了两下。

“这个好。”她把西瓜放进购物车里。

一个女孩从身侧走上来：“你是宿艺吗？”

宿艺拉了拉口罩，没正面回答：“你好。”

女孩虽跟她打着招呼，眼神却一直往褚鹰身上瞟：“那个，你可以跟我合个影吗？”

“不好意思，”宿艺婉拒道，“私人时间，不太方便。”

女孩锲而不舍：“一下下就好了。”

宿艺再次摇头拒绝，女孩可能觉得有些没面子，表情不是太好看。

这个小插曲一瞬而过，已经过了饭点，超市的人不算很多，两人很快就结账离开了。

坐着出租车回家，宿艺关上门，拿过褚鹰手上的袋子进了厨房。

褚鹰紧随而进，自觉地在一边洗起了菜。

宿艺熟练去鳞，兀自开口：“今天……是来接我下班的？”

褚鹰动作未停：“嗯。”

宿艺默了半晌：“那为什么不给我打电话？”

又或者是，为什么没在停车场叫住她？

“怕打扰你工作。”褚鹰把洗好的菜放到一边，“还有什么需要帮忙的。”

“……有。”

“什么？”

宿艺身上系着围裙，她手上还抓着鱼，偏过脑袋，道：“你亲我一下。”

男人没啰唆，俯下身，给了她一个蜻蜓点水的吻。

宿艺做了许久，终于做满一桌菜。

褚鹰吃饭并不斯文，她家里的碗不大，男人两口能吃掉半碗，没多久，一桌菜被吃得干干净净。

宿艺家里有洗碗机，两人洗了个澡后就一起上了床。

男人照常搂着她睡，手规规矩矩地放在腰间，没有什么其他动作。宿艺背对着他，后背贴在男人胸膛上，暖洋洋的。

没多久，褚鹰再次起身。

宿艺听见他从口袋里拿出什么东西，径直去了阳台，出去前还把阳台的门给阖上了。

她轻声下床，踮着脚走过去。

月光下，男人站在栏杆边，手上夹着一支香烟。

宿艺从来没见过他抽烟，他动作娴熟，看得出来以前经常抽，手边放着一个烟灰缸，是宿艺为吴雪备着的。

他手挪到烟灰缸上方，用食指轻轻敲了两下香烟，许多烟灰随着他的动作掉落下来。

她打开门，往外走去。

男人听到声响，回过头，挑眉问："怎么醒了。"

宿艺只穿了件码数非常大的衬衫，是褚鹰之前落在这里的，衬衫只能遮住重要部分，一双大长腿就这么赤裸裸地暴露在下面。

他继续道："进去，外面冷。"

宿艺不听他的，走过去，张开双臂，结结实实地抱住他。

半晌，褚鹰垂眼，把烟摁灭，丢进了烟灰缸里。

他揉着她的脑袋，另边手搂着她的脖颈，像是想帮她挡点风。

她埋在男人怀里，闷声问："到底怎么了？"

上方沉默了许久。

然后她听到男人问："怕我吗？"

第十三章 只要我遇见你

宿艺一愣，反问他："怕你什么？"

褚鹰道："……我打了人。"

他认为他早就练就了钢铁般的自制力，但这些自制力一到这女人面前，全部瓦解。

他在停车场看到她坐上那个外国男人的车时，已经隐隐有些急躁了。

跟到了餐厅，他就坐在他们身旁那一桌。

那个外国男人开始朝宿艺展开追求，话中充满引诱，卖力地宣传着自己的长处。

在他听到对方那句"试试再做决定"这种暗示性话语后，心底那根名为冷静的线嘣的一声，断了个彻底。

"不怕。"

怀中的人脱口而出，语气坚定。

褚鹰身子微顿，手上的动作也停了下来。

女人的声音又细又软："你是我眼中，最最温柔的人。"

褚鹰把怀中的人搂紧。

他声音很沉，带着说不出的情绪。

"宿艺，喜欢我吧。"

宿艺没反应过来："什么？"

"喜欢我吧，"他说，"你不会失望的。"

"……"

宿艺两手撑在他的胸前，挣扎着仰起头："你是不是哪里弄错了？"

褚鹰没出声。

宿艺继续道："我如果不喜欢你，之前为什么还要追你？"

"……因为我救了你。"

外边风很大。

宿艺皱起眉头，眯眼问："什么？"

面前的人似乎并不打算再重复一次，但没关系，她已经听清楚了。

这段时间男人的怪异表现与这句话成功串联在了一起。

知晓丁镇那件往事时，褚鹰脸上并没有任何高兴的情绪，而后还匆匆地带她离开了。

现在想想，难道他是……

"当时在农家乐时，你急着走，该不会是因为周明吧？"她道，"你以为我跟你在一起，纯粹是因为你救了我，你觉得我是在报恩？"

褚鹰不说话，似是默认了。

宿艺简直哭笑不得。

她松开抱着男人的手，往上探去，勾住他的脖子。

"我的确是在那次泥石流时看上你的。"

褚鹰眼底一黯。

"你就像一道闪电，身后还带着雷，"她语气夸张，露出一排白牙，"轰隆一下，把我的世界给照亮了。又帅又有男子气概，我被你迷得不行。在路上，我一直问你名字，可是你就是不愿意告诉我。获救后我曾经去当地的部队找过你，可是没有找着。没想到过了这么多年，我又遇见你了。还好，这次我不是那个躺在角落等你救的小女孩了。我有着自己的事业，还变漂亮多了。"

她眼睛弯成一个非常好看的弧度："我终于长成了，足以与你相匹配的人。"

褚鹰的眸子在她低柔的嗓音里越变越亮。

他心头大震，刚想说什么，怀里的人一个踮脚，手上借着力，轻啄了一下他的唇。

女人一字一句道："所以，我对你的喜欢并没有建立在感激之上，说白了，你不过是恰巧救了我。就算没有丁镇那件事，只要我活着，只要我遇见你，那我注定要对你一见钟情。"

褚鹰心中大震，半晌才把人用力紧紧抱在怀里，他把头埋在她的颈窝，久久没有说话。

次日早，宿艺醒来的时候，褚鹰难得地没走，还沉沉睡着。
她在他嘴角轻轻碰了一下，小心起身，洗漱完绕进了厨房。
倒好咖啡豆，她边注意着分量，边腾出手给吴雪发信息。
宿艺娘娘：“今天早上别过来了。”
吴雪：“知道了，我刚好有事。对了，昨儿褚总没生气吧？”
宿艺娘娘：“没有。”
吴雪：“那就好，和 Pasion 的合约估计是吹了。”
宿艺娘娘：“刚好我也不想续了，你留意一下吧，看最近有哪些牌子在招代言人。”
她昨天跟褚鹰说的其实是虚话，她再怎么样都只是个女二号定位，好代言没有那么好找。
吴雪：“行，这你就别担心了。我有分寸。”
交代好后，又是一桩心事放下。
褚鹰醒来的时候，房里已经充满了食物的香味。
他大手一捞，果然，身边已经空了。他撑着身子起来，女人正坐在沙发上看手机，见他醒了，露出一个笑容。
“再不醒，我就要实施暴力叫床措施了。”
褚鹰起身走到她面前，用指尖摩挲着她的下巴：“不要乱用词。”
宿艺把头转开：“快去刷牙，早餐都要凉了，今天不上班？”
“日子都被你过糊涂了，”褚鹰转身走进盥洗室，“今天休息日。”
吃早餐的时候，宿艺还忍不住扬着唇。
“到底在笑什么。”
她摇头，继续低头吃早餐。
她不敢说，自己想起男人昨晚那可怜兮兮的模样，像是只被丢弃在路边的大型犬，巴巴地盼着被她领回家，可爱得要死。
吃完，两人一块窝在沙发上看电影。
两部手机放在一块，型号是一样的，旁边是一对情侣杯，是宿艺以前去拍戏时在一家小店铺里买的，店铺里的东西都是老板亲手制作，而那位女老板是个军嫂。
所以这两个杯子上一个画着小公主，一个画着兵哥哥。
简直不能再合她的口味。

外面已经开始下起毛毛雨，这种天气最适合窝在家里。

北京这几天开始降温了，宿艺套了一件长睡衣，侧躺着，脑袋枕在褚鹰的腿上。

两人看的是某部国产老电影，时隔多年，仍是经典。

正看得认真，电话响了，宿艺的。

她拿起来看了眼来电显示，颇为意外："褚溪打来的。"

嫌把电话放到耳边太麻烦，她索性点了个扬声器，懒洋洋道："嗯？"

"嫂子，"褚溪那边有点吵，"你现在有没有空？"

"怎么了？"

"你能不能偷偷来派出所一趟，"褚溪说到派出所的时候放低音量，"别告诉我哥。"

褚鹰拿起电话，声音森冷："哪个派出所？"

宿艺急匆匆走进派出所，看到褚溪正弯腰坐着，懊恼地把脸蛋埋在掌心里。

宿艺拉下口罩，走到她身边，摸着她脑袋问："发生什么事了？"

褚溪抬起头，脸上一点委屈或者难过的情绪都没有，她瞪大眼问："我哥呢？"

"去问情况了。"

还没等褚溪解释，宿艺就听见了一道熟悉的声音。

"谁来了？我管她是谁的家属，打人就是不对，你放心，有我在，不会让你受委屈……"

宿艺转过头，看到了不远处的林霞。

对方穿着一身艳色裙子，打扮得花里胡哨，牵着一个男人的手，男人看起来跟褚溪差不多大，眉清目秀，是校草那一类的长相。

林霞看见她，先是愣了下，然后挑眉道："哟，小艺，你怎么也在这？你妹也在……犯什么事了？"

她身边的男人见到宿艺，小声道："霞姐，宿艺旁边那个，就是我的前女友。"

宿艺听了个明白。

她问褚溪："你进派出所跟他有关系？"

林霞也反应过来了，她冷笑一声，先一步解释道：“她把我男朋友给打了，你看看，他眼角这，”她指着男人脸上的瘀青，“多严重！宿艺，你知道我的工作的，明阳是我们公司准备力捧的新人，他这几天就要参加活动了，突然被打成这样，你说这账该怎么算？”

林霞一直纳闷，她只知道宿艺有个吸血鬼姐姐，从不知道还有个妹妹，估计是堂表妹？她这段时间看宿艺顺风顺水已经不爽很久了，现下终于抓到一个把柄，心情别提有多好。

邓明阳听见林霞说的话也是一愣，公司要力捧他了？

宿艺捕捉到邓明阳的表情，笑了笑，道：“这可不是我说了算，警察怎么说就怎么算。”

林霞道：“其实上次我就想说了，你这妹妹脾气可真糟糕，你是不是平时工作太忙了，都顾不上管她？这可不行啊，小姑娘家家的。”

她刚过完嘴瘾，就听见身后传来一道冷冽的男声。

“说吧，打算怎么解决。”

褚鹰不知何时已经出现在林霞身后，身边还跟着一名民警。

林霞转过身，看清来人，傻了：“褚总？”

褚鹰没理她，仍看着邓明阳：“打算怎么解决。私了，还是走流程。”

邓明阳就比宿艺高一点，眼前的男人又高又壮，他求助般地看向林霞。

林霞还没弄清楚是怎么回事，直到褚溪走上来，对褚鹰喊了声：“哥。”

林霞霎时间明白了，脸上表情尤其精彩。

她现在才想起来，这女孩的名字叫褚溪，褚这个姓这么罕见……她是有多转不过弯来！关键是她也没想到，宿艺和褚鹰的关系都到见家里人这一步了。

也不知道褚鹰刚刚听见了多少，她在心底骂了自己一通，马上挂上微笑：“私了，私了，男人嘛，皮糙肉厚的，挨点打也没关系。”

宿艺坐上车，看到前边的邓明阳正委屈巴巴地噘着嘴，不情不愿地钻进了林霞的车里。

她忍不住道：“褚溪，你的眼光可真好。”

“别提了，我都悔死了。”

褚鹰发动车子，没踩油门：“怎么回事。”

褚溪知道瞒不过了，慢吞吞道：“哥，刚刚那个是我前男友。”

褚鹰睨了她一眼："不要说废话。"

"他出轨了，对象就是刚刚那个女人，"褚溪装可怜道，"他马上要出道，为了抹掉黑历史，到处说是我给他戴绿帽子，还经常花他的钱，我气不过，就……"

宿艺心道，可真是兄妹连心，连打人都跟事先商量过似的。

褚鹰："你花他钱了？"

"怎么可能！就他那点钱，我看得上眼吗！"褚溪眨巴着眼，"哥，我知道动手打人是我不对，我以后再也不这样了，能不能不要告诉爸妈？"

不然她又要被念半天，没准还会跟之前一样，被关在家里哪儿也不许去。

褚鹰本来想一口拒绝，收回视线时，看到身边人玩味的眼神。

他眉梢轻挑，这才想起自己昨天也动了手。

他轻咳一声："……下不为例。"

褚溪没想到这么轻松就过了关，心里的大石头终于放了下来，连声应好。

车子启动，褚鹰问身后的人："送你回家？"

褚溪："好。"

宿艺忙道："那我先下车，你送她回去吧。"

"有工作？"

"没有，"宿艺默了半天，挤出一句，"我怕不方便。"

红灯，褚鹰握住宿艺随意放在身侧的手："有什么不方便的。"

宿艺涨红了脸，心怦怦怦地跳。

她还没做好见家长的准备啊！而且她今天穿得太随便了，出门匆忙，她只换上休闲装，披了件大衣就出来了。

还好褚溪会看眼色，她两手撑在座椅上，笑眯眯道："算了，我去嫂子家坐会儿。"

宿艺这才定下心，但也终于开始正视一个问题。

——见家长。

说实话，她一直不觉得自己是讨长辈喜欢的长相，很多人认识她后都常说一句话："我还以为你很难相处呢，没想到人这么好。"

虽然这句话里多少有奉承的意思，但也能看出别人的心思，加上自己一直在饰演坏女人的道路上一去不复返，多少都会给观众带来一些微妙的感观。

回到家，趁褚鹰在阳台打电话，她把褚溪拉到身边，紧张兮兮地问："快跟我说说，你父母……看电视吗？”

“我爸不看。”褚溪喝了口咖啡。

宿艺心定下一半。

“我妈看，”褚溪说完，还要补上一刀，“她看过你演的好多部电视剧。”

宿艺：“……”

褚溪却丝毫没察觉到她的崩溃，还拿出手机：“你看！邓明阳那王八蛋给我发的信息。”

宿艺幽幽地叹了口气，凑过去看了几眼。

信息是前两天发过来的。

“小溪，我马上要出道了，你也知道，这年头演员不好混，要是有什么黑历史，以后红了会很麻烦。所以……你能不能对外宣称是你提的分手？我知道我对不起你，作为补偿，我会给你一笔钱，让你安心读完大学的。”

宿艺指着最后一句话：“这是什么意思？”

“哦，我当时跟他说自己家里很穷，上大学的钱都是卖了家里仅剩的一头牛凑够的。”

……你们年轻人真会玩。

褚溪忽然想起什么，兴奋道：“你说，我把这个短信公布出去，邓明阳是不是就要吃瘪了？”

“你想得太简单了，”宿艺往后一靠，“林霞一个经纪人能混到这种地步，至少说明她工作能力还算高的，若是她真心想保邓明阳，到时不仅影响不到他，没准他们还会反咬你一口，惹来一身腥。”

褚溪小脸一下子垮了。

宿艺瞥她一眼，慢吞吞道：“不过这口气，咱也不能就这么咽下去。”

每年影视圈产出的电影、电视剧不计其数，每部至少都有大于等于一的恶人角色，其中不乏专业的恶角演员。

可谁都没宿艺这么惨，她处女作刚播那会儿，天天遭人骂，时不时还有几个擦边小新闻冒出来，告也告不成，灭也灭不完。还好吴雪聪明，在那之后一不做二不休，跟公司商量后坚定了宿艺的演艺路线：恶女。

一演就演到了现在。

许多路人不明白，怎么会有人因为一个角色上升到本人？

但圈子里的人都门儿清。

有人在整宿艺，从她刚出道那会儿就开始了。

宿艺和吴雪心底就更清楚了，她们不止一次得到了确凿的证据，指明那个人就是林霞。

宿艺到林霞手中时还是个新人，什么都不懂，她见多了林霞那些事，曾想过揭发，也的确这么做了，那时候微博还不算流行，她联系了当时最出名的时尚杂志。就连结果她都想好了，这圈子这么复杂，大不了不混了，继续回去摆她的地摊。

没想到最后没能成功，还被林霞冷嘲热讽了一番。

再然后，她和吴雪一见如故，一拍即合。

后来的日子，除去那些刻薄言论不谈，就还算过得顺风顺水，拍了第一部处女作后，事业渐渐蒸蒸日上。

但新仇旧恨加起来，该算的账还是得算。

今天是她最后一次帮Pasion拍摄单品，这一次拍完后，合作就算结束了，顶多在对方发宣传图的时候帮忙转发之类的。

化妆师出去后，宿艺坐到吴雪身边，搭上她的肩："小雪雪，有件事需要你帮忙。"

吴雪打了个哈欠："你说。"

"业内最厉害的水军公司是哪家？"

吴雪狐疑地看着她："干吗？"

宿艺道："我想把林霞端了。"

吴雪觉得好笑："你是警察吗，还'端'？"

"差不多就是那意思吧，"她说，"你不帮我，把联系方式给我也行。"

"谁说我不帮你了，但你知道国内现在最强大的水军军团在哪吗？"

"哪？"

吴雪从包里掏出一张名片，递给她。

【冉星娱乐经纪公司，公关部，张经理。】

冉星，是宿艺原先公司被褚氏收购后改的名字。

宿艺："……那你给我第二厉害公关公司的联系方式。"

"得了，我帮你留意留意吧，你可得想好，这回要是扳不倒她，以后就得做好被加剧报复的准备。"

宿艺随意嗯了声，工作人员刚好开门，面色有些尴尬：“艺姐，那个，您的拍摄可能要延后一会儿。”

吴雪起身：“怎么了？”

工作人员干笑两声：“Allen总监说，公司忽然要更换代言人，还在商议。”

宿艺眉梢一挑：“意思是让我在这儿等到他们开完会，做好决定，再看是不是能继续拍？”

“……是这样的。”

“那他们就慢慢商量着吧，”宿艺脱下鞋，“等他们商量好了再通知我。”

两人上了车，吴雪问：“生气了？”

临时搞这一出，宿艺前段时间的工作基本等于白做。

“没，报复心人人都有，我有，Allen也有，”宿艺朝她勾勾手指，“刚好有空，带你去兜兜风。”

吴雪也不知是不是脑子抽了，默了片刻，起身让出驾驶座。

说是兜风，就真的是兜风。她开着两边车窗，油门只踩到三十迈，嘴里还吹着口哨。

吴雪笑她：“跟个女混混似的。”

两人还没开多久，吴雪就接到了Pasion的人打来的电话。

不出所料，代言人换了，合约直接终止，前面拍的全部报废，这次的冬季款他们找了新的代言人，不过对方要求等冬季款推出后，宿艺还是得配合他们的工作。

明明不是自己的代言，却要帮忙宣传，实在是有些微妙。

宿艺听了，只是淡淡点头：“行，不就是点赞转发，动动手指的事儿。”

吴雪瞄了她一眼，疑惑道：“真不生气？”

“真不气，”宿艺笑了声，“别人还要说我是白眼狼呢，当时Allen力排众议让我拿了代言，现在我却跟他闹掰了。”

吴雪也笑了：“这么说来还真是。”

刚说完，手机响了，因为是在开车，宿艺让吴雪帮忙先接着。

听到吴雪毕恭毕敬的声音，宿艺就知道电话是谁打来的了。

果然，吴雪挂了电话，道：“褚总说在家等你。”

“知道了。”

吴雪忍了半天，还是问出了口：“你们俩这是同居了？”

“差不多吧。”褚鹰现在一周要来她家四五回，都是过夜。

“我并不反对你们交往，”吴雪想了想，道，“但你考虑清楚，你目前还需要一定的粉丝基础，不要总是拿什么‘是演员不是明星’那套来搪塞我，如果恋情被公布，你不可避免会流失一批粉丝。”

“我考虑得很清楚，”宿艺道，“就是他了。”

“我知道你考虑得很清楚，问题是褚鹰考虑清楚没，不是我对他有意见，我知道他很好，但人都是会变的，”吴雪说到一半，也不知道自己在说什么了，她摆摆手，“我就希望你能给自己留条后路，别堵死了，以后如果两人出了什么矛盾，至少你不会无路可退。”

宿艺笑了：“我怎么会无路可退？我不是一直还有个顶天立地的好闺密吗。”

“……”吴雪失笑着摇头，“算了，说不过你。”

宿艺万万没想到，Pasion 的新代言人居然是杨若琳。

杨若琳的微博在短短两个星期内粉丝就疯涨到了两百万，要知道一个没作品、没出道，甚至连微博都只有三条的号，这增长速度已经非常惊人了。

在她点赞了 Pasion 发的那条微博后，一大堆通稿铺天盖地，全都是在拿她和杨若琳做对比的。

接到吴雪电话时，宿艺刚洗完澡出来，正和褚鹰吻得火热。

她微微蹙眉，接起电话道：“小雪雪，这个时间点打来，就太不人道了吧。”

“你看微博了吗？”

“看了呀，”宿艺道，“还冒了下泡。”

“后来就没看了？行，今晚别看微博了，放心，这事儿明天就解决了。”

挂了电话，宿艺发蒙地想，你这通电话难道不是在逼着我看微博吗？

到了嘴的肉掉了，褚鹰表情也不太好，不过仍抱着她，催道：“快看。”

宿艺看了看，其实也没什么大事，就是几个粉丝小几万的营销号在长篇大论地发表关于她的文章，甚至还有上次安璇来找她的图片。

安璇看上去楚楚可怜，反倒是她双臂环抱还跷着二郎腿，还真有点在教训人的意味。

这群人就像是事先约好了，抱团而来的。

她看得津津有味，身后的人脸越来越黑。

褚鹰拿起手机，正准备去给公关部上上课，被身边的人拦了下来。

“鹰队，这事我自己能处理。”

“这不是处不处理的问题，”褚鹰沉着声，“他们得付出代价，才能学乖。”

“我知道，”宿艺抱住他的手，“我想亲自来。”

女人虽是与他商量，却是不容置喙的语气。

褚鹰眉头紧蹙，半天才丢出一句：“不要心软。”

宿艺点头，窝回他怀里。

“放心，我们小仙女没有良心。”

当晚，冉星公司公关部门刚加班拟好应急措施，正准备实施，就刷出了宿艺的微博。

【宿艺：图中的姑娘是我上一任助理，的确是被我裁掉的，她在我拍摄《暗涌》期间无故旷工超过三次，并时常夜不归宿，电话不接、短信不回，还给我带来了不少困扰，所以采取了裁员措施，若这是为难，那我无话可说。】

公关部经理手一扬：“大家等等，先别忙着发！”

吴雪疑惑地走过去：“怎么了？”

“宿艺发了条微博，你看看吧。”

“……”

不等吴雪去问，宿艺就自己打电话来了。

她声音懒洋洋的：“你到公司了？”

吴雪：“刚到，你的微博是怎么回事，我不是让你别看吗？”

“先不说这个，你让他们去我微博评论下面带带节奏。”

吴雪疑惑道：“带什么节奏？”

“是不是傻，”宿艺轻笑一声，“吴珂的热度还没过去呢。”

吴雪被这一点，瞬间明白过来：“这对安璇是不是不太好，咱也没证据就是她那边爆的照片。”

“她刚给我发短信了，说是如果我愿意帮她澄清之前吴珂的事儿，她就也出来帮我澄清这个料，”宿艺觉得好笑，“你之前说得没错，不过不是兔子急了会咬人，是狗急了在跳墙。”

吴雪：“……真有她的，她工作期间，咱也没亏待她吧。”

“她这会儿来落井下石，那就拉他们出来挡挡风，林霞的料明天再爆，你之前拿到的那些整理整理，挑流量高峰期发出去，”她想了想，“现在不是流行什么周几见吗，我们也玩玩。”

吴雪转头向公关部门的人说完后，走到办公室外。

“我以后可不敢轻易招惹你，以前我们俩相处时若是我有什么不到位的地方，你多担待，”她啧啧道，“杨若琳那边呢，你打算怎么办。”

宿艺默了一会儿，身后的男人弯下腰，唇瓣蹭了蹭她耳朵。

“还睡不睡觉。”

电话那头的吴雪：“……”

“她反正爱比，就先让她比着吧，”宿艺道，“搞太多事了，怕吃瓜群众忙不过来。”

吴雪由衷道：“那我替他们谢谢你。”

次日。

褚鹰醒得早，起来的时候宿艺的手机还亮着，上面有来电，是陌生号码。

宿艺昨晚跟吴雪交代完后，直接把手机提示调成了全静音。

几秒后，电话断掉，一屏幕的未接电话，数量显示多达三十多条。

他收回目光，正准备去盥洗室，发现自己的手机上也有几条信息，同样是陌生号码，不过对方一上来就先自报了门户。

“褚哥哥，我是若琳，爷爷让我邀请你这周末来家里一起吃烧烤，褚哥哥赏脸吗 ^-^ ？”

“等你回复 ~”

褚鹰蹙眉，拿起手机，把这个号码拖进了黑名单。

宿艺醒来时，褚鹰还在浴室里。

她打了个哈欠，挣扎着起身，拿起头绳随便盘起一头黑发，拿着手机慢吞吞地走进浴室。

男人见到她，往旁边挪了一大步，让出位置。

她就这么靠在他身上，闭着眼刷完了牙。

“你说怎么会有这么好笑的人，”宿艺边翻信息边道，“自己先来招惹我，现在反倒说我过分。”

安璇给她发了许多条信息，条条长篇大论，她看都不想看，一一删除。

褚鹰道：“不用搭理。”

她的微博下俨然已经成了战场，一晚上过去，足足有十多万条评论。

不知是水军还是路人的功劳，她的热评上全是在讨论吴珂事件，而吴珂那边更是热闹，一星期前发的广告底下已经挤满了吃瓜群众。

她看了下吴雪发来的微信，找到了拿来爆料林霞的微博，是个百万粉丝的营销号。

她正看得开心，就听见身边的人问："在家里闷不闷？"

宿艺没抬眼，兀自翻着评论，小巧的脚掌往男人背后的缝隙里钻了钻："嗯？"

"去不去约会？"

宿艺用小号一条条点了赞，心不在焉道："嗯……"

"嗯？"她反应过来，马上放下手机，眨巴着眼，"去，要去。"

入冬，到了最适合明星出没的季节，大街上人人穿得都厚，冷风呼呼地吹，没人有心思看身边的行人。

宿艺偏偏穿了双黑色长靴，戴顶粉色的鸭舌帽，一件粉色毛衣和黑色短裤，生生露了截大腿出来。

……是不论多冷的天气，路人都硬生生会看上几眼的装扮。

最后被褚鹰逮回卧室，乖乖换了一身厚实的。

她拉了拉自己身上黑压压的皮大衣，委屈道："……这身好丑，我已经好久没穿过了。"

褚鹰揉揉她脑袋："好看。"

得到想要的夸奖，宿艺整理好衣领，勉为其难："那行吧。"

男人今天穿的是休闲装，外面是一件黑色外套，看上去干净利落，少了穿西装时的禁欲感，多了几分痞气。

两人都是一身黑，宿艺总觉得像是情侣装，她满意地坐上车，往椅背上靠去。

"想去哪？"

宿艺想都不想："看电影。"

车子开到了本市最大的电影城。

电影城为了客流量，开在一家大型商场边上，今天又是休息日，人非常多。

宿艺正准备下车，被男人攥住了手。

他打开车座位中间的小盒子，拿出口罩，先给宿艺戴上，然后再给自己也戴了一个。

褚鹰的口罩是黑的，她的是白的，相衬。

两人买了美国某部大型科幻片的电影票。因为是临时购票，所以只能挑别人剩下的位置，倒数第三排最右边。

买好票，褚鹰问："吃爆米花和可乐吗？"

宿艺心里的两个小人斗争了三秒。

"吃！"

这是两人第二次一起看电影。

上次宿艺想钻他怀里没得逞，这一回可以明目张胆地握着男人的手。

他们旁边坐的是一群高中生，有男有女，像是班级活动，看上去足足有十多人。

电影还没开始，电影院难免有些嘈杂。

一个女生走到另一端的男生面前，举着手机，上面有两张照片。

"嗳，问你们，这两个女的哪个好看？"

"左边这个不是宿艺吗？"

听到自己的名字，宿艺微微侧目，看了看那边的人。

"是啊，如果让你们挑一个，你们选谁。"

"当然是宿艺，右边这个不认识，五官也很奇怪。"

女生满意了，走到她同伴处："你看吧！我都说了宿艺比杨若琳好看！"

宿艺笑了，凑到男人耳畔："听见没有？快做笔记。"

褚鹰眉梢一挑："不用做，没人比你好，我知道。"

明明是部科幻大作，宿艺却看得心里直冒粉红泡泡。

看完电影，两人去了隔壁的商场，宿艺进去才发现，这商场姓褚，全名褚欣广场。

她随口问道："褚欣是你家里人的名字吗？"

褚鹰："嗯，我奶奶的名字。"

逛到一家店面，看上去像是个杂货店，里面东西种类繁多，宿艺一眼就看到了摆在窗柜外的遥控飞机玩具。

她忽然想起自己那喜欢飞机的小外甥。

不由分说地把身边的男人带了进去，她蹲在玩具区前问："你说，一年级的男孩儿都喜欢玩什么？”

褚鹰什么都没问，抬手挑了好几个玩具给她。

结账出来，他们回到车上，刚好五点。

宿艺兴冲冲地把玩具全放在了后座，钻进副驾驶，准备上微博看看爆料稿子。

稿子名叫“女经纪人常年压榨新人，声称不给钱就不给资源”，文章开头就是好几个打了马赛克的人在悲苦痛诉，表示林霞不仅不帮他们找工作，甚至还让他们交“好处费”，导致许多人连日子都过不下去。

再加上宿艺自己提供的微信截图——几年前微信并不热门，聊天记录是宿艺几年前拍下来准备向杂志举报的，短信页面十分复古，可信度很高。

下面都是粉丝们对自己偶像受不公平待遇的控诉，仇报了，宿艺却没有太过高兴，毕竟伤害已经造成……不过至少以后不会再有人上林霞的这条贼船了。

她正想着，屏幕上方弹出吴雪的聊天框，是一条微博链接。

她以为是水军又发文了，赶紧点了进去。

宿艺眼睛都瞪直了。

她打开配图，她和褚鹰都是黑大衣，赫然是今天拍到的照片。

褚鹰见她愁眉苦脸，问：“怎么了？”

宿艺：“媒体居然说我怀孕了！”

褚鹰停下动作，看了眼她的小腹，因为被衣服遮挡，看不出来什么。

他表情犹疑：“真的？”

“……”

她看了眼自己的大腿，忽然有些绝望，撒气般地把手机丢进包里。

在得知自己被曝光时，林霞刚和邓明阳到酒店。

她刚脱下外套，就接到了自家老公的电话：“你在哪里？”

林霞摸着邓明阳的头：“还能在哪，在公司谈合作……”

“叮咚。”门铃响了一声。

她听到电话里的人阴沉道：“开门。”

之后就是一阵兵荒马乱，邓明阳被打得满屋子乱窜，林霞叫得撕心裂肺，一切结束后，林霞才知道网上发生了什么事。

她几乎是逃一般地回到公司，她是公司金牌经纪人，公司不可能放弃她的，一点小爆料而已，她又不是明星，想摆平并不是什么难事。

没想到她刚到公司就接到了辞退通知。

她头发乱糟糟的，瞪大眼，不可置信道："我们签的合约还没到期，我没做错任何事，你不能裁我。"

公司老总是个中年男人，他低头看着文件，并没看面前的人："你做的事大家都心知肚明！现在出了这么大的事，我可兜不住你，另谋高就吧！你也不看看，你这些年下来都已经做了多少回这种缺德事！"

听到这些话，林霞就知道温和手段没用，强硬道："你敢裁我，我就敢带我手下的人出走。"

其实林霞早就有自立门户的打算，但是之前被合同绑着，再加上现在舆论对她非常不利，此时若是她突然被裁，就等于间接承认了网络上的那些爆料是真的。

"出走？"老板不怒反笑，"好啊，你去问问，就你现在这名声，谁敢跟你出走，你出事到现在，有谁联系你了吗！"

老板说得没错，出事到现在，还没有任何人打电话过来关心过她。

林霞嘴一张一合，最终还是什么都没说，保持着最后的姿态转过身，临走之前还狠狠摔了一下办公室的门。

这件事是谁捅出来的，不言而喻，她和宿艺的聊天记录都还挂在网上。

她转身，努力忽视掉周围那些鄙夷的目光，大步出了公司。

宿艺做了几个深呼吸。

褚鹰站在她身边，手里拿着一杯咖啡，递给她道："喝一口，放松放松。"

宿艺摇头："不喝。"

"别担心，不会太严重的。"

"你就会安慰我，"宿艺苦着脸，"你走开。"

褚鹰依言往后走了几步。

"头转过去！"

男人乖乖转头。

宿艺扶着墙，闭上眼，然后小心翼翼地……踏上了面前的体重秤。

褚鹰："好了吗？"

“没有没有！你别偷看！”宿艺赶紧出声制止他。

男人忍笑道：“嗯，我不看。”

宿艺慢慢、慢慢地往下瞥。

……57.01KG？

当头一棒，把宿艺打得天旋地转。

她不可置信，快速跑下体重秤，摇头喃喃：“看花眼了，一定是我看花眼了。”

然后再一次踩上去。

57.02KG。

还多了0.01？！

是担心气不死她吗？

“57，不胖。”

男人不知何时已经走到了面前。

宿艺吓了一跳，猛地举起双手，掩耳盗铃般地盖住了褚鹰的眼睛：“你别看！”

褚鹰短促地轻笑一声，实在不知道这是他从哪个旮旯捡来的宝贝。

悲伤劲头过去，宿艺当即打开手机，给她的健身教练发了条信息。

宿艺娘娘：“教练，在吗？[抱耳朵痛哭.jpg]”

教练：“在的，看到新闻了，恭喜啊！”

“……”

宿艺克制着换教练的冲动：“明天我过去你那。”

刚发过去，身边的人问：“明天北京有场秀，想看吗？”

宿艺：“我刚跟教练约好健身。”

褚鹰蹙眉：“真的不胖。”

“别的女明星都八九十斤，我一百一，像话吗！”

“她们一米六五，你一米七五。”

宿艺补充一句：“我一米七六……但怎么说我都是女明星，控制身材是首要任务，得严肃对待。”

褚鹰默了半晌：“有我在，为什么要去找别人。”

宿艺没反应过来：“嗯？”

“之前不是跟你说过了，”他挑眉，道，“我准备了很多道具在家里。”

宿艺：“……不太好吧。”

“怎么，”褚鹰问，“不去？”

宿艺做了个吞咽动作：“去！”

第二天，两人一早出了门。

褚鹰常住的房子是一栋小别墅，只有两层，但面积很大。

宿艺从出门到现在，胸腔处不断在怦怦怦，心都快跳出来了。

褚鹰把车停进车库，看着她红彤彤的脸：“怎么了，脸这么红。”他把手覆到她脸上，“又发烧了？”

宿艺道：“没，我有点紧张。”

褚鹰失笑道：“这有什么好紧张的？”

看着他一脸平和的模样，宿艺腹诽：之前还说什么没有别人只有她，现在一副老司机的模样是怎样！

男人的话果然都不可信！

正想着，手机响了，她看了眼来电显示，走到另一边接起问：“怎么了？”

吴雪道：“你在哪呢，怎么没在家。”

“我又不是宅女，怎么可能天天待在家。”

“那你现在在哪？”

宿艺轻咳一声：“褚鹰家。”

吴雪说：“那你还挺闲情逸致啊。”

宿艺笑了声：“什么事，快说，赶时间。”

“林霞找我了，让我开条件。”

“开什么条件，不开。”

“她出的价格还不错，顶你拍两部戏的片酬了，所以来跟你说声。”

“那我宁愿多拍两部戏。”

吴雪：“……OK，是我打扰了。”

挂了电话，宿艺转过身，看到褚鹰从后备厢拿出一个黑色纸袋。

他走到车前，自然地勾住宿艺的脖颈，把人圈在怀里，带回了家。

褚鹰家里的摆设有些出乎意料，不冷清，家具也不是太满，给人一种很舒服的感觉，沙发、地摊都是偏灰色的色调，从材质上就能判断出档次，看得出来挑选这些东西的人都非常用心。

她还没来得及看仔细，就被男人牵到了某个房间前。

站在门外，她道："鹰队，我，我，我真的有点紧张。"

褚鹰忍俊不禁："到底在紧张些什么。"

他说完，兀自推开了前面的门。

宿艺既期待又有些害怕。

……然后她看到了房里，满满的都是运动器材。

哑铃、俯卧撑架、跑步机、多功能组合训练器，就连瑜伽垫、瑜伽球都有。

"先做十五分钟的热身，俯卧撑二十分钟，然后快走四十分钟，"男人简洁道，"你太久没锻炼了，不能一上来就做太剧烈的运动。"

宿艺："……这就是你之前说的，准备好的道具？"

"嗯，你看看还缺什么，我不太懂女生应该用哪些器材，"他打开手中的纸袋，递出里面的东西，"运动内衣和健身裤。"

"……"

宿艺觉得，跟男朋友一起健身真的是件非常遭罪的事。

不止累，还要时刻注意自己的姿势摆得够不够好看，衣服有没有整理好……

三个小时后，她就放弃了。

她两手搭在跑步机把手上，头往下垂，脚酸得要命，机械地跟着跑步机走动，嘴里哀号着："时间还没到吗？"

男人扶着她的腰："腰挺直，还有二十分钟。"

"还二十分钟？！我休息一会儿好不好。"

"坚持，乖。"褚鹰安抚似的揉了揉她的腰。

二十分钟后，宿艺整个人瘫成了泥。

她躺在地上，任凭褚鹰给她擦汗。

"你真的太久没锻炼了，以后常来吧，缺乏锻炼，对身体不好。"

宿艺喘着气，没回应他，室内，女人沉重的喘息声让褚鹰微微失神。

他忽然觉得自己也该锻炼锻炼。

出了健身房，宿艺腿酸到觉得自己走两步路就得摔。

她张开手，撒娇道："抱我过去。"

褚鹰也不含糊，弯下腰轻松把人抱起。

然后，还要掂两下："轻了。"

宿艺被他逗笑了，伸手捏他的脸：“我一身汗，光衣服都重死了，你就知道哄人。”

走出走廊，刚到大厅，就听见一声清脆的“嘀”，是大门密码锁解锁的声音。

两人皆是一怔，齐齐往门口看去。

褚母和褚溪两人各拎着两个塑料袋走了进来，褚母边走还边回头说着：“看我这次非要好好教训你哥，太不成体统了，把人家姑娘弄怀孕了都不敢回家里来说！你以后可别找这种男人！”

褚溪只顾着脱鞋：“妈你说得对……这怎么有双女鞋。”

宿艺先是一怔，随即挣扎着想下来，却因为男人的力道根本无法动弹。

褚鹰抱紧她，非常冷静地打了声招呼：“妈。”

两人齐齐抬头。

八目相对，半晌无言。

第十四章 我会一直在

因为汗水，宿艺几缕头发还贴在脸侧，她双颊绯红，为了挣脱手还放在褚鹰的胸膛上。

四人蒙了一会儿，宿艺小心开口了：“……阿姨好。”

褚母反应过来，颔首算是回应：“你们这是做什么去了，怎么满身都是汗？”

褚鹰：“健身。”

褚母睁大眼：“健身？怀着孩子怎么能健身呢？快快，跟我去医院看看。”

她放下手中的袋子就想上前。

宿艺赶紧从褚鹰身上跳了下来，她摆手解释：“阿姨，我没怀孕。”

“没怀孕？”

“对，”宿艺红着脸，“那些新闻都是媒体瞎报道的，我没怀孕……就是胖了。”

褚母怔了半晌，点头道：“……这样，胖了好，胖了好。”

宿艺简直哭笑不得。

褚鹰问：“妈，你怎么过来了。”

“我呀，”褚母轻咳一声，“我过来看看你，不行吗？你自己说说，你都多久没回老宅了。”

“最近工作比较忙。”褚鹰说完，揽住身边人的腰，“她一身汗，我先带她去洗澡，有什么事一会再说。”

宿艺几乎是逃似的上的楼。

确定褚母听不见后，她急道：“怎么办？被你妈看见了！我，我这穿得也太随便了吧，妆也没化。”

“迟早都要见的，”褚鹰并没太在意，先进浴室帮她调好了水温，“先洗澡。”

宿艺哪还有心情洗澡。

她把男人赶出去，啪地关上门，掏出手机给吴雪发信息。

宿艺娘娘：“哇啊啊怎么办，褚鹰的妈妈来他家里了，我该怎么办……在线等，非常急！[哇的一声哭了出来.jpg]”

吴雪：“得看你们在干什么，才能考虑接下来怎么办。”

宿艺窝在浴缸里，抱着膝盖，小脸苦兮兮的。

宿艺娘娘：“我被迫运动了一下午，刚刚还受了惊，简直不能再可怜了！先不说这个……他浴室旁边有个大窗户，不然这样吧，你开车到窗户下边来，我跳下去，先溜再说。”

吴雪：“你们是正儿八经谈恋爱，怎么搞得跟偷情似的？我可不去，你在浴室里自生自灭吧。”

OK。这单薄的保鲜膜姐妹情谊到今天终于画上了句点。

楼下，褚母又确认了一遍。

“她真的没怀孕吧？这可是大事，你别瞒我。”

褚鹰：“我瞒你做什么。”

褚母这才放心了，她转过身看到褚溪正在玩手游，忍不住道：“你都多大了，还整天玩这些东西？”

褚溪没想到会说到自己身上：“我哪有整天玩。”

褚母也就是说一声，过过嘴瘾，说完这茬，又转过头问：“你怎么把人家带你家里来了？她不是明星吗，最近我看她的新闻，闹得沸沸扬扬的。”

褚鹰皱眉：“那些风言风语您也信？”

“我信不信不重要，关键你要是真心把人当女朋友，就不应该让这些是非流出来，”褚母道，“一个姑娘家天天被骂，成什么样了？”

她让褚溪帮她注册微博，去逛过宿艺的首页。

长得的确好看，也高挑，大多微博都是广告，看不出什么性子，她还在宿艺发的照片里看到了自家女儿，这才知道原来褚溪早就见过人了，一阵追问之下知道了不少事情，昨天又看到了怀孕报道，今天就急急忙忙过来了。

褚母忽然想起什么：“对了，我给你带了些东西过来。”

她打开袋子，里面东西种类繁杂：几大包的全麦制品、香蕉、草莓、樱桃和酸角等等。

全都是初孕该吃的东西。

褚鹰对这方面并不了解："这些在外面买就行了，哪还用你特地送过来这么麻烦。"

"不麻烦，这些水果都是新鲜的，我一会给你放冰箱，宿艺走的时候让她带些回去，"褚母说完，看了眼墙上的钟，"都这个点了，齐婶怎么还没过来？"

齐婶是褚母特地安排在褚鹰家的帮佣，本来是要住在这儿的，被褚鹰拒绝了，平时白天就会过来打扫做饭。

"今天不在家吃饭，我已经让她别过来了。"

言下之意是他原准备跟宿艺出去用晚餐。

褚母也不知是真不懂还是装不懂，点点头："刚好我很久没下厨了，你们想吃什么？我给你们做一顿。"

褚溪马上放下手机："妈，别，我很饱，我不吃。"

厨艺也是有等级划分的，她妈妈的厨艺就是顶级的那一类：放弃吧·无论上多少厨艺班都救不回来·炼狱级。

"你今天中午就没吃，你年纪还小，可不能挑食，"褚母走到冰箱前，自顾自地喃喃道，"还好食材都挺齐的，你知道宿艺喜欢吃什么吗？"

褚鹰看着缩在楼梯后边，蹲了半天不敢下来的身影，失笑道："她好养，不挑食。"

他说完，大步走上楼梯，看着坐在台阶上的人："坐在这干什么。"

宿艺噘嘴，拉了拉自己身上的衣服："……阿姨和褚溪都在这，你怎么只给了我一件衬衫。"

褚鹰眉头一挑，牵起她的手："忘记了，来。"

最后宿艺换了一身男士T恤和休闲短裤。

她快羞耻死了，站在楼梯口，不肯下去："这一身太丑了吧？"

"别怕，丑媳妇总要见公婆。"

宿艺怒了："你说我丑！"

褚鹰极其自然道："……我说我自己。"

最后还是扭扭捏捏地到了一楼。

褚母见到她，脸色极其自然："下来了？我在做晚饭，你有什么喜欢吃的？"

"我都行，"宿艺忙道，"阿姨，我来帮你吧。"

"不用不用，"褚母不断甩手，"人多反而碍手碍脚的，我自己来就行。"

宿艺只能乖乖坐到沙发上。

褚溪马上凑了上来，眼底满是崇拜："嫂子，林霞那事是你爆料的吗？"

宿艺答非所问："你都不用上课的？"

"我这学期课少，今天刚好一天没课，"褚溪说完，忽然想起什么，她放低声音道，"对了，我跟你说，最近杨若琳总是来我们家。"

宿艺抬眼看了看，褚鹰坐在旁边的沙发上看文件，显然不打算参与姑嫂话题。

"去你们家做什么？"

"讨好我爸妈呗，你怎么也不上上心，就不怕我爸妈被收买吗？"

宿艺哼笑一声："我可不需要绿帽小公主的建议。"

说到这个，褚溪不气反乐："邓明阳从昨天到现在一直在找我，还跑去我们学校了。"

"找你干吗。"

褚溪冷笑道："还能干吗，知道我家庭背景了，想让我帮他洗白，还说爱我一生一世永不变心，以前谈恋爱的时候都不知道他嘴巴有这么甜，看来没少在他那位经纪人面前说。"

宿艺耸耸肩，看起了电视，显然对这个话题不是很感兴趣。

"过来吃饭了。"褚母把最后一个菜放到桌上。

四人坐在了餐桌边。

宿艺看着面前的大鱼大肉，眼皮跳了一下。

鹰队平时在家吃得都这么丰富的吗？天天坐办公室，怎么也没见胖？

褚母故作淡定："我很久没下厨，味道可能不如从前了。"

宿艺笑道："看上去都很好吃。"

褚母点头："吃吧。"

宿艺顺从地夹起西蓝花放进了嘴里。

……好硬，没熟。

她看了看周围的人，褚鹰面色如常，褚溪正闷头吃着白饭，褚母则是隐隐带着期待看着她。

宿艺囫囵咽下菜，笑得很真诚："真好吃。"

褚母这才扬起笑容："好吃就多吃点，吃点肉，你个子高，不显胖的，放开了吃。"

宿艺连连应好。电视是开着的，餐桌离电视不远，大家都能看到。

宿艺火速咽下一口里脊肉，嘴上还保持着微笑。

一阵熟悉的古风片头曲响起。

宿艺下意识抬头，果然，方才那个在屏幕上一闪而过的人……不正是她自己吗。

电视上居然在放她演的那部宫斗剧！

褚母吃饭动作未停，但明显已经认真看起了电视。

"区区贱婢，哪配生皇上的孩子！"电视里，她的声音刻意放低，"最近御膳房每日都会往她的住所送绿豆汤，你找个机会，在汤里加些好东西，明白吗？"

褚母最近在追这部宫斗剧，看得入迷了，下意识开口："这俞妃真的是太……"

话说到一半，她及时收了回去。

宿艺忍俊不禁，接话道："我觉得她太坏了，害了好多个孩子。"

"对吧，"褚母见她接茬，也忍不住了，"喜欢她的那个御医也很可怜，帮着做了好多缺德事。"

"那御医其实也不是什么好东西，您看过第十集吗？里面有个小细节非常重要。"

褚母好奇道："什么细节？"

宿艺就这么跟褚母坐着聊了大半个钟头，最后餐桌上只剩她们，两人还并肩一块边洗碗边继续聊去了。

临走前，褚母跟宿艺互加了微信，表示以后可以一起讨论剧情。

送走褚氏母女，宿艺脸上的笑容终于绷不住了。

她满脸的不可置信，略崩溃道："鹰队，我做了一下午的锻炼，就这么泡汤了……"

距离上一部剧杀青已经过了一个月，宿艺已经很久没有这么长的"空窗期"了。

清闲是清闲，但她……非常不习惯。

终于，在她躺在床上享受按摩时，陈央的电话进来了，通知她所有资金器材都准备就绪，再过两个星期左右就可以正式开拍。

挂了电话，躺在隔壁床的吴雪闭着眼道：“我是真没想到你会接这个女学生的角色。”

“女二号演多了，也想上上位，做人没点目标可怎么行，”宿艺懒洋洋道，“以后少接点恶角吧，我不想演坏女人了。”

吴雪有些惊讶，毕竟宿艺之前曾拒过好几个女一号：“你这不是转型，是转性了？”

“以前我又无所谓别人怎么看我，”宿艺说，“褚鹰妈妈很喜欢看电视剧，以后要是有什么楚楚可怜、惹人怜惜的角色，统统拿来给我看，最好是军嫂人设、为爱牺牲的那种。”

吴雪翻了个白眼，继续道：“……你知道陈央那部剧的主角需要剪头发吗？”

“知道，又不是没有剪过。”

“什么时候剪？在入组之前吧，刚好弄些噱头，你微博照片也该更新了。”

提到微博，宿艺马上想起什么，她撑起身子，商量道：“以后我微博的广告你们能不能用点心？什么‘跟我一起来……吧’‘我在……等你噢’这种话咱不能不用吗，看上去跟老鸨似的，多影响粉丝对我的感观。”

“不行，那些微博都是代言商发来的，一般人谁会看你的广告词儿啊？而且你以前一直都是这么发的，怎么现在突然注意起来了。”

褚鹰一家老小全给她点了关注，其中还包括素未谋面的褚父，她能不注意吗？！

她摆摆手：“……算了，一会就去剪头发吧。”

两人做完SPA，去了常去的那家理发店。

宿艺往椅子上一坐，在手机上翻出陈央发过来的照片：“剪这个。刘海不用剪。”

吴雪：“你又要回家自己剪刘海？何必呢，这都坐在这儿了。”

宿艺啧道：“这是乐趣，你不会懂的。”

这段时间褚鹰几乎就算是住在宿艺家了，一般人都是女方在男方家同居，他们是反的，但两人都没有多说什么。

他怕宿艺在那小别墅里住不习惯，所以从没提过其他的，每次工作完就自觉回来这里。

男人进了屋，看到她后愣了愣："怎么剪短发了？"

她道："拍摄需要。"

"什么角色？"

"女学生，可爱清纯那一类的。"

说到这，宿艺想起什么，她走到衣柜前，踮脚把衣柜顶上的铁盒子拿了下来。

打开盒子，里面是梳子和剪刀。

不是一般的剪刀，上面有些花样，是理发师专用的那一种。

"我很会剪刘海哦，"宿艺狡黠地笑着，"要不要给你也剪一个？我在街上看到个男孩子，他额上留了短短一小撮刘海，超级可爱。"

褚鹰眉梢一挑："男孩子？可爱？什么时候。"

"就今天，跟吴雪去做 SPA 的时候。"

褚鹰把她搂进怀里，惩罚般地咬了一口她的脸颊，白嫩嫩的，口感很好："背着我偷看别的男孩子，嗯？"

"你放心，我跟他没可能的——在他叫我阿姨的那一刻，"宿艺笑着配合他，怕手上的剪刀伤到他，小心地往旁边挪了挪，问，"剪不剪？"

"剪。"褚鹰拿过剪刀，"我帮你剪。"

宿艺没想到自己套路来套路去，反倒把自己套进去了。

她手上撑着用来接碎发的水盆，紧张道："你会吗？这发型要用来拍电视剧的。"

"会，以前在部队里帮别人剪过。"

宿艺急了："那都是平头，能一样吗！"

"都是头发，没有贵贱之分，"褚鹰两手稳定住她的小脑袋，"别动，一会儿剪歪了。"

宿艺听了，马上乖乖地不敢动了，连呼吸都轻了几分。

十分钟后。

"哇啊啊——"宿艺看着镜子，撒泼道，"你赔我头发！赔我头发！"

镜子里的人刘海坑坑洼洼，长短不一，长度在眉毛上边一点点。

一个字总结就是丑。一段话概括就是不止丑，还傻了吧唧的。

褚鹰故作冷静，轻咳一声："挺好看的，很可爱。"

"可爱？！"宿艺痛心疾首，"你这时候求生欲望再强也没有用，我都听见你的良心在哭泣了！"

褚鹰也没想到会剪成这样，明明她坐着的时候看还行，没想到站起来效果会差这么多。

他想了想："……不然去接头发吧。"

宿艺欲哭无泪："哪有人在刘海上接头发的！"

"没事，"褚鹰安慰她，"我永远不会嫌弃你。"

"……可我嫌弃你！！"

这边气完，宿艺去搬救兵。

没想到吴雪在接通视频的三秒后，仰头大笑了足足五分钟。

"你这头发是被狗啃了吗，哈哈哈，为什么能滑稽成这样，哈哈哈！！！"

宿艺："……"

吴雪眼泪都笑出来了，她揉着眼睛："你怎么了你，失手了？你以前在理发店里练出来的技术呢？"

宿艺："……褚鹰给我剪的。"

说这话的时候，男人刚好从她身后经过，还淡淡地扫了屏幕一眼。

吴雪马上端正态度："我觉得挺好看的，一长一短的很有创意感。"

宿艺啧道："你已经被金钱蒙蔽了双眼。"

最终求助未果，宿艺绝望地看着镜子，心里估摸着到时候只能用假发了。

收拾好东西，褚鹰坐到她身边："你以前在理发店打过工？"

"嗯，没做多长时间，就只学会了剪刘海。"

褚鹰伸手，撩起她额前的碎发，忽而道："跟我说说。"

曾经隐约察觉到宿艺并不喜欢提以前的事，他也就从没问过。

但是越爱一个人，他就越想多了解对方一些。

宿艺没想到他会提起这个话题，先是沉默半晌，然后身子缓缓向右倾，靠在他肩上。

"我以前过得不像现在这么好，你也想听吗。"

"嗯，能说吗。"

她轻顿片刻，像是在想该从何说起："……我出生的家庭非常贫困，因为某些原因，我也并不喜欢那个家，一心想着离开。我想了许多办法，终于在十五岁的时候，成功被学校保送到了市里的高中。因为成绩好，所以那所学校免了我的学费，只需要交书本费就能去读，我带着偷偷攒了很久很久的钱，离开了那个家。”

“可是后来我发现，就算我离开了那个家，仍旧摆脱不了贫穷的窘境，所以我那段时间为了钱做过很多活。端盘子、摆地摊、去理发店做学徒……我全都做过。”

“然后……大学学费太贵了，我实在拿不出那笔钱，后来在打工时有个女人找上我，说我长得好，问我要不要进入演艺圈。我为了解燃眉之急答应了她，后来为了还她的钱，我足足给她白打了大半年的工，没想到她的要求越来越过分，我为了保全自己，提出了解约。当时公司合同不算苛刻，我的违约金不多，但不论多少我当时都没有。就在那时，吴雪出现了。当时她刚好处于事业低谷期，手下艺人没有几个能出头的，我们一拍即合，她签走我，公司帮我赔了违约金。”

她顿了顿，笑道，“然后……我就变成了现在的我。可惜我最后也没出头，没给吴雪挣到什么大钱。”

为了缓和气氛，她最后用一句玩笑话结束了这段往事。

褚鹰却听得并不痛快。

他环着她，嘴唇轻启，想说什么，最终还是没说出来。

宿艺却忍不住了，她起身，捏着他的脸颊。

“都已经过去了，我现在不是过得挺好的？我努力过，老天爷也已经给了我奖励。”

她强调道，“超——棒的奖励。”

褚鹰任她捏着，还配合着左右晃动。

……这哪是她的奖励。

明明老天爷是给他的。

也罢，以后她的奖励，都由他来给。

后来宿艺与陈央商量许久，还是决定用假发掩盖住她这狗啃式的刘海。

入了新剧组，开拍后半个多月过去了，再过不久就是春节，剧组的放假时间终于在今天通知下来了。

吴雪看着安排表问："你今年就要回褚鹰家过年了吧？"

宿艺脸一红："还不知道。"

"这有什么不知道的，赶紧确定下来，如果不去褚家的话，就来我这儿跟我过，"吴雪说，"记着啊，一会儿褚鹰来接你时就问。"

这次的拍摄地就在北京，这也是宿艺会接下这部剧的其中一个原因。

异地恋这种东西，偶尔体验个一两回就够了，次数多了就是遭罪。

她点头："知道了，知道了。"

很快就到了她的戏份，离开前，她想起什么，回头问："快过年了，小宝那边的钱你帮我汇过去了吗。"

"前几天就汇了，放心，我都记着。"

宿艺点头："那就好。"

今天她的戏份并不多，天还没黑就已经拍完了。

收拾好东西，吴雪道："走吧，我先送你回家。"

"不用了，我要去趟超市买点东西，你先回去吧。"

"去哪个超市，我顺路载你去。"

"算了吧，你不去约会吗？"

吴雪一愣，不自然道："约什么会？我单身。"

"别装了，我还不知道你，"宿艺笑了笑，把口罩戴严实，大衣扣子扣到下巴底下，"走了，明天见。"

外面下着小雪，宿艺撑了把伞，正准备打开打车软件。

没想到刚解锁手机屏幕，就进来了一个陌生号码的来电。

久违的号码归属地。

她想都不想就挂掉，对方很快又打了过来。

宿艺心底隐约浮现一丝不安。她以前没少拉黑过这个地方的电话号码，对方要是打不通，都会直接去找吴雪，绝不会在短时间内拨第二次。

她犹豫片刻，转身拐进一个人少的街角，在即将自动挂断之前接起了电话。

"什么事？"

宿琴先是抱怨了一通："干吗，做贼呢，这么久才接？"

"没事别给我打电话。"宿艺说完就想挂。

"哎哎。"

对面的人尖声叫住她，“有事儿，有事儿。”

宿艺不耐烦道：“说。”

宿琴：“你今年过年回来一趟吧。”

“就这事？”宿艺言简意赅，“不回。”

“小宝病了，你怎么也得要回来看看吧。”

宿艺动作一顿：“病了？什么病？”

宿琴语气有点犹豫，沉默了半天才道：“不是什么大病，就是不小心摔河里去了……”

宿艺第二天就出发回了丁镇，褚鹰不放心她，二话不说充当起了司机。

她倚在车窗上，忍着鼻尖的酸涩感，目光无神地盯着某处，不知道在想什么。

“别怕。”褚鹰握住她的手，“没事的。”

男人的声音就像催泪剂，宿艺吸着鼻子，哽咽道：“如果我早点把他接过来就没这些破事了。”

她曾经想过争夺小宝的抚养权。

但所有人都告诉她，基本没可能，小宝有父有母，没受虐待，怎么可能判到你这个姨妈手上。

那对夫妇一个爱赌一个爱毒，宿琴的老公几年前就被抓去戒毒所了。而宿琴聪明得很，知道她有这个心思之后，对小宝是好吃好喝对待着，半点毛病找不着，要说缺点，就是完全不管他，喂饱后就把他丢到一边，出门玩自己的去了，偏偏小宝又是最需要别人照顾的年纪。

“没事。”褚鹰的手握得愈紧，“我会处理。”

他从来没有这种情绪，原来看一个人哭泣和难过，能心疼成这样。

他们到丁镇时，天还没亮，哐哐哐的敲门声在这寂静的小镇尤为刺耳。

“来了来了，谁啊一大早的？”门吱呀一声打开，宿琴头发乱糟糟的，看着面前的人，愣了一会儿后才道，“你怎么来这么早啊，不让人睡觉啦？这又是谁？哦哦我见过你，你是在新闻上和小艺谈恋爱的那个大老板？快请进……”

懒得跟面前的人多说，宿艺冷声打断她：“小宝在哪？”

“你这么大声做什么？我是聋子吗！”宿琴用食指掏了掏耳朵，“在医院，还能在哪？”

宿艺再没说话，径直离开去了医院。

这里毕竟比不上城市，这所医院整个看上去都比较破旧，小宝躺在病床上，鼻子里还插着管子，见到她来，咧嘴笑了，眼底满是欣喜。

宿艺眼泪当时就忍不住了，跟打开了的水龙头似的，不断地往下落。

褚鹰腾出空间给他们，悄声出了病房，立刻给陈助理打了个电话。

宿琴被扰了清梦，又回身睡了个回笼觉，才慢吞吞地拎着饭菜去的医院，谁想医院里早就没了小宝的身影，等待她的，只有褚鹰特地叫过来的律师团。

“小姨姨，你工作不忙了吗？”回去的路上，小宝坐在她身边，声音虚弱。

宿艺吸了吸鼻子：“不忙了，有时间陪你了……”

小宝哦了一声：“那你什么时候走？”

“我们现在就走。”宿艺揽着他的肩，问他，“你肯和我走吗？”

小宝眨巴眼，显然没明白她的意思，却还是用尽力气点头：“要走。”

陈助理接任了驾驶员的位置，褚鹰就坐在他们旁边，伸手揉了揉小宝的头发，确定他睡着之后，才问前边的人：“他们总结好了吗？”

“总结好了。”陈助理立刻道，“他们查过了，宿琴之前就曾因为疏于看管，导致小宝摔到山下，伤了脑袋；这次小宝同样是在无人监管的情况下掉进河里的，邻居那边也有非常多的证词可以取材，所以应该没问题。”

宿艺听完一怔，看向旁边的人：“意思是……”

“放心。”褚鹰抬手，用手背把她的泪抹干，“小宝不会再回去那个家了。”

宿艺嘴角刚要扬起，忽然想起什么：“可是，这种官司不好打吧？”

“宿小姐，您放心。”陈助理听说了那些事后也觉得义愤填膺，忍不住安慰后边的人，“褚总请的律师团特别厉害，而且您姐姐的确满足了被剥夺监护权的条件，一定能成的。”

褚鹰扫了前边人一眼，陈助理立刻闭了嘴。

宿艺鼻子又开始发酸，终于腾了只手出来，握住了他的手：“……谢谢。”

褚鹰摩挲着她的指尖，沉声道：“以后再什么的事，必须第一时间告诉我。”

宿艺不断点头：“嗯。”

第十五章 意中人

回到市里，宿艺当即把小宝送去了最好的医院。好在他溺水时间不长，身体没什么大碍，住了几天就出了院。

出院后，宿艺第一件做的事就是带着小宝搬了家，住进了褚鹰的别墅。

在这住了好几年，收拾起来颇为麻烦，宿艺收拾了一整天才终于搬得干干净净。

褚鹰的别墅房间多，给小宝收拾好房间，哄他入睡后，她洗了个澡就钻进了被窝。

这几天她实在是太累了。

半睡半醒间，吴雪打来了电话。

听见她的声音，吴雪道："……打扰到你睡觉了？"

"没事，还没睡着，怎么了？"

"我知道你最近忙，但我还是必须得问你，什么时候能回片场？"吴雪顿了顿，"你现在是女一号，你不在，他们那边很难继续拍摄的，虽然陈央没来催，但我们也得懂点事儿。"

"我知道，忘了跟你说了，我明天就回去。"

"明天？这么快？"

宿艺轻扯嘴角："催我的是你，嫌我复工快的也是你。"

褚鹰不仅处理了宿琴那边的事，还马上给小宝找了个学校，请了个专门看管的阿姨，小宝明天就能去上学了，她的工作也的确不能再拖。

吴雪点头："行，那明天我去接你。对了，你不是说要搬家吗，什么时候？我去帮你搬。"

"我已经搬完了，现在在褚鹰家。地址我发你手机上，明天来这边接我。"

“……我是真的佩服你的行动力。”

“还有什么事吗？”

“没有了，那明天见。”对方说完就要挂电话。

“等等，”宿艺叫住她，“以后宿琴要是再来找你，不用管她。”

“我知道的，放心。”

通话结束，褚鹰刚好从书房回来。

宿艺放好手机，男人上了床，从后面环住了她的腰：“睡吧。”

宿艺转了个身，枕在他颈窝里，挑了个自己最有安全感的姿势：“这几天光顾着陪我和小宝，工作又堆到一块了吧。”

“公司没我也不会倒闭，之前是因为刚接手所以麻烦些，现在已经没有这么忙了，”褚鹰说完，又补了句，“可以随时陪你。”

宿艺闭眼微笑，靠在他身上，终于可以睡上这几日里的第一个安稳觉。

吴雪起初还担心，宿艺会因为外甥的事影响拍摄进度。

但对方不仅提前回组，工作效率还比以往都提升了许多，只要搭戏的演员没出错，镜头就几乎是一次过。

她真的是注定就要吃演员这碗饭的人。

又是一场戏拍摄回来，宿艺坐到她身边，用吸管小心地喝了口水。

“对了，”吴雪站在旁边，问，“你最近没看微博吧？”

“没，怎么，我又被网络暴力了？”

“这倒没有，倒是你回丁镇那会儿，杨若琳在网上被人扒得皮都不剩了。”

“她不是早就请了水军把自己上上下下扒了一遍吗？”

“那性质不一样，”吴雪打开微博，随便找了几条新闻给她看。

宿艺随意扫了一遍。

吴雪：“你怎么一点都不意外？”

“意料之中，”宿艺往后躺去，“我之前就觉得她的性子太假了，什么都是装出来的。隔了扇门就马上变脸的人，我一直以为只有电视剧里才有。”

“她自己花钱买来的新闻，现在统统成了打自己脸的证据，也不知道杨若琳现在是什么心情。”吴雪边说边从包里拿出几份文件，递给了宿艺。

宿艺接过来：“是什么？”

“剧本，前几天就拿到了，一直没给你，你不是说想演军嫂吗，这就是，女二，不过戏份蛮多的，形象也很正面。演员都是大咖，我花了好些精力才拿到的。”

“小雪，”宿艺随手把剧本放到一边，“拍完这部，我想休息三个月。”

吴雪有些惊讶：“这么久？”

“嗯，有些累了，好好休息，给自己充充电，”她强调道，“连杂志封面什么的我都不想拍，可以吗？”

“当然，那是你的自由。”

“那你呢，”宿艺问，“你都已经偷懒大半年了，手下只有我一个艺人，说出去像不像话？”

“有什么不像话的，我还能多领份助理的工资呢。”

宿艺笑着摇头。

褚氏办公室。

一沓照片摆在褚鹰办公桌前。

最上面那张照片里，女人正双手抱膝，坐在地上痛哭。褚鹰压在照片上的指尖一挪，下一张是他和宿艺在丁镇路上被拍的，她抱着手上的小盒子，面容憔悴。

桌前的助理道：“褚总，这些就是那几天那些媒体拍到的照片，都已经买回来了。”

“嗯，都是哪家媒体拍的？”

助理报了个名字：“这家媒体经常跟宿小姐，之前梁博事件，就是这家媒体报道得最快，图片资料也最多。”

褚鹰轻敲桌面，面色如常：“确认这些照片的底片都在我们手里了？”

“是的，合约都签好了。”

“嗯，去查查他们这家媒体之前关于我们公司艺人的所有不实报道，”褚鹰把照片整理好，放进电脑包最外侧，“整理出一份表格，起诉。”

宿艺看完新闻时，褚鹰刚好到化妆间。

这段时间褚鹰每天都来接她回家，雷打不动，剧组的人都认识他了。

男人非常自然地拿起她的包：“今晚想吃什么？”

宿艺脑袋往后仰：“二营长，我给你煮碗意大利面？”

褚鹰失笑道：“行。”

吴雪起身道："那我先回去了。"

宿艺点头："好，有事电话联系。"

今天拍摄结束后，就是剧组安排的春节假期。

"吴雪！"化妆间门口忽然传来一道男声，"你为什么不接我电话！！"

宿艺循声望去，一个非常眼熟的男人站在门口。

刘玺看到里面的人，也愣了下："鹰子，这么巧。"

宿艺靠在褚鹰身上，两人非常有默契地来回看了眼吴雪和刘玺，眉头轻挑。

吴雪极其不耐烦："你过来干什么？"

刘玺急了："你怎么翻脸不认人？"

吴雪冷笑一声："这种事儿你又不是没做过，装可怜给谁看？"

"……我没对你做过啊。"

"你们慢慢聊，再见。"丢下这句话，褚鹰抓住身边人的手，大步出了化妆间。

出去后没多远，宿艺抱怨道："你怎么不让我再听一会儿？"

已经是深冬，她围了一条厚厚的淡灰色围巾，盖住了大半张脸。

围巾是褚鹰前几天送的，在顶端还绣了一个小小的Y。

也不知道是艺还是鹰。

因为围巾遮挡，男人俯身亲了亲她微翘的眼角边。

"这么八卦？"

"我不八卦，要是别人我才懒得管。"宿艺把手放到他的西装口袋里，"算了，我看刘玺被小雪吃得死死的，小雪应该吃不了什么亏。"

路上，宿艺静静地听着车内音响。

手机响起，她看了看，是陌生号码，归属地北京，最近春节将至，来送祝福的人不少，她没细想就接了起来："你好。"

宿琴声音急切："宿艺，你搬家了？你找来的都是些什么人，我儿子呢……"

宿艺马上撂了电话。

"先去趟营业厅，"她淡淡道，"我忘了换电话号码了。"

"这个时间点，应该已经关门了，"褚鹰看了她一眼，"怎么了？"

"没事，那我明天再换。"她把手机调成了飞行模式。

车子又开了一阵，她忽然想起什么："后天就是年三十了，你打算什么时候回去？我们明天抽空去买点礼物吧，好让你拿回家送亲戚。"

"我不回去。"

宿艺先是一愣，随即转头问："什么？"

"我年三十不回去，"男人抬手，摩挲着她的脸颊，"留家里陪你和小宝吃年夜饭。"

褚鹰给褚母打电话的时候，宿艺非常紧张地盘腿坐在他身边仰头盯着他。

因为女友而不回家过年什么的，简直怎么听怎么像是在无理取闹。

偏偏褚鹰跟褚母说明情况的时候，还能腾空俯身亲她几下。

电话开了扬声器，褚母听完后，长长地哦了一声，把宿艺的心都吊起来了。

"这样……"褚母想了想，"我还说买了很多小孩子爱吃的零食，那我让杨伯送过去给你吧。"

没想到这么简单就说通了，宿艺眼睛眨巴了好几下。

褚鹰好笑地捏捏她的脸："不用，我们自己买就行。"

"没事，买都买了，本来就是买给宿艺那小外甥的，"褚母道，"那你好好陪着她，家里出了这么多事，她心情一定不好，你得包容点儿，别拿你对你那些兵的态度对人家小姑娘。"

褚鹰应："嗯，我当祖宗供着呢。"

宿艺在他手背上咬了一口。

褚母："……也不至于。那年初五总得回来给你爸过生日吧？"

不等褚鹰说完，宿艺就抓着他的衣角拼命点头，示意他答应。

褚鹰："知道了，会回去。"

褚母道："那行，如果宿艺不想过来你别勉强她。"

"她也去。"

宿艺简直不敢相信，这就定下了她正式见家长的时间？

刚挂电话，宿艺就跳到他身上："你胡说八道什么呢，我好不容易把你妈哄好了！"

怕她摔，褚鹰抬手托在她臀上，家里开了暖气，她只穿了一条短裤，手感很好："哪需要你哄。"

宿艺撑着他的胸膛起身，把头发往后一拨："不跟你说了，小宝估计快从公园回来了，我去做点吃的。"

第二天，宿艺被包裹得严严实实的，两人一起出门买年夜饭需要准备的东西。

年关将至，今天的超市出奇地空，就连超市的工作人员都少了很多。

宿艺只戴了个黑色口罩，在食材区逛了近半小时，途中还被工作人员认了出来，一起合了影。

合完影后，她才发现身边的男人不知何时已经不见了。她又逛了一会儿，还是没见到人，正准备打电话，就发现不远处，褚鹰手里提着个小篮子走了过来。走近一看，篮子里全都是……女性用品。

“床头柜里就剩半包了，这几天家周围的店铺全关门，到时候有突发状况怎么办。”鹰队非常自然地把各种少女系列放进购物车里。

宿艺看到生活用品处导购员意味深长的微笑，只觉得十分窘迫：“……知道了，知道了，你这不是都帮我拿来了嘛。”

回家路上，街上的店铺全关了门，居然有股冷冷清清的意味。

到家后，看到一辆陌生的宾利停在褚鹰家的车库里。

褚鹰看了一眼，解释道：“我爸妈来了。”

宿艺一惊，转身就想走，被后面的人拉了回来，他语气里都是揶揄：“要去哪？”

她小声道：“我回避一下。”

“有什么好回避的？”

“这袋子里都是些什么，怎么能拿到长辈面前！”宿艺义正词严。

“他们不会翻我们的袋子。”

“我，我没化妆。”

“没事，一样好看，走吧。”

最后她还是被逮回了家。

小宝坐在沙发上看着电视，见他们回来，放下手中的巧克力，笑眯眯地叫他们：“小姨，小姨夫。”

一听就知道是褚鹰教的，宿艺面上一窘，忍不住在背后捏了他一把。

褚父和她想象中的一样，坐姿随意却威严，手里拿着一份报纸，见到他们，只是报纸放低了些，微微抬眼：“回来了。”

褚鹰把东西随手放到地上：“嗯。”

“去买什么了？让杨伯帮你们提一下。”褚母也坐在沙发上，笑眯眯道。

“不用不用，我们自己拿就好，”宿艺把手中的塑料袋攥紧，乖乖打招呼，“伯父好，伯母好。”

褚鹰问：“你们怎么过来了？也不提前跟我们说一声。”

“我把这些年货送过来给你，你们俩第一次自个儿过年，一定有很多不周到的地方，这些是食材，这些是小吃，明晚看春晚的时候你们俩可以边吃边看……”

“让杨伯帮忙送过来就好了，怎么还非要跑一趟。”

褚母眼一瞪：“怎么，我和你爸不能过来看看你？”

褚鹰挑挑眉，没说话。

宿艺道：“伯母您坐，我把这些东西拿上楼，就去泡茶。”

宿艺离开后，褚母才靠到自己老公身边：“怎么样，是不是蛮好看的？个子也高，说话也和气。”

褚父：“你之前不是还嫌弃她，说她坏？”

褚母捶了他一下：“我看电视，随便发些牢骚都不行？”

“行，你说什么都行，”褚父不跟老婆争长短，话锋一转，“褚鹰，坐下。”

褚鹰依言坐在对面，坐姿笔直。

“让你帮忙办的场地怎么样了？”

年初五是褚父的生日，但今年的这个日子，意义比较非凡一些。

他将在这次的生日会上，正式宣布把褚氏交给褚鹰管理。然后他就终于可以回去好好享清福，跟老婆四处散散心了。

褚鹰点头：“办好了，明天带您去看看。”

“大年三十的，我可没有那精力。”

宿艺下来时，两位长辈面前已经放好茶杯了。

“过来坐。”褚鹰道。

宿艺紧张地坐到他身边。

褚父：“是哪里人？”

宿艺道：“是丁镇的，工作是演员。”

“这我知道，褚鹰他妈每天都看你演的电视剧。”

之后，褚父再没问过其他关于家庭背景、学历之类的事，而是问他们的交往日期、双方想法等等，寥寥几句就结束了对话。

临走前，褚父褚母给宿艺和小宝各发了一个大红包，褚鹰也有，不过和他们的红包样式是不一样的。

宿艺原是推拒的，但最后还是拗不过他们——准确来说是拗不过褚母，还是收下了。

褚父褚母走后，宿艺小心翼翼地打开看了一下。

这红包从厚度上来说已经非常厉害了，打开还全是红钞，她侧过身去看了眼，小宝的也是这个厚度，她赶紧把红包递给褚鹰。

褚鹰问："给我做什么，自己留着。"

"太多了，我不好意思收。"

"都是褚家媳妇儿了，有什么不好意思？"

宿艺："还不是呢，你可不要占我便宜呀。"

褚鹰笑了："迟早的事。"

宿艺也笑了，红着脸去收拾褚母带来的东西。

不得不说，褚母是个非常细心的人，不仅带来了吃的喝的，甚至还有许多种鞭炮。

每种鞭炮上还用纸专门写了时间贴在上面。

【年三十晚十二点整】

【大年初一凌晨五点】

宿艺看得心里胀胀的，把鞭炮都放进了仓库里，仔细地在手机里调好了闹钟。

而不远处，鹰队打开父母刚给的红包。褚父的红包里装了五百，褚母的红包里又是一个小小的红包，打开一看，两张一毛静静地躺在里面。

褚鹰："……"

大年三十，三人一块吃了年夜饭，小宝早早就被褚鹰赶去睡觉了。

两人做了一场酣畅淋漓的"床上运动"，宿艺洗完澡趴在男人身上。

她问："我们是不是要看会春晚？"

男人揉搓着她的耳垂："想看？"

"还行，看着热闹。"

"好。"褚鹰找来遥控器，打开了大床前的电视机里面正好播到一个小品。

外面爆竹声喧天，年味浓厚，屋内有喜庆的电视声和男人温热的胸膛。

宿艺忍不住呢喃了一声："真好。"

这句话说得不明不白，但褚鹰马上就听懂了。

他嗯了声："以后都会这么好。"

"但愿，"她笑了笑，忽而想到什么，"我跟吴雪说了，拍完这部剧，休息三个月。"

"我在，你想休息多久都行。"

"这样听起来，我像是因为有了你所以罢工的金丝雀。"

褚鹰轻哂道："休息这么久，有没有什么想去的地方？"

"没有，"宿艺实话实说，"我只是想放松一下，顺便照顾小宝，这几年每天都在片场奔波，真的有些累了。"

"好。"

宿艺只睡了一小会儿。

十一点四十的闹钟响了，她几乎瞬间就睁开眼，对上男人的眼神："你还没睡？"

褚鹰亲了亲她的眼角："还没。"

"那快起来，"宿艺迅速起身，慌乱地套上一件羽绒服，拉上拉链后小跑到仓库里，拿出了那个标注十二点的鞭炮。

"我有点怕，"她委屈巴巴地说，"你来放好不好。"

两人一齐去了楼下。距离新年倒计时还有三分钟。宿艺站在褚鹰旁边，屏息等待着十二点的钟声。

没想到十二点的钟声还没响起，她的手机倒先响了。

她接起道："你好。"

"这里是警察局，请问你是宿琴的妹妹吗？她出了点事，需要你过来一趟，我们的地址是……"

"不好意思，"宿艺打断他，"我不认识这个人。"

"啊？"那边警察愣了下，"你不是宿艺吗？"

"我是。"

"是这样，你姐姐由于聚众赌博现在被我们扣下了……"

"警官，您找错人了，我不认识她，"宿艺眼睛都没眨一下，"春节快乐。"

礼貌说完，宿艺快速挂了电话。

"谁打来的？"

"送祝福的。"

话音刚落，马上就听见几道烟火声，在天空中绽放出了一道道绚烂的光芒。

褚鹰快速点燃鞭炮。

扰人的爆炸声中，宿艺轻轻地靠到男人身上，心情舒缓而平静。

年初五，格外寒冷。

褚鹰走出衣帽间，整理了下自己的袖扣，一抬眼，看到宿艺从对面的更衣室走了出来。女人的衣服太多，褚鹰腾了个小房间给她当衣橱。

她穿了一条酒红色的贴身长裙，身材线条被衬得非常惹眼，脚踝裸露在外，手里还拎着一双红色高跟鞋。

见到他，她媚眼一挑："走吧，可不能迟到。"

说完，她刚抬起腿，就被男人拦腰抱回了衣帽间。

"你，你干吗！"

"哎，别脱，不行不行，不能这样，要迟到了……"

"呜呜呜呜，不要……"

"够了，够了……"

五分钟后。

宿艺穿着一条黑色长裤，内含被强行套上的五条秋裤，气呼呼地走出来。

"你看！胖成这样了！"她抬起腿，拍打道，"打起来都感觉不到疼！"

小宝出来时刚好看到，随着她拍了两下，傻笑道："小姨真好看。"

褚鹰摸了摸小宝的头，继续道："你知道外面多少度吗。"

"那里又不是没有暖气……"

"不行，乖，"褚鹰道，"走吧。"

褚鹰挑的场地是褚氏的酒店，宴会厅内金碧辉煌，觥筹交错，与街头的冷清形成了强烈的对比。

因为要正式宣布公司的交接情况，所以请来了不少媒体，宿艺刚下车就看到了很多熟面孔。

刚进宴会厅，宿艺就发现了一个非常令人窒息的事实——除了她，其他女人穿的都是礼裙。她这两条小粗长腿在众人之中显得非常显眼。她窘迫得简直想找个地洞钻进去。

褚鹰却一点都没觉得有什么问题，发现她的表情不对，冷静地安抚道：

“穿多点不容易感冒，你免疫力太差。”

她正准备说什么，忽然觉得肩上被人拍了一下。

褚溪在她身后，不断地上下打量她：“你怎么穿成这样就来了？感冒了？”

宿艺挽着男人的手，明目张胆地抱怨：“别提了，还不是你哥。”

很快，褚父褚母也从后台出来。

褚母见到她的打扮，不断点头：“这样穿挺好的，保暖，女孩子就是要好好照顾自己的身子，你看褚溪，露这么多肩膀，迟早得冻坏。”

褚溪：“这里头有暖气，傻子才穿这么厚！”

宿艺先是皮笑肉不笑地看了她一眼，然后马上跟褚父褚母打招呼。

褚父没说什么，颔首算是应了，淡淡道：“褚鹰，你先过来。”

褚鹰跟褚父走了后，褚母找来助理，让他带小宝去吃些东西，然后才偏头问身边的人：“能沾酒吗？”

宿艺忙点头：“可以的。”

“那你拿杯酒，跟我一起去跟客人们打个招呼吧。”

宿艺一愣，好一会儿没反应过来。这不就等于在别人面前表态了吗？

“怎么了？”

“没事……来了。”宿艺随手拿起一杯酒，快步跟了上去。

宿艺不太擅长这一类型的应酬，相反，平时大大咧咧的褚溪到了这种时候，看起来还真的像是个淑女。

她应付得有些吃力，许多场面话都要在心底想半天才能说出来，不过脸上仍然笑着。趁大家不注意，她偷偷瞄了一眼跟在褚父身边，正在跟其他男人谈着话的褚鹰。

他嘴角轻勾，姿势优雅，身材又是天生的衣架子，一身西装穿得比别人要养眼数倍。

正胡思乱想着，褚母忽然抬手放在她后背上。

“对，她是个演员。”

原来不知何时，这边已经聊到了她身上来，她忙恢复笑容：“您好。”

“怪不得我说这么眼熟呢，”面前的贵妇听见“演员”两字，眉头微不可见地挑了挑，小动作被宿艺尽收眼底，“长得可真漂亮。”

宿艺客气道：“谢谢，您也是。”

贵妇话锋一转：“说起这个呀，我家念念小时候也想当演员来着。”

宿艺知道对方没安什么好心思，但还是得反问一句：“是吗，后来呢？”

“后来啊，我家那位当然不答应，毕竟圈子里嘛比较乱，后来为了打消她这些念头，就送她去学钢琴，这不，过完年，她就要开个人音乐会了，到时候还请褚夫人赏脸呢。”

果然，又来了。一路过来，全都是向褚母推销自己女儿的。都当她好欺负。

可惜的是，今晚的宿艺，的确是好欺负。她一不能冷笑还嘴，二不能明里暗里带刺怼回去，只能生生忍下来，就是脸上的笑容显而易见地变少了许多。

“最近对音乐会没兴趣，”褚母笑笑，“现在我每天就在电视前等着看小艺演的电视剧，抓心挠肺的。”

没想到对方会这么说，贵妇干笑道：“……这样啊。”

宿艺感激地看了褚母一眼，褚母还抓着她的手，脸上笑容不减。

褚溪忽然上前，挽住她另一边手臂。

“嫂子，去吃甜点吗？”

这声“嫂子”，引起了周围大半部分人的注意。

褚母也没反驳：“去吧，小鹰特地从外地调回来的厨子，说是甜点做得很好吃。”

“好。”

总算能透透气，宿艺刚走到桌前，就发现众人的目光齐齐扫向了宴会厅大门。

宿艺顺着望去，大门口站着的是杨若琳和她的爷爷，他们还没进来，正在和招待人员说着话。

杨若琳最近可算是网络红人，没想到她还有闲心来参加晚宴。

褚溪啧啧道：“他们怎么来了？我爸可没邀请他们。”

宿艺挑眉：“你怎么知道？”

“我听他们讨论过，上次我爸拒绝他们的要求后，杨氏私底下做了很多小动作，要不是我爸看在爷爷的面子上不跟他们计较，他们哪还能过得这么潇洒——不过现在他们也的确过得不怎么样。以前杨老头还指望着让杨若琳联姻，现在她名声都臭成这样了，我倒是要看看谁会娶她。”

最后直到宴会厅门关了，他们都没能成功进来。

想起之前杨若琳在她面前趾高气扬的模样，宿艺就忍不住想感慨两声。

由于是过节，所以褚鹰安排的宴会时间是下午五点至八点。

自褚溪那句话之后，过来找宿艺聊天的人渐渐变多了起来，有资格参加这个宴会的人非富即贵，还有一些知名度极高的主持人或演员大咖。

宴会结束后，她微信上多了十几个好友。

当晚，媒体朋友就加班加点播报道了褚父的生日会，并且重点提到宿艺获得了褚鹰父母的认可。

看着媒体发的那些把她夸上天的通稿，宿艺简直哭笑不得。

在宿艺休息的这三个月里，发生了许多事。

褚鹰请的律师团做事干净利落，成功得到了小宝的抚养权，并把监护人变更成了宿艺，中间宿琴试图找过她的麻烦，但每回都是还没能闹到宿艺面前，就已经被解决了。

小宝也已经在学校交到了新朋友，整个人开朗了不少。

而宿艺……则是完全闲了下来，这些日子里，她最常待的地方就是褚氏大楼——准确来说是褚鹰的办公室。

她实在是懒，连旅游都不想去，平时顶多跟吴雪、褚溪出去喝茶逛街，偶尔也陪褚母去跳跳广场舞。

就这么磨着磨着，磨到了假期的最后一天。

吴雪来找她，跟她讨论新工作的事情。

“有个好消息，还记得我之前跟你提过的军嫂人设那部电视剧吗？三个月来还没找到合适的女主角，你的试镜机会还在，怎么样，要去试试吗？”

“什么人设？”宿艺撑着下巴，疑惑道，“我有说过吗？”

吴雪把剧本递给她：“您可真是贵人多忘事。”

宿艺接过来，匆匆翻了几页，终于有了点印象：“不接，有没有别的？”

“别的？”还好吴雪有把工作资料全带在身上的习惯，她把背包里的剧本全拿了出来，“你还真是善变。”

“褚家不是太在意这些，我当然不用再费心转型了，”宿艺看了大半天，挑出一个男主的白莲花初恋的角色，“这本我拿回去看看。”

“你可真是……这么好的转型机会都不把握住？”

“我觉得我之前就挺好的啊，能给观众留下深刻印象，我自己演得也很畅快。上回拍校园剧的时候，光看剧本都要把我自己给憋死了。”她悠悠抿了口咖啡，“人设要稳住，不能崩。”

“行，随便你，最近公司给我分了几个艺人，资质都还可以，”吴雪道，“你的助理我挑好了，以后我就不跟着你跑片场了。”

宿艺点头：“行。”

“对了，这两天的新闻你都有看吗？林霞被警察带走调查了，我估计凶多吉少。”

“看了，她活该，白让她风流这么多年，想想我都觉得糟心。”

吴雪笑笑，刚准备说什么，就见一辆白色越野车停在咖啡厅外。

她打趣道：“你的 hero 来了。”

宿艺回头望了眼，而后匆忙起身：“我先走了，下次见。”

是下午。冬天已过，外面阳光明媚，把她的背影衬得格外美好。

男人一只手插兜，另一只手朝她摊开，是一个迎接的姿势。

宿艺覆上他的手心，借着力上了车。

见她笑容愈大，褚鹰轻笑一声：“在笑什么？”

宿艺无厘头地问了句：“你看过《大话西游》吗？”

“看过，怎么了？”

“里面有一句经典台词，知道是哪句吗？”

“知道，”褚鹰想了想，不确定道，“人是人他妈生的，妖是妖……”

呵，直男。

“你还是好好开车吧。”

男人握住她的手：“那你告诉我。”

宿艺头一歪，嘴边噙着笑：“不说。”

车子缓缓驶离咖啡厅，驶进车流。

我的意中人是个盖世英雄，总有一天，他会开着一辆笨重的越野车来娶我。

现在盖世英雄有了，车也有了。

宿艺打开微博小号，偷偷地在自己微博评论下面精分留言。

“今天褚鹰向宿艺求婚了吗？——好气呀，还是没有 :)”

第十六章
大结局

宿艺最近非常、非常、非常惆怅。

今天刘玺第九次向吴雪求婚，终于成功了。

她一定不是个好闺密。得知这个消息时，她第一反应是完了完了，她和褚鹰的感情难道走到尽头了？不对呀，明明最近鹰队越来越黏人了。

她苦着脸："小雪雪，你说褚鹰是不是不喜欢我了？"

吴雪："啊？为什么？"

宿艺："相恋两周年纪念日都过去了，他一点儿要求婚的意思都没有，该不会是想对我始乱终弃吧？"

"……那应该不会。"

"如果真的很爱一个人，难道不是应该巴不得立刻、马上带着对方去民政局领证才对吗？"

"你把你的心声说出来了。"

宿艺更沮丧了："根本就是我一个人在自作多情。"

当晚，鹰队求欢未果："嗯？"

宿艺拿被子蒙着头："我困了。"

男人掀开被子，亲了亲她的耳郭："做完再睡。"

"不要不要。"

身边没了动静。

宿艺又想，这就没了？不再努力一下？

他果然对我厌倦了！

正胡思乱想着，一只手钻进了她的被窝。她实在受不了，缴械投降。

次日起床，她不仅惆怅，还开始暗暗后悔——自己怎么就这么沉不住气呢！

就在这时，吴雪打来了电话。

吴雪激动道："看新闻没？！"

她兴致缺缺："没有。"

"有人拍到褚鹰在挑钻戒！！！"

这一针鸡血直接把宿艺打活了。

今天，鹰队刚把车开进车库，还没来得及开门，就被身边的人拉住了。

两人到了车后座，这一次是褚鹰做到一半停了下来："车上没东西。"

宿艺摊开掌心，变戏法似的……变出了两小包计生用品。

鹰队被这一幕刺激得眼底都红了，翻来覆去，折腾到了大半夜。

女人甜起来，真的是让人命都不想要了。

………

一个月过去。

宿艺坚强微笑脸："我算是看透了。"

褚鹰还是没有向她求婚！！！

"我现在就想知道，那枚戒指去了哪里。"

吴雪安慰她："……别难过，没准他忘了呢？"

"这种事怎么可能忘！"她说完，腾地站起来，"我觉得不能再这样下去了。"

吴雪急了："你该不会想分手吧？？"

"分手？我辛辛苦苦追到手的人，跑都别想跑，"她拿起手机，仔细翻找着，"他不跟我求婚，OK，我向他求婚总行了吧。"

"……"

"走，陪我买戒指去。"

"你这么突然，他万一不答应呢？"

"他敢！"宿艺放完狠话，又嘀咕，"你别担心，我有办法。"

今天褚鹰回家时间格外早。他的女友语气严肃，说有非常重要的事情要跟他谈。刚回到家，就看到了穿着OL装的小女友，脸上还戴了副黑框眼镜。

两人很快缠到了一起，你侬我侬之时，他听到身下的人糯糯地问了句。

“老，老板……结个婚吗？”

褚鹰哑着嗓子：“嗯。”

“那明天就去扯证？”

“嗯。”

宿艺用尽力气，扶着桌子，从旁边拿过一样东西：“手给我。”

一只手离开她的腰间，伸到她面前。

事后，鹰队抽着烟，眯眼看着自己手上的男戒：“……这是什么？”

“戒指啊，”宿艺穿着衣服，不是太有底气，“你可不能反悔，刚刚都答应我了。”

褚鹰简直哭笑不得，捏着她的脸：“就这么把自己嫁了？怎么这么傻？”

“谁让你一直不跟我求婚，”宿艺简直要委屈死了，“你是不是不喜欢我了？后悔了？不想娶我？”

“没有，”男人目光温柔，“想娶你都快想疯了。”

某次宿艺不在场的聚会。

“不能喝了，不能喝了，”周明摆摆手，“再喝，回去会被老婆念叨了。”

提到这一茬，桌上忽然有个兄弟呜呜大哭起来，把大家都吓了一跳。

周明：“你这是哭什么呢？男子汉大丈夫，有什么好哭的？”

男人抹了把泪：“周队，我老婆最近非要跟我闹离婚。”

“为啥呀？”

“她说当时她太年轻，什么都没想好，就稀里糊涂跟我结婚了，现在她反悔了……呜呜呜。”

“哎，别哭了，别哭了，”周明问，“你们当时谈了多久恋爱才结的婚？”

“五个月。”

“五个月？！”周明怒了，一拍桌子，“五个月哪够了解一个人？你们这也太仓促了，就是对双方的不负责任！”

原本一声不吭的褚鹰顿了顿：“那要在一起多久才能结婚？”

“我跟我老婆从小就认识，这都十多年了，”周明脸颊红红，大手一挥，“再怎么说，也要交往个三四年吧！”

之前在部队对周队的判断百分百信任的褚鹰回到车上，打开日历，仔仔细细算了一下时间，正式开启了他的求婚倒计时。

阳光明媚，万里无云，宜嫁娶。

各大媒体倾巢而出，纷纷奔向褚氏旗下的大型度假村，却全被拒之门外。

今天是褚氏总裁褚鹰和知名女星宿艺的婚礼。

一列豪车早早就停在了家门口。

宿艺穿着一身大红色抹胸婚纱，上半身花纹繁多，一条红色头纱，把她白皙的肩头衬得极其诱人，裙摆上有无数皱褶，红纱盖在上面像是披上了一层薄雾，上面还点缀了无数玫瑰。伴娘自然是吴雪，她穿着白色礼裙，一边吊带上有一朵白玫瑰。伴娘团还有褚溪、程安安。

此时三位伴娘正在四处焦急地找着什么。

“哎！藏这里行不行？”褚溪指着衣柜顶上。

吴雪想都不想：“不行，褚鹰和伴郎团都这么高，一进来就能看见了！”

程安安：“这儿呢？”

“不行，床底下也是高危地带。”

她们正在藏新娘的鞋子。

宿艺哭笑不得：“你们就随便藏个地方行不行。”

“不行，这种大事哪是能随便的！”

褚鹰走到房门前，敲了几下门。

“哥，我最近想去香港购物——”褚溪在里头喊了声。

褚鹰干脆道：“联系陈助理。”

一阵闹腾，褚鹰做了五百个俯卧撑和数个仰卧起坐才被放进去，进门时西装都蹭上了灰。

他看到床上的人，嘴角扬起一个愉悦的弧度。

“褚总，这最后一步，就是找鞋子了，”吴雪笑眯眯的，“找到鞋子就能把新娘带走了。”

宿艺刚想给提示，吴雪赶紧上来用手虚挡住她的眼睛：“你这可还没嫁出去呢啊，不带给提示的。”

宿艺：“……行。”

褚鹰几乎把这间房子翻了个遍，都没看到鞋子的影子。

他看了眼床上的人，宿艺也眼巴巴地看着他，对上他的视线，她忽而轻眨了两下眼，然后微微低头。

男人立刻反应过来，大步走到她身边，手探进了婚纱里，找出了那只高跟鞋。他单膝跪地，帮她把鞋套上，而后大手一捞，抱着新娘就往外走。

举办地点在度假村的草坪上。主婚人是周明，小宝穿着一身小西装，是今日的小花童。

交换完对戒，周明道："现在新郎可以亲吻新娘了。"

宿艺正准备迎上去。

"——等等，在亲吻之前，我们有个礼物要送给新郎新娘。"

两人在半空顿住了，宾客哄堂大笑。

这个环节显然没有事先跟新人交流过，两人对视了一眼，看到了对方眼中的疑惑。

忽然，旁边的大荧幕响了一声。

两人让到一边，宿艺好奇地探着身子。

屏幕黑了一阵，亮了。镜头在不断晃悠，稳定下来后才发现拍摄者在救生艇上。

周围一晃而过的建筑让宿艺背脊都僵了僵。

"右边那栋有人！"镜头里，最前面的人喊了一声，回过头来，正是褚鹰，他表情严肃，五官没有现在这么成熟，有着青年男人的生涩。

镜头给到了右边，宿艺看到自己住了十多年的破旧楼房。

周明问："确认吗！"

"确认！"褚鹰道，"是个姑娘！"

周明点头："你去，救生艇就在门口接应你！"

一阵混乱，褚鹰大步跳进了楼里。

三分钟后，他肩上扛着一个姑娘，干净利落地走了出来。姑娘很乖，一直偏过头看他，嘴里还不断地在说着什么。

"你叫什么名字？"

"你是兵哥哥吧？"

"你在哪个部队？以后我能去找你吗？"

褚鹰板着脸，从头到尾没回应过一句话，救生艇到了下一栋楼，褚鹰再次转身离去。

镜头一直持续到女孩回到安全地带，褚鹰没下艇，半晌，救生艇再次离去。摄影师忽然转过身，给岸上的女孩来了个特写。

女孩就这么一直盯着他们，手紧紧攥着身上的小裙子。

影片结束。

宿艺转身，仰着头，眼底水光潋滟：“怎么办……妆会花。”

褚鹰从台下的人手上接过纸巾，小心地把她的眼泪擦干。

然后埋头吻上了她的唇。

这是CCTV某频道即将推出的纪录片其中的一个片段。队友发现后特地录了下来，婚礼结束后，当作礼物送给了他们。

回到家，宿艺小心翼翼地把影碟放好。

她颇为感慨，红了鼻子。

“老婆。”褚鹰走到她身后，蹲下来，叫了她一声。

新称呼，宿艺没反应过来，带着鼻音问：“啊？”

“哭什么。”

“鹰队，”宿艺想了半天，只能憋出一句，“好喜欢你啊……”

“改口。”

“嗯？”

男人的手非常不合时宜地往她衣服里钻，刚刚那会儿的美好马上变了质：“叫老公。”

宿艺靠在他肩头，手搭在他的手臂上，十分配合：“老公。”

褚鹰喉结微动，当下便把持不住，两三下就把她还没来得及换下的红色古风婚服扒了。

“衣服会坏的。”褚母特地找绣娘绣的，她不是很舍得。

“先担心你自己。”

两小时后，她脸颊红红，嘴唇也红红，躺在他怀中，还贴上去亲了亲他的嘴角。

她声音细细小小，却无比清晰。

“今天我是这世上，最幸运的人。”

能够如愿嫁给你。

真是太好了。

番外一

夜戏风波

“啊——累死我了。”

宿艺往长椅上一躺，她刚拍完一场落水戏，现在全身被浴巾包裹得严严实实。

“赶紧起来去穿衣服，不然着凉了，褚鹰要找我麻烦。”吴雪催她。

“我老公这么好，才不会找你麻烦。”宿艺眼都不睁。

吴雪朝天翻了个白眼。

她这位顶头BOSS只知道在自己老婆面前装大方，回回出什么事都让助理找到她头上来，她都要愁死了好吗。

“小艺，还能拍吗。”李敏忽然过来，“提前拍完今天的了，还有点时间，你如果今晚把明天的拍完，那明天可以给你放天假。”

李敏会这么安排也是正常，这样可以省掉明天的拍摄费用了。

宿艺几乎是想都没想，拉下浴巾，露出嘴巴：“拍，你安排布景吧。”

李敏应好，转身招呼工作人员去了。

宿艺是在一年前结的婚，跟褚氏大老板。李敏原本心里还有些可惜，自己挑出来的千里马可能要因为豪门婚姻隐退荧幕了——倒也不怪她这么想，许多女明星都是嫁入豪门之后就不拍戏了。

但宿艺却在蜜月回来后，转身就投入了那部清纯校园女一号的戏的拍摄，刚出剧组不到三个月，又接下了她手上的这个剧本，而且又回到了之前的老路，是个恶毒女配角。

下一幕刚好就是宿艺浑身湿透的模样，她随便把头发擦干，凌乱的发丝垂落在额前，走到李敏面前：“开始吧？”

最后，原本九点就能结束的拍摄，生生是拖到了十二点半，中途还因为风把头发吹干了，重新浸湿了好几遍。

回到长椅前，她赶紧套上大衣，刚准备吹头发，手机亮了。

【褚鹰：在做什么。】

她把手机放到桌上，继续吹，吴雪瞥了一眼："不回信息？"

"过会再回，"宿艺把吹风机插头插上，"我答应他拍戏不超过十二点来着……"

吴雪一愣："之前那几场拍到半夜的戏呢？"

"他不知道。等会回他的时候，就说我之前在睡觉……"她狡黠地笑了笑，打开吹风机，受耳边的噪音打扰，声音也不由自主地大了不少，"我有他的行程表，然后跟李敏打了招呼，夜戏都定在他出差的那几天！"

吴雪："……"

"我太聪明了！"

吴雪："……你可别说了。"

宿艺大声问："什么——听不见！等我吹完头发再说！"

刚说完，一只大手摸到她腰上，隔着衣服不轻不重地捏了一下。

偏偏她最怕痒，下意识地一抖，整个人往后撞去，撞到了一个胸膛里。

这熟悉的硬度。

这熟悉的味道。

这熟悉的衣袖颜色。

宿艺脑中闪过巨大无比、黑体加粗的两个大字——

完了。

"拿了我的行程表。"

就连声音都是熟悉的……就是语气没有中午在电话里那么温柔。

身后的男人接过她的吹风机，随手放到桌上："不接电话。"

"呵，还装睡。"

听到这声冷笑，宿艺就知道，这种时刻什么都不用说，首先得认㞞。

她双手合十，头发凌乱，慢吞吞转过身子，小脸蛋皱成了苦瓜："老公……"

褚鹰敛眼看着她，明明眉头都没皱一下，偏偏是宿艺最怕的表情。

"我错了……"她偷瞄了一眼，立刻收回眼神，可怜兮兮地噘着嘴，"我，我是为了剧组着想，你不让我拍到半夜，可是有些戏就是要等到晚上才能拍的，时间又不够，如果要在十二点前结束拍摄，那一个晚上就能拍完的东西得分成好几天拍，多浪费钱呀……”

褚鹰不怒反笑：“不缺那几个钱。”

这次的电影是褚氏全程投资的。

宿艺声音愈弱：“我心疼钱嘛。”

见他不说话，她赶紧把脸埋到男人衬衫上，左右磨蹭了两下：“我真的知道错了。”

半晌，褚鹰长长叹了一口气。

这女人，才结婚一年，就已经把他的底线摸得门儿清了。

他只能无奈抬手，把手探到她发间，轻轻拍了两下：“没有下次。”

其实之前褚鹰的确提过让她退出娱乐圈的事，但她不愿意——每天待在家里种种花种种草、打打麻将，说实话，她会疯的。

于是两人探讨了好几天，褚鹰才松了口，不过提了不少条件，夜戏不超过十二点也是条件之一。

褚氏这么大一个公司，老板娘却在外头奔波拍戏，乍听起来的确有些怪异，她知道褚鹰那边也要承受褚父褚母的压力，所以她当时一口就答应下来了。

简而言之，这事理亏的是她。

所以当晚……宿艺用尽浑身解数道了歉。

原以为事情就这么过去了，一周后，宿艺眉头一皱，发现事情并不对劲。

——她老公不见了！

不，不是不见了……而是她记录的行程表似乎出了什么差错。

譬如，周一晚，她的亲亲老公应该去参加某个大型的颁奖礼，可她守在电脑前半天，居然连她老公的一个镜头都没看到。

这只能说明褚鹰并没有出现在现场，不然媒体的镜头绝对不可能放过他。

再譬如，周二中午，她亲亲老公应该回老宅和公公开一个父子会议，可当天中午她打电话回家，被告知褚鹰临时取消了会议并且没有回家……

再再譬如……

宿艺不敢想了。

她抓起手机想给对方打个电话，犹豫片刻，还是嗖地站起来，抓着李敏的胳膊：“导儿，我明天要请假！”

她订了中午的机票，下午四点就落了地，连行李都没放，就匆匆赶去了褚鹰的公司。

虽然两人结婚已有一年，公司里也是尽人皆知，但宿艺常年奔波在片场，几乎没怎么来过这里，所以大家看到她都还是有一瞬的愣怔。

前台小姐反应过来后，立刻弯腰打招呼："褚夫人好。"

"你好，"宿艺尽量控制着语气，"褚鹰在办公室吗？"

"褚总现在正在开一个临时会议，预计还有二十分钟结束。"

宿艺这回直接进了办公室。

她坐在男人的老板椅上，手撑着办公桌，抵着下巴，一直盯着男人桌上的照片看。

一张是他们的结婚照，还有一张是她用他手机拍的自拍。

二十分钟后，褚鹰准时回了办公室。

"你——"

她这句话刚起了个头，看到后边准备跟着进来的公司员工，又生生把这句话咽回去了。

褚鹰见到她倒是不意外，转头道："你们先回去。"

员工赶紧转头就走，还顺便帮老板关上了门。

确定外面的人走完后，宿艺才把后面的话继续说完："——你是不是出轨了？"

褚鹰先是怔了怔，而后嘴边无法控制地溢出一声短促的轻笑。

宿艺："……你还笑。"

褚鹰收起笑容，把文件随手放到桌上："为什么这么说？"

"你的行程是不是全变了。"宿艺委屈地问。

褚鹰应得爽快："是。"

"……是因为要找个我不知道的时间去见你的小情人吗！"

褚鹰简直快忍不住嘴边的弧度了。

他的老婆，戏演多了，似乎连想象力都变丰富了不少。

"不是，"他坦然道，"只是不想把我的行程告诉你了。"

宿艺愣住了，可怜巴巴地看着他，半天才问："又，又不是我要二十四小时监督你，行程表明明是你自己写出来放到我床头的，你现在怎么……又要反悔？"

褚鹰问："你觉得，我为什么会把自己的行程表告诉你？"

宿艺愣了愣，摇头。

"因为我怕你担心。"褚鹰陈述事实，"可是你却装睡骗我，甚至连电话都不接。"

宿艺怔住，哑然。

原来……上周的那笔夜戏账还没有翻篇。

褚鹰说："所以我觉得，汇报行程这种事，可能没有什么必要……"

"有有有！"宿艺就差跳起来了——实际上她也的确跳起来了，她勾着男人的脖子，"我错了，褚鹰，我真知道错了，我这周没有骗你了……"

"因为你这周没有夜戏，"褚鹰无情地戳破她，"而且下周的夜戏，你并没有去跟导演取消。"

"……"

最后，褚鹰靠在椅背上，看着腿上的女人老老实实去跟导演调整拍戏时间。

宿艺原本以为自己在上周的夜戏大战中大获全胜。

没想到小狐狸最后还是没能战胜这位老道士。

番外二 生包子

新戏杀青，宿艺又在家里和健身房之间来回奔赴。

褚鹰找上门来，看着跑步机上的人儿，问："怎么不在家里练？"

宿艺一愣，赶紧停了下来："你怎么在这？"

"问了程姨，说你来这了。"

程姨是褚母安排过来的一位保姆，负责他们的中晚餐和打扫卫生，每天过来做完饭就走。

用"保姆"这个词也不知道贴不贴切。

毕竟没有保姆会天天给主人做温补鹌鹑汤、黑豆糯米粥、花旗参雪蛤——妥妥的备孕料理。

宿艺知道褚母的心思，虽然她和褚鹰结婚还没两年，但褚鹰的年纪毕竟比她大些，才过了三十岁的生日。

而她本身……其实也不排斥生孩子这件事。

女明星都怕生孩子，她倒觉得无所谓，顶多休息一年，这一年里她的戏还在电视台播着，不怕没热度，生完孩子后减减肥，又是一条好汉。

十分钟后，她之前那些半吊子的想法瞬间被点燃了。

吴雪打电话过来说她怀孕了。

宿艺连忙恭喜，谁知这头电话刚挂，褚鹰那边紧跟着也接到了刘玺的来电，刘玺在那头激动得仿佛随时都能上天。

宿艺盯着褚鹰的表情看了半天。

男人微微撇嘴，眉梢往上："哦，恭喜。"

分明是羡慕的表情。

可挂了电话后，又极其自然地牵起她的手，问她杀青后有没有什么打算，绝口不提要孩子的事。

“打算？”宿艺道，“有啊。”

褚鹰嗯了声：“什么。”

“老公，我们要个孩子吧。”

身边忽然没了声。

“我刚好新戏杀青，假期很多，我们也很久没去旅游了，最近妈给我准备了很多饮食，我身子应该也调理得差不多了……”宿艺见他没说话，疑惑道，“你不想要吗？还是你最近很忙？”

“去旅游吧，”褚鹰习惯性地抬手，揉揉她的脑袋，“孩子什么的，该有自然会有。”

他们去了巴厘岛。

褚鹰订的海景房，两人吃了玩，玩了吃，吃了睡……过得倒是有滋有味。

就是似乎有点儿，太透支了。

反正回来时，宿艺觉得腿都是酸的。

两月后，宿艺刚到剧组安排的宾馆，忽然觉得有些不舒服，跑进厕所干呕了大半天。

吴雪的肚子已经微微有些隆起，她挑挑眉，站在厕所外，凉凉道：“怎么，我当亲妈的同时可以当干妈了？”

古话道，无心插柳柳成荫。

古人诚不欺她。

宿艺坐在马桶上，手里握着两条杠的验孕棒，脑袋蒙了片刻。

然后才给褚鹰打电话：“老公，恭喜你，你喜当爹了。”

“……”褚鹰此时正在开会，手上的钢笔嗖的一声，在资料上画了一条长痕。

他强装镇定，“不要乱用网络词语。”

说完，他很快挂了电话，只留下一句“散会”就大步出了会议室。

当天，两个人都很平静，褚鹰赶到片场，搂着人去了医院检查，确定怀孕后，他认真听着医生的叮嘱，甚至带了一个开会时都不会用的笔记本去。

回到家，宿艺坐在沙发上，终于忍不住了，问他：“老公，你是不是还不想要孩子？”

褚鹰忽然转过头来，埋头给了她一个吻。

离开后，两人鼻尖相抵，褚鹰慢悠悠开口：“谢谢。”

声音明明在颤抖。

宿艺愣了愣，还没反应过来，又被结实吻住了。

她是想好好回应对方，但显然……她肚子里那位似乎不太乐意。

看着自己老婆冲进厕所，一阵干呕声传出，褚鹰愣了愣，紧随而去。

片刻，他帮她擦拭嘴：“小浑蛋，还没出来就折腾你，出来了我再好好收拾他。”

宿艺笑了：“如果是个姑娘呢？”

褚鹰微怔：“那就……再说。”

“不能重女轻男啊。”宿艺严肃道。

两周后，网络上出现了一个叫“宿艺又胖了”的话题。

之前她变胖被误认为怀孕那件事已经变成了网友的一个梗，甚至每天都有人来她微博下减肥打卡，可以说是把她气得不轻。

谁想到，三月后，宿艺忽然发了一条微博。

“我需要澄清一下——没变胖！这是两个人的重量！”

自从知道宿艺怀了宝宝后，整个褚家都躁动了起来。

褚母天天往他们家里跑不说，东西都是大包小包地带，褚父偶尔跟过来，都会把褚鹰叫去书房里说上半天。

终于有一天，褚母因为有事去了外地，家里难得只剩他们俩。

两人一块窝在被窝里，宿艺靠在他肩上，看着自己演的电视剧咯咯地笑。

“你知道吗，”她凑到褚鹰耳边，指着电视上她扮演的格格，“我演这里的时候，下面是一条短裤，还有工作人员在帮我扇风。”

“他在里面踢你吗？”褚鹰牛头不对马嘴地问了句。

“……本来没踢，”宿艺摸了摸肚子，笑了，“听到爸爸的声音，突然在里头捶了我一下。”

褚鹰失笑道：“捶？”

宿艺拉过他的手，放到自己肚子上。

褚鹰可以清晰感觉到里面的动静。

他笑容愈大，凑到她耳边道：“以后我一定好好教他。”

不知道是不是爸爸的威胁起了作用，褚宝宝乖乖在里面待了十个月，在预产期顺利出生了。

别人家都是第一时间看孩子，褚鹰却直接越过他的女儿，大步走到了自己老婆身边，在她额头上落了个吻。

看着宿艺惨白的脸和贴在脸颊上的头发，褚鹰心疼得不行：“……你辛苦了。”

宿艺疼得直抽气：“……你别亲，脏……”

褚鹰眼睛一红。

宿艺看他还在，断断续续道：“别看我……看女儿……我很丑，算了，她现在……也很丑。”

褚鹰忽然觉得，哪天就算宿艺要他的命，他都能双手捧着送给她。

病房里，麻药渐渐失效，宿艺痛感明显，脸上却仍挂着笑，她抱着宝宝，靠在褚鹰身上，忽然想起什么：“老公，我们好像忘了给她想名字了。”

褚鹰：“我已经想好了。”

宿艺赶忙抬眼：“叫什么？”

褚鹰右手绕过她后脑勺，蹭着她的脸颊：“褚艾艺。”

“……”

宿艺觉得鼻子酸酸的，又特别想笑。

褚溪在旁边，帮她说出了心里话：“好土啊，哥。”

褚鹰完全不理她：“我已经决定了，女孩就叫这个名字。”

宿艺好奇道：“那如果是男孩呢？”

“褚艾宿。”

“……”

后记

写完这本书，已经是深夜了，宿艺娘娘和鹰队的故事，到这里就真的结束了。其实创作这本书我花的时间并不多，两个多月，过程并不艰辛，甚至能说是享受，我自身真的非常喜欢这个暗恋成真的故事，敲下每个字时的心情我至今都想得起来，非常希望这种心情也可以带给看完这本书的你们。

其实我一开始写这个故事的时候，完全没想到最后能够出版，没想到自己的故事能传递到这么多人手中去。我写文的时间不长，但对写作的兴趣我是自小就有的，甚至在初中的时候就动笔写过小说，当时没有电脑，更没有什么手机码字功能，都是一字一句写在笔记本上，最后还给班里其他姑娘传阅过……这么一想就觉得好羞耻啊哈哈，可惜那个故事已经无迹可寻了，笔记本也不知道被我丢到了哪里。

后来上了高中、大学，由于学业繁忙，加上当时的游戏业真的太发达了，导致我完全没有时间和精力去构思、创作一部小说。我真正加入码字员行列是在半年前，正是大学毕业后的那段时间，非常突然就有了一个想写的故事情节，当时又刚好在用电脑，干脆打开码字软件，抱着键盘就上了，带着我的满腔热情，创造出了属于我的第一个故事。说来还算幸运，第一个故事不仅给我带来了心理上的满足感，还给我带来了一些收入，让我发现原来写作可以不仅仅是一个爱好，于是我就正式加入写作事业，开始了至今长达半年的码字生涯。当然，我接下来还会继续再写，后面也许是一条漫漫长路，也说不准这一本是我第一本也是最后一本出版的书籍，但我对写作的热情是不会变的。

听我唠叨了这么多自己的事，现在我们说回宿艺娘娘吧。我朋友都说我塑造的这个角色跟当今流行的不太一样，其实我觉得也没有什么不一样的，她有着女主角该有的所有特质——善良、美好、坚定，虽然在小时候受过苦，但她并没有被这些困难打倒，而是给自己立下无数个人生目标：走出这个残破的家、做出一番自己的事业和嫁给自己最爱的男人。其中的苦难和艰辛我没办法一点一滴写出来，但你们要相信，她是经历过重重磨难才被打磨成这样一颗美丽钻石的。在此，我希望姑娘们也能坚定地朝着自己的人生目标去努力奋斗，也希望姑娘们最后都能暗恋成真。

如果镜头切回到两个月前，当时的我是绝对不敢提出“出版”这个梦想的，但现在上天已经把这个珍贵的机会赐给我了，而我也会抓住这个机会，以后我会更加努力，创造出更好、更棒的故事。下一个目标便是出版第二本小说，期待以后能与你们再次见面。谢谢自己当初选择写下了那个故事，也谢谢你们愿意与我一同分享。在此祝大家都能心想事成，身体康健，事事顺利！

酱子贝

2018 年 3 月 23 日